KB177698

DONGSUH MYSTERY BOOKS 46

THE WYCHERLY WOMAN

위철리 여자

로스 맥도널드/김수연 옮김

동서문화사

옮긴이 김수연 (金秀然)
숙명여대문과 졸업. 지은책 산문집 《사랑을 위한 기도》 옮긴책 힐튼 《잃어
버린 지평선》《굿바이 미스터 칩스》 스미드 《나이팅게일》 등이 있다.

DONGSUH MYSTERY BOOKS 46
위철리 여자
로스 맥도널드 지음/김수연 옮김
초판 발행/1977년 12월 1일
중판 발행/2003년 1월 1일
발행인 고정일/발행처 동서문화사
창업 1956. 12. 12. 등록 16-345 (윤)
서울강남구신사동 540-22 ☎ 546-0331~6 (FAX) 545-0331
www.epascal.co.kr

＊

편찬·필름·제작 일체 「동판」 자본으로 이루어짐에 따라
출판권 소유권자 「동판」에서 제조출판판매 세무일체를 전담합니다.
사업자등록번호 211-90-02201
ISBN 89-497-0127-8 04840
ISBN 89-497-0081-6 (세트)

도로시 올딩에게

등장인물

루 아처 로스앤젤레스의 사립 탐정

호머 위철리 메도 팜스의 큰 부자

캐서린 호머의 아내

휘비 호머의 외동딸

헬렌 호머의 여동생

칼 트레버 헬렌의 남편

보비 돈가스터 휘비의 남자 친구

돈가스터 부인 보비의 어머니

벤 메리만 부동산 업자

샐리 벤의 아내

스탠리 퀴런 벤의 처남

세도어 만데빌 만데빌 저택의 전 주인

도리 랭그 휘비와 한방에 살던 아가씨

제시 드레이크 여배우

라마 로열 경감

윌리엄 (윌리) 매키 샌프란시스코의 사립 탐정

셰릴 정신병원 의사

1

고개까지 오르면 눈 아래에 골짜기가 온통 펼쳐져 보인다. 맑게 갠 날 아침, 푸른 하늘 아래 꽤 폭넓게 양쪽 산으로 가로막히는 빛깔이 풍부한 골짜기, 그곳은 약속의 땅 가나안으로 보이기조차 한다.

아마도 몇몇 사람에게는 틀림없이 약속의 땅일 것이다. 그러나 수영장과 자가용 비행장, 그리고 냉난방 시설을 갖춘 별장이 한 채라면, 고향을 잃은 이민 노동자들이 사는 양철 움막이나 낡아빠진 트레일러는 도대체 몇 다스나 될까? 더욱이 관개 지대를 나서면 그 앞은 사람 하나 살지 않는 사막이다. 유정(油井) 펌프만이 나무 그늘 없는 추상의 숲처럼 무성히 서 있다. 그 끈기 있는 펌프는 태엽 감는 동물처럼 고개를 흔들고 있다.

메도 팜스는 이 풍족하고도 볼썽 사나운 사막 끝에 있었다. 멀리서 보면 그것은 쓸쓸한 전원 도시의 전형이었다. 불모의 산기슭에 빽빽이 건설되어 알칼리 섞인 먼지로 화장을 한 도시. 그러나 크게 발전하는 도시 메도 팜스라는 낙천적인 간판 옆을 지나 시내로 들어서자 내 예상이 몇 가지 빗나간 것을 알 수 있었다. 큰길은 깔끔한 느낌이

들며, 최근에 포장된 듯싶었다. 길가에 늘어선 건물 가운데는 신축된 것이라고 할 만한 것도 있고, 건축중인 것도 있었다. 거리를 지나는 사람들은 활기에 차 있어 돈의 융통이 잘되는 듯한 모습이었다. 가솔린을 넣고 길도 물을 겸 나는 번화가 모퉁이에 차를 세웠다. 무두질한 가죽 같은 피부를 가진 주유소 남자가 자동차의 기름 탱크를 채워주기를 기다리며, 나는 위철리 씨 저택으로 가는 길을 물었다. 남자는 큰길이 끝나는 언저리에 있는, 막 주조된 은화처럼 햇빛에 빛나는 석유 탱크 무리 쪽을 가리켰다.

"곧장 거리를 가로질러 가면 금방 알 수 있습니다. 커다란 석조 저택으로, 언덕 중턱에 있지요. 위철리 씨는 어젯밤에 돌아오신 모양입니다."

"어디서요?"

"배를 타고 오스트레일리아와 남태평양으로 유람 여행을 떠났었지요. 두 달이 넘도록 가 있었답니다. 나는 해군 시절에 남태평양을 싫증이 나도록 구경다녔습니다. 위철리 씨의 친구분이신가요?"

"아니오, 오늘 처음 만나는 겁니다."

"나는 위철리 씨의 아버님도 잘 알고 있지요."

남자는 나와 내 자동차를 재빨리 살펴보았다. 치도 구형이었고, 나도 마찬가지였다.

"세일즈 일 때문이라면 위철리 씨에게는 시간 낭비일 거요. 좀처럼 물건을 사지 않는 사람이니까요."

"내 쪽에서 뭔가를 사게 될 거라고 생각하는데요."

남자는 빙그레 웃었다.

"그렇다면 이미 사셨습니다. 여기는 위철리 가솔린 판매소니까요. 4달러 40센트입니다."

나는 돈을 치르고 은빛 석유 탱크며 분해 증류탑 옆을 지나 거리로 나섰다. 증류탑에서는 희미하게 달걀 썩는 듯한 냄새가 났다. 저택은 구불텅거리는 개인 도로 꼭대기에 우뚝 서 있었다. 엄숙한 석조 건물 앞쪽이 봉건 시대의 성을 연상케 했다. 예스러운 베란다에서는 시내와 골짜기 전체를 바라볼 수가 있었다.

굽슬굽슬한 갈색 머리에 배가 나온, 몸집이 큰 남자가 벨 소리를 듣고 문을 열었다. 나이에 비해 머리의 갈색에 얼룩이 없었다. 아마도 염색을 한 모양이다. 그 남자의 코는 개성이 강함을 나타내 주었으나 턱은 비교적 약하고 입은 그 둘의 중간쯤 된다고나 할까. 입고 있는 옷은 수입품인 듯싶은 트위드로 배 언저리의 단추가 떨어져 나갈 듯했다. 얼굴에는 분명 곤혹한 표정을 떠올리고 있었다.

"난 호머 위철리요, 아처 씨지요?"

"그렇습니다." 나는 대답했다.

상대방의 표정은 별로 달라지지 않았다. 입과 눈가에 조금 주름이 잡혔다. 그것은 남이 자신을 좋아해 주기는 바라면서 한 번도 자신이 남을 좋아해 본 적이 없는 그런 인간의 미소였다.

"로스앤젤레스에서 꽤 빨리 오셨군요. 이렇게 빨리 오시리라고는 생각지 못했습니다."

"새벽에 떠났지요. 전화로 급한 일이라고 하시지 않았습니까?"

"급한 일임엔 틀림없습니다. 어쨌든 들어오십시오."

앞장서서 어두컴컴한 복도를 지나서 박제된 사슴 머리 밑을 지나 거실로 들어갈 때까지, 남자는 변명하는 것처럼 계속 말을 늘어놓았다.

"그다지 대접할 게 없어서 죄송합니다. 한동안 집을 비웠기 때문에 고용인이 한 사람도 없어서요. 사실은 아직 돌아올 생각이 아니었지요. 다만 혹시 휘비가 돌아와 있지 않을까 해서……."

위철리는 흥 하고 콧소리를 냈다.

"역시 휘비는 돌아와 있지 않았습니다."

빅토리아 왕조풍의 거실은 곰팡이 냄새가 났다. 두세 가지 가구에는 천을 덮어 두었고, 창에는 육중한 커튼을 드리웠다. 위철리는 천장의 불을 켜고 불만스러운 듯이 방 안을 둘러보고 나서 창으로 다가갔다. 커튼의 끈을 당기는 동작의 격렬함에 나는 깜짝 놀랐다. 마치 고양이의 목을 조르는 듯한 행동이었다.

한꺼번에 쏟아져 들어온 햇빛은 방을 가로질러 대리석 난로 위에 걸린 작은 그림을 비추었다. 그것은 원색의 물감을 튀긴 얼룩으로 이루어진 그림으로, 이런 작품을 보면 나는 늘 그림이라는 것이 진보했는지 퇴보했는지를 알 수 없게 된다. 위철리는 로르샤흐 테스트(독일의 정신병 의사 로르샤흐의 이름에서 유래된 성격 진단 테스트, 유색 또는 무색으로 좌우대칭이 되도록 반점을 그린 종이)라도 보듯이 그 그림을 바라보았다.

"집사람의 작품입니다." 그리고 위철리는 혼잣말처럼 덧붙여 말했다. "빨리 떼어 버려야지."

"행방불명된 사람은 부인입니까?"

"천만에요, 휘비입니다. 내 외동딸이지요. 앉으십시오, 아처 씨. 사정을 말씀드리겠습니다."

위철리는 의자에 앉아 나에게 다른 의자를 권했다.

"실은 어제 돌아와서——항해를 나가 있었지요——휘비가 지난해 11월 이후로 학교에 가지 않은 것을 알았습니다. 그 때 이후 휘비를 본 사람이 없는 모양입니다. 당연히 난 매우 걱정이 되었습니다."

"학교는 어디입니까?"

"볼더 비치 칼리지입니다. 딸을 찾아 주지 않겠습니까, 아처 씨? 감수성이 예민한데다 처녀가……."

"몇 살입니까?"

"21살이지만 아직 세상물정은 아무것도 모르는 아이입니다."

"전에도 그런 일이 있었습니까? 행방을 알리지 않고 어디로 가 버리는 일이?"

"그런 일은 없었습니다. 휘비는 옛날부터 행실이 바른 아이였지요. 물론 그 애 나름대로 고민이 있었지만, 딸과 나 사이에는 아무 문제도 없었습니다. 딸은 나에게 모든 것을 털어놓고 이야기했습니다. 나와는 이상적으로 잘 지냈지요."

"따님의 고민이라는 것은?"

"어머니 때문이지요."

위철리는 난로 위에 걸려 있는 로르샤흐 풍의 그림을 흘끔 보았다. 그리고 마음이 무거운 듯한 표정을 지었다.

"그러나 그 이야기는 그만두겠습니다."

"휘비 양의 어머니에게서도 이야기를 듣고 싶습니다. 뵐 수 없겠습니까?"

"만날 수 없습니다!" 위철리는 쌀쌀하게 말했다. "지금 캐서린이 어디에 있는지 모릅니다. 어디에 있든 내가 알 바가 아니지요. 지난해 봄 우리는 각기 다른 길을 걷기로 했습니다. 하고 싶지 않은 이야기를 자세히 말씀드릴 필요는 없겠지요. 우리의 이혼과 휘비가 자취를 감춘 것은 아무 상관도 없습니다."

"따님이 어머니한테 가 있으리라고는 생각되지 않습니까?"

"생각할 수 없습니다. 캐서린이 그런 바보 같은 짓을 했는데……."

위철리는 말을 하다가 입을 다물었다. 나는 다음 말을 기다렸으나 헛일이었다.

"휘비 양이 없어진 지 대체 얼마나 되었습니까? 오늘이 1월 8일이군요. 11월 이후로 학교에 가지 않았다니, 11월 언제쯤부터입니까?"

"첫무렵입니다. 정확히는 알 수 없소. 그것도 당신이 조사해 주십시오. 휘비와 함께 하숙하고 있는, 아니, 하숙하고 있었던 학생과 어젯밤 전화로 이야기했는데, 마치 머리가 텅 빈 아이 같더군요."

"두 달이라면 오래 되었군요. 어제까지 따님의 행동에 전혀 관심을 갖지 않으셨습니까?"

"내가 나쁜 게 아니오. 그건 내 책임이 아니오."

위철리는 화가 치미는 듯 벌떡 일어서더니, 순간 이 방 안에 쳐진 눈에 보이지 않는 자력선과 부딪히기라도 한 모양이었다. 그는 우리 속에서 정글을 그리워하는 동물처럼 서성거리며 걷기 시작했다.

"이해해 주지 않으면 곤란합니다. 난 멀리 가 있었거든요. 어제까지 이렇게 되었으리라고는 꿈에도 생각지 못했습니다. 태평양을 유람하는 동안 내 눈에 띄지 않는 곳에서 무슨 일이 일어나고 있었는지 조금도 몰랐습니다."

"따님을 마지막으로 보신 것이 언제입니까?"

"떠나던 날이었지요. 휘비는 나를 배웅하려고 샌프란시스코에 왔었습니다. 같이 하숙하던 여학생의 말을 믿어도 좋다면 그 뒤로 볼더비치에 돌아가지 않은 겁니다."

위철리는 멈춰 서더니 나에게로 음울한 눈길을 던졌다.

"휘비에게 무슨 일이 생기지 않았나 걱정이 되어 견딜 수 없습니다. 역시 내 책임이겠지요." 그리고 위철리는 덧붙였다. "그래요, 내가 나빴습니다. 여행을 떠날 때도 자신의 일밖에는 생각하지 않았거든요. 복잡한 가정에서 도망쳐 버리고 싶은 마음뿐이었으니까요. 그러니 나는 휘비를 버린 거나 다름없습니다. 휘비가 나를 가장 필요로 할 때에."

휘비라는 이름이 위철리의 입에서 나올 때는 언제나 정감에 젖어 있었다. 나는 그것을 좀 짜내어 주려고 마음먹었다.

"아무래도 좀 멜로드라마 같군요. 젊은 아가씨가 자취를 감출 때에는 늘 나름대로 까닭이 있는 법이지요. 해마다 몇천 명이나 되는 젊은 여성이 가정이나 학교 또는 근무처를 버리고 자취를 감추는데……."

"자기의 계획을 아무에게도 털어놓지 않고 말입니까?"

"그렇습니다. 당신은 나라 밖에 나가 계셨으니, 따님은 털어놓으려 해도 할 수 없었는지 모릅니다."

"급한 일이 있을 때 언제든지 연락이 되도록 해 놓았는데요."

"그러나 급한 일이 아니었나 보지요, 따님 쪽에서 본다면."

"그렇다면 다행이지만……." 감정의 폭발로 기운이 다한 것처럼 위철리는 털썩 주저앉았다. "그러나 대체 왜 자취를 감추었을까요, 아무것도 부족한 게 없는데?"

"부족하다, 부족하지 않다는 건 그 사람의 마음에 달린 겁니다."

나는 시체실처럼 음침한 방 안을 둘러보고 나서 창 너머로 작은 시내와 텅 빈 넓은 골짜기를 바라보았다.

"휘비 양은 이 집에서 행복했습니까?"

위철리는 변명하듯이 말했다.

"요 몇 년 동안은 이 집에 그다지 있지 않았습니다. 여름에는 늘 나와 둘이서 타호 호수(캘리포니아와 네바다 주의 경계에 있는 호수)에 갔었고, 그 밖에는 물론 학교에 가 있었지요."

"학교 성적은 어땠습니까?"

"그저 보통쯤 되었던 것 같습니다, 내가 아는 한으로는. 지난해에 학교 일로 조금 다툼이 있었으나 그 문제도 해결되었습니다."

"어떤 문제였습니까?"

"스탠포드 대학을 그만두었답니다. 성적이 나빠 퇴학당한 건 아니지만 학교측에서 좀더 여유 있는 분위기에서 공부하는 게 좋을 거라고 권해서요. 그래서 지난해 가을, 볼더 비치 칼리지로 옮겼지요. 스탠포드는 내가 다니던 학교여서 이 전학에 난 찬성하지 않았습니다."

"따님은 어떻게 생각했습니까?"

"휘비는 옮기고 싶어 못견디는 모양이었소. 아무래도 새 학교에 남자친구가 있었던 것 같습니다."

"그의 이름은?"

"분명히 보비라고 한 것 같습니다. 나는 여자의 심리는 잘 모르지만, 휘비는 그 남학생에게 상당히 반한 모양입니다."

"동급생입니까?"

"네. 나는 그 남학생에 대해서는 아무것도 몰랐지만, 그런 휘비의 마음의 움직임을 오히려 좋게 생각했지요. 휘비는 그 때까지 남자에게 관심을 보인 적이 없었으니까요."

'21살에 첫사랑이라면, 이건 일이 좀 복잡하겠는걸' 하고 나는 생각했다.

"휘비 양은 매력이 있는 아가씨입니까?"

"그렇다고 생각합니다. 물론 부모가 좋게 보니까 그렇겠지만. 아, 직접 보시는 게 가장 좋겠군요."

위철리는 악어 가죽으로 된 지갑을 열었다. 투명한 플라스틱 너머로 휘비가 나를 올려다보았다. 과연 그의 말처럼 매력있는 아가씨였는데 결코 평범한 매력은 아니었다. 더부룩이 아무렇게나 빗은 엷은 갈색 머리, 크고 파란 눈, 꼭 다문 큰 입에는 미숙한 정열 같은 것이 어려 있었다. 전체로 보아 꽤 감수성이 강한 처녀 같았다. 이런 처녀는 어른이 되면 굉장한 미인이 되거나 아니면 표정이 굳은 처녀가 되어 버리기 마련이다. 살아서 어른이 된다면 말이지만.

"이 사진을 가져가도 됩니까?"

"안 됩니다." 위철리는 무뚝뚝하게 말했다. "그것은 제일 잘 나온 사진이라서. 원하신다면 다른 걸 드리지요."

"아마 사진이 필요해질 거라고 생각합니다."

"그렇다면 잊기 전에 찾아와야겠군요."

위철리는 급히 방에서 나갔다. 층계를 두 단씩 뛰어올라가 이층 문을 힘차게 여는 소리가 들렸다. 무엇이 소리내며 떨어져 천장이 흔들렸다.

위철리라는 인물에게는 아무래도 마음에 걸리는 데가 있었다. 60살이 넘은 남자니까 조금 고리타분한 느낌이 드는 것은 어쩔 수 없지만, 이따금 매우 거친 점이 드러나는 것은 무슨 까닭일까?

이윽고 층계를 내려온 위철리는 벽에 부딪쳐 퉁겨질 만큼 세찬 기세로 문을 열었다. 불그레해진 얼굴에 얼룩이 졌다.

"빌어먹을! 그 계집이 내 사진들을 모두 가져가 버렸어. 휘비의 사진을 한 장도 남겨 두지 않았소!"

"누가 가져갔습니까?"

"캐서린! 내 여편네였던 여자 말입니다."

"부인도 따님을 좋아했던 모양이군요."

"천만의 말씀. 캐서린은 결코 어머니다운 여자가 아닙니다. 내가 소중하게 여기는 걸 알고 심술궂게 가져간 겁니다."

"언제 가져갔습니까?"

"아마 리노에 갔을 때이겠지요. 지난해 4월입니다. 그 뒤로는 한 번밖에 만나지 않았거든요. 그 여자는 메도 팜스의 때를 벗긴다고
……."

"아직 리노에 계십니까?"

"아니오, 이혼 때문에 갔을 뿐입니다. 지금은 어딘가 바다 쪽에 살

고 있으리라 생각하지만 주소는 모릅니다."

"하지만 주소쯤은 아시겠지요. 생활비를 대주고 계시지 않습니까?"

"그런 건 변호사에게 모두 맡기고 있습니다."

"그렇겠군요. 그럼, 부인의 주소를 알고 있는 변호사의 이름을 가르쳐 주십시오."

"가르쳐 주고 싶지 않은데……."

위철리는 황소 같은, 아니 적어도 살진 송아지 같은 소리를 내며 숨을 내뱉었다.

"나는 당신이 캐서린과 만나는 걸 반대합니다. 그런 여자는 시시한 말을 해서 휘비에 대해 좋지 않은 인상을 주는 게 고작일 겁니다. 나에 대해서도 형편 없이 이야기할 것이 뻔하고요. 캐서린은 말이 많은 여자니까."

입안 가득 말을 씹고 있기라도 한 듯이 위철리는 입술을 움직거렸다. 얼굴 표정으로 미루어 그것은 쓸쓸한 말임에 틀림없었다.

"그 때도 굉장히 심한 말을 했지요."

"그 때라니, 언제 말입니까?"

"내가 여행을 떠나던 날, 캐서린은 배에까지 들이닥쳤습니다. 억지로 선실에 들어와 나를 습격한 거지요. 나는 하는 수 없이 사람을 시켜 그 여자를 배에서 끌어내리게 했답니다."

"습격했다고요?"

"글자 그대로 습격한 겁니다. 굉장한 소동을 부리며 자기를 빈털터리로 내쫓을 셈이냐고 소리치더군요. 실은 위자료를 10만 달러나 주었고, 별거 수당도 톡톡히 치렀는데."

"이혼하신 것은 지난해 4월이었다고요?"

"정식 날짜는 5월 끝무렵이었습니다……."

"이혼한 뒤에 휘비 양은 어머니와 만나고 있었습니까?"

"그런 일은 결코 없었을 겁니다. 캐서린 때문에 우리 둘은 몹시 어려운 처지에 있다고 휘비가 말한 적이 있으니까요."

"그렇다면 이혼은 부인께서 먼저 하자고 하신 거로군요?"

"그렇소. 그 여자는 나를 미워했고, 이 메도 팜스라는 도시를 미워했습니다. 더욱이 자기 딸 생각은 조금도 하지 않았지요. 캐서린이 이 곳에서 나간 뒤 두 사람이 만난 적은 한 번도 없습니다. 그 선실에서 말고는."

"휘비 양도 어머니가 오셨을 때에 함께 있었습니까?"

"그렇소. 정말 불행한 일이었지요."

"불행한 일이라니요?"

"그러니까 캐서린의 폭언을 듣고 휘비가 충격을 받은 겁니다. 물론 휘비는 열심히 제 어미의 마음을 가라앉히려고 했지요. 아주 눈물겨울 만큼 마음을 썼어요. 마음을 쓸 가치도 없는 여자인데……."

위철리는 까다롭게 덧붙였다.

"그래, 두 분은 함께 배에서 내렸습니까?"

"아닙니다. 두 사람이 돌아가는 건 보지 못했지만 캐서린이 소동을 부리는 바람에 불쾌해져서 난 선실 밖에 나가지도 않았지요. 그러나 휘비가 캐서린과 함께 돌아갔으리라고는 여기지 않습니다. 정말 생각할 수도 없는 일입니다."

"휘비 양은 그 날 돈을 가지고 있었습니까? 비행기나 열차를 탈 수 있었을까요?"

"탈 수 있었을 겁니다. 그 날 꽤 많은 돈을 주었으니까요." 변명하는 듯한 투로 위철리는 말을 이었다. "확실치는 않으나 학교에 낼 돈이 많다고 했습니다. 그 밖에 차를 사야 하고, 용돈도 모자란다고 하더군요. 그래서 1천 달러쯤 주었지요."

"현금입니까, 수표입니까?"

"현금입니다. 현금이 좀 여유 있게 있어서."

"배에서 내려 따님은 어디로 간다고 했습니까?"

"호텔로 돌아간다고 했습니다. 난 배가 떠나기 전에 센트 프랜시스 호텔 방을 빌려 두었는데, 딸을 위해 하루분 숙박료를 더 치러 두 었거든요."

"거기에서 따님의 차로 부두에 가셨습니까?"

"아니, 휘비의 차는 유니언 스퀘어 차고에 있었습니다. 휘비가 부 두까지 바래다 주겠다고 했지만, 러시아워에 걸리기 싫어서 택시로 갔습니다."

"따님은 같은 택시로 호텔에 돌아갔습니까?"

"그랬을 거라고 생각합니다. 택시 운전 기사에게 기다리고 있으라 고 말해 두었으니까요. 기다리고 있었는지 어떤지는 모르지만."

"운전 기사의 인상을 기억하십니까?"

"얼굴이 검은 사나이였습니다. 그것밖에는 기억나지 않는군요. 피 부빛이 검고 몸집이 작은 남자였습니다."

"흑인이었습니까?"

"아니오, 남부 유럽계였습니다."

"어떤 택시였습니까?"

위철리는 트위드 바지를 입은 다리를 포개고 있다가 풀더니 다시 포갰다.

"확실히 기억하지는 못하겠는데요. 나는 그다지 자세히 살펴보는 편이 아니라서."

"휘비 양의 자동차 형을 아십니까? 번호는?"

"그 애의 차를 본 적이 없습니다. 비교적 작은 형의 외국산 차라고 말하던데. 볼더 비치에서 산 중고 차인 모양이더군요."

"그럼, 거기 가서 조사해 보지요. 그런데 휘비 양이 입고 있던 옷은?"

위철리의 눈길은 내 머리 위를 지나 천장 바로 아래에 있는, 석고 코니스(실내의 벽 윗부분에 장식으로 두른 돌출부)에 초점을 맞추었다.

"스커트와 스웨터, 둘 다 갈색이었습니다. 그리고 황갈색 코트, 폴로 코트 같은 것이었지요. 또 갈색 하이힐, 갈색 핸드백. 휘비는 산뜻한 옷차림을 좋아했지요. 모자는 쓰지 않았습니다."

나는 만년필과 가죽 표지의 검은 수첩을 꺼내어 흰 페이지를 찾아 맨 위에 '휘비 위철리'라고 쓰고, 그 이름 아래에 '어머니 캐서린', '남자친구 보비'라고 쓰고, 보비 다음에는 의문 부호를 붙였다. 그리고 옷차림에 대해 써 넣었다.

"뭘 쓰시는 겁니까?" 위철리는 수상쩍다는 듯이 목을 내밀었다.

"왜 캐서린의 이름을 썼지요?"

"펜글씨 연습입니다."

나도 모르게 나온 말이었다. 아까부터 위철리의 태도가 비위에 거슬렸기 때문이다.

"무슨 뜻이지요?"

"특별히 이렇다 할 뜻은 없습니다."

"당신은 실례되는 말을 하는 사람이구려."

"그렇다면 사과합니다. 그러나 위철리 씨, 당신의 태도도 답답하군요. 의뢰인의 이런저런 간섭을 받으면서 만족스레 조사할 수 없는 사건이라면 아예 맡지 않겠습니다. 자유로운 입장에서 사실을 좇아 자연스럽게 결론에 이르는 것이 내 원칙이니까요."

"그러나 당신은 나를 위해 일해 주는 게 아닙니까?"

"아직 당신의 돈은 받지 않았습니다."

"돈이라면, 자……. "

위철리는 윗옷 안주머니에 손을 넣고 마침 그 근처에 신경통이라도 일어난 듯 일그러진 웃음을 띠었다. 그리고 악어가죽 지갑으로 자기의 손바닥을 탁 내리쳤다.

"얼마나 주면 되지요?"

"어느 정도까지 조사하고 싶으신지, 그것에 따라 내 일의 양도 정해집니다. 나는 언제나 혼자 일합니다만, 필요에 따라서는 아메리카 사람 또는 기구(機構)에 도움을 구하기도 하니까요……. "

"그건 안되오! 필요가 생길 때까지 그런 일은 기다려 주시오. "

"당신 돈이니까 자유롭게 쓰십시오. 더욱이 찾는 사람은 당신의 따님입니다. 경찰에 의뢰하려고 생각해 보셨습니까?"

"어젯밤 이 곳의 후버 보안관과 이야기를 했지요. 후버는 옛 친구이자 나의 아버지와 친분이 있던 사람이오. 그의 말에 따르면 행방불명 정도로는 경찰이 그다지 도움을 줄 수 없다더군요. 무언가 범죄 사실이 없으면 그들을 움직일 수 없는 모양입니다. "

위철리의 목소리에는 슬픔이 어려 있는 것 같았다. 그는 똑같은 목소리로 덧붙였다.

"당신을 추천한 사람은 후버 보안관이오. "

"고맙군요. "

"당신은 비밀을 아주 잘 지키는 사람이라고 하더군요. 그것이 사실이기를 바랍니다. 이 사건이 세상에 소문나면 난처합니다. 왜냐하면 전에 한 번 사립 탐정과 교분을 가졌다가 혼이 난 일이 있거든요. "

"무슨 사건이었습니까?"

"그 이야기는 그만둡시다. 이 사건과 관계 없는 일이니까요. "

위철리는 마치 찜질 천을 대는 듯이 지갑으로 위 언저리를 눌렀다.

"우선 얼마나 드릴까요?"

"500달러." 나는 여느 때의 갑절을 말했다.

위철리는 아무 말도 하지 않고 50달러짜리 지폐 10장을 내 손에 쥐어 주었다.

"그러나 이것으로 매수당한 것은 아닙니다. 자유로운 입장에서 사실을 좇는 원칙을 바꿀 수는 없습니다."

위철리는 일그러진 웃음을 지었다.

"비밀만 지켜 준다면 괜찮습니다. 다만 캐서린이 여러 가지——나나 휘비에 대해 거짓말을 하게 만든다면 나로서는 난처한 일이오."

"어떤 거짓말을 합니까?"

"아, 그만둬 주지 않겠소?" 위철리는 가로막듯이 한 손을 들었다.

"아까부터 캐서린 이야기만 하는군요. 문제는 휘비의 일입니다."

"알았습니다. 휘비 양은 배까지 당신을 배웅했다가 그 뒤 어디로 갔는지 모르게 되었군요. 그게 언제 일입니까?"

"프레지던트 잭슨 호가 떠난 것은 11월 2일이었지요. 샌프란시스코로 돌아온 것은 어제고요. 항구로 돌아오자마자 곧 휘비에게 전화를 했습니다. 편지가 통 오지 않아서 걱정했지요. 그러나 지나치게 걱정하지는 않았습니다. 휘비는 옛날부터 글씨를 잘 못 썼거든요. 그런데 함께 하숙하던 여학생의 말이, 휘비가 벌써 두 달째나 돌아오지 않는다는 겁니다. 그 때 내가 받은 충격을 한번 상상해 봐 주십시오."

"그 여학생은 충격을 받지 않았습니까?"

"물론 그녀도 놀라기는 한 모양입니다. 휘비가 갑자기 마음이 달라져 나와 함께 여행을 떠난 줄 알았다고 하더군요."

"휘비 양에게 같이 가자고 말씀하신 적이 있으십니까?"

"그럼요. 딸과 함께 가고 싶었습니다. 그러나 그 애는 학교를 막

옮긴 참인데다 학교를 쉬고 싶지 않다고 해서……. 휘비는 착실한 아이랍니다."

"그런데다 남자친구까지 있으니 더욱 그랬겠지요."

"네, 그 남학생도 당연히 조사를 해 주셔야겠습니다."

"휘비 양이 그 남자친구에 대해 무언가 말하지 않았습니까?"

"별로 하지 않았습니다. 두 달도 못 되었기 때문에 그다지 깊이 알지 못했던 것이겠지요. 볼더 비치로 학교를 옮겨간 게 9월이었으니까요."

"같은 방의 친구에게 물어 보면 그 남자친구에 대해 알 수 있겠지요. 같은 방 여학생의 이름은?"

"도리 랭그. 그녀와 하숙집 안주인이 전화를 받았습니다. 둘 다 머리가 나빠서 골치였지요."

"하숙집 안주인의 이름은?"

"묻지 않았습니다. 물론 가면 곧 알 수 있을 겁니다. 볼더 비치의 주소는 오세아노 거리 221번지입니다. 하숙집은 바로 학교 옆인 모양이더군요. 그 곳에 가면 학교 사람으로서 휘비를 알고 있는 교사나 지도교사를 만나 이야기해 보시는 게 좋을 겁니다. 될 수 있으면 오늘 안으로 볼더 비치에 가 주셨으면 합니다. 산을 넘어야 하지만 길은 좋으니까요."

조금 잘 알아들을 수 없는 빠른 말로 위철리는 계속 지껄여 댔다. 나는 그 이야기가 끝나기를 기다렸다. 이 남자는 남을 위해 무엇을 하기보다는 오히려 남에게 무엇을 하라고 시키기를 좋아했다.

호머 위철리의 말이 끝나자 나는 말했다.

"대학 사람들과 직접 만나 보시는 게 어떻겠습니까? 내가 가는 것보다 자세한 정보를 얻을 수 있을 텐데요."

"그러나 오늘은 그 곳에 갈 예정이 없습니다."

"예정을 바꾸십시오."

"나는 차를 운전하지 않습니다. 운전하기가 싫기 때문이지요, 자칫 실수를 저지르게 되는 자신을 믿을 수가 없기 때문입니다."

"당신뿐 아니라 실수를 저지르지 않는 사람은 없다고 생각합니다."

침묵이 흘렀다. 그러나 이 침묵에는 얼마쯤 어색한 친밀감이 섞여 있었다. 지금의 대화는 서로의 인생관을 주고받은 것인지도 모른다.

"괜찮으시면 제 차로 가시렵니까?" 하고 나는 말했다.

2

볼더 비치 칼리지는 같은 이름의 바닷가 휴양지 끄트머리에 있는 질서 바른 주택지와 질서가 없기 이를 데 없는 바다 사이의 녹지대에 있었다. 이것은 전쟁 중에 일어난 열렬한 남녀 교접의 산물들을 수용하기 위해 마치 비 온 뒤의 죽순처럼 캘리포니아 주 여기저기에 세워, 급히 만든 교육 기관의 하나였다. 돌과 유리로 된 그 건물은 대단히 기하학적인 데다 새 건물이어서 아직 그 언저리의 풍경과 조화를 이루지 못하고 있다. 건물 주위의 종려나무는 마치 인공으로 만든 나무 같았다. 바다에서 불어오는 상쾌하고 부드러운 바람에 종려나무 잎이 귀부인의 부채처럼 살랑거리고 있었다.

잔디 위에 앉아 있든가, 책을 옆에 끼고 건물에서 건물로 왔다 갔다 하는 젊은이들마저도 내 눈에는 살아 있는 사람들 같지 않았다. 농사꾼도 이따금 얼굴을 내미는 대학의 뮤지컬이 열리고 있어, 마치 세트장에 집합한 단역 배우 무리처럼 보였다.

로빈슨 크루소처럼 생긴 젊은이가 우리를 학생과가 있는 건물로 안내해 주었다. 나는 그 건물 층계 앞에 위철리를 내려 주고 떠났다. 위철리는 길 잃은 어린아이 같은 표정으로 주위를 두리번거렸다.

어떤 환경에 있더라도 이 남자는 늘 길 잃은 어린아이 같을 거라고 나는 생각했다. 골짜기의 도시에서 이리로 오는 도중 위철리는 자기 자신과 가족에 대해 이야기해 주었다. 위철리와 그의 누이 헬렌은 메도 팜스를 이룩한 오래 된 집안의 3대 자손이었다. 도시는 위철리네 할아버지의 소유지에 건설되었다. 위철리는 그런 말을 하지 않았지만, 조상의 개척자 기운은 자손의 대가 이어짐에 따라 조금씩 쇠약해진 모양이다. 할아버지는 사막이나 다름없는 땅을 농장으로 만들었다. 그의 아버지는 유전을 찾아 내고 회사를 설립했다. 그러나 호머는 그 석유 회사의 이름뿐인 사장에 지나지 않으며 실제 운영은 샌프란시스코 사무실에서 하고 있는데, 그 곳 책임자는 헬렌의 남편인 칼 트레버였다. 나는 휘비의 하숙집 앞에 차를 세우고 내리기 전에 트레버의 이름과 주소를 수첩에 적어 넣었다. 주소는 페닌슐러의 우드사이드였다.

오세아노 거리는 한 마디로 말해서 토지 부동산업자의 꿈이며 도시 계획가의 악몽이었다. 고갯길을 따라 아파트 건물이 성냥갑처럼 늘어서 있었다. 빈 터에는 새로운 건물을 세우고 있었다. 거리에는 형성되어 가고 있는 이윤과 빈민굴의 분위기가 뜨겁게 감돌았다.

221번지에는 '오세아노 팜스'라고 페인트로 쓴 단정한 문패가 붙어 있었다. 그것은 회반죽 칠을 한 3층 건물로, 여러 층의 발코니를 띠처럼 둘렀으며 그 곳으로 각 방의 입구가 보였다. 나는 1호실 문을 두드렸다.

문이 조금 열렸다. 회색 머리의 부인이 수금원이 아닌가 하는 태도로 나를 바라보았다.

"집주인이십니까?"

"저는 이 아파트의 관리인입니다." 부인은 바로잡아 주는 뜻을 담아 말했다. "봄의 신학기까지 방은 모두 차 있는데요."

"아니, 방을 얻으러 온 게 아닙니다. 위철리 씨의 부탁을 받고 왔습니다.”

잠시 사이를 두고 부인이 말했다.

“그 아가씨의 아버님 부탁으로 말입니까?”

“그렇습니다. 좀더 자세한 이야기를 듣고 싶어서요. 들어가도 좋습니까?”

부인은 어떤 사람에게서나 결점을 잡아 낼 것 같은 눈으로 나를 위아래로 훑어보았다.

“전 아가씨들과 대개 사이좋게 지내고 있지요. 사이가 나빴던 적은 한 번도 없어요. 당신은 경찰에서 오셨나요?”

“개인으로 조사하고 있는 사람입니다. 아처라고 하지요. 휘비 위철리에 대해 아시는 대로 말씀해 주겠습니까?”

“그 아가씨에 대해서는 그다지 아는 게 없어요. 양심의 가책을 받을 만한 일도 하나도 하지 않았고요.” 부인의 뚱뚱한 몸집이 문을 가로막고 있었다. “학교에 가서 물어 보시는 게 어떨까요? 이렇게 자취를 감추어 버려서 난처해진 것은 바로 학교 당국일 테니까요. 누구와 함께 어디로 사라졌는지, 저는 몰라요. 그녀는 이 곳에서 두 달도 미처 못 살았는걸요.”

“하숙인으로서는 좋은 편이었습니까?”

“그저 그런 정도였지요. 그런데 왜 이런 이야기를 해 드려야 합니까? 정말 학교로 가 보시는 것이…….”

“학교에는 위철리 씨가 가셨습니다. 당신이 이 조사를 도와 주신다면 위철리 씨에게도 도움이 되리라고 생각하는데…….”

윗입술을 깨물며 퍼뜩 정신이 든 듯 묻기를 그만두고 부인은 무언가 생각에 잠겼다. 튼튼한 턱에 난 검은 털 한 오라기가 안테나 대용품인 양 나를 향해 움직였다.

“그럼, 들어오세요.”

거실에는 희미한 향내와 여자 혼자 사는 분위기가 감돌았다. 뚜껑을 닫은 피아노 위의 검은 액자 속에서 타원형 콧수염을 달고 얼굴이 네모진 남자가 싱긋 웃고 있었다. 벽에는 격언이 많이 붙어 있었는데, 그 가운데 하나는 '고귀한 저택에서나 오막살이에서나 연기는 똑같이 피어오른다'는 것이었다. 천장 위에서 울려 오는 라디오 소리는 서서히 다가오는 현대의 위협이라고나 할까.

"저는 돈가스터 부인이에요" 하고 부인은 말했다. "어디든 좋은신데 앉으세요."

어느 의자고 이 방 안의 분위기를 해칠 만한 것은 없었다. 그런데 그 예외가 바로 나였다. 나는 흔들의자를 골랐다. 그것은 조금만 몸을 움직여도 삐걱삐걱 소리가 나기 때문에 꼼짝하지 말고 가만히 있어야 했다. 돈가스터 부인은 8피트쯤 떨어진 곳에 자리를 잡았다.

"그 아가씨가 행방불명이 되다니 깜짝 놀랐어요. 전 아가씨들과 한 번도 사이가 나빴던 적이 없었거든요. 아가씨들은 무언가 어려운 일이 생기면——어려운 일이라고는 해도 그리 굉장한 일들은 아니지만——꼭 저한테 의논하러 왔어요. 저는 좋은 이야기 상대가 되어 주었지요. 바깥 어른이 교회의 목사였으니까요."

부인은 피아노 위의 사진을 가리켰다. 그 동작으로 말미암아 딱딱한 감정이 단번에 녹아 버린 것처럼 보였다.

"가엾은 휘비, 과연 어떻게 되었을까요?"

"어떻게 되었으리라고 여기십니까?"

"이 곳이 마음에 들지 않았던 모양이지요. 그것이 제 의견이에요. 휘비는 전혀 다른 생활에 익숙해 있었으니까요. 그래서 갑자기 생각이 달라져 더 마음에 드는 곳으로 가버린 게 아닐까요? 돈도 있고, 그렇게 할 만한 자유도 있었으니까요. 이것은 제 의견입니다만, 부모님이 휘비에게는 너무 자유를 준 것 같아요. 정말 위철리 씨의 마음을 모르겠군요. 자기 혼자 여행을 떠나고 따님을 버려두다니. '자연스럽지 못해요.'"

"휘비는 짐을 가지고 나갔습니까?"

"아니요, 그녀는 부자니까 살 마음만 있으면 얼마든지 새 것을 살 수 있을 거예요. 자기 차는 가지고 갔습니다."

"그 차의 모양을 기억하십니까?"

"녹색의 작은 독일제 차였어요. 폴크스바겐이라고 하던가요? 이곳에서 샀다고 했으니까 조사하면 곧 알 수 있겠지요. 우리 하숙집 아가씨들은 자기 차가 없는 사람이 많아요. 없는 편이 더 다행이지요."

"당신은 휘비 위철리를 그다지 좋게 여기지 않으셨던 모양이군요."

"그렇지 않습니다."

휘비가 없어진 것은 당신 탓이라는 책망이라도 들은 것처럼 부인은 경계하는 눈초리가 되었다.

"좋게 생각하고 안 하고를 떠나 난 그녀를 잘 몰랐어요. 그녀는 늘 작은 녹색 차로 들락날락했지요. 저 같은 것과 이야기하기보다 더 재미있는 일이 있었던 게지요."

"공부는 열심히 하고 있는 것 같았습니까?"

"글쎄요, 모르겠어요. 학교에 물어 보면 알 수 있겠지요. 전 그녀가 책을 펴고 있는 것을 본 적이 없지만, 공부하지 않아도 될 만큼 머리가 좋았는지도 모릅니다."

"머리가 좋았다……. 머리가 좋은 아가씨였습니까?"

"다른 아가씨들이 그렇게들 말하더군요. 같은 방의 도리 랭그에게 물어 보세요. 도리는 참으로 좋은 아이랍니다. 그 애라면 아는 대로 모두 이야기해 줄 거라고 생각해요."

"지금 있습니까, 그녀는?"

"있을·거예요. 불러 올까요?"

부인은 일어서려고 했다.

"네, 좀더 있다가 부탁드리겠습니다. 도리는 휘비를 어떻게 생각하고 있을까요?"

돈가스터 부인은 머뭇거렸다.

"그것은 도리에게 직접 들어보시지요. 아마 저와 의견이 다른 점도 있을 거예요."

"어떤 점에서 의견이 다를까요?"

"도리는 휘비가 돌아올 거라고 생각하고 있답니다. 하지만 전 그렇게 생각하지 않아요. 돌아올 생각이라면 벌써 돌아왔을 거예요. 그런데 이제껏 돌아오지 않는 것은 돌아오고 싶지 않기 때문이에요. 이 아파트가 위철리 양에게는 불만스러웠던 거겠지요. 언제나 규칙에 대해 불평을 했거든요. 이런 아파트로서는 아주 상식에 따른 규칙인데도요. 휘비는 좀더 엉뚱하고 자유로운 생활을 하고 싶었던가 봅니다."

"그런 말을 하던가요?"

"입 밖에 내지는 않았어요. 하지만 전 그런 타입의 아이들을 잘 안답니다. 처음 옮겨왔을 때 느닷없이 예전부터 있던 커튼을 떼어 버리고 대신 자기의 커튼을 달았어요. 제 허락도 받지 않고요."

"그렇다면 당분간 이곳에 있을 생각이 아니었을까요? 돌아오려는 게 아닐까요?"

"전 그렇게 생각하지 않아요. 그 애는 단지 앞뒤를 생각하지 않는, 다른 사람에게 폐가 될지 어떨지 전혀 상관 않는 응석꾸러기 부잣집 딸이에요!"

과격한 말이 허공에 떴다. 조금 당황한 듯한 표정이 돈가스터 부인의 얼굴에 나타나며 딱딱한 입이 늘어지더니 눈이 피아노 위의 사진을 바라보았다. 부끄러움 때문인지 두려움 비슷한 빛이 그녀의 눈에 떠올랐다. 부인은 내가 아니라 웃음짓고 있는 콧수염의 남자에게 말했다.

"용서하세요, 이렇게 흥분하다니. 전 다른 사람과 이야기하는 데 익숙하지 못한 모양이에요."

부인이 일어서더니 문 쪽으로 걸어갔다.

"도리를 불러오지요."

"아니오, 너무 오래 폐를 끼치고 있을 수는 없습니다. 그리고 방을 보아 두고 싶습니다. 몇 호실이지요?"

"2층 7호실이에요."

좁은 문간에서 나는 부인과 마주 섰다.

"휘비에 대해 아직 무언가 중요한 것을 잊고 계시지는 않습니까? 이를테면 남자 관계라든가……."

"저, 그녀에 대해서는 잘 모릅니다. 그 애도 도무지 이야기를 하지 않았으니까요."

부인은 입을 쥐덫의 올가미처럼 다물었다. 어떤 상대이든 자기 세계에는 한 걸음도 들어서지 못하게 하려는 듯한 모습이었다.

나는 바깥쪽 층계를 올라 이층으로 갔다. 7호실 문 안에서 타자기 글자판을 두드리는 소리가 낙숫물 소리처럼 들려 왔다. 문을 두드리자 피로에 지친 여자의 목소리가 대답했다.

"들어오세요."

아가씨는 창가의 책상을 향해 앉아 있었다. 두터운 커튼을 드리우고 대신 스탠드를 켜고 있었다. 큼직한 흰 스웨터와 파란 바지를 입고 있었으며, 토끼 같은 느낌을 주는 아가씨였다.

눈은 생각에 잠긴 듯이 퀭하니 흐리고, 발은 의자 다리에 엉켜 있었다. 그녀는 그것을 풀려고 하지도 않았다.

"랭그 양이지요? 조금 이야기하고 싶은 게 있는데, 바쁩니까?"

"네, 굉장히 바빠요."

소녀는 짧게 자른 검은 앞머리를 당기며 과장된 몸짓으로 절망하는 표현을 하면서 소녀는 나에게 파리한 웃음을 던졌다.

"이 사회학 과제물을 오후 3시까지 내지 않으면 낙제거든요. 그런데 아무래도 '정신'을 집중시킬 수 없어 야단났어요. 아저씨, 청소년 범죄의 원인에 대해서 뭐 아시는 것 없으세요?"

"책을 한 권 쓸 만큼이나 알고 있지요."

아가씨의 얼굴이 환해졌다.

"정말이세요? 아저씨는 사회학자세요?"

"사회학자 대용품이라고나 할까요. 사립 탐정입니다."

"어머나, 좋아라. 그럼, 가르쳐 주시겠어요? 청소년 범죄의 책임자는 누구일까요? 부모, 아니면 청소년 당사자? 전 도무지 '정신'을 한곳으로 모을 수가 없어요."

"그 '정신'이라는 말좀 그만할 수 없습니까?"

"시시해요, 그렇게 돌려서 말하기예요? 미안해요. 그런데 나쁜 것은 부모인가요, 아니면 청소년 당사자인가요?"

"아무도 나쁘지 않습니다. 누가 나쁘다고 하는 것은 이제 우리가 그만둬야 할 습관의 하나입니다. 자녀들이 부모 탓을 하고, 부모는 자녀의 잘못된 행동을 꾸짖기만 해서는 문제가 부분으로밖에 해결되지 않을 뿐더러 오히려 더 해결하기 어렵게 될 뿐입니다. 누구나 다 자기를 잘 바라보지 않으면 안됩니다. 누가 나쁘다는 건 잘 바라보지 않기 때문에 나오는 말이니까요."

"좋은 대답이군요" 하고 아가씨는 진지하게 말했다. "그럼, 이제 그것을 좀더 학문적인 어휘로 바꾸기만 하면 되겠군요." 아가씨는 입술을 오므렸다. "'가족 그룹에서 징벌 심성'은 어때요?"

"형편 없군요. 그런 사회학 은어 같은 것은 마음에 안 듭니다. 하지만 이런 이야기를 하러 온 게 아닙니다, 랭그 양. 나는 위철리 씨에게서 당신을 만나고 오라는 부탁을 받고서……."

아가씨의 입술이 동그란 모양이 되더니 다음에 '오오' 하는 소리가 흘러나왔다. 피부에 점토 빛이 섞여있었다. 갑자기 몇 살이나 더 나이 든 것 같이 보였다.

"집중이 안 되었던 것도 무리가 아니에요" 하고 아가씨는 말했다. "역시 그녀가 사라진 게 마음에 걸렸던 거예요. 정말 벌써 두 달 동안이나 그것만을 생각해 왔거든요. 한밤중에 식은땀을 흠뻑 흘리며 번쩍 눈을 뜨곤 해요. 그리고 그녀에게 일어난 일을 생각하면 언제까지나 잠을 이루지 못하겠어요."

"그녀에게 어떤 일이 일어났는데요?"

"무서운 일이예요. 스위니 아고니스테스가 나오는 엘리어트의 연극(1932년 작품 《스위니 아고니스테스》) 같은……." 아가씨는 얼굴을 찡그렸다. "저는 국어 시간에 낭독하도록 이름이 불렸어요. '누구나 한 번은 아가씨를 죽이지 않으면 안 돼'."

마치 내가 스위니이며 그녀를 죽이려고 하고 있기라도 한 듯이 그녀는 두려움에 찬 얼굴로 나를 올려다보았다. 그리고 의자에 엉겼던 발을 풀고 작은 흰색과 파랑의 덩어리처럼 되어서 경쾌하게 방을 가로지르더니 긴 의자에 털썩 주저앉았다. 그리고 두 무릎을 끌어안고 턱을 무릎 위에 올려놓은 채 물끄러미 나를 지켜보았다. 그녀의 눈은 10센트짜리 새 은화처럼 스탠드의 빛을 반사했다.

나는 의자를 빙글 돌려 스탠드에 등을 돌렸다.

"휘비가 살해되었다고 생각할 만한 어떤 이유가 있습니까?"

"없어요!" 랭그는 좀 날카로운 소리로 말했다. "다만 그렇지 않을까 하고 걱정하고 있을 뿐이에요. 돈가스터 부인이며 다른 사람들은 휘비가 자기 마음대로 나갔다고 생각하고 있어요. 저도 처음에 그렇게 생각했지요. 하지만 지금은 그녀가 돌아올 셈으로 나갔다고 난 생각해요. 그것은 아주 확실한 일이라고 생각해요."

"확실하다고 생각하는 이유는?"

"여러 가지가 있어요. 첫째로, 하루 이틀 지낼 옷가지만 가지고 갔거든요."

"샌프란시스코에서 주말을 보낼 작정이었나 보군요?"

"그렇다고 생각해요. '월요일에 다시 만나자'고 휘비가 말한걸요. 월요일에는 아침 9시부터 수업이 있기 때문에 거기 출석할 예정이었을 거예요. 그리고 실제로도 그렇게 말했고요."

"휘비는 랭그 양에게 사실대로 이야기했습니까, 네?"

아가씨는 고개를 끄덕였다. 머리가 무릎에 부딪쳤다. 스탠드의 빛을 반사하는 각도가 바뀌어 눈빛이 은빛에서 검정으로 바뀌었다가 다시 은빛이 되었다.

"휘비에 대해서는 그다지 잘 몰라요……" 하고 그녀는 말했다. "9월에 그녀가 옮겨온 뒤부터 사귀었으니까요. 하지만 곧 친해졌어요. 휘비는 공부를 잘 했고……그리고……그래서 제 공부를 도와 주었어요. 휘비는 4학년이었으니까요." 과거형이 끊임없이 섞였다. "전 아직 2학년이에요. 그리고 우리는 자라 온 환경에도 공통점이 있었어요."

"어쩐 공통점?"

"부모의 불화예요. 저의 집 이야기는 하지 않겠어요. 그것은 제 비밀이니까요. 하지만 휘비의 가정 환경은 너무 심해요. 정말 너무해. 아버지와 어머니의 사이가 나빠서 드디어 지난해 여름에 헤어졌대요. 휘비는 그 이혼을 슬퍼했어요. 이제 돌아갈 집이 없어진 느낌이라고 하면서……."

"그녀는 누구의 편을 들던가요, 이혼 문제에서?"

"아버지 편이었어요. 어머니가 꽤 많은 돈을 뜯어 낸 모양이더군요. 하지만 둘 다 나쁘다고 했어요. 하는 짓이 꼭 어린애들 같다고요." 그녀는 거기서 문득 깨달은 모양이었다. "어머나, 또 책임 문제가 나왔군요. 저…… 아직 성함을 여쭤 보지 못했네요."

나는 내 이름을 말했다.

"휘비는 어머니 이야기를 자주 했습니까?"

"아니오, 전혀 하지 않았어요."

"어머니에게서 편지가 온 일은 있었습니까?"

"글쎄요, 제가 아는 한은 없었던 것 같아요."

"휘비는 어머니가 지금 살고 있는 곳의 주소를 알고 있었나요?"

"글쎄요, 알고 있었다 해도 제게 말하지 않았을 거예요."

"그럼, 지금 어머니와 함께 있으리라고는 생각할 수 없겠군요?"

"그래요, 생각할 수 없어요. 그녀는 어머니를 싫어했거든요. 거기에는 까닭이 있어요."

"그 까닭을 이야기해 주던가요?"

"직접 해준 건 아니지만……." 도리는 알맞는 말을 찾는 듯이 입술을 일그러뜨렸다. "지나가는 말로 한 적은 있어요. 언제였던가, 밤에 불을 끄고서 이야기할 때였어요. 집으로 편지가 왔더래요. 이상한 편지가요. 지난해——이것은 아직 그녀의 부모가 이혼하기 전의 일인데, 휘비가 부활절 휴가로 스탠포드에서 자기 집에 돌아와 있을 때였대요. 그 편지를 휘비가 뜯어 보았던 거지요. 그랬더니 어머니에 대해 무서운 말이 써 있었다더군요."

"무슨 말이?"

그녀는 두려운 표정을 지었다.

"어머니가 간통을 하고 있었다는 거예요. 휘비의 말투로 보아 그것이 전혀 거짓말은 아니었던 것 같았어요. 그리고 또 한 가지, 휘비는 묘한 말을 했어요. 그 편지는 나 때문이다, 부모가 이혼한 것은 그 편지 탓이라구요."

"그럼, 휘비 자신이 그 편지를 썼단 말인가요?"

"설마 그럴 리야 있겠어요. 하지만 어떤 뜻으로 그런 말을 했는지는 모르겠어요. 좀더 그 이야기를 들으려 했는데 그녀가 좀 흥분했거든요. 이튿날 아침에 다시 그 이야기를 꺼내자 어젯밤에 내가 그런 말을 했던가 하고 시치미를 뚝 떼었어요." 어떤 독특한 표정이 그녀의 얼굴을 가로질렀다. "이런 말을 아저씨에게 해도 좋을지 모르겠어요."

"당신이 아니면 누가 이야기를 해줍니까? 그런 대화를 언제쯤 했지요?"

"휘비가 사라지기 바로 전 주일이었어요. 같은 날 밤에 아버지의 여행에 대해서도 이야기하더군요."

"아버지의 여행에 대해 무슨 말을 하던가요?"

"원망하는 것 같았어요. 그녀는 가고 싶지만, 아버지와 함께는 싫다고요."

"아무래도 잘 이해가 안 되는데요……."

"단순한 거예요. 휘비는 혼자서 중국에 가고 싶다고 했어요. 화물선 같은 걸 타고 말예요. 하지만 그런 짓은 하지 않았을 거예요."

"그렇지 않았다는 걸 어떻게 알지요?"

"그녀는 돌아와서 학교를 졸업할 생각이었는걸요. 대학 졸업 자격을 따서 취직을 하여 홀로 서는 것이 그녀에게는 중요한 일이었으니까요. 그렇게 되면 아무에게도 도움 받지 않고 혼자서도 살 수 있잖아요."

"아버지한테서 돈을 안 받겠다는 뜻인가요?"

"그렇지요. 그리고 좋은 옷을 모두 버려 두고 긴 여행을 떠나는 여자가 있을까요? 제복이며 이탈리아에서 산 스웨터며 구두며 가방이며 코트도 잔뜩 남겨 놓았는걸요. 비단으로 안감을 받친 비버 코트까지 남겨 놓고 갔어요. 그건 굉장히 비싼 거예요."

"그런 것들은 모두 어디에 두었지요?"

"다른 짐들과 함께 지하실에 넣어 두었지요. 그런 곳에 넣고 싶지 않았지만 돈가스터 부인이 그러는 게 안전하다고 해서요."

도리는 무릎을 맞비비는 것처럼 하며 몸부림치는 시늉을 했다.

"그녀의 물건을 들어 내다니, 정말 가혹한 느낌이 들었지만 어쩔 수 없었어요. 휘비의 집세가 다 된데다 저 혼자 두 사람 몫을 낼 수도 없으니까요. 하는 수 없이 함께 지낼 친구가 찾아왔어요. 그리고 돈가스터 부인은 휘비가 아버지와 함께 여행을 떠났으니 이제 돌아오지 않는다고 말했어요. 정말 어저께까지도 저는 그 말을 믿지 않았어요."

"돈가스터 부인은 어째서 그렇게 자신 있게 말할 수 있었을까요?"

그녀는 망설이는 빛을 보였다.

"왠지 그냥 그렇게 생각된 게 아닐까요?"

"아니, 무슨 이유가 없이는 그렇게 말하지 않을 것입니다."

다시 조금 망설이더니 그녀는 말했다.

"욕망을 충족시키기 위한 게 아니었을까요?……. 돈가스터 부인이 사실은 휘비에게……안 돼, 안 되겠어요." 도리는 스스로 자신의 말을 가로막았다. "그런 것을 생각하는 건 우스운 일이야!"

"당신은 지금 돈가스터 부인이 사실은 휘비가 돌아오지 않기를 바랐다고 말하려고 했지요?"

"아니요, 휘비의 신상에 무슨 사건이 생기지 않았으면 하고 바랐다고 말하려 했어요. 하지만 휘비가 정말로 돌아오지 않는다는 것을 알아도 돈가스터 부인은 만족할 거예요. 그러니까 역시 휘비가 돌아오지 않기를 바랐던 거지요. 이제 곧 연락이 있겠지 하고 늘 말했어요. 뉴질랜드나 홍콩이나, 어쨌든 그런 엉뚱한 곳에서 짐을 보내 달라는 연락이 오면 그걸로 일은 끝난다고요. 하지만 실제로는 그런 게 아니겠지요."

"아무래도 돈가스터 부인의 마음을 모르겠군요. 휘비를 싫어했나요?"

"미워해요. 개인적인 이유는 없겠지만. 즉 돈가스터 부인과 그것과는 아무런 관계도 없을 거예요."

"그것이라니요?"

"휘비의 실종 사건 말예요. 휘비는 설마 죽은 게 아니겠지요?"

"글쎄요……. 그보다도 돈가스터 부인의 이야기를 좀더 자세히 듣고 싶군요."

"단순한 일이에요."

도리라는 아가씨에게는 모든 일이 몹시 단순하거나 복잡하거나, 둘 중에 그 어느 한쪽으로 나누어지는 모양이었다.

"그 애는 좋은 남학생이라서 이름을 밝히고 싶지 않았지만, 보비 돈가스터가 휘비에게 열을 올리고 있었어요. 굉장히 열렬했지요. 그는 고민에 지친 듯한 얼굴로 저 언저리를 서성거렸어요. 그것이 돈가스터 부인은 못마땅했던 거지요."

"그러니까 짝사랑이었나요?"

"그렇지 않았다고 생각해요. 휘비는 보비처럼 마음을 겉으로 나타내지 않았지만, 그러나 사실은……."

10센트짜리 은화 같은 눈을 깜박이더니 그녀는 갑자기 입을 다물었다.

"사실은 뭡니까?"

"아무것도 아니에요."

"아무것도 아니진 않겠지요?"

"하지만 전 소문이라는 게 싫어요. 엿본 것처럼 보이는 것도 싫고."

"나도 마찬가지요. 그러나 이것은 중대한 사건입니다. 말하지 않아도 잘 알겠지요. 당신이 휘비의 생활에 대해 자세히 가르쳐 주면 난 그녀를 쉽게 찾아 낼 수 있습니다. 그래, 지금 무슨 말을 하려고 했지요?"

그녀는 두 다리를 꼬았다 풀었다 하더니 마지막으로 다리를 포갰다.

"휘비가 이곳에, 이 학교에 온 것은 아무래도 보비 때문인 것 같아요. 그런 말은 한 번도 하지 않았지만. 그런데 언젠가 보비 이야기를 하다가 그녀는 저도 모르게 그만 지껄였어요. 잘 모르지만 작년 여름 북쪽 해안에서 처음 만났는데, 보비가 이 학교로 옮기지 않겠느냐고 권하더래요."

"그리고 어머니의 아파트에 넣은 게로군."

"돈가스터 부인은 그걸 모르는 것 같아요. 저도 자세히는 몰라요." 도리는 걱정스러운 듯이 내 얼굴을 보았다. "뭔가 '진행'중이겠지 하고 짐작하진 마세요. 휘비는 그런 여자가 아니에요. 보비도 착실한 학생이구요. 휘비와 결혼할 생각이었던 것 같았어요."

"그 남학생과 이야기해 보고 싶은데……."

"쉽게 만날 수 있어요. 아까 학교에서 돌아올 때, 지하실에 있는 것 같은 소리가 났어요. 수상 스키 판자를 만들 거예요."

"보비는 몇 살이지요?"

"21살, 휘비와 같지요. 하지만 보비는 그녀에 대해 잘 모르고 있는 것 같아요. 아저씨에게 그다지 도움을 주지는 못할 거예요. 휘비를 알고 있었던 것은 저 혼자지만, 저 역시 그녀를 '진짜'로는 잘 몰라요. 휘비는 '속이 깊은' 아이였거든요."

"그건 무슨 뜻이지요?"

"말 그대로 '속이 깊다'는 거지요. 자기 마음 속을 좀처럼 남에게 밝히지 않는단 말이에요. 겉으로는 우리와 함께 이야기도 하고 사귀기도 하지만 마음 속으로는 다른 것을 생각하는걸요. 뭘 생각하느냐고 묻지 마세요. 저도 모르니까요. 아버지나 어머니의 일인지도 모르고 다른 사람의 일인지도 모르지요."

"당신 말고도 친구가 있었습니까?"

"정말 친한 사람은 없었던 것 같아요. 이 곳에 온 지 아직 7주밖에 안 되었거든요. 저는 하숙을 알선하는 집에서 그녀를 처음 만났어요. 둘 다 함께 하숙할 사람을 찾고 있었지요. 전 상급생과 함께라면 기숙사 밖에서 살아도 좋다고 생각했거든요. 그리고 전 휘비가 좋았어요. 그녀는 괴짜인데다 저도 마찬가지였으므로 서로 뜻이 맞았지요."

"괴짜라니 어떤 점이 그렇습니까?"

"글쎄요, 말로 표현하기는 어렵군요. 전 심리학에 약하니까요. 뭐랄까, 휘비에게는 퍼스낼리티(인격 또는 개성)가 두셋쯤 있고, 그 가운데 하나가 포이즈낼리티(포이즌이라는 독약에서 만들어 낸 말)였어요. 그러니까 그녀는 심술쟁이도 될 수 있는 거지요. 저도 그다지 조화된 인격을 갖고 있지는 못하므로, 우리는 서로 마음이 맞는 것 같아요."

"휘비가 실망하거나 하는 일이 있었습니까?"

"가끔 몸을 움직이는 것조차 지긋지긋하다는 듯이 행동하는가 하면, 때로는 앞장서서 떠들어 대기도 했어요."

"어째서 그처럼 실망을 했을까요?"

"인생의 비애겠지요," 도리 랭그는 진지한 얼굴로 말했다.

"자살 이야기 같은 것도 했습니까?"

"네, 혼자서 한참 자살 이야기도 했어요. 방법 같은 것을 말예요. 언젠가는 자살이야말로 개성의 표현이니 뭐니 하고 떠들어 댔던 일이 기억나요. 저의 자살 방법은 금문교(샌프란시스코에 있는 세계적으로 유명한 다리) 같은 곳에서 뛰어내리는 거예요. 매우 드라마틱하지요?"

"휘비는?"

"휘비는 머리를 꽝 내리친대요. 그것이 가장 손쉽지 않겠어요?"

"휘비는 권총을 가지고 있었습니까?"

"글쎄요, 전 잘 모르지만 메도 팜스의 아버지 집에는 많이 있다고 했어요. 하지만 그녀는 권총 자살 같은 건 하지 않을 거예요. 이것은 그냥 하는 이야기인데요, 실은 권총을 무서워했을 정도예요. 신경질적으로 말예요. 누구나 다 그렇지 않겠어요."

증인과 토론하지 말라. 나는 일어서서 의자를 원래대로 타자기 쪽으로 돌려놓았다. 반쯤 메운 타자 용지에는 '청소년 범죄의 정신적 기원'이라는 제목이 있고 도로시아 S. 랭그라는 이름이 써 있는데, 문장의 한 구절은 이러했다.

'대부분의 사회학자는 반사회 행동의 원인으로서 사회·경제 요인이 월등하게 우세하다고 하나, 일부의 설로는 사랑의 부족이⋯⋯.'

love(사랑)의 e자가 행에서 조금 빗나가 있었다. 어쩌면 그것이 단서일지도 모른다.

3

건물 뒤쪽을 향해 내리막길이 되어 지하 일층의 입구는 땅바닥과 같은 높이였다. 뒤뜰에는 차가 몇 대 서 있었다. 지하실 안에서 고통의 신음 소리인지 외침 소리인지 분간하기 어려운 소리가 울려 왔는데, 아마도 맨 안쪽 방에서 들려오는 것 같았다. 나는 포장된 상자와 청소 도구 사이를 지나 백열전구에 비친 창문 없는 작업장을 들여다보았다.

전등 아래에서 어깨가 넓은 젊은이가 바이스에 끼운 판자를 대패로 깎고 있었다. 빨간 머리에 톱밥이 잔뜩 붙어 있다. 돌돌 말린 대팻밥이 젊은이의 발 밑에서 버석거리며 소리를 냈다. 나는 그가 몇 번이나 대패를 움직여 깎는 것을 지켜보았다. 이쪽으로 등을 돌린 티셔츠 아래에서 근육이 율동하며 꿈틀꿈틀 움직였다.

인기척을 알아차리지 못하므로 나는 그를 불렀다.

"보비!"

젊은이는 놀라며 돌아보았다. 밝은 녹색 눈이었다. 조금 둔해 보이는 커다란 입과 턱이 어머니를 꼭 닮았다. 그 점을 빼놓고는 꽤 잘생긴 얼굴이었다. 코 밑에서는 핑크빛 수염이 나고 있는 중이었다.

"무슨 일이십니까?"

나는 이름을 대고 여기에 온 까닭을 말했다. 젊은이는 목공 도구가 죽 늘어선 판자 벽에 기대어 함정에 몰린 듯한 모습으로 작업장을 둘러보았다. 그가 쥐고 있는 대패가 흉기처럼 번쩍였다.

"내가 그 일과 어떤 관계가 있으리라고 생각하시는 것은 아니겠지요?"

그는 웃음을 지어 보이려고 했으나, 얼굴은 굳어져 있었다.

이것이 사립 탐정과 행방불명이라는 말에 대한 반응인지, 아니면 단순히 이 젊은이의 내부에 지병처럼 자리잡은 공포가 나타났을 뿐인지 나는 도무지 판단하기가 어려웠다.

"무슨 말인가?"

"휘비가 돌아오지 않는 일 말입니다."

"만일 자네가 그 일과 무슨 관계가 있다면 지금 바로 그렇게 말해 주게."

녹색 눈이 흐려졌다. 젊은이는 당황한 눈초리로 나를 보았다. 그러고 나서 그 당황을 있는 힘을 다해 분노로 바꾸었다.

"천만의 말씀입니다!"

그러나 그 말에는 전혀 힘이 없었다. 분노를 흉내내고 있을 뿐이었다.

"대체 나와 관계가 있다는 말을 어디서 듣고 왔습니까?"

"묻지도 않았는데 그런 말을 한 건 바로 자네가 아닌가?"

젊은이는 아랫니로 콧수염을 물으려고 했다. 그것은 어머니에게서 이어받은 버릇인가 보다. 자기가 어머니의 아들인지 아버지의 아들인지 아직 잘 모른다는 인상이었다.

"하지만 말꼬리를 잡는 일은 그만두겠네, 보비. 자네는 휘비와 친하게 지냈어. 그러니까 자네의 이야기를 듣고 싶은 건 당연한 일이 아니겠는가?"

"누구한테서 그런 말을 들었지요?"

"그거야 아무려면 어떤가? 자네는 휘비와 친했지?"

그는 대패를 들고 있는 것을 깨닫고 그것을 의자 위에 놓았다. 그리고 나를 똑바로 보지 않으려 하며 말했다.

"나는 그녀에게 열중했습니다. 그것이 죄입니까?"

"마지막에 범죄가 되는 일은 가끔 있지."

그의 머리가 천천히 위를 향했다.

"어째서 절 내버려 두지 않습니까? 지금 말한 대로 전 그녀에게 열중했습니다. 지금도 그렇습니다. 이 두 달 동안 그녀의 편지를 기다리는 일만으로도 몹시 괴로웠습니다."

"그저 멍청히 기다리기만 해선 안 될 텐데."

"그건 무슨 뜻이지요?"

젊은이는 두 손바닥을 펴 보고 손바닥이 더러워진 것을 깨닫고는 티셔츠 자락에 문대었다.

"무슨 뜻이지요?"

"경찰에 갔으면 좋았을걸."

"가려고 했습니다."

그는 입을 삐죽 내밀었다.

"생각은 했는데 어머니가 안 보내던가?"

"그런 말은 하지 않았습니다."

"내 추리일세."

"누가 우리에 대해 그런 엉터리 말을 했습니까? 지금까지 누구와 이야기하고 오셨습니까?"

"자네 어머니, 그리고 아파트 사람 하나. 이렇게 둘이네."

"어머니를 난처하게 만드는 일은 그만두십시오. 어머니는 옳다고 생각한 일을 했을 뿐입니다. 어머니는 휘비가 아버지와 함께 여행을 떠난 거라고 생각했습니다. 저도 그렇게 생각하고 있었지요." 그것은 문득 생각이 나서 덧붙인 말이었다. "우리는 그녀에게서 편지가 오리라고만 생각하고 있었습니다. 편지가 오지 않은 건 우리 탓이 아닙니다. 정말 엽서쯤 보내 주어도 될 텐데……짐 처리 때문에 곤란하거든요."

"왜 편지를 보내지 않았다고 생각하나?"

"모르겠습니다. 뭐가 뭔지 도무지 알 수가 없어요."

안타까울 만큼 수동적인 태도였다. 순순히 협력해 주지 않는 것은 다만 겁이 나서인지도 모른다. 이쪽의 방법이 너무 단도직입이었음을 반성하고 나는 질문의 방향을 바꾸었다.

"휘비가 남기고 간 짐을 보고 싶은데, 어디에 있는지 가르쳐 주겠나?"

"네, 광에 있습니다. 보여 드리지요."

몸을 움직일 여유가 생겨 한시름 놓은 모양이었다. 젊은이는 앞장 서서 커다란 가스 난로 저쪽 구석의 문을 열었다. 먼지투성이인 높은 창으로 희미한 햇살이 들어왔다. 보비는 늘어져 있는 전등 스위치를 켰다. 커다란 가방 옆에 대여섯 개의 여행 가방과 모자 상자가 쌓여 있었다. 가방에는 국내외의 여러 호텔 꼬리표가 너덜너덜 붙어 있었 다.

보비 돈가스터는 열쇠 꾸러미에서 트렁크 열쇠를 골라 내어 가방 뚜껑을 열었다. 희미하게 라벤더와 젊은 여자의 향기가 풍겼다. 많은 드레스, 스커트, 스웨터, 블라우스와 값비싸 보이는 비버 코트. 내가 그 코트를 만지는 것을 보비는 조금 샘내는 듯한 눈초리로 바라보았다.

"이쪽 여행 가방도 휘비의 것인가?"

"그렇습니다."

"속에는?"

"여러 가지가 있습니다. 옷, 구두, 모자, 책, 보석, 그 밖의 여러 가지입니다. 화장품도 있습니다."

"자네는 어떻게 속에 든 것을 알고 있지?"

"제가 여행 가방에 넣은걸요. 휘비에게서 편지가 오리라고 예상하 고 있었으므로 속에 든 것을 알아야 할 것 같아서."

"왜 그녀의 아버지 집에 보내지 않았나?"

"보내고 싶지 않았습니다. 마지막이라는 기분이 싫었던 겁니다. 그 리고 그녀한테서 들었습니다만, 아버지는 집을 비우고⋯⋯완전히 잠가 놓고 여행을 떠났습니다. 그렇다면 여기에 두는 편이 더 안전 하리라고 여겨서 자물쇠를 채워 두었던 거지요."

"꽤 많은 것을 두고 갔군." 나는 말했다. "가지고 간 것은?"

"주말용 손가방뿐이었습니다."

"손가방만 가지고 두 달에 걸친 배 여행을 떠났다고 생각했나?"

"어떻게 해석해야 좋을지 알 수가 없었습니다. 지금 제가 그녀 있는 곳을 알고 있으리라고 생각하신다면 잘못 짚으신 것입니다. 정말 엉뚱한 생각입니다." 그는 조금 부드러운 목소리로 말했다. "전 다만 그녀를 찾아 주시기를 바랄 뿐입니다."

"자네가 도와주기만 한다면 찾아 내고 말고."

그는 놀라는 얼굴을 했다. 아무래도 모든 일에 잘 놀라는 성격인 모양이다.

"어떻게 하면 됩니까?"

"그녀에 대해 알고 있는 것만 이야기해 주면 돼. 우선 그 여행 가방을 잠깐 보여 주겠나?"

나는 여행 가방을 급히 뒤적였으나 그럴 듯한 것은 하나도 눈에 띄지 않았다. 편지도, 사진도, 일기도, 수첩도 없었다. 나는 문득 보비가 찾아봤는지도 모른다고 생각했다.

"이게 전부인가?"

"그렇다고 생각합니다. 그녀의 것은 제가 모조리 이렇게 모아 놓았습니다. 도리의 도움을 받았지요. 휘비와 같은 방에 있던 아가씨입니다."

"기념으로 두려고 뭐 빼놓은 건 없나?"

"없습니다." 젊은이는 왠지 당황하는 것 같았다. "저는 그런 짓을 하지 않습니다."

"그녀의 사진을 가지고 있나?"

"안타깝게도 없습니다. 우리는 사진을 서로 나누어 가진 일이 없습니다."

"아까 분명히 책도 있다고 했지? 그 책은 어디에 있나?"

젊은이는 가방 밑에서 묵직한 상자를 꺼냈다. 속에 들어 있는 것은 대부분 교과서와 참고서였다. 프랑스 어 문법책, 사전, 시집, 전집물, 번역본을 포함한 몇 권의 소설, 심리학, 실존주의 철학에 대한 몇 권의 책. 표지에 쓴 '휘비 위철리'라는 서명은 작고 명료한 필체로 소유자의 지성과 감수성을 나타내 주는 것 같았다.

"보비, 휘비는 어떤 아가씨인가?"

"휘비는 훌륭한 여자입니다."

그는 대화의 엇갈림을 깨닫지 못하는 것 같았다.

"어떻게 생겼는지 말해 주지 않겠나?"

"글쎄요. 여자치고는 키가 커서 5피트 7인치 반쯤 되며, 날씬합니다. 옷의 크기는 12입니다. 모양새가 아주 좋고, 머리가 아름다우며 보기 좋을 만큼 짧게 잘랐지요."

"머리 빛깔은?"

"엷은 갈색으로 거의 금발에 가깝습니다. 미인이 아니라는 사람도 있었습니다만, 전 미인이라고 생각합니다. 기분이 좋은 때는, 즉 행복해할 때는 정말 미인으로 보였지요. 깊이가 있는 눈입니다. 눈은 파랗습니다. 웃으면 아름답습니다."

"그럼 행복하지 않을 때도 있었나?"

"네, 괴로움이 있었지요."

"그 고민을 털어놓은 적은 없었나?"

"없었습니다. 하지만 전 알 수 있었지요. 아시겠지만, 그녀의 가정은 엉망입니다. 그러나 그녀는 그런 이야기를 하고 싶어하지 않았습니다."

"작년 봄에 왔다는 편지 이야기도 하지 않던가?"

"편지요?"

"그녀의 어머니를 비난하는 편지 말일세."

젊은이는 고개를 저었다.

"그런 편지 이야기는 듣지 못했습니다. 어머니 이야기는 절대로 하지 않았습니다. 말하자면 닫혀진 화제이지요."

"그녀에게는 그런 종류의 이야깃거리가 많았나?"

"그렇지는 않습니다. 다만 과거의 일이나 자기 이야기를 하지 않았습니다. 휘비는 불안한 유년시절을 보냈습니다. 그녀의 부모는 늘 싸움만 했답니다. 그 흔적이 휘비에게 남아 있는 것 같습니다."

"어떤 점이?"

"예를 들면 그녀는 자기의 아이를 가져야 할 것인지, 갖지 않아야 할 것인지조차 모르고 있습니다. 어머니가 될 수 있을지 자신이 없는 것 같았어요."

"자네들은 아이 이야기까지 했었나?"

"물론입니다. 저희들은 결혼할 생각이었으니까요."

"언제?"

그는 망설이더니 늘어진 전등을 올려다보았다. 그 빛이 그의 눈을 사로잡았다.

"2년 뒤 학교를 졸업하고 나서입니다. 전 무난하게 졸업할 수 있습니다. 그러니까 그대로 결혼할 수 있다고 생각한 것입니다." 최면 효과가 있는 전구에서 젊은이는 눈을 뗐다. "지금은 어떻게 해야 좋을지 모르겠습니다."

"자네 어머니가 그런 이야기를 해주지 않았다니 이상하군. 자네들의 결혼 계획을 모르고 계셨나?"

"물론 알고 계십니다. 그 일로 몇 번이나 다투었지요. 결혼을 생각하기에는 아직 어리다는 것이었습니다. 그리고 어머니는 휘비를 이해하지 못했고, 좋아하지도 않는 것 같았습니다."

"왜?"

일그러진 웃음이 그의 입을 보기 싫게 만들었다.

"제가 어떤 여자아이를 데리고 오든 어머니는 똑같은 말을 하실 겁니다. 그리고 어머니는 옛날부터 부자를 싫어했지요."

"자네는 싫지 않은가?"

"휘비가 부자거나 가난뱅이거나 상관 없습니다. 전 성적도 모두 A이고, 혼자서 어떻게든지 생활 방법을 강구할 수 있습니다. 적어도 이번 학기까지는 그랬습니다. 하지만 이번 학기는 아직 2주일이나 남았습니다."

"이번 학기엔 어떻게 됐나?"

"어떻게 됐는지는 짐작하시는 바와 같습니다."

그는 녹색 눈을 반쯤 감고 아랫입술을 내밀며 휘비가 남긴 물건들을 내려다보았다.

"여기서 나가시지요."

"다른 데서 이야기해도 마찬가지야."

"이제 이야기하고 싶지 않습니다. 유도 심문은 질색입니다. 제가 거짓말이라도 하고 있는 듯한 질문 방법이 아닙니까?"

"아니, 자네가 아직 무언가 이야기를 빼놓고 사실의 일부분을 이야기하기 꺼려 하고 있다고 생각하기 때문일세. 난 사실을 모두 듣고 싶은 거라네."

"이런 곳에 서서 이야기할 수는 없습니다."

"그럼, 앉으면 되잖나."

보비는 움직이지 않았다.

"그 밖에 무슨 이야기를 듣고 싶으십니까?"

나는 무난한 화제를 골랐다.

"그녀의 학교 성적은 어땠지?"

"아주 좋았습니다. 학기 중간쯤에는 B가 거의 없었습니다. 프랑스

어가 뛰어났고……. 어학 재능이 굉장합니다. 작년에 스탠포드에 있을 때보다 아주 공부하기가 쉬워졌다고 했습니다. 감정 문제가 적었기 때문이겠지요."

또다시 보비 돈가스터의 입술에 일그러진 웃음이 떠올랐다. 그 웃음은 방금 사라졌지만 이 젊은이가 자기 자신을 비웃고 있다는 인상을 남겨 주었다.

"그녀의 감정 문제라면?"

나는 실은 이 젊은이의 감정 문제를 묻고 싶었던 것이다.

보비 돈가스터는 근육이 울퉁불퉁한 어깨를 보기 싫게 움츠렸다.

"전 정신과 의사가 아닙니다. 하지만 그녀의 마음에 무언가 꺼림칙한 게 있다는 건 누구나 쉽게 알 수 있었습니다. 어느 날은 기분이 좋은가 하면, 다음날은 몹시 침체됩니다. 저도 정신과 의사에게 진찰을 받아 보는 게 좋겠다고 생각했습니다. 한 번은 그녀가 정말로 진찰을 받아 보겠다고 말했었지요."

"언제?"

"작년 봄, 파로 아르트에서였습니다. 하지만 제대로 온전히 진단한 것은 아니었나 봅니다. 두 번쯤 진찰을 받았을 뿐이라고 했습니다."

"의사의 이름을 알고 있나?"

"모르겠습니다. 그녀의 고모에게 물으면 알 겁니다. 트레버 부인이지요. 고모네 집은 페닌슐러로, 파로 아르트 가까이에 있습니다."

"자네는 트레버 부부를 아나?"

"아니오."

"그 밖의 다른 휘비의 친척은?"

"모릅니다."

"자네는 언제부터 휘비를 알았지?"

보비는 잠시 대답할 말을 생각했다.

"그녀가 이 곳에 왔을 때니까 9월입니다. 교제한 기간은 두 달입니다. 아니 두 달도 채 못 되지요."

"두 달도 못 되는 교제로 결혼할 것을 결심했단 말이지?"

"전 바로 결심했습니다. 한눈에 반해 버렸으니까요."

"한눈에 반한 게 언제인가?"

"그러니까 9월입니다. 그녀가 아파트를 보러 왔습니다. 저는 부엌에서 페인트 칠을 하고 있었지요."

"나는 그 전에 이미 만났다고 생각하는데……."

"그 생각은 틀립니다."

"그럼, 작년 여름 바닷가에서 만나 이 대학으로 옮겨 오라고 한 것은 사실이 아닌가?"

그는 뚝 말을 멈추고 생각에 잠겼다. 그 얼굴에서 표정이 없어지고 눈이 흐려졌다. 이 사건은 뜻밖에 쉽사리 해결될지도 모르겠다고 나는 순간 덧없는 희망을 가졌다. 그녀는 이 젊은이에게 살해된 것이다. 그는 지금 자백하려고 한다.

"네." 그는 괴로운 듯이 말했다. "실은 그랬지요."

"왜 거짓말을 했지?"

"어머니가 알까 봐……."

"난 자네 어머니가 아닐세."

"네, 하지만 어머니와 이야기하지 않았습니까? 또 이야기할지도 모르잖습니까?"

"어머니가 알면 좋지 않은 이유는 뭔가?"

"이유는 없습니다. 다만 제가 그 이야기를 하지 않았기 때문이지요. 그 이야기를 하면 어머니는 틀림없이 휘비에게 방을 빌려 주지 않았을 테니까요. 어머니는 의심이 많습니다."

"나도 의심이 많아. 자네와 휘비는 육체 관계가 있었나?"

"아니요, 없었습니다. 있었다 하더라도 당신에게 말할 필요는 없겠지요. 우리들은 미성년이 아닙니다."

"법으로는 그렇지. 그래, 육체 관계는 있었나, 없었나?"

"없었다고 하지 않습니까? 결혼하려는 상대에게 이상한 짓은 하지 않습니다. 적어도 나만은 그렇습니다."

나는 그의 말을 믿었다.

"처음 만난 장소는?"

"메디신 스톤이라는 곳입니다. 카멜 북쪽이지요. 전 8월에 1주일쯤 그 곳에 가 있었습니다. 파도타기에 꼭 알맞은 장소가 있기 때문이었지요. 이 근처보다 훨씬 좋습니다. 휘비는 트레버 씨 부부와 그 곳에서 머무르고 있었는데, 바닷가에서 저와 알게 됐습니다."

"자네가 유혹했나?"

"그렇지 않습니다. 그녀가 파도타기를 해 보고 싶다고 해서 내가 도와 주었습니다. 그리고 여러 가지 이야기를 하던 끝에 학교를 옮기고 싶다고 하기에 이 대학을 권했습니다. 그러나 제가 권하기 전부터 이 대학을 생각하고 있었던 것 같습니다."

"그리고 자네는 그녀의 열이 식기 전에 아파트를 제공했군."

"아파트를 찾아달라는 것은 그녀의 부탁이었습니다." 그는 얼굴을 붉히며 말했다.

"어쨌든 그렇게 해서 두 달 동안 재미를 보았겠군."

보비는 주먹을 불끈 쥐었다. 팔의 근육이 갈색 숲처럼 솟아올랐다. 나는 언어맞지나 않나 생각했다. 차라리 얻어맞았으면 싶었다. 어차피 이런 문답을 주고받아 봐야 결말이 나지 않는다. 그러나 싸움이 되면 진상을 끌어 낼 기회가 빨라질 것 같았기 때문이었다.

하지만 그는 자신을 엄격하게 억눌렀다.

"좋을 대로 말씀하십시오. 두 달 동안 즐겁게 지냈습니다. 그 다음의 두 달은 제 생애 최악의 기간이었습니다."

"그녀를 마지막으로 본 것은?"

"11월 2일 금요일 아침, 이른 아침입니다. 그녀는 아버지를 배웅하기 위해 샌프란시스코까지 차로 갈 예정이었습니다. 가솔린과 타이어를 살펴봐 달라는 부탁을 받고 그렇게 해 주었습니다. 제 자동차가 고장나 큰길로 가는 도중 학교 모퉁이까지 같이 타고 갔습니다. 그녀의 모습을 본 것은 그것이 마지막입니다."

그의 말에는 정감이 없었다.

"그녀의 자동차 형은?"

"폴크스바겐 1957년형. 녹색으로 문은 두 개입니다."

"차 번호는?"

"모릅니다. 하지만 가게에 물어 보면 알 수 있겠지요. 이 도시의 임포티드 모터즈에서 산 중고차니까요. 살 때 저도 함께 갔었습니다."

"언제 샀나?"

"그녀가 사라지기 한 달쯤 전입니다. 그전부터도 차가 필요하다고 말했습니다. 버스는 좀처럼 오지 않거든요."

"헤어질 때 그녀는 건강했나?"

"그렇다고 생각합니다만, 휘비의 진짜 기분은 모릅니다. 기분이 잘 바뀌니까요."

"주말을 어떻게 보내겠다고 자네에게 이야기하지 않던가?"

"네, 이야기하지 않았습니다."

"언제 돌아온다고도?"

"네."

"왜 그랬을까?"

"저도 묻지 않았습니다. 일요일 밤이나 월요일 아침에 돌아오는 것은 당연한 일이었으니까요."

"아버지 아닌 다른 누구와 만난다고 이야기하지 않던가?"

"네, 이야기하지 않았습니다."

"그래, 주말을 어떻게 지낼 거냐고 자네도 묻지 않았단 말이지?"

"네."

"아버지에게 작별인사를 하고 배에서 내려 그녀는 무엇을 했을까? 자네는 어떻게 생각하나?"

"전 도무지 알 수가 없습니다."

그러나 보비 돈가스터는 무엇인가 알고 있었다. 그 무엇은 너무 깊은 곳에 들어가 분간을 못하는 물고기처럼 그의 녹색 눈 깊은 곳에서 희미하게 꿈틀거리고 있었다.

갑자기 젊은이의 얼굴빛이 바뀌었다. 젊은이는 고개를 떨어뜨렸다. 눈빛이 흘러나와 볼을 녹색으로 물들였다.

"자네는 혹시 그녀와 함께 샌프란시스코로 가지 않았었나?"

그는 떨어뜨린 고개를 가로저었다.

"그 주말에 어디 있었나, 보비?"

젊은이는 미혹된 듯이 자기의 두 손을 내려다보았다.

"아무 곳에도 있지 않았습니다."

"아무 곳에도 있지 않았다고?"

"아니, 여기 있었습니다, 집에."

나의 등 뒤에서 돈가스터 부인이 말했다.

"보비는 착실히 내 옆에 있었어요. 그 때 이 애는 감기 기운이 있어서 토요일과 일요일 내내 침대에 누워 있었지요."

나는 옆으로 움직여서 벽가로 물러나 아들에게서 어머니에게로 눈길을 옮겼다. 어머니의 얼굴은 사나웠다. 그 얼굴은 아들을 물끄러미 바라보고 있었다. 그리고 희미하게 고개를 끄덕였다. 이 순간 보비는 틀림없는 이 어머니의 아들이었다.

"그게 정말인가, 보비!" 나는 말했다.

"네, 물론입니다."

"내가 거짓말을 하고 있다고 생각하셨나요?" 부인이 말했다. "당신이 진심에서 그런 말을 하신다면, 어디로든 가서 흑백을 명백히 밝혀 주시겠어요? 아들과 나는 선량한 시민이니까요. 당신에게서 이런 모욕을 당하고 가만히 있을 수는 없어요."

"자네는 경찰서 신세를 진 적이 없었나, 보비?"

젊은이는 대답을 찾아 어머니의 얼굴을 살폈다. 부인은 홍수처럼 대답을 쏟아 놓았다

"보비는 착실한 아이예요. 지금까지도 그랬습니다만, 앞으로도 경찰서 신세를 져서야 되겠어요? 이 애가 재수 없게 바보 같은 여자 아이와 두세 번쯤 데이트를 했다는 사실만으로 당신 같은 사람과 이러쿵저러쿵하고 싶지는 않아요. 자, 어디 다른 데로 가셔서 그 지저분한 장사를 해 보시지요. 그러나 분명히 말해 두겠지만, 우리 이름에 흙칠하는 짓을 한다면 나는 단연코 당국에 고소하겠어요!"

일종의 소유욕에 사로잡혀 부인은 아들에게 다가서더니 그의 허리를 끌어안았다. 가만히 마주 보고 있는 두 사람을 남겨 두고 나는 그 자리를 물러 나왔다.

문 밖에서는 난바다로 불어 가는 바람이 세어졌다. 파도가 시끄럽게 떠드는 바다가 주름투성이의 빛을 되비추고 있었다.

4

나는 차를 타고 칼리지로 돌아와 호머 위철리를 태웠다. 위철리는

풀이 죽어 화를 내고 있었다. 마침 점심 시간이어서 대부분의 직원들이 밖으로 나가고 없었다. 만나 볼 수 있었던 직원 가운데 휘비를 아는 사람은 여자 기숙사의 생활 지도 과장뿐이었다. 지도 과장은 휘비가 왜 학교에 나오지 않는지 잘 모르겠다면서, 이 사건 자체에 그다지 관심을 갖고 있지 않은 것 같았다. 학생들이 아무런 까닭 없이 없어지는 일이 흔히 있다는 것이었다.

위철리는 생활 지도 과장과 나중에 따로 만날 약속을 해 두었다. 그러기 전에 볼더 비치의 중심가로 차를 돌리도록 했다. 그 곳에 도착하자 위철리는 나에게 함께 식사하자고 권했다.

나는 새벽 3시에 아침 식사를 하고는 그 때까지 아무것도 먹지 않았기 때문에 기꺼이 그 초대에 응했다.

그 곳은 크고 예스러운 관광 호텔이었는데, 건물 양식은 스페인 식으로 변두리의 바다를 한눈에 볼 수 있는 넓은 대지 안에 있었다. 방갈로에 있는 가구며 도구는 위철리의 인생처럼 답답하고 비싸고 사용하기 불편하게 생긴 것들이었다. 주문을 받으러 온 종업원은 스위스 지방의 독일 사투리를 썼다. 메뉴는 레스토랑 특유의 프랑스 어로 써 있었다.

"당신의 보고를 아직 듣지 않았지요 ? " 종업원이 방에서 나가자마자 위철리가 말했다. "뭐 성과가 있었소 ? "

나는 세 증인이 한 말을, 보비 돈가스터에 대한 의문은 되도록 억제하면서 대강 말해 주었다. 위철리를 화나게 하는 말은 해 봤자 아무 이득이 없을 것이다. 보비는 한동안 떨어진 장소에 두고 싶었던 것이다.

"여러 가지 사실을 종합해 보면……. " 나는 마지막으로 말했다.

"따님은 샌프란시스코에서 주말을 보내고 이 곳으로 돌아올 작정이었던 것으로 보입니다. 그런데 어떤 사정 때문에 마음이 바뀐 겁니다."

우리들은 창가에 마주 앉아 있었다. 위철리는 몸을 내밀어 나의 무릎에 손을 짚고 그 몸무게를 기대 왔다. 위철리의 손바닥은 두텁고 손등에는 햇볕에 표백된 털이 짚처럼 나 있었다. 나의 무릎에 닿은 맹목적이고 격렬한 힘은 걱정스러운 듯한 얼굴 표정과 기묘하게 조화를 이루었다.

"당신이 생각하고 있는 것은 무슨 반칙 같은 것인가요? 솔직하게 말해 주지 않겠소?"

"그렇게도 생각할 수 있습니다. 휘비 양의 모습이 마지막으로 보인 장소는 샌프란시스코에서도 특히 위험한 곳입니다. 더욱이 따님은 많은 현금을 가지고 있었지요. 역시 샌프란시스코 경찰에 맨 먼저 연락했어야 했습니다."

"그건 안 되오. 더 이상 세상의 주목을 받는 것은 참을 수가 없소. 작년 봄 캐서린과 헤어졌을 때도 신문 때문에 단단히 혼이 났지요. 그리고 휘비가 살해됐으리라고는 도저히 믿을 수가 없소!" 위철리는 나의 무릎에서 손을 떼어 그 손으로 가슴을 눌렀다.

"이 안에서는 휘비가 살아 있다는 것을 알고 있소. 어디서 무엇을 하고 있는지는 몰라도 살아 있는 것만은 확실하다고 생각하오."

"물론 살아 있으리라고 생각합니다. 그렇다 해도 살아 있지 않다는 가정 아래에서 생각하고, 행동하는 편이 좋습니다."

"희망을 버리라는 말이오?"

"그렇게는 말씀드리지 않겠습니다, 위철리 씨. 저는 이 사건에 막 손을 댔을 뿐이니까요. 이대로 혼자서 조사를 계속해 달라고 하신다면 물론 그렇게 하겠습니다."

"그렇게 해 주시오. 그렇지 않으면 곤란하오."

종업원이 조용히 문을 두드렸다. 식사를 실은 손수레가 들어오고 식탁이 차려졌다. 위철리는 마치 1주일 동안이나 아무것도 먹지 않은 사람처럼 부지런히 먹기 시작했다. 그는 먹으면서 땀을 흘리고 있었다.

나는 스테이크를 썹으면서 창 밖을 내다보았다. 오아시스 같은 녹색의 호텔 부지는 밋밋한 굽이를 이루어 해안 벼랑에 이르고 그 저편에 바닷물이 출렁거렸다. 검은 수영복에 수중 호흡기를 짊어진 남자 둘이 두 마리 바다표범처럼 발지느러미를 차면서 1월의 바다에 도전하고 있었다. 저쪽에는 바람에 기운 흰 돛이 몇 개 떠 있었다.

나는 위철리가 수평선 저쪽의 섬으로 여행하던 때의 상황을 상상해 보려고 했다. 나의 기억에 있는 남태평양은 화약 냄새와 화염 방사기의 불꽃뿐이었다. 그러나 위철리라는 사나이는 그것에 관련시켜서 상상하기 힘든 인물이었다. 자신의 감정을 막힘 없이 지껄이면서도 본질적인 부분은 늘 숨겨 두고 있었다. 마치 휘비가 시간의 수평선 저쪽에 숨겨져 있는 것처럼.

"그 밖에 묘한 일을 알았습니다." 나는 말했다. "같은 방에 있었던 도리 랭그와 이야기하다가 알았는데, 따님은 작년 봄 댁으로 온 편지에 대해 도리에게 이야기한 모양입니다. 도리의 말에 따르면, 휘비 양은 그 편지 때문에 아주 괴로워하고 있었답니다."

위철리는 테이블 너머로 경계하는 눈빛을 보였다.

"뭐라고 하던가요, 그 여학생이?"

"정확히는 기억하지 못합니다. 여학생의 말로 뭐라고 지껄이고 있어서 메모할 수가 없었습니다. 요는 그 편지가 부인을 모략하는 거였다고 하던데요?"

"그랬지요, 불쾌한 빈정거림이었소."

"협박장이었습니까?"

"말하자면 그런 거지요, 간접적으로는."

"위철리 부인을 협박한 것이었습니까?"

"아니, 우리 가족에 대한 협박이었소. 위철리 집안 사람들 앞으로 되어 있었으니까. 그런데 그 첫 번째 편지를 휘비가 무심코 뜯어 보았던 거요."

"여러 통 왔었습니까?"

"두 통이오, 하루 걸러서."

"어째서 좀더 일찍 말씀해 주시지 않았습니까?"

"이 사건과 관계가 없다고 생각되어서였소."

그러나 위철리는 편지 이야기가 시작된 뒤로 땀을 더 많이 흘렸다. 그는 냅킨으로 땀을 닦았다.

"그리고 휘비가 거기에 특별히 신경을 쓰고 있었다고는 생각하지 않았소."

"몹시 걱정하고 있었답니다. 무슨 뜻인지는 모르지만, 도리에게 자기 탓이라고 했다더군요."

"그것은 무슨 뜻이지요?"

"당신이 가르쳐 주실 일이지요."

"나는 도무지 알 수 없소. 물론 휘비는 처음 편지가 왔을 때 충격을 받은 모양이었지만. 마침 부활절 휴가로 집에 와 있었는데, 그날 아침 우편물을 가지러 우편함으로 갔지요. 그 편지는 '위철리 집안 사람들 앞'으로 되어 있었기 때문에 휘비는 아무 생각 없이 뜯어 보았던 거요. 그리고 나에게 보여 주었소. 캐서린에게는 숨겨 두려 했는데, 누이 헬렌이 읽고 아침 식사 때 그 이야기를 하자……."

나는 위철리의 불안스러운 설명을 가로막았다.

"뭐라고 써 있었습니까?"

"두 통 다 내용은 같았소. 생각만 해도 메스꺼워지는 내용이오."

"부인이 다른 남자와 관계하고 있다고 써 있었습니까?"

위철리는 나이프와 포크를 집어 들고 빈 접시를 핥는 듯한 동작을 했다.

"그러한 비난에 대해 진지하게 생각해 보셨습니까?"

"무엇을 생각해야 좋을지 몰랐소. 편지 문장이 좀 색다른 느낌이어서 변절자의 소행이 아닌가 싶었소. 그러나 진지하게 생각하지 않을 수가 없었지요."

"어째서입니까?"

"그 두 통의 편지가 말하자면 우리 부부의 마지막 희망이었으니까요. 내가 그 편지 일을 내버려 둔다고 캐서린은 화를 낸 거요. 그런 신경질은 늘 있는 일이라서, 실제로 그 편지를 쓴 이를 알아 내려고 나는 힘껏 노력했소. 마지막으로 고용한 사람은……." 위철리는 입술을 깨물었다.

"사립 탐정을 고용했습니까?"

"그렇소." 위철리는 마지못해 털어놓았다. "샌프란시스코의 윌리엄 매키라는 사람이었지요."

"아아, 조금 아는 사람입니다. 그래, 조사 결과는 어땠습니까?"

"결과는 나오지 않았소. 후버 보안관은 아마도 종업원이나 또는 그 전 종업원의 짓일 거라고 하더군요. 그뿐 도무지 알 수가 없었소. 우리 종업원은 메도 팜스뿐 아니라 이 주 일대에 퍼져 있으니, 그 전 종업원까지 합치면 굉장히 많소."

"그 편지에 돈을 요구하는 내용이 있었습니까?"

"아니, 돈 이야기는 조금도 없었소. 그래서 나는 단순한 악의의 편지로 생각했지요."

"휘비 양에 대해서는 뭐라고 썼던가요."

"그 애 이야기는 없었던 것 같소. 그래, 아무것도 써 있지 않았소.

그 날 아침 우편함으로 우편물을 가지러 가지만 않았더라면 휘비는 아무것도 모르고 지냈을 텐데……. 그러니까 휘비가 사라진 것과는 아무런 관계도 없는 편지라고 생각하오."

"그것은 아직 모릅니다. 그 편지의 소인이 댁 근처 우체국의 것이었습니까?"

"그렇소, 메도 팜스 국의 소인이었지요. 그 점이 사실 놀라운 것이었소. 우리가 아는 누군가가 어쩌면 날마다 만나고 있는 누군가가 쓴 편지라는 말이 되니까. 내용을 보아도 개인의 악의가 역력히 드러나 있었소. 그래서 후버 보안관도 그 전 종업원의 짓이 아닌가 생각한 거지요."

"범인에 대한 심증은?"

"전혀 없었소."

"당신의 적은 어떤 사람들입니까?"

"적은 없을 것으로 아오만……."

위철리는 어리둥절한 듯한 웃음을 띠었다. 남이 좋아해 주기를 바라지만 결코 좋아할 수 없을 것 같은 웃음이었다. 이 사람에게 현실주의를 기대해 봐야 헛수고라는 것을 나는 깨달았다. 위철리는 약하고 슬픈 남자인 것이다. 자신의 이기주의에 허영이라는 누더기를 감으려다 오히려 꼼짝 못 하게 된 사나이인 것이다.

"그 편지에 쓴 부인의 상대 남자란 누구입니까?"

테이블보 위에 있던 위철리의 한 손이 해변으로 밀려온 불가사리처럼 천천히 뒤틀렸다.

"전혀 알 수가 없소. 남자의 이름은 써 있지 않았으니까요. 어차피 단순한 날조였을지도 모르오. 캐서린과 나는 여러 가지로 옥신각신했는데……." 문득 위철리의 말이 끊어졌다.

"편지를 낸 사람의 이름은?"

"'당신들의 벗'이라고 쓰고, 첫 머리에 물음표를 붙여 놓았더군요."

"그것은 스페인 식 방법입니다."

"누이 헬렌도 그런 말을 했었지요."

"펜으로 쓴 편지였습니까?"

"아니, 두 통 다 타자기로 작성한 것으로, 서명도 타자 처리되어 있었소. 매키라는 사람은 꽤 많은 시간과 돈을 들여도 좋다면 편지를 친 타자수를 찾아 낼 수 있을 거라고 하더군요. 시간은 그의 시간이지만 돈은 내 돈이 아니겠소? 그런데 편지는 더 이상 오지 않았고, 그가 우리 집 사정을 들추어 내는 게 싫어 조사를 중단시켰지요."

"그 두 통의 편지를 보고 싶군요. 지금 어디에 있습니까?"

"매키에게서 도로 받아 태워 버렸소. 내 마음을 이해해 주겠소?"

그 마음을 길게 설명할 것 같았으나 나에게는 위철리의 마음을 알아 줄 만한 여유가 없었다. 이런 식으로 위철리를 달래고 있다가는 정작 할 일이 진척되지 않는다. 나는 일어섰다.

"어디로 갈 거요?"

"물론 샌프란시스코입니다."

"샌프란시스코에 가서 뭘 하려는 거요?"

"그 곳에 도착한 다음 결정하겠습니다."

나는 손목시계를 보았다. 벌써 2시가 가까웠다.

"지금 가면 어둡기 전에 닿을 수 있겠군요. 또 한 가지만 더 물어 보겠습니다, 위철리 씨. 지금 말씀하신 편지 이야기를 종합해 보고도 캐서린 여사의 주소를 가르쳐 줄 생각이 아직 없습니까?"

"나는 정말 모른다니까요." 그는 그 자리에서 대답했다. "어찌 되었든, 어떤 이유에서일지라도 그 여자와 이야기해선 안 되오. 그 점을 약속해 주지 않겠소 ? ”

나는 약속했으나 마음 속에는 배신의 권리를 확보해 두었다.

문가에서 엇갈린 종업원은 프렌치 파이를 쟁반에 담아 가지고 왔다. 욕심나는 듯한, 슬픔에 시달린 듯한 눈초리로 위철리는 쟁반을 바라보았다.

나는 북으로 향하기 전에 임포티드 모터스에 가서 휘비의 자동차 번호를 알아 냈다. 〈GL 3741〉.

5

그 배는 백악(白堊)의 절벽처럼 암벽에 우뚝 솟아 있었다. 갈매기들이 머리 위에서 동그라미를 그리고, 저녁 무렵이 가까운 햇빛에 번쩍였다. 아무에게도 들키지 않고 나는 트랩에 올랐다. 가운데 갑판에는 사람 하나 없었다.

흰 가운을 입은 남자가 자루가 긴 전기 청소기로 빈 수영장 바닥을 청소하고 있었다. 그는 기계 소리 못지 않은 큰 소리로 “선원들은 대부분 상륙했습니다”고 말했다. 그러나 아마도 사무장은 있을 것이라며 선실을 가리켜 주었다.

갑판 밑의 전등에 비친 선실에는 흰 셔츠에 파란 바지를 입은, 대머리에 달덩이 같은 얼굴을 한 남자가 있었다.

그는 위철리 씨를 잘 기억하고 있다고 말했다. 위철리 씨는 지난번 항해에서 최고급실에 들어 있었다고 했다. 나는 위철리 씨의 대리인이라고 나를 소개했다.

“대리라면, 자격은 ? ”

“사립 탐정입니다. ”

사나이는 나를 물끄러미 쳐다보았다.

“위철리 씨는 이 배의 시설에 만족하셨습니다. 어제 돌아가실 때도 내 손을 쥐고 고맙다고 했을 정도입니다."

"아니, 이 배에 대한 불평이 아닙니다. 휘비라는 위철리 씨의 따님에 대한 말입니다. 배가 떠나던 날 이 배로 전송하러 왔었지요. 그 뒤로 자취를 감추고 말았답니다."

사나이는 마치 내가 숨이라도 내뿜은 듯 벗어진 머리에 손을 얹었다.

"설마 그 아가씨가 밀항했다고 말씀하시는 건 아니겠지요? 우리들의 책임이라는 말씀은 아니겠지요?"

"아닙니다, 그런 말이 아닙니다. 그녀의 발자취를 조사하는 중인데, 먼저 여기부터 더듬어 가야 할 것 같아서요. 그래서 당신께 협력을 구하는 겁니다."

"물론 뭐든지 할 수 있는 일이라면 도와 드리겠습니다."

사나이는 일어나서 나와 악수를 하며 좀더 개인적인 말투로 "나에게도 딸이 하나 있습니다. 나는 클레멘트라고 합니다"라고 말했다.

"아처입니다." 나는 수첩을 꺼내며 말했다. "그러면 배가 떠난 날이 며칠이었습니까?"

"11월 2일입니다. 아니, 11월 2일이 출발 예정일이었는데, 기계 사정이 좀 좋지 않아 실제로 항구를 떠난 것은 이튿날 이른 아침이었지요. 그러나 위철리 씨가 배에 오른 것은 11월 2일입니다. 말씀대로 따님과 함께였습니다."

"틀림없지요?"

"네, 그 일을 특별히 잘 기억하고 있는데는……." 클레멘트는 말했다. "까닭이 있습니다."

"무슨 까닭입니까?"

"사실 위철리 씨의 선실에서 큰 소동이 있었습니다. 한 부인이——위철리 씨의 헤어진 부인 같았는데——다른 승객들이 있는 앞에서

광장한 소동을 일으켰지요. 종업원이 어찌할 바를 몰라서 나한테 연락해 왔더군요. 하지만 나도 처치곤란이었습니다. 여하튼 성질이 고약하고 몸집이 큰 금발의 여자였어요. 금발이라지만 물들인 거였지요." 사무장은 입을 일그러뜨렸다. "게다가 꽤 취해 있더군요. 하는 수 없이 해상 경찰들을 데리고 와서 내리도록 명령케 했답니다. 그야말로 굉장히 소리소리지르더군요."

"왜 그렇게 소동을 부렸을까요?"

"정확한 말은 기억에 없습니다만, 그것은 좀 공개하기가 곤란한 내용이었지요. 어쨌든 내가 얼마나 난처했겠는지 짐작해 보십시오. 배 타는 사람은 출항하는 날 밝고 기분 좋게 떠나고 싶어하는 법입니다. 그런 분위기를 그 여자가 엉망으로 만들어 버렸습니다. 구두를 벗어 그걸로 위철리 씨 선실의 문을 마구 두들겨 댔으니까요. 때문에 문에 제법 흠이 생겼지요."

"대충 어떤 말을 하던가요?"

"우선 들여보내 달라고 소리치더군요. 들여보내 주지 않는다면 자기가 배신당한 거라면서, 이대로 죽게 버려 두는 거나 다름없으니 곧 복수를 하겠다고 외쳐 대는 것이었습니다."

"누구에게 복수를 한다는 겁니까?"

"선실 안에 있는 사람들에게 말입니다. 위철리 씨와 따님과 그 밖에도 친척 두세 사람이 배웅을 나와 있었습니다. 안으로 들여보내 이야기를 들어 주지 않는다면 당신들을 모두 파멸시켜 버리겠다고 호통을 치더군요."

"친척이란 누굽니까?"

"모르겠는데요. 그러자 점점 구경꾼들이 많이 모였지요. 내가 그만 둬 달라고 하니까, 부인은 하이힐을 치켜들고 나까지 위협했습니다. 바지리스크(아프리카의 사막에 사는, 한 번만 노려보아도 사람이 쓰러진다는 전설의 동물)처럼 노려보면서요. 아니, 정말입니다. 그래서 할 수 없이 해상 경찰을 불렀답니다. 그러는 사이에 따님이 나와 여러 가지로 달랜 끝에 겨우 배에서 내리게 했지요."

"휘비는 어머니와 함께 배에서 내렸습니까?"

"그랬으리라 생각합니다. 얼마쯤 소동이 가라앉았을 때 따님이 선실에서 나와 그 부인에게 말을 걸었습니다. 알아듣도록 설득이라도 한 모양이지요. 조금 뒤 둘이서 팔짱을 끼고 트랩을 내려갔으니까요."

"그 뒤 따님은 다시 배로 돌아왔습니까?"

"글쎄요, 모르겠는데요. 출항 날은 여러 가지로 바빠서요. 맥찬 씨에게 물어 보십시오. 이 배에 출장 나와 있는 해상 경찰관입니다. 거기에 대해서는 나보다 더 잘 알 것입니다."

"맥찬 씨는 지금 이 배에 있습니까?"

"있을 겁니다. 근무 시간이니까."

클레멘트는 선내 전화의 수화기를 들었다.

나는 윗갑판에서 맥찬과 이야기를 했다. 맥찬은 골격이 좋아 보이는 사나이였는데 제복 차림을 하고 난간에 기대서 있었다. 그의 행동에는 선원다운 데와 호텔의 탐정 비슷한 데가 섞여 있었다.

"네, 기억하고 있습니다." 그는 말했다. "그 부인은 틀림없이 취해 있었지요. 물론 똑바로 걸으라고 했으면 걸었을지도 모르지만, 퀭한 눈초리로 보아 이틀 밤쯤 계속해서 마신 듯한 느낌이었소. 판토즈(멜랑콜리, 불안감, 의기소침을 일으킨다는 가공의 병)에 걸리기 쉬운 체질의 여자였습니다."

"판토즈에 걸려 있었습니까, 그 부인은?"

사나이는 기름이 번들번들 떠 있는 40피트 아래의 수면에 침을 퉤 뱉었다.

"처음에는 꼭 미친 사람 같았소. 줄곧 나에게 갖은 욕설을 다 퍼부었으니까요. 무서울 만큼 입이 거친 여자였지요."

"부인은 누구에게 위해를 가하려고 했나요?"

"위철리 씨에게 위해를 가했는지 어떤지 묻고 싶은 거지요?"

"아니, 주인이건 따님이건 그 밖의 누구에게건 말입니다."

"그런 것은 못 봤습니다. 내가 달려가기 전에 무슨 협박 같은 말을 했다고 사무장이 말하더군요. 모든 남자의 불알을 뽑아 버리겠다고 하더라나요. 뭐, 그런 거야 말 끝에 흔히 지껄이는 소리지요. 남자든 여자든 술을 마시고 히스테리를 일으키면 곧잘 그런 말을 하니까요. 그런데 딸이 나와 이야기를 하자, 언제 그랬느냐는 듯이 조용해져서……."

"딸이 뭐라고 말하던가요?"

"'용서하세요' 하고 말했습니다. 그러니까 그 부인도 '용서해라' 하더군요." 맥찬은 히죽 웃었다. 작은 주름이 눈 가장자리에 퍼졌다.

"무언가 사과하고 있었던 것 같았습니다."

"어쨌든 화해하는 듯한 느낌이었군요."

"네, 그리고 둘이서 서로 손을 잡고 배에서 내렸습니다. 나는 일단 끝까지 확인할 셈으로 뒤따라갔는데, 따님은 바위벽 앞에 택시를 대기시켜 놓고 있었지요. 내가 문을 열어 주자 두 사람이 타고……."

"둘이 함께?"

"그렇습니다. 그리고 아무 일도 없었던 것처럼 가 버렸습니다. 그러니까 아마……." 맥찬은 덧붙였다. "그다지 심각한 집안 싸움은 아니었나 보지요. 나도 취했을 때 한 말이나 행동을 들추어낸다면 견딜 수 없으니까요. 그런 그렇고, 한잔하시겠습니까? 홍콩에서 사들인 고급 스카치 위스키가 있는데?"

"고맙습니다만 시간이 없어서······. 두 사람은 어디로 갔을까요?"

"잠깐 기다려 보십시오."

사나이는 모자를 뒤통수로 밀어붙이더니 이마를 딱 치고는 고개를 조금 기울였다.

"분명 그 아가씨는 '센트 프랜시스 호텔로 돌아가 줘요'라고 말했습니다."

"어떤 택시였지요?"

"노란 차였습니다."

"운전 기사는 어떻게 생겼던가요?"

"글쎄, 체격이 좋고 나이는 서른 예닐곱 살쯤 되었을까. 머리가 검고, 눈도 까맣고, 코가 크고, 수염이 짙은 빛깔인데, 하루에 두 번쯤 수염을 깎지 않으면 곧 지저분한 느낌이 드는 그런 사람 있잖습니까." 사나이는 자기 턱을 싹싹 문질렀다. "이탈리아 사람이나 또는 아르메니아 사람 같았는데 말하는 걸 듣지 못해서 잘 모르겠군요. 참, 그렇지. 턱 한쪽에 삼각형의 '화살촉' 같은 흰 흉터가 있었습니다."

"어느 쪽이지요?"

나는 빙그레 웃으며 물었다. 사나이는 오른손으로 자기 턱을 만지고 그 손으로 나의 얼굴을 가리켰다.

"이쪽에서 보아 오른쪽이니까, 저쪽에서 보면 왼쪽인가요? 그렇지, 턱의 왼쪽이었습니다. 입술 끝의 아래였지요. 그리고 잇속이 고르지 않은 녀석이었습니다."

"그 운전 기사 어머니의 친정 주소까지 아는 게 아닌가요? 당신의 관찰력은 굉장하군요."

"그야 얼굴을 외는 게 직업이니까요. 내가 할 일은 배의 손님을 한 사람 한 사람 잘 익혀 두는 거지요. 한 번 항해하는 두 달 동안에

200명이니 300명을 기억해 두어야 합니다."

"손님이라니까 말이지만, 당신은 호머 위철리 씨를 어떻게 생각하십니까?"

"거의 모습을 볼 수 없었습니다. 항해 중에는 늘 선실에 틀어박혀 있었던 것 같소. 식사도 방으로 날라오게 한 것 같습니다. 사람을 싫어하는 분인가 보지요. 위철리 씨 댁에 무슨 일이 생겼습니까?"

"지금 그것을 조사하고 있습니다. 그런데 이 배는 출항 예정일에 떠나지 않았다고 사무장이 말하던데요."

"네, 엔진 상태가 좋지 않아서요. 오후 4시에 출항할 예정이었던 것이 다음날 아침까지 미루었지요."

"그 동안 손님들은 계속 배에 타고 기다렸습니까?"

"타고 있으라고는 했지만, 수리가 언제 끝날지 모르잖습니까. 가까운 술집에 간 사람도 있는 것 같습니다."

"위철리 씨는?"

"모르겠는데요."

"누구에게 물어 보면 알 수 있을까요?"

"담당 종업원에게 물어 보면 알겠지요. 배에서 특실 담당은 새미 그린이었는데, 새미는 지금 배에 없습니다."

"어디에 있지요?"

"아마 자기 집에 있겠지요. 주소를 알아다 드릴까요?"

맥찬은 배 안으로 사라졌다. 나는 갑판을 돌아다니며 잠시 휴양을 위한 긴 항해에 나선 기분이 되어 보았다. 그러나 시내 경치가 보였기 때문에 그런 기분이 오래 가지는 못했다. 엠발카데로를 오가는 차의 소음이 들려 왔다. 그 저쪽에는 건물이 꽉 들어찬 언덕의 중턱에서 코이트 탑이 저녁놀 빛에 번쩍거렸다.

나는 시내 경치로 등을 돌리고 바다 쪽을 보고 있었는데, 거기에도 알카트라스가 잘려 나온 도시의 한 조각처럼 떠 있었다.

맥찬이 종이 쪽지를 들고 돌아왔다.

"주소는 동부 파로 아르트입니다. 가 보시면 되겠지요."

그는 쪽지를 나에게 넘겨 주었다.

"결국 뭘 조사하고 싶으신 겁니까?"

"아가씨입니다."

"행방불명되었나요?"

"그렇소."

"그렇다면 센트 프랜시스 호텔의 택시 주차장으로 가 보시는 게 좋겠군요. 그 곳에는 한 달 교대로 정해진 운전 기사가 대기하고 있으니까요."

그것은 좋은 방법이었다. 센트 프랜시스 호텔 현관 배차 담당은 노란 모자에 코트를 입은 노인이었는데, 운전사의 인상을 말하자 곧 누구인지 알아차렸다.

"이름은 모릅니다. 다른 운전 기사들은 그를 보고 가리발디라고 하던데, 아마 그것은 별명일 겁니다."

"가리발디는 지금 어디에 있습니까?"

"글쎄요, 그는 정식 운전 기사가 아니라서요. 그래도 2, 3일에 한 번씩은 꼭 오는데. 이 도시의 택시는 무선차는 물론 어떤 차라도 부르면 곧 모이게 되어 있거든요."

나는 노인의 달변을 가로챘다.

"주소를 아십니까?"

"한 번 가르쳐 주었는데……." 노인은 모자를 젖히고 이마를 긁었다. "그게 어디였더라, 페닌슐러 쪽의 남 샌프란시스코나 데일리 시티였을 겁니다. 아마 저녁 식사라도 하러 간 모양이지요. 내일 이리 오시면 확실히 알게 될 겁니다."

나는 그렇게 하겠다고 말하고 이름을 댄 다음 1달러를 주었다.

나는 비탈길을 내려 지하 주차장으로 내 차를 몰고 갔다. 그리고 차를 맡기면서 사무원에게 휘비의 차를 맡았던 기록이 있는지 어떤지 조사해 달라고 부탁했다.

사무원은 기록을 살펴보더니, 지난해 11월 중에 녹색 폴크스바겐이 이 주차장에 들어온 일은 없다고 했다.

나는 트롤리 버스를 피해 길을 가로질러 센트 프랜시스 호텔로 들어갔다. 무슨 모임이 있는지 로비에는 깃에 이름표를 단 남자들이 우글거렸다. 하면 그랩 박사라는 사람이 마르티니 냄새를 풍기며 나에게 악수를 청하다가 내 깃에 이름표가 없는 것을 보고 손을 내렸다. 척추니 초음파 요법이니 하는 것으로 보아, 척추 지압 요법 전문가들인 모양이었다.

검은 대리석 책장 앞에는 긴 열이 지어져 있었다. 나도 그 뒤에 섰다. 바쁜 듯해 보이는 네 사람의 사무원 가운데 한 사람이 방은 이미 다 찼다고 말했다. 이렇게 복잡한 때에 휘비 위철리에 대해 물어 보았자 아무 소용이 없을 것이다.

전화 부스 앞도 사람들로 가득 차 있었다. 윌리 매키는 사무실에 없었다. 끈질기게 묻자 사무원이 마지못해 일 때문에 마린 쪽으로 갔다고 말했다.

"전화 연락은 안됩니다. 친한 친구분에게도 자택 전화번호를 가르쳐 드리지 않고 있습니다."

"나는 윌리 매키 씨의 친구는 아니지만, 두세 번 함께 일한 적이 있소."

전화 부스에서 나왔을 때 나는 땀을 흘리고 있었으며, 얼마쯤 지쳐 있었다. 한 척추 지압 의사가 전화 부스로 들어오다가 나와 마주쳤다. 이름은 앰브로스 실반 박사.

어차피 쓸데없는 짓인 줄 알면서도 나는 전화 번호부를 뒤적여 위철리 부인의 번호를 찾았다. 그녀의 이름은 두 권째 전화 번호부에 똑똑히 있었다. '캐서린 위철리 부인, 아서톤 화이트 오크스 거리 507번지. 국번은 더븐포트'.

앰브로스 실반이 전화 부스에서 나오자 나는 더븐포트 국의 번호를 돌렸다. 기분 나쁜 기계 장치의 목소리가 '이 번호는 사용하지 않습니다' 하고 친절하게 말했다.

6

101번 고속도로는 페닌슐러에서 두 개의 국도로 갈라진다. 카미노 리알이라고 부르는 서쪽 국도는 샌프란시스코에서 산 호세까지 끝없이 이어지는, 길이 40마일의 대도시 중심 도로이다. 이 도로에서는 많은 신호 때문에 브레이크를 걸게 되어 자동차의 움직임이 느리다.

눈에 보이지 않는 경계선을 넘어 남쪽으로 나아감에 따라 새로운 도시의 이름들이 꼬리를 이어 나타났다.

데일리 시티, 미르 블레이, 산 마테오, 산 카를로스, 레드우드 시티, 아서톤, 멘로 파크, 파로 아르트, 로스 아르토스.

내가 들어선 동쪽 도로는 국제 공항 옆을 오른편으로 돌아 만(灣)의 해안선을 따라 나아간다. 지도에는 101번 부도(副道)라고 표시되어 있지만, 이 고장 사람들은 '피투성이 해안길'이라고 부른다.

후미진 산맥 사이의 이 고장에는 약 백만 명이 살고 있다. 더러운 흙을 쌓아서 땅을 고르게 한 위에 과장급의 별장이며, 부장급의 저택이며 사장족의 궁전 같은 대저택들이 늘비하게 들어서 있었다. 이 페닌슐러에서 일어난 사건을 나도 몇 번이나 손댄 일이 있었다.

PAT며, 공화당 청년부 집회며, 교통사고며, 평온무사한 사건에 뒤섞인 폭력 사태며, 치정 범죄 역시 이 고장 정신 풍토의 한 부분을 이루고 있었다. 사회와 경제의 압력 탓으로 로스앤젤레스의 생활 같은 것은 이 곳의 생활과 비교하면 소꿉장난처럼 여겨지기도 한다.

나는 차들이 끊임없이 오가는 '피투성이 해안길'에서 벗어나 아서 톤의 노을진 정적 속으로 들어갔다.

산 마테오 군이라고 쓴 표지를 단 보안관 차가 지나쳐 가려고 했다. 나는 경적을 울리고 차에서 내려 화이트 오크스 거리가 어디에 있느냐고 물었다.

그것은 '피투성이 해안길'과 평행으로 난 길로, 마침 카미노 리알에서 해안길까지 정도의 거리에 있었다. 도로라기보다는 시골의 좁은 길 같았다. 꽤 큼직큼직한 집들이 늘어선 조용한 길이었다.

위철리 부인 집의 507이라는 번지수는, 높이 8피트나 되는 돌담 가운데 있는 돌 문기둥에 새겨져 있었다. 주철문(鑄鐵門)에는 사슬이 걸리고 자물쇠가 채워져 있었다.

문에 철사로 매어 둔 금속판에 '팔 집'이라고 써 있었다. 나는 차에서 손전등을 가지고 왔다. '팔 집. 연락처 벤 메리만 부동산', 그리고 에머슨 국의 전화 번호와 카미노 리알의 주소도 적혀 있었다.

나무들 사이로 흰 저택의 모습이 희미하게 드러나 보였다. 나는 손전등을 그 쪽으로 비추었다. 찻길 양쪽에는 떡갈나무가 늘어서 있고, 그 때문에 찻길은 마치 녹색의 틈바구니처럼 보였다.

자갈 위에는 갈색 나뭇잎이며 빛 바랜 신문지가 많이 흩어져 있었다. 식민지풍의 당당한 이 저택은 마치 식민지 사람들이 사업에 실패하고 모국으로 돌아간 뒤처럼 쓸쓸한 인상을 주었다. 위층 아래층 모두 창문에는 블라인드와 커튼을 드리웠다.

나는 자갈길의 신문지에 눈을 모았다. 열 대여섯 묶음쯤 되는 신문이 흩어져 있었다. 비오는 날에 배달된 것은 파라핀 종이에 싸여 있었다. 흙투성이가 된 것도 있었다.

차가운 철대문에 뺨을 바싹 갖다 대고 손이 닿는 데까지 뻗쳐 문 가까이에 있는 한 묶음을 집어 들었다.

그것은 〈샌프란시스코 크로니클〉지로, 배달되었을 때 그대로 끈이 묶여있었다. 나는 그 끈을 풀고 1면의 날짜를 읽었다. 11월 5일, 휘비가 사라진 지 사흘 뒤의 신문이었다.

어떻게 해서든지 집 안을 들여다보고 싶었다. 나는 운전용 장갑을 끼고 돌담 위에 손을 얹었다. 못도 없고 유리 파편도 끼워져 있지 않았으므로 손쉽게 넘을 수 있었다.

"이봐, 내려와!" 뒤에서 사나이의 목소리가 들렸다.

나는 바닥으로 내려와 뒤를 돌아보았다. 챙이 좁은 모자를 쓴 잿빛 그림자 하나가 어둠 속에 우뚝 서 있었다.

"무슨 짓이오?"

"구경하는 겁니다."

"구경은 다 끝났겠지. 썩 꺼져 버려, 타잔!"

나는 손전등으로 사나이를 비추어 보았다. 40살쯤 되어 보이는 건장한 사나이로 꽤 잘생긴 얼굴인데, 아깝게도 코가 하늘을 향해 쳐들렸으며 눈은 경마장이나 리노, 라스베이거스 언저리의 노름꾼을 생각나게 했다. 짙은 빛 플란넬 옷과 멋진 줄무늬 나비 넥타이에서는 까닭을 알 수 없는 어떤 좌절감이 스며 나오고 있었다.

하늘로 향한 콧구멍이 벌름벌름 움직였다. 그리고 어색한 듯한 미소로 말미암아 이가 번쩍 빛났다.

"비추지 마. 얼른 끄지 않으면 쳐서 떨어뜨릴 테다!"

"어디 떨어뜨려 보시지."

사나이는 두 걸음쯤 고갯길을 오르듯이 내게로 다가왔으나 곧 멈추어 섰다. 나는 손전등 빛을 비키지 않았다. 끝이 뾰족한 사나이의 구두가 꼼지락거리며 움직였다.

"넌 누구야?"

"평범한 시민이지. 옛 친구를 만나러 왔어. 이름은 캐서린 위철리."

"그 부인은 지금 여기에 없어."

"당신은 위철리 부인을 알고 있소?"

"난 부인의 대리인이야."

"대리인?"

"이 저택을 지키는 게 내 임무지. 그러니까 이상한 녀석이 서성거리는 건 곤란해."

"위철리 부인에게 연락하려면 어디로 가면 되나?"

"더 이상 이야기를 주고받을 필요가 없어. 저택에 얼씬거리지 못하게 하면 내 임무는 끝나니까."

그 목소리에서 무어라 말할 수 없는 불쾌감이 느껴졌다. 사나이가 뒷주머니에서 꺼낸 것은 역시 불쾌한 느낌을 주는 작은 권총이었다.

"자, 어서 돌아가!"

내 권총은 자동차의 뒷좌석에 있었다. 그것이 오히려 잘 되었는지도 몰랐다. 나는 물러섰다.

해안길을 내려다보고 육교를 지나 달리면서 나는 마치 국경을 넘어 이웃나라에 온 것 같은 기분이 들었다. 동쪽에 있는 파로 아르트의 거리에는 백인의 모습도 가끔 보였으나 오가는 사람은 거의 대부분 유색인종이었다. 암염 채굴장과 고속도로 사이에 보잘것없는 단층집들이 늘어서 있고, 변두리 마을의 독특한 냄새가 희미하게 풍겨 왔다.

새미 그린은 선원 조합 덕분인지 제법 깔끔한 거리의 좋은 집에 살고 있었다. 도로의 소음이며 만의 바닷바람에서도 꽤 떨어진 곳이었다. 그린 부인은 젊고 아름다운 흑인 여자로, 파티 드레스 차림에 복잡한 모양으로 머리를 빗었으며 귀걸이가 반짝거렸다.

주인은 오늘밤 길로이에 갔으며, 거기에서 묵는다는 것이었다. 휴가의 둘째 날에는 언제나 아이들을 데리고 부모님 집으로 간다고 했다. 그리고 그 곳에 전화는 없지만 필요하면 주소를 가르쳐 주겠다고 말했다.

나는 그 대신 휘비의 고모가 사는 우드사이드로 가는 길을 가르쳐 달라고 했다.

7

스탠포드 대학 뒤에서 구불구불한 길을 따라 산 쪽으로 5마일쯤 올라가면 우드사이드이다. 오르는 길 도중에 칼 트레버라고 쓴 우편함이 있었다. 그리고 '녹음장(綠陰莊)'이라는 멋들어진 이름이 문에 써 있었다. 드라이브웨이로 들어가자 어디에선가 말 울음 소리가 들려왔다.

양쪽에 나무가 우거진 길을 돌아가니 아메리카 삼나무 옆으로 퍼진 석조 단층집이 보였다. 창이 많았으며 모두 밝아 보였다. 현관문의 벨을 누르자 검은 색과 흰 색으로 된 작업복을 입은 하녀가 나왔다. 하녀는 현관문을 열기 전에 현관의 바깥에 달린 전등을 켰다.

"트레버 부인 계십니까?"

"파로 아르트에서 아직 돌아오시지 않았는데요."

"주인 어른은?"

"마님이 안 오셨으니 나리도 마찬가지지요." 하녀는 가르치듯이 말했다. "마님은 나리를 마중하러 역에 가셨어요. 이미 돌아오실 때가 되었는데, 다른 때보다 좀 늦으시는 것 같군요."

"그럼, 들어가서 좀 기다리겠습니다."

하녀는 나를 말끄러미 바라보았다. 방으로 안내할 것인가, 부엌에서 기다리게 할 것인가를 생각해 보는 것이었다. 나는 애써 점잖은 표정을 지으며 서재로 들어갔다. 그 곳은 아름답게 꾸민 방으로, 훌륭한 책들이 책꽂이에 꽂혀 있었다. 트레버 부부는 역사 관계 서적, 그 가운데에서도 아메리카 서부 역사에 관심이 깊은 모양이었다.

《아메리카의 유산》이라는 책을 뽑아 들고서 여기저기 대강 읽고 있노라니, 이윽고 드라이브웨이를 지나 오는 차소리가 들렸다. 창문으로 내다보니 트레버 부부가 캐딜락에서 막 내리는 참이었다. 운전석에서 내려선 부인은 은으로 만든 손도끼 같은 얼굴을 한 50살쯤 된 깡마른 여자였다. 남편은 어깨가 넓으며 중절 모자를 쓰고 가죽 가방을 들고 있었다. 얼굴빛이 그다지 좋아 보이지 않았다.

현관 앞의 계단을 오를 때 부인이 팔을 내밀었다. 남편은 초조함과 자존심이 뒤섞인 동작으로 부인의 몸에 닿지 않게 살며시 밀어 냈다. 부인은 뚜렷이 공포의 빛을 띠고 그 모습을 지켜보았다.

잠시 뒤에 부인이 서재로 들어왔을 때에도 얼굴에 아직 공포의 빛이 남아 있었다. 몸에 지닌 진주와 단순한 디자인의 가운이 꽤 값져 보였다. 그것은 아무리 보아도 돈낭비였다. 그것으로 말미암아 몸의 선이 한층 더 강조되었고 깡마른 어깨가 심하게 드러나 보였다.

"무슨 볼일이시지요?"

"전 아처라는 사립 탐정으로, 당신 오라버니이신 호머 위철리 씨에게 고용되어 조카따님의 행방을 찾고 있습니다. 오라버니한테서 들으셨는지 어떤지 모르겠습니다만."

"들었어요. 오늘 오후에 전화를 걸어 왔더군요. 나는 도무지 어떻게 된 일인지 까닭을 모르겠어요." 부인은 뚝뚝 소리가 날 만큼 두 손을 마주 쥐고 꼬았다. "뭘 좀 알아 내셨나요? 휘비는 자기 스스로 집을 나간 건가요?"

"모르겠습니다, 트레버 부인. 아직 잘 모릅니다. 이리로 오기 전에 아서톤에 들렀습니다만, 행방불명이 된 것은 휘비 양 혼자만이 아닌 것 같더군요. 휘비 양의 어머니 집도 팔려고 내놓았고, 사람이 살지 않습니다. 위철리 부인이 어디 계신지 그걸 좀 알고 싶습니다만."

"캐서린?"

부인은 앉으면서 나에게도 의자를 권했다.

"캐서린이 이 사건과 무슨 관계가 있나요?"

"휘비 양은 마지막으로 어머니와 함께 있었던 것이 확인됐습니다. 오라버님께서 출항하시던 날 휘비 양은 어머니와 함께 배에서 내렸지요. 그런 다음 위철리 부인은 이사를 하신 모양입니다. 옮긴 곳이나 행방을 알고 계십니까?"

"나는 캐서린의 행동을 감시하는 사람이 아니에요. 그녀는 자기 스스로의 의사로 위철리 집안에서 나갔으니까요."

나가서 시원하다는 듯한 말투였다.

"호머에게서 들으셨을 테지만, 그 사람은 지난해 5월에 리노에서 호머와 헤어졌어요."

"그 때 아서톤으로 옮겼나요?"

부인은 화가 치미는 듯이 깡마른 머리를 아래위로 움직였다.

"다른 장소도 많을 텐데 어째서 우리들 바로 옆으로 왔는지! 물론 그 까닭은 알아요. 이 언저리에서 우리들의 신용을 잘 이용해 보려는 속셈이었겠지요. 하지만 주인이나 나는 그런 나쁜 흉계에 걸려들지 않아요. 캐서린은 자기 마음대로 보금자리를 만들고 살아가면 돼요." 부인의 얇은 입술은 잔혹했다. "결국 아서톤을 단념하고 다른 곳으로 간 것도 무리가 아니었어요."

"옮긴 곳을 아십니까?"

"모른다고 하지 않았습니까? 당신 짐작은 빗나간 것이 아닌지 모르겠군요. 휘비가 그 사람과 함께 있으리라고는 생각할 수 없거든요. 두 사람이 사이좋게 지낼 수는 없을 거예요."

"그럴지도 모르겠습니다. 그러나 위철리 부인과 이야기를 해 보고 싶습니다."

"그렇다면 도움을 드릴 수가 없겠군요."

여기서 정신의 보청기 스위치가 켜지고 자기 목소리의 잔혹함이 들려왔는지, 부인은 고개를 갸웃거렸다.

"냉정한 말을 한다고 생각하지는 말아 주세요, 아처 씨. 요즘 젊은 사람들의 말을 빌린다면 저는 올케와 아무런 관계가 없습니다. 우리들로서는 몇 년이고 할 수 있을 만큼 일을 했어요. 오빠와 결혼하기로 했을 때부터 이 집으로 불러 숙녀로서 부끄럽지 않은 예의 범절을 가르쳐 주려고도 했어요. 그런 노력도 헛수고였던 것 같아요. 글쎄, 마지막으로 그 사람과 만났을 때는……."

부인은 위철리와 똑같은 모습으로 입술을 깨물었다.

"마지막으로 만난 건 언제였습니까?"

"같은 날이에요. 이미 세상에 알려져 버린 호머의 유람여행 출발 날 말이에요. 유람여행인지 도피여행인지 모릅니다만, 캐서린은 그 출항에 대한 것을 신문에서 읽었는지 다시 한 번 오빠를 미끼로 삼으려고 어슬렁어슬렁 나타났어요. 그런 사람을 용케도 배 안에 들여놓았더군요. 그 사람이 취해 있는 것을 본 것은 처음이 아니었지만, 그렇게 큰 소리를 지르며 거칠게 구는 것을 본 건 그 날 오후가 처음이었어요."

"캐서린은 무엇을 요구했습니까?"

"돈이에요. 적어도 자기 입으로는 그렇게 말했어요. '호머는 몇 백만이라는 돈을 쓰며 남태평양으로 놀러가고, 가엾은 나는 얼마 안 되는 위자료로 배를 주려야 하는데, 어떻게 해줄 셈이냐.'고 말하더군요. 나는 '당장 배를 좀 주리는 게 당신 미용을 위해서 좋을 거예요.'라고 말해 줄까 했었지요. 그러나 물론 캐서린의 불평은 늘 과장이 심하답니다. 호머는 그 사람에게 위자료로 10만 달러나 주었고, 게다가 별거 수당으로 매달 3천 달러씩 주고 있어요. 그것을 그 사람은 한 푼도 남김없이 써 버리는 거예요."

"무엇에 쓸까요?"

"내가 알 게 뭐예요. 옛날부터 그녀는 사치를 좋아했어요. 그래서 오빠와 결혼을 한 거지요. 소문에 듣자하니 만데빌 저택을 현금으로 7만 5천 달러나 주고 샀다는 말이 있더군요. 그런 처지에 있는 여자로서 얼마나 돈을 낭비하는 일이겠어요."

"만데빌 저택이라니요?"

"아서톤의 집 말예요. 아까 당신이 팔 집으로 내놓았다고 하신 그 집을 그녀는 만데빌 중장에게서 사들였지요."

"그랬군요. 그럼 그 출항 날의 이야기로 되돌아가는데, 조카님은 어떤 반응을 나타냈습니까? 주의해서 보셨습니까?"

"아니요, 특별히 주의해서 보지는 않았지만 깜짝 놀라더군요. 우리도 모두 놀랐는걸요. 소동이 가라앉기 전에 주인과 나는 그곳에서 도망쳐 나왔어요. 주인은 심장이 나빠서 긴장을 가져오는 그런 상황을 피하라고 의사 선생님이 말씀하셨거든요. 캐서린의 목적이 우리들의 배웅을 엉망으로 만들 셈이었다고 한다면 정말 잘된 일이었다고 아마 기뻐했을 거예요."

"캐서린이 휘비 양과 함께 배에서 내리는 것은 못 보셨군요?"

"네, 우리들은 먼저 돌아와 버렸으니까요. 그 정보는 확실한가요? 어쩐지 거짓말같이 여겨지는데요……."

"선원 가운데 한 사람이 말하더군요. 두 사람은 바위벽 앞에서 함께 택시를 타고 돌아갔다고요. 그 뒤에 무슨 일이 생겼는지는 모릅니다만."

부인은 두 손을 굳게 쥐었다.

"어쨌든 무서운 사건이에요. 주인에게도 심한 충격일 거예요. 휴식을 취한 다음에 이야기했으면 좋았을 것. 언제나 시내에서 아주 지쳐서 돌아오거든요. 나는 기차가 와 닿자마자 나도 모르게 말을 해 버리고 말았어요."

"주인께서는 휘비 양을 좋아하고 계시다고요. 오라버님한테 들었습니다."

"굉장히 귀여워하고 있어요. 그 애는 마치 우리 딸 같았어요. 특별히 칼에게는요. 그러니까 주인을 위해서도 휘비를 꼭 찾아 주셨으면 해요. 물론 우리 모두가 걱정하고 있지만 주인이 매우 걱정하고 있으니까요."

부인의 손이 목으로 올라가더니 자꾸만 진주를 잡아당겼다. 그녀는 덧붙여 말했다.

"정말 이 사건의 충격이 주인의 건강에 어떤 영향을 줄 것인가를 생각하면 걱정이 돼요. 주인이 이렇게 걱정하는 것은 좀처럼 없는 일이에요. 게다가 '이번 일은 당신 책임이야'라고 말하니……."

"부인 책임이라니요?"

"휘비가 크리스마스 초대장에 답장을 보내지 않자 주인은 볼더 비치까지 가서 별일 없는지 알아보자고 했는데 내가 그만두자고 했답니다. 주인은 차를 운전하면 안된다고 금지당했거든요. 그리고 나는 그 애는 그 애대로 자기 좋은 일을 할 권리가 있다고 생각했어요. 젊은 여자아이니까 친척과 딱딱한 분위기에서 벗어나 마음대로 놀고 싶은 경우도 있을 테니까요. 지금 생각해 보면 일부러 편지까지 냈는데 답장이 없어서 내가 그 애에게 조금은 화를 내고 있었는지도 모르겠어요. 어쨌든 우리는 볼더 비치에 가지 않았지요. 그 때 갔더라면 좋았을 것을……하다못해 전화라도 걸었으면 좋았을 텐데……."

목 근처에서 손이 부지런히 움직였다. 진주 목걸이의 실이 끊어지며 진주알이 부인의 몸을 따라 마룻바닥에 떨어져 산산이 흩어졌다.

"어머나!" 부인은 외쳤다. "오늘은 재수 없는 일만 생기는군."

발 밑의 진주를 밟으며 부인은 문 옆으로 가서 벨을 눌렀다. 달려온 하녀가 곧 무릎을 꿇고 진주알을 줍기 시작했다.

담배 피울 때 입는, 격자 무늬의 실내용 윗옷을 입은 중년 남자가 문 앞에 나타나 호기심 어린 눈으로 그 광경을 바라보았다. 몸에 비해 큰 대머리가 짧은 목 때문에 흰 포탄 같은 모양으로 어깨 위에 걸려 있었다. 목소리는 깊고 울림이 좋아 그 깊이에 스스로가 취해 있는 듯한 느낌이었다.

"왜 그러오, 헬렌?"

"진주 목걸이가 끊어졌어요."

그 편벽된 눈초리는 "당신 책임이에요"라고 말하는 것 같았다.

"마치 이 세상이 끝난 것처럼 소동을 피우는구려."

"네, 어쩐지 기분이 언짢아서요. 오늘은 좋지 않은 일만 생기는군요."

무릎을 꿇고 진주를 줍던 하녀가 흘끔 부인을 올려다보았다. 그러나 하녀는 아무 말도 하지 않았다. 트레버 부인은 어딘지 모르게 강한 모성애를 나타내는 몸짓으로 트레버에게 다가갔다.

"당신은 좀 쉬셔야 해요. 이제 오늘은 이 이상 무슨 일이 일어나서는 안 되니까요."

그것은 아무도 이긴 예가 없는 말의 게임처럼 들렸다.

"아무 일도 일어나지 않아." 트레버는 말했다. "기분이 꽤 좋아졌어."

그리고 물어 보고 싶다는 듯 나를 바라보았다. 파랗고 지적인 눈이었다.

"말씀드리고 싶은 것이 있습니다, 트레버 씨."

내가 소개를 하자 헬렌 트레버가 가로막았다.

"안 돼요, 아처 씨. 부탁입니다. 주인을 이런 사건으로 마음쓰게 하고 싶지 않아요. 어떤 물음에도 내가 기꺼이 대답할 테니……."

"바보 같으니. 헬렌, 내가 대답하겠어. 이젠 정말 괜찮다니까. 이리로 오십시오. 아처 씨라고 하셨지요?"

"네, 아처입니다."

트레버는 아내의 항의에 등을 돌리고 나를 서재 안의 작은 방으로 안내했다. 방문을 닫더니 안도의 숨을 쉬었다.

"여자들이란……." 그는 중얼거렸다. "마실 것을 드리지요, 아처 씨. 스코치? 아니면 버번?"

"아니, 괜찮습니다. 차를 운전해야 하니까요. 해안길은 매우 혼잡하거든요."

"그렇더군요. 나는 사잔 퍼시픽 철도로 다니고 있습니다. 어서 앉으십시오. 휘비 사건을 자세히 말씀해 주십시오. 집사람에게서 들은 이야기로는 부정확한 점도 있을 테니까요."

트레버는 나를 앞에 있는 가죽 팔걸이 의자에 앉히고, 내 이야기에 귀를 기울였다. 이야기가 끝나자 침묵이 흘렀다.

트레버는 앉은 채 꼼짝도 하지 않았다. 정신의 고통, 또는 육체의 고통을 참고 있는 듯했다.

"내가 잘못한 겁니다." 트레버가 마침내 입을 열었다. "호머가 돌봐 주지 않으면 내가 좀더 신경을 썼어야 했습니다. 왜 호머는 하필이면 이 겨울에 모든 것을 내던지고 남태평양으로 떠났는지……." 그의 말끝을 무릎 위의 주먹이 이었다. "그러나 그런 것보다 앞으로 어떻게 하면 좋을까요?"

"휘비 양을 찾아 내야지요."

"살아 있을까요?"

"살아 있을 확률이 높습니다." 나는 공허한 확신을 가지고 말했다. "대부분의 아가씨들을 찾아 놓고 보면 라스베이거스에서 도박을 하고 있거나, 번화가에서 웨이트리스를 하고 있거나, 비트족 남자와 동거하고 있거나, 할리우드에서 모델업에 열중해 있거나 하지요."

트레버의 굵은 눈썹이 엉킨 두 마리의 송충이처럼 꿈틀거렸다.

"휘비처럼 행실이 좋은 아이도 그런 짓을 하게 될까요?"

"보통 반항 때문에 술이나 마약, 그리고 남자를 가까이 하게 되는 겁니다. 요즈음 젊은이들은 학교에서 읽고 쓰고 셈하는 일 외에 그런 것도 배우고 있습니다. 그리고 학교 이외의 장소에서도 배우지요."

"그러나 휘비는 특별히 반항하지는 않았습니다. 반항할 만한 원인은 여러 가지 있었습니다만."

"그 이유를 듣고 싶군요. 위철리 씨한테서는 그다지 뚜렷한 정보를 들을 수가 없었습니다. 따님 이야기만 나오면 비현실의 세계로 도피해 버리더군요. 그는 그 꿈에서 깨어나기 싫은 모양이었습니다."

"그야 그렇겠지요. 원인의 하나는 그였으니까."

나는 이야기가 계속되기를 기다렸으나 트레버는 계속하지 않았다. 나는 다른 각도에서 접근해 보았다.

"조카따님이 지난해 봄에 정신과 의사한테 진찰을 받았다던데, 알고 계십니까?"

트레버가 눈썹을 치켜세웠다.

"아니오, 그러나 그런 일이 있다 해도 조금도 이상할 건 없습니다. 그 애는 부활절 휴가가 끝나고 스탠퍼드 대학으로 돌아왔을 때 정말 불행해 보였거든요. 성적도 꽤 떨어진 모양이었습니다. ”

“불행의 원인이 무엇이었을까요 ? ”

“휘비는 이야기하지 않았습니다. 집사람의 이야기로는, 휴가 중에 메도 팜스의 집에서 복잡한 일이 있었던 모양입니다. 지독한 내용의 편지가 왔다고 하더군요. ”

“당신은 그 편지를 보셨습니까 ? ”

“나는 보지 않았지만 헬렌은 읽었습니다. 실로 질이 좋지 않은 편지였나 봅니다. 오래 계속되던 집안의 불화가 이 편지로 말미암아 마침내 폭발할 단계에 이르렀지요. ” 트레버는 몸을 앞으로 내밀었다.

“길게 늘어놓고 싶지는 않습니다만, 이것은 말씀드려 두지요. 위철리 부부의 결혼 생활은 행복하지 못했습니다. 그 두 사람은 20년 전에 이혼했던가, 아니면 처음부터 결혼하지 않았어야 했습니다. 헬렌과 나는 그전에 메도 팜스에서 살았기 때문에 위철리 댁으로 곧잘 놀러 갔는데, 그 집은 아이를 기르기에 알맞는 환경이 아니었습니다. 그 두 사람은 1년 내내 싸움만 하고 있었거든요. ”

“왜 싸움을 했나요 ? ”

“여러 가지 까닭이 있겠지요. 캐서린은 그 도시가 아주 싫은데 호머는 그 곳에서 움직이려 하지 않았거든요. 요컨대 처음부터 성격이 맞지 않았지요. 결혼할 즈음 위철리는 이미 30대를 절반이나 넘어섰는데, 캐서린은 아직 10대였습니다. 그러나 문제는 나이 차이만이 아니었지요. 성격이 낮과 밤처럼 정반대였으니까요. 휘비는 학교에 다니게 될 때까지 늘 두 사람 사이에서 붕 떠 있었지요. 호머에게도 친절한 면이 없는 것은 아니지만 어쨌든 몇 대나 이어진 부잣집 도령이니까요. 여러 가지 좋고 나쁜 버릇이라는 게 있지요. ” 트레버는 희미하게 미소를 지었다. “난 그의 버릇을 잘 알고 있습니다. 25년 동안 월급쟁이 사장이었으니까요. ”

"캐서린은 어떤 부인입니까? 여러 가지로 좋지 않은 이야기를 들었습니다만."

"그러셨겠지요." 트레버의 희미한 미소가 조금 찡그린 얼굴로 바뀌었다. "어떤 여자나 모두 그렇겠지만, 캐서린도 이혼한 뒤 엉망이 되어 버렸습니다. 이전에는 단정하고 꽤 아름다웠지요. 사치스러운 금발의 여자를 좋아한다면 말이지요. 나는 캐서린과 꽤 사이가 좋았습니다. 얼마쯤 서로 이해할 수 있었거든요. 캐서린도 나와 마찬가지로 지난날 고생한 일이 있었답니다. 그러나 18살에 돈을 목적으로 결혼해야 했던 것도 고생 속에 들까요?"

"그전에는 무엇을 하던 여자입니까?"

"글쎄, 잘 모릅니다. 호머가 남부에서 만나 결혼할 생각으로 메도 팜스로 데리고 왔습니다. 그녀는 결혼 전에 한동안 우리 집에 있었는데, 어쨌든 그녀는 가정에 대해서는 하나도 모르는 여자였고 헬렌은 가정에 정통해 있었으니까요. 그전의 캐서린은 비서 같은 일을 하고 있었다고 들은 적이 있습니다."

"지금 캐서린은 몇 살입니까?"

"벌써 40살에 가까울걸요." 트레버는 말을 그치고 굵은 눈썹 아래로 물끄러미 나를 바라보았다. "당신은 캐서린 위철리에게 꽤 흥미를 느끼고 있군요. 왜 그렇습니까?"

"휘비 양은 맨 마지막에 어머니와 함께 있었다는 사실이 드러났습니다."

"허, 언제입니까?"

"위철리 씨가 탄 배가 떠난 날입니다. 두 사람은 함께 배에서 내려 같은 택시로 항구에서 어디론가 갔습니다. 그 택시를 발견하려고 온 힘을 다 쏟고 있습니다."

"캐서린을 직접 만나 보는 게 빠르지 않을까요?"

"직접 만나 보았으면 합니다만, 어디 있는지를 모르겠습니다. 이곳을 찾아온 것도 그걸 묻고 싶어서입니다."

"지난해 11월 2일 이후로 나도 만나지 못했습니다. 캐서린은 그 날 배웅하는 배 안에서 생각만 해도 소름끼치는 추태를 보였습니다. 아서톤에 집을 한 채 샀다고 하던데, 지금 그 집에 있지 않을까요?"

"아닙니다. 거기엔 없어요. 벌써 두 달 전부터 집을 비운 모양입니다. 그 집은 팔려고 내놓았더군요."

"허, 그것도 몰랐군요. 정말입니까?"

"한 시간쯤 전에 다녀오는 길입니다. 내가 담을 기어오르려니까 건달같이 생긴 사나이가 권총을 들이대더군요."

나는 나비 넥타이를 맨 사나이의 모습을 설명해 주었다.

"혹시 누구인지 모르시겠습니까? 자기가 저택을 관리하고 있다고 말했는데요."

트레버는 고개를 저었다.

"글쎄요, 모르겠는데요. 그리고 캐서린이 어디로 가 버렸는지도 도무지 짐작이 안 갑니다."

"캐서린의 친구 가운데 아는 분이 없으십니까?"

"이 페닌슐러에서는 모르겠군요. 솔직히 말씀드리지요, 아처 씨. 우리는 지금도 그렇습니다만, 옛날부터 캐서린 위철리와 다른 부류의 사람들과 교제하고 있습니다. 우리들로서는 단순한 취미의 문제입니다만."

"캐서린은 어떤 부류의 사람들과 교제하고 있었습니까?"

"꽤 낮은 부류의 사람들인 모양입니다. 그러나 다시 묻는 말에 이야기를 되풀이하지는 않겠습니다."

"되풀이해 주셨으면 합니다."

"싫소. 아무래도 캐서린에게 미안하군요. 내 양심이 허락하지 않습니다."

넓은 뺨에 조금 붉은 기가 돌고, 눈빛이 강해졌다. 그리고 트레버는 증기 롤러처럼 강인한 매끄러움으로 말했다.

"조카의 문제에서 꽤 멀어지는 것 같군요. 나도 도와 드렸으면 싶은데, 무얼 어떻게 하면 좋을까요?"

"경찰서에 가 주시지 않겠습니까? 제가 가도 좋겠지만 상대방에게 경계심을 일으키게 할 뿐 소용이 없을 테니까요. 그리고 이 사건이 세상에 알려질 우려도 있고요. 위철리 씨는 이 일이 알려지는 것을 아주 싫어하고 있으니까요. 그러나 당신이라면 슬쩍 이야기를 꺼내어 비밀리에 경찰의 도움을 받을 수 있을 겁니다."

"그러지요. 내일 아침에 경찰서에 가겠습니다."

"오늘 밤이면 더 좋겠는데요."

"알았습니다."

병이 어느 정도로 중한지 알 수 없었으나 트레버의 호인다운 반응으로 보아 그는 아주 건강한 사람 같았다.

"어떤 형식으로 경찰에게 도와 달라고 할까요?"

"형식은 그들에게 맡겨 두겠습니다. 요는 샌프란시스코 지구의 모든 경찰이 휘비 양 수색을 도와 주면 됩니다. 그리고 지난해 11월 이후 나타난 신원을 알 수 없는 시체에 관한 기록을 조사해 달라는 부탁도 같이 해 주십시오."

트레버의 얼굴에서 핏기가 가셨다.

"살아 있을 확률이 높다고 말씀하시지 않았습니까?"

"그렇지요. 하지만 다른 가능성도 무시할 수는 없습니다. 휘비 양의 사진을 가지고 계십니까?"

"지난해 여름에 함께 살 때 찍은 사진이 있습니다. 가지고 오지

요."

트레버는 힘차게 일어섰다. 그 움직임은 얼른 보기에 조금도 괴로운 것 같지 않았지만, 눈을 보고 있으니 느낌이 달라졌다. 순간 그의 눈빛이 램프의 불꽃처럼 어두워졌던 것이다.

5분 뒤, 트레버는 많은 컬러 사진을 가지고 돌아왔다. 그리고 앉더니 모두 나에게 보여 주었다.

얇은 흰 드레스를 입고 동백꽃 사이에서 밝게 웃는 휘비. 노란 셔츠를 입고 테니스 라켓을 휘두르고 있는 휘비. 파란 바다를 배경으로 회색 모래 위에 서기도 하고, 뒹굴기도 하고, 앉아 있기도 한 휘비. 바닷가의 절벽을 배경으로 한 사진도 있었다.

그녀는 독특하고 자극하는 느낌을 풍겨 아주 아름다웠다. 그러나 결코 만족스럽게 아름답지는 않았다. 소녀란 언제나 그런 것이다. 바닷가에서 찍은 사진은 자의식(自意識)이 송두리째 드러나 있었다. 뾰족하고 작은 젖퉁이를 컬러 카메라의 렌즈를 향해 내민 휘비는 아름다워지려는 노력 때문에 오히려 괴로워 보였다. 눈을 드니, 트레버가 나의 표정을 살피고 있었다.

"참으로 가치가 있는 아이입니다." 그는 말했다. "정신의 고생을 하며 자라 온, 깊이 있는 좋은 아이지요. 정말이지 좀더 진실된 부모 밑에서 자라게 해 주고 싶었습니다."

"당신에게는 특히 가치있는 아가씨겠군요?"

"나는 이 애를 친딸처럼 사랑합니다. 우리 부부에게는 아이가 없으니까요. 좀더 마음을 써 주었어야 했는데……. 그러나 엎질러진 물을 도로 그릇에 담을 수는 없지요."

"이 사진은 지난해 여름에 찍은 거라고요?"

"그렇습니다. 더 옛날의 어린 시절 것도 있습니다만, 지금의 휘비와 가장 많이 닮은 것을 골라 왔습니다. 휘비는 10대 이후로 좀 말랐지요. ”

“지난해 여름에는 당신들과 함께 지냈습니까? ”

“겨우 5, 6일 동안이었습니다. 8월로 접어들어 5, 6일 동안 우리는 메디신 스톤 옆의 바닷가에 있는 별장에서 지냈지요. 휘비는 처음엔 좀더 오래 있을 계획이었습니다. 그런데 휘비와 집사람 사이에 어찌 된 셈인지 무슨 언짢은 일이 있었던 모양으로 서로 특별히 말다툼도 안 했는데 휘비가 가 버렸어요. 나로서는 도무지 사정을 알 수 없었습니다. ”

“메디신 스톤에서 휘비 양이 만난 남자친구를 아십니까? 빨간 머리의 잘생긴 학생인데. ”

“멀리서 본 적은 있습니다. 바닷가에서요. 나는 바닷가에 나가지 말라고 의사가 금지했습니다. 휘비와 그 학생은 다른 젊은이들과 함께 뛰어다니고 있었지요. ”

그 말투에는 원망 섞인 슬픔이 어려 있었다.

“그럼, 직접 만나신 적은 없겠군요? ”

“휘비가 소개해 주지 않았으니까요. 헬렌과 마찰이 있었던 원인의 하나도 그것이 아니었나 싶습니다. 휘비는 우리와 함께 있는 동안 가끔 그를 만나는 모양이었습니다. ”

“그 남학생에 대해 아시는 건 없습니까? ”

“없습니다. 보기에는 건강한 젊은이였습니다. 그런 친구에게 주목받은 것이 휘비는 그다지 기분 나쁘지 않았던 것 같습니다. 그러나 지금도 말씀드렸듯이, 나는 한 번도 직접 그 젊은이와 이야기한 적이 없습니다. ‘당신은’ 그에 대해서 무얼 알고 계십니까? ”

“오늘 아침에 볼더 비치에서 만나고 왔습니다. 그 대학의 학생이더군요. ”

“아직도 휘비에게 관심을 갖고 있던가요? ”

"휘비가 자취를 감추기 전까지는 확실히 관심이 있었던 것 같더군요."

"그 젊은이가 수상하다고 생각하십니까?"

"별로."

트레버의 눈이 날카로워졌다.

"아니, 수상하게 여기고 계시겠지요."

"그렇게 생각하면 누구나 수상합니다. 직업상의 노이로제이지요. 그러나 그 젊은이에게는 동기가 없고 알리바이도 정확합니다."

"과연 전문가이시군요. 그 젊은이의 이름이 뭐라고 하셨지요? 보비 뭐라고 하는 것 같았는데……."

"보비 돈가스터입니다." 나는 화제를 바꾸었다. "이 사진 가운데 실물과 가장 많이 닮은 건 어느 것입니까?"

마치 포커의 카드를 고르는 사람 같은 솜씨로 트레버는 재빠르게 사진을 골라 흰 드레스의 사진을 찾아 냈다. 테니스 사진도 원래 모습과 똑같이 잘 찍혔다고 그는 말했다. 나는 두 장의 사진을 얻었다.

"그리고 당신과 휘비를 위해 달리 할 수 있는 일이 없을까요?"

"휘비 양의 사진을 복사해 주십시오. 50장이나 100장쯤 있으면 되겠지요. 위철리 씨가 본격적으로 휘비 양을 찾을 생각이 되었을 때 필요할 테니까요."

"본격적으로 찾는다면 구체적으로 어떤 방법이 되겠습니까?"

"전국적인 규모를 가진 탐정, 메스컴의 광고, 경찰의 수사망, 그리고 될 수 있으면 연방 검찰국의 협력을 얻는 것입니다. 위철리 씨는 부자니까 그 정도는 충분히 할 수 있겠지요."

트레버는 두 손을 꼭 쥐었다.

"뭣하면 위철리 대신 나라도 그 정도의 수배는 할 수 있습니다. 지금 곧 하는 편이 나을까요, 아처 씨?"

"내일까지 기다려 주십시오. 캐서린에게 연락이 닿으면 무언가 해결을 얻을 수 있을지도 모르니까요. 그건 그렇고, 부동산업자인 벤 메리만이라는 사나이를 모르십니까?"

"글쎄, 모르겠군요." 트레버는 기억을 더듬듯이 미간을 찌푸렸다. "카미노 리알에서 그런 이름의 간판을 본 것 같은 생각이 드는데, 왜 그러시지요?"

"그 사나이가 위철리 부인의 집을 취급하고 있습니다. 그러니까 그를 만나면 부인이 계신 곳을 알 수 있을지도 모릅니다. 그럼, 내일 다시 연락드리지요. 이 곳 경찰에는 오늘 밤 안으로 연락해 주시겠지요?"

"당신이 돌아가시면 바로 연락하겠습니다" 하고 트레버는 일어서면서 말했다.

그 말은 은근히 '돌아가 주십시오'라는 뜻으로 들렸다. 서재를 지나 밖으로 나가다가 나는 한 알의 진주를 밟았다.

8

벤 메리만이라는 이름은 분홍빛 칠을 한 건물의 처마 끝에 빨간 네온으로 나와 있었다. 그곳은 낡은 집과 빈터와 장사가 잘 되지 않는 듯싶은 상점이 고르지 못한 치아처럼 늘어서 있는 지역이었다. 메리만의 사무실 옆은 가축 병원이었다. 길 맞은편에는 주차장이 있어, 중고차와 그 소유주들이 여기저기 서성거리고 있었다.

나는 내 차의 문에 자물쇠를 채웠다. 뒷좌석의 여행 가방에는 75달러나 하는 권총이 들어 있고, 계기판 상자 속에는 콘택트 마이크가 들어 있었다. 개들이 마구 짖어댔다. 빈대약 냄새가 났다.

메리만의 사무실 입구에서는 안에 있는 칸막이 벽의 문이 잠긴 게 보였다. 바깥쪽의 유리문에도 자물쇠가 채워져 있었다. 내가 자동차 열쇠로 유리를 두드리자 문이 열렸다. 안에서 빛이 새어나오고 여자의 그림자가 이쪽으로 흔들흔들 걸어왔다. 자동 자물쇠를 더듬어서 문을 열었다.

"메리만 씨 계십니까?"

"아니요, 없어요" 하고 여자는 단조로운 억양으로 말했다.

"어디로 연락하면 될까요?"

"그걸 알면 걱정이 없게요. 벌써 한 시간 반이나 기다리고 있는 참이거든요."

불만스러운 목소리가 높아졌다. 여자는 목소리를 억눌렀다.

"메리만의 손님이신가요?"

"그다지 나쁘지 않은 손님일 겁니다. 메리만 씨가 취급하고 있는 부동산 일로 의논하러 왔으니까요."

"어머나, 그러세요!"

여자는 문을 활짝 열고 전등을 있는 대로 다 켜더니 나에게 들어오라고 했다. 30살 전후의 금발인 그녀는 전에는 훌륭했을 듯한 가짜 밍크 코트를 입고 있었다. 여자 자신도 그 코트와 닮았다. 캘리포니아의 과일처럼 조숙하여 10대에 이미 완전히 익어, 달콤한 몇 개월 또는 몇 년 동안에 누군가의 손에 의해 떨어진 그런 타입의 여자였다. 이제 나머지는 몸 안에서 그 달콤했던 나날들의 추억을 발효시키는 일 말고는 없는 것이다.

문을 닫으며 여자는 색정 탓인지, 혹은 술 탓인지 묘한 몸짓으로 잠깐 내 등에 닿았다. 향수 대신 진 냄새가 확 풍기는 것으로 보아, 그것은 아무래도 술 때문인 것 같았다. 여자는 가짜 밍크 코트를 벗더니 내 쪽으로 눈부신 웃음을 지어 보였다.

그 웃는 얼굴은 "만져 보고 싶으면 만지세요"라고 말하고 있었다.

"난 아무렇지도 않으니까. 하지만 당신에게 만질 만한 용기가 있는지 모르겠어요." 이런 타입의 여자는 일단 자신의 경박한 나르시시즘을 침범당하면 그 뒤에는 남자의 접촉 없이는 견디지 못하는 법이다.

"이제는 주인 일을 돕지 않기로 했지만, 주인이 없으니까 제가 대신 상대해 드리겠어요. 집은 싼 것이 많이 있어요."

벗은 코트를 기묘한 리듬으로 흔들면서 여자는 책상 옆의 의자를 움직여 나에게 권했다. 나는 앉았다. 책상 위에는 먼지가 부옇게 앉아 있었다. 메모 겸용의 캘린더는 1월 첫무렵부터 찢지 않은 채 그대로였다.

캘린더 앞에는 작은 사진 컷이 든 3×5인치의 양면 괘지가 쌓여 있었다. 사진의 사람은 물방울 무늬의 나비 넥타이를 매고 어딘지 육식 동물 같은 웃음을 띤 주먹코의 사나이였다. 사진 곁에는 '부동산업 벤 메리만——제1인자 중의 최고봉. 성실을 신념으로 하는 거래'라고 적혀 있었다.

"싸고 좋은 집이 많이 있어요." 여자는 이 말을 되풀이하며 비즈니스와 거리가 먼 육체를 무리하게 비즈니스 식으로 앉혔다. "넓이는 어느 정도의 것이 좋으세요……. 성함이?"

나는 지갑을 꺼내어, 언젠가 산타 모니카의 생명보험회사 직원이 두고 간 명함을 꺼냈다. 그 직원은 내 직업을 알고는 말없이 돌아갔었다. 명함의 이름은 윌리엄 C. 호일링 주니어였다. 나는 그 명함을 여자에게 건네주었다.

"호일링입니다" 하고 나는 말을 이었다. "되도록 큰 집이 좋습니다. 크고 비교적 예스러운, 오늘 아서톤에서 본 식민지풍의 흰 집이면 좋겠는데……. 그 곳에 '팔 집'이라고 쓴 금속판에 주인 양반의 이름이 함께 적혀 있더군요."

"화이트 오크스의 만데빌 저택 말씀이군요? 커다란 돌담이 있었지요?"

"그렇습니다."

"안됐군요." 여자는 진심으로 안됐다는 듯한 표정을 지었다. "벌써 팔렸어요. 죄송하지만, 그거라면 굉장히 이득을 보실 집이었는데요. 집 임자가 몇천 달러나 싸게 내놓았거든요."

"집 임자가 누군가요?"

"위철리 부인이라고, 굉장히 부자인 상류 부인이지요. 여행을 떠난다고 벤에게 말하는 것 같았어요."

"어디로 갔을까요?"

"글쎄요, 전 잘 모르겠는데요."

여자는 천진스럽게 눈을 크게 떴다. 그 눈은 건포도처럼 흐린 보랏빛이었다.

"쫓아가서 이야기를 해 보았자 헛수고일 거예요. 하지만 그 밖에도 팔 집이 많아요."

"아니, 나는 그 집이 좋습니다. 그런데 '팔 집'이라고 써 있는 금속판이 아직도 걸려 있는 것은 무슨 까닭이지요?"

"아, 그것은 벤이 떼는 것을 잊었을 거예요. 그이는 의외로 어수룩한 데가 있어서."

그 때 현관문이 열리고 찬 공기가 나의 뒤통수에 닿았다. 틀림없이 메리만이 돌아온 것이리라 여기고 나는 일어섰다. 그러나 그는 터틀넥의 캐시미어 스웨터를 입은 젊은 남자였다. 눈빛도 스웨터 빛도 아름다운 푸른 색이었다. 머리는 금발이고 상당한 미남자인데, 아깝게도 턱의 염소 수염이 얼굴의 부속처럼 흔들리고 있어서 그것이 그의 인상을 흐리게 했다.

"벤은 어디 있지?" 젊은 남자는 말했다. "정직하게 대답해 줘."

"모르겠어, 어디 있는지. 나도 벌써 두 시간이나 여기서 기다리고 있는 참이야. 약속이 있다면서 나갔는데 안 돌아와."

"제시와의 약속인가?"

여자는 한 손을 입으로 가져갔다. 손등의 고운 살결에 핏줄이 아름답고 파란 덩굴처럼 내보였다. 여자는 가운뎃손가락 끝을 빨더니 얼굴을 찡그리지도 않고 그 손가락의 손톱을 깨물었다.

"제시?" 여자는 말했다. "제시가 어떻게 됐다는 거야?"

"내가 가게에 나가 있는 동안 벤 그 녀석이 제시를 유혹했어. 농담이 아니야."

여자는 입에서 손가락을 떼었다.

"나야말로 농담이 아니야. 그거 제시가 꾸며 낸 말 아니야?"

"꾸며 내긴!"

남자는 주먹을 들어올리고 잠깐 말없이 바라보았다. 손가락 관절에 금방 깨물린 듯한 생채기가 나 있었다. 남자의 파란 눈은 천박하게 번쩍였다. 남자는 주먹으로 염소 수염을 문질렀다.

"녀석이 제시를 유혹한 것은 오늘이 처음이 아냐. 지금까지 일일이 말하지 않았을 뿐이지. 이젠 참을 수 없어. 놈이 그런 짓을 그만두지 않으면 내가 못하게 해 주겠어. 녀석, 어디 두고 보라고!"

"벤은 내버려 둬" 하고 여자가 말했다.

"그렇다면 제시도 내버려 두라고 벤에게 말해. 대체 어찌 된 거야. 잘 돼 가지 않나?"

"잘 돼 가" 하고 여자는 비꼬아 말했다. "모두가 장밋빛 생활이야. 자, 인제 돌아가시지. 손님이 와 계시니까."

"언제부터 벤 대신 밤에 일을 하게 됐지?"

"나는 그이가 돌아오기를 기다리고 있다고 했잖아. 오늘밤에는 함께 기분 전환하러 시내에 가기로 약속돼 있었어."

"녀석이 돌아오기를 언제까지 기다릴 셈이야?"

"이제 더 이상 기다리지 않겠어. 그이는 혼자 어디서 노는 편이 좋겠지.”

“그렇겠지. 어쨌든 우리 제시에게 손을 내밀지 말라고 해 줘.”

“그이에게 커다란 엉덩이를 흔들어 보이는 짓도 그만둬 달라고 제시에게 말해 줘.”

두 사람은 옛 원수처럼 서로 히죽 웃음을 나누었다. 아마 나를 잊어 버린 모양이었다.

“아아, 지겨워!” 하고 여자는 중얼거렸다. “피장파장이군.”

그러고 나서 나의 존재를 알아차렸는지 좀더 인간다운 목소리로 말했다.

“미안합니다. 조금만 기다려 주세요, 곧 가라앉을 테니까요. 1분만 기다려 주세요.”

나는 괜찮으니 천천히 가라앉히라고 말했다. 여자는 안으로 들어가 문을 닫았다. 잔에 병이 부딪치고 술 따르는 소리가 들려 왔다. 고독한 주정꾼들은 이 소리가 아무에게도 들리지 않으리라고 생각하니 이상한 일이다.

입술 연지를 고쳐 바르고 술 기운으로 희미한 웃음을 지으며 여자가 나왔다.

“지금 만데빌 저택의 계산이 어떻게 되었는지 살펴보았는데, 손님께서 정말로 사고 싶으시다면 이번에 사신 분과 의논해 보는 것도 좋겠지요. 어쨌든 굉장히 싸게 샀으니까 얼마쯤 산 사람에게 이익을 보게 하더라도 쌀 거예요. 6만 달러라도 큰 이익이지요. 처음에는 8만 달러나 되었고, 요즈음은 건축비가 꽤 올랐으니까, 여기저기 손질해서 들어가신다면 12만 달러의 값어치는 충분히 있어요.”

나도 비위를 맞추느라 웃으며 말했다.

“주인 양반 일을 돕지 않기로 했다더니 꽤 장사를 잘하시는데요.”

“어머나, 그래요. 전에는 벤의 일을 도왔어요.”

고맙다는 답례로 여자는 책상 저편에서 몸을 내밀어 흰 앞가슴을 실컷 보여 주었다.

"그런데 정말 그 저택에 미련이 있으신가요?"

"네, 그렇습니다. 그 안을 보여 주시겠습니까? 그리고 나서 이야기 합시다."

"오늘 밤에요?"

"안 되겠습니까?"

여자는 내 어깨 너머로 거리를 바라보았다.

"주인이 돌아올지도 모르니 전 나갈 수 없어요. 아직 기적이 일어날지도 모르잖아요. 내일 아침까지 기다려 주실 수 없다면 열쇠를 드리지요. 그 집의 전기는 아직 끊어지지 않았을 테니까요."

여자는 다시 안으로 들어가더니 실망한 듯한 얼굴로 돌아왔다.

"벤이 열쇠를 가지고 가 버린 모양이에요. 용서하세요."

"아니, 괜찮습니다. 내일 다시 찾아뵙겠습니다."

화이트 오크스 거리는 카미노 리알에서 1마일도 떨어져 있지 않았다. 철문이 열리고 자물쇠가 벗겨져 있었다. 나는 흩어진 신문을 모아 날짜를 살펴보았다. 가장 최근의 날짜는 11월 17일이었다. 그리고 가장 오래 된 것은 11월 3일, 휘비가 자취를 감춘 이튿날이었다.

나무들 사이로 보이는 하늘에 달이 나올 듯해 보였다. 드라이브웨이를 걸어가니 집이 눈앞에서 자꾸만 커지는 것 같은 생각이 들었다. 집의 앞쪽이 크고 흰 묘비처럼 나의 손전등 빛을 되쏘았다.

현관의 화려하고 아름다운 문은 닫혀 있었으나 자물쇠는 잠겨 있지 않았다. 나는 안으로 들어가 전등 스위치를 찾았다. 홀 마룻바닥에는 여러 부동산업자의 명함이 많이 흩어져 있었다. 홀 안쪽에는 흰 난간이 달린 계단이 우아하게 굽어지며 어둠 속으로 이어졌다.

나는 왼편 방으로 들어가 스위치를 켰다. 노란 수정 샹들리에 전구

두세 개가 끊어져 있었다. 다른 가구도 샹들리에와 조화를 이루었다. 낡은 줄무늬 커버가 덮인 영국제 소파는 방 양끝에서 서로 노려보고 있고 흰 대리석 난로에는 가스 스토브가 들어 있었으며, 벽난로 선반 위에는 누구의 아버지인지 프린스 아르바트(빅토리아 여왕의 남편) 풍으로 서투르게 그린 풍채 좋은 사나이의 초상화가 걸려 있었다.

위철리 부인이나 또는 어떤 모던한 인물이 어느 정도 개성을 넣어 보려고 애쓴 흔적이 보였다. 금방 맞춘 듯한 선명한 원색 커튼은 다른 사물의 채도와 비교하면 그야말로 쨍쨍 울리는 심벌즈 같았다. 금빛 마호가니의 하이파이 장치가 난로 곁에 있었다. 문 안쪽에는 다트판이 늘어져 있고, 과녁 둘레에는 화살촉으로 팬 홈이 빽빽이 나 있었다.

나는 그 문을 닫고 한 개의 화살을 뽑아 난로 있는 데까지 가서 다트판을 향해 던져 보았다. 그것은 보기 좋게 과녁에 들어맞았다. '화물선으로 중국에'의 멜로디를 흥얼거리며 나는 아래층의 다른 방들을 돌아보았다. 나는 걸어다니면서 고등학교 시절에 읽은 이야기를 생각해 내고 있었다. 그것은 '마더의 꿈'이라는 것으로, 벌써 몇 년 전부터 가끔 문득문득 생각나곤 했다.

마더는 다리[橋]의 꿈을 꾼다. 그 다리를 많은 사람들이 걸어서 건너간다. 그것은 이 세상에 사는 온갖 사람들이었다. 때때로 그 가운데 한 사람이 뚜껑 같은 부분을 짓밟고는 그 모습이 사라진다. 그러나 다른 사람들은 알아차리지 못한다. 사람들은 그 다리를 계속 건너가고, 마침내 자기의 뚜껑을 짓밟고는 그 밑으로 떨어진다.

나도 우아한 계단을 다 올라가서 내 뚜껑 같은 것을 밟았다. 정확히 말한다면 그것은 누구의 뚜껑도 아니었고 '나의' 뚜껑도 아니었다. 그것은 인간의 몸뚱이로서, 내게 걸어채이자 신음 소리를 내었다.

위로 향한 얼굴을 나는 손전등으로 비추어 보았다. 피투성이의 가

101

면 안쪽에는 이미 숨이 끊어진 얼굴이 있었다. 더러워진 줄무늬 나비 넥타이와 진한 회색 윗옷을 이렇게 맞아 죽은 사나이가 입고 있으니 이상하게도 시골티가 나며 비참해 보였다.

윗옷 주머니에는 아무 것도 들어 있지 않았다. 안주머니를 살펴보기 위해 시체를 조금 움직이지 않으면 안되었다. 마치 고깃덩이로 만든 십자가처럼 들기가 힘겨웠다. 지갑에는 1달러 지폐가 네 장 있고, 벤 메리만이라는 이름의 운전 면허증이 있었다. 작은 권총 케이스 속에는 알맹이가 없었다.

다시 움직이지 않아도 되도록 지갑을 가슴 주머니 속에 넣어 주었다. 그리고 문득 생각이 나서 다시 한 번 꺼내어 손수건으로 지문을 닦아내고 도로 넣었다. 마루에 놓은 손전등이 노란 눈처럼 나를 집요하게 지켜보고 있었다. 나는 그것을 주워들고 밖으로 나왔다.

메리만의 사무실로 가는 도중 사잔 퍼시픽 철도역 앞을 지났다. 벌써 밤이 깊어서 닫혀 있었으나 역 바로 앞에 공중 전화 부스가 있었다. 나는 그곳에서 경찰서로 연락했다.

메리만 부인은 아직 사무실 책상 앞에 앉아 있었다. 내가 들어가자 애교 있는 웃음을 지으며 얼굴을 들었다.

"아, 벤은 아직 돌아오지 않았어요. 저 혼자서 성을 지키고 있답니다. 함께 지켜 주시겠어요?"

나의 표정을 알아차리고 여자는 진지한 얼굴이 되었다.

"무슨 일이 있었나요?"

"위철리 부인의 주소를 가르쳐 주십시오."

"적혀 있지 않아요."

"적혀 있을 겁니다, 그녀의 집을 팔아 주었다면."

"그 일은 벤이 했어요. 저는 아까도 말씀드렸듯이 벤의 일을 늘 돕고 있는 게 아니에요. 그이는 일에 대해 저에게는 의논하지 않아

요."

"다루고 있는 부동산 일람표 같은 것을 보여 주십시오."

"왜 그러시지요? 우리들 몰래 암거래라도 하실 셈인가요?"

"천만에. 나는 단지 위철리 부인의 주소를 알고 싶을 뿐입니다."

"일람표를 보아도 그런 건 알 수 없어요. 거짓말이라고 생각하신다면 보여 드릴까요?"

여자는 비틀비틀 일어섰다. 나는 여자의 뒤를 따라 안쪽 작은 방으로 들어갔다. 반쯤 남은 진 병이 책상의 서류 위에 놓여 있었다. 여자는 서류를 뒤적여 등사된 한 장의 종이를 찾아 냈다. 취한 눈으로 그것을 읽으려 할 때 전화가 울렸다.

여자는 수화기에 귀를 기울이며 "네, 그렇습니다" 하고 대답했다. 이윽고 그녀의 얼굴에서 진주처럼 핏기가 가셨다. 눈을 크게 떴다.

"고맙습니다" 하고 여자는 전화를 끊었다.

"벤이 죽었어요. 누군가에게 살해되었대요. 난 그런 줄도 모르고 기다리고 있었군요."

최면술에라도 걸린 것처럼 메리만 부인은 내 곁을 지나갔다. 그리고 문설주에 쾅 부딪치더니 칸막이 벽에 기대었다. 그 손이 등사한 종이를 구기적거렸다. 종이가 떨어지고 손은 진 병을 움켜잡았다.

나는 그 종이를 마루에서 주워들었다. 화이트 오크스 거리의 집은 8만 달러라는 가격만 적혀 있었다. 그 8만 달러라는 숫자에 가로로 줄이 쳐있고 연필로 6만이라고 고쳐놓았다. 그 밖에도 반쯤 지워진 연필 메모가 있는데, 알아볼 수가 없었다. 위철리 부인의 주소는 화이트 오크스 거리 507번지로 되어 있었다.

8분의 3쯤 남은 진 병을 여자는 책상 위에 놓았다. 그리고 책상에 기대듯이 하며 옆의 회전의자에 앉았다. 그녀는 손가락으로 머리칼을 감아쥐었다. 금발의 윗부분은 검었다. 그것은 마음의 어둠이 모세관

현상으로 빨아올려진 것처럼 보였다.

"미친 늙은이!" 여자는 말했다. "틀림없이 그 놈이야, 벤을 죽인 것은. 지난 주일에 집으로 왔을 때도 죽여 버리겠다고 했으니까. 벤은 끝내 돈을 주지 않았지요."

"누구 말입니까?"

"만데빌, 만데빌 중장이에요. 45구경 권총을 들이대고 우리집 현관까지 따라왔었어요. 벤은 뜰로 달아나고 내가 잘 달래 보냈었지요. 진짜 미치광이야, 그 늙은이는."

"만데빌은 무엇을 바라고 있었습니까?"

"모두가 바라는 것, 돈이지요."

여자는 나를 똑바로 바라보았다. 슬픔과 진의 연속적인 강타 때문에 여자는 갑자기 아무렇지도 않은 얼굴이 되었다.

"그 집 일로 벤에게 돈을 사기당했다는 거였어요."

"그게 사실입니까?"

"전 몰라요. 벤과 살아 온 5년 동안 경제적으로 풍족했던 적은 한 번도 없어요. 그이가 무슨 생각을 하고 있는지, 돈이 어디로 가 버리는지 도무지 알 수가 없어요. 부동산업을 하면서도 우리에게는 집 한 채 없었어요. 하긴 부동산업이었다고 할 수도 없지만."

"그럼, 어떤 직업이었습니까?"

"뭐가 뭔지 도무지 알 수가 없어요. 아무튼 부지런히 뛰어다니며 옳지 않은 일로 돈을 벌어서⋯⋯."

여자는 말을 멈추고 내 얼굴을 올려다보았다. 여자의 이에 루즈가 묻어 있었다.

"왜 그렇게 벤에 대해 물으시지요? 벤을 알고 있었던 건 아니겠지요?"

"네, 알고 있었다면 좋았을 거라고 생각합니다만⋯⋯."

"무슨 뜻이지요? 무슨 흉계를 꾸미고 있는 거예요?"

"아무 흉계도 꾸미고 있지 않습니다, 메리만 부인. 주인께서 돌아가신 건 정말 안됐습니다. 그건 그렇고, 턱에 수염이 난 금발의 젊은이는 누구입니까?"

여자의 눈에 다시 진 기운이 오르고, 눈빛이 흐려졌다. 그렇게 눈의 표정이 죽어 버리는 것은 이 여자의 경우 가면 역할을 하는 모양이었다.

"누구 말이에요?"

"아시잖습니까? 아까 주인 양반을 찾아왔던 젊은이 말입니다."

"아아, 그 사람" 여자는 뻔하다는 투로 말했다. "그런 사람 지금까지 본 적이 없어요."

"거짓말 마십시오."

"거짓말이 아녜요. 어째서 손님은 나를 거짓말쟁이로 다루세요, 나쁘지 않은 손님이라고 하고서는? 당신이야말로 거짓말쟁이예요."

"누굽니까, 그 남자?"

"몰라요. 벤이 알고 지내는…… 알고 지냈던 건달쯤 되겠지요."

과거와 현재라는 두 개의 동사 시제(時制)가 여자를 가위처럼 잘라 찢은 모양이다. 눈시울에 금방 눈물이——어쩌면 진인지도 모르지만——흘렀다.

"이제 그만 돌아가세요. 나를 혼자 있게 해 주세요. 아까는 친절하게 해 주셨는데, 이제는 친절하지 않군요." 그리고 여자는 삼단논법의 결론처럼 덧붙였다. "당신은 그 밉살스러운 경찰관이지요, 틀림없이?"

'경찰관이었다면 차라리 편할 텐데.' '밉살스러운 경찰관은 이제 곧 나타나겠지' 하고 나는 생각했다.

이 언저리는 내가 맡고 있는 구역이 아니므로 사건 조작에 걸릴 위험이 크다. 나는 여자에게 "안녕히 주무시오"라고 말하고 현관문을 지나 밖으로 나왔다. 나올 때 메리만의 사진이 박힌 양면 괘지를 한 장 가지고 나왔다.

내 자동차가 움직이기 시작하자 엇갈려서 많은 차들 가운데 보안관의 차가 사이렌 소리를 죽이며 사무실 앞에 와 멎었다. 길 건너 주차장의 젊은이들이 자기들에게 볼일이 있느냐는 듯 머리를 내밀었다. 이웃 가축 병원의 개들이 으르렁거리기 시작했다.

9

세도어 만데빌 중장의 주소는 아서톤 역의 전화 번호부에서 찾아냈다.

그는 파로 아르트의 커다란 호텔에 살고 있었다. 그 호텔의 현관 기둥은 굉장히 컸다. 그러나 자그마한 로비는 아주 촌스러웠으며 라벤더와 잎담배 냄새가 양성(兩性)의 조용한 싸움을 암시했다.

라벤더 향기를 풍기는 여자가 프런트에 앉아 만데빌 중장은 방에 계시다고 말했다. 그리고 인터폰으로 그의 형편을 물어본 뒤 나를 안내해 주었다.

그는 엘리베이터 밖에서 나를 기다리고 있었다. 흰 머리와 흰 콧수염, 그리고 콧수염의 덤처럼 생긴 눈썹을 한, 얼굴이 거무스름한 노인이었다. 검은 넥타이를 한 흰 셔츠 위에 회색 플란넬 가운을 걸치고 있었다. 눈동자가 아주 검었다.

"만데빌 중장입니다. 무슨 볼일입니까?"

나는 한 소녀의 행방을 찾고 있는 사립 탐정이라고 자신을 소개했다.

"그 아가씨의 집안에 대해 아시는 이야기를 듣고 싶습니다. 그 소녀의 이름은 휘비 위철리입니다."

"캐서린 위철리 부인의 따님인가요?"

"그렇습니다. 위철리 부인과 집을 사고 팔았다고 들었습니다만……"

"그렇지요, 억울하게도 말입니다. 그러나 부인과 개인으로 한 거래는 아니고, 따님을 만난 일도 없습니다. 행방불명이 되다니, 대체 어떻게 된 일입니까?"

"두 달이 넘도록 학교에 나가지 않았습니다. 지난해 11월 2일 오후에 샌프란시스코 항구에서 돌아가는 것을 본 사람이 있는데, 그것이 그녀의 모습을 마지막으로 본 것이었지요. 그 날 어머니와 함께 택시에 탔다고 합니다. 그래서 그 어머니에 대해 무언가 아시는 일이 있으면……"

중장이 내 말을 가로막았다.

"설마 어머니가 딸을 유괴했다는 말은 아니겠지요?"

"그런 일은 없습니다. 그러나 딸이 있는 곳을 어머니가 알고 있으리라고는 생각할 수 있지요."

"어머니의 거처라면 내가 알고 있습니다. 그러나 그게 당신에게 도움이 될까요?"

"큰 도움이 될 겁니다."

"그 부인은 지금 새크라멘토에 있는 호텔에 묵고 있소. 그녀 같은 부잣집 마나님이 묵기에는 아주 초라한 호텔이지요. 그 호텔의 이름이 뭐더라? 아마 어딘가에 써 두었을 거요. 찾아볼 테니 방으로 좀 들어오시구려."

중장은 앞장서서 방 안으로 들어가 나를 거실에서 기다리게 했다. 거실의 좁은 벽에는 온통 사진이 걸려 있었다. 그 가운데 구름 같은 검은 머리의 아름다운 여자가 꿈꾸듯이 미소짓고 있는 사진이 하나 있었다. 그 밖의 다른 것은 대부분 군함 사진이었다. 제1차 대전의 구축함에서 제2차 대전의 대형 전함에 이르기까지, 대개의 배가 갖추어져 있었다. 전함은 공중에서 찍은 사진으로 바다 위에 뜬 창끝처럼 보였다.

내가 그 전함을 바라보고 있으려니까 이윽고 만데빌 중장이 방으로 돌아왔다.

"내가 마지막으로 함장을 지낸 배요. 내 아들 만데빌 대위가 오키나와에서 전사하기 2, 3일 전에 찍어 준 사진이오. 매우 깨끗이 나왔지요?"

"네, 아주 선명하군요. 저도 오키나와에 갔었습니다. 육군입니다만."

"허, 이거 매우 귀한 인연인데요?"

중장은 그 이상 이 화제를 잇지 않았다. 나에게 넘겨 준 메모 용지에는 연필로 '챔피언 호텔'이라고 써 있었다.

"주소는 미처 알아보지 않았지만, 가 보면 금방 알 수 있을 거요. 난 탐정이 아닌데도 바로 알았으니까."

"요즘 위철리 부인과 만나셨습니까?"

"아니, 만나려 했으나 만나 주지 않았소. 아주 고집스럽고, 나보고 말하라면 바보 같은 부인이오, 그 여자는."

중장의 입술이 떨렸다. 흰 눈썹 아래에서 눈이 불타는 석탄처럼 보였다.

"그 일을 좀더 자세히 말씀해 주시겠습니까? 깊은 데까지 물어 볼 권리는 없습니다만, 아무래도 위철리 부인의 마음속을 알 수가 없습니다. 그리고 당신의 저택을 팔게 된 경위를 말입니다."

"이야기하자면 길어지고, 그다지 유쾌한 이야기도 못될 거요. 나 자신도 잘 몰라서 변호사를 고용했을 정도이니까요. 반년 전에만 고용했어도 이렇게까지 되지는 않았을 텐데……."

"위철리 부인이 당신의 집을 산 것은 언제였습니까?"

"그건 나한테서 산 게 아니오. 여기가 바로 마찰이 생긴 대목이지요. 부인은 2만 5천 달러를 아직 나에게 지급하지 않았소. 2만 5천 달러라면 나에게는 막대한 금액이지요. 즉, 나는 메리만이라는 부동산 업자한테 2만 5천 달러를 사기당한 거요."

"위철리 부인이 부동산 업자와 짜고 그랬습니까?"

"아니, 그렇게 말해선 안 되오. 그 부인도 나와 마찬가지로 이 사건의 피해자니까. 그런데 나에게 협력해 주지 않는 것이 무슨 까닭인지 모르겠소. 나는 일부러 등기소에 가서 부인의 주소를 알아 낸 뒤 협조를 구하기 위해 새크라멘토까지 찾아갔지요. 그런데 지금 말한 것처럼 부인은 나를 만나려 하지도 않았소."

중장의 목소리는 억누른 분노로 떨리고 있었다.

"그러나 이제 새삼 그런 이야기를 해 보았자 소용이 없겠지. 나는 이제 그런 이야기는 하고 싶지 않소. 이 나이로 시시한 꼴을 당하다니, 정말 부끄러워서 못 견디겠소."

"어떻게 사기를 당하셨습니까?"

"내가 잘 설명할 수 있을지 모르겠구려. 변호사에게 이야기하게 하면 빠를 텐데. 그러나 이 사건은 부동산 공정 거래 위원회에 넘어가 있으니까 변호사도 이야기하지 않을 거요. 어쨌든 그 행방불명된 아가씨와 아무 관계가 없는 일이오."

"아무 관계가 없을지 어떨지는 아직 모릅니다."

"굳이 듣고 싶다면 이야기해도 괜찮지만, 어쨌든 좀 앉으시지요."

중장은 의자 위에 있던 잡지를 치우고 그 의자를 내게 권했다.

"작년 봄에 아내가 죽자 그 뒤에 가정부도 나갔소. 그 때까지는 내 신경질을 아내가 잘 달래 주곤 했으나, 아내가 없어지자 가정부도 그 신경질을 직접 받기가 괴로웠던 모양이오. 나는 아서톤의 집을 팔아 버리고 좀더 살기 좋은 곳으로 옮기려고 마음먹었지요. 그런 내 속셈을 어디서 어떻게 알아 냈는지, 메리만이라는 사나이가 나타나서 수수료의 50퍼센트를 준다면 대리인이 되어 집을 팔아 주겠다는 거였소. 나는 장삿속을 알지 못하고, 이러한 신청 자체가 법률 위반이라는 것도 몰랐소. 메리만 녀석은 해군 동지의 정분으로 특별히 봉사하겠다는 거였소. 녀석은 제2차 대전 중 예비역이었던 모양이오.

그런 악당이 어떻게 해군에 들어갔는지 모르겠소. 물론 그 때는 몰랐지만 나중에 인사국 친구에게 물어 보니, 메리만은 1945년에 예비역에서도 퇴역했던 모양이오. 당시 제11관구의 경리 장교였는데, 그 지위를 이용해서 샌디에이고의 주택지를 군(軍) 사람들에게 팔고 있었던가 보오. 더욱이 이름난 도박꾼으로, 도박 빚을 갚지 않은 채 군대를 그만두었다는 거였소.

불행히도 나는 그런 것을 조금도 모르고 집 매매 위임장을 녀석에게 넘겨 줘 버렸지요. 그 뒤 녀석은 우리 집을 보러 왔소. 그런데 녀석은 그다지 만족스러운 표정을 하지 않고 여러 가지로 시설의 꼬투리를 잡더란 말이오. 하수도가 완비되지 않았느니, 수리가 필요하다느니 하는 식으로……. 더욱이 작년에는 돈이 잘 안 도니 집과 토지를 합해 5만 달러에 팔리기만 해도 운이 좋은 편이라고 하지 않겠소.

나는 그것이 알맞는 가격이라고 생각했지요. 30년 전쯤 그 집을 세울 때는 토지를 합해 2만 5천 달러밖에 안 들었으니까. 나는 부동산 전문가도 아니므로, 100퍼센트 이익을 본다면 큰 이득이라고 생각했지요.

그리고 무엇보다도 나는 한시 바삐 그 집에서 나오고 싶었소. 그 집은 본디 아내를 위해 지은 집으로 아내가 먼저 죽고 나서는 밤마다 추억이 되살아날 뿐이었소. 그래서 맨 먼저 덤빈 사람에게 바로 팔았지요. 그 사나이가 5만 달러를 치러 주기에 나는 고맙게 받았소."

"그 사람이 누구입니까?"

"이름은 기억하고 있지 않지만 로스앤젤레스에서 전근해 온 라디오 방송국의 프로듀서라고 했소. 전근이라니 웃기는 이야기지." 노인은 미워 죽겠다는 듯이 말했다. "나중에 조사해 보니 그 녀석은 이른바 디스크자키로 남부의 어느 작은 방송국에 있었던 모양이오. 그런데 레코드 회사에서 뇌물을 받은 게 드러나 파면된 거지요. 그래서 직업을 찾아 이 곳에 와서 상당히 오래 전부터 메리만의 사무실에 얼굴을 내밀고 있었다는 거요."

"그런 것을 어떻게 조사하셨습니까?"

"나에게는 친구가 있소." 중장은 말했다. "친구들에게 비밀리에 조사를 부탁한 거지요. 좀 늦은 감이 있었지만 말이오. 그 조사에 따르면 나한테 5만 달러에 산 집을 몇 주일 뒤 7만 5천 달러를 받고 위철리 부인에게 팔았다오. 물론 양쪽 매매에 메리만이 참여했지요. 즉 이중 매매를 한 거요."

"처음에 산 남자는 메리만과 짠 게 아니었을까요?"

"우리도 그 점을 많이 의심하고 있소. 그래서 나와 내 변호사는 부동산 공정 거래 위원회에 조사를 의뢰했지요. 나는 옛날부터 소송은 싫어했는데, 역시 재산의 거의 3분의 1을 사취당했다고 생각하니……." 격분에 목이 메었는지 말이 뚝 끊어졌다.

"댁의 변호사 이름은 뭐라고 하는 분입니까?"

"존 번스. 절대로 믿을 수 있는 인물이오. 이 변호사는 몇 년 전에 요트 클럽에서 알았는데, 그에게서 듣자니 메리만이 이중 매매의 혐의를 받는 것은 이번이 처음이 아닌 모양이오. 그러나 이번이 마지막이 되도록 해 주겠소, 단호히."

"실제로 그 2만 5천 달러를 되찾을 수 있을까요? 번즈 씨는 뭐라고 말했습니까?"

"물론 도둑놈들이 아직 돈을 가지고만 있다면 영 불가능하지는 않다고 하더군요. 그런 박쥐들을 상대로 하는 게 어렵기는 하지만 어쨌든 메리만에게는 최대한의 법적 압력을 가해 주겠소. 두 번 장사해 남은 차액을 나에게 지급하지 않는 한 놈의 영업 허가증을 압수해야 하오. 어쨌든 놈도 이런 수법을 오래 계속할 수는 없을 거요."

"메리만은 이쪽의 움직임을 알고 있을까요?"

"아마 알고 있겠지요. 내가 놈의 마누라에게 말해 주었으니까. 지난 주일에 내가 놈의 집에 가서 직접 이야기하려고 했는데, 메리만은 뒤뜰로 달아나 버렸지요. 마누라의 이야기로는 메리만이 세일즈 재능이 있기 때문에 그런 차액이 생긴 것이지, 내 집의 실제 가격은 기껏해야 5만 달러밖에 안 된다고 하더군요. 그러나 우연히 알게 되었지만 녀석은 지난 주일에 그 집을 이번에는 8만 달러로 다시 팔려고 내놓았소."

혈관이 튀어나온 주먹으로 중장은 자기 무릎을 내리쳤다.

"그런 치들은 하나 남김없이 지옥에 가야 돼! 당치도 않은 이치를 내세우는 녀석들! 당치않은 이유를 내거는 녀석, 물건 파는 짓만 교묘하게 하는 놈, 돈만 쥐어 주면 금방 거짓말을 하는 놈, 그런 놈들이 우리 나라 여기저기서 날뛰고 있단 말이오!"

중장의 얼굴빛은 꼭 콜드바 가죽 같았다.

"아, 이런 말을 하는 게 아닌데. 내 심장에 너무 자극이 컸겠군. 메리만과 그 한패거리를 법률의 손으로 처치해 버려야지."

"당신이 직접 처치해 버리실 생각은 없었습니까?"

노인의 뜨거운 눈이 순식간에 차가워졌다.

"당신의 말뜻을 모르겠구려."

"메리만을 권총으로 위협하셨다면서요?"

"그것은 부정하지 않소. 위협을 하면 녀석이 조금은 정직한 말을 하려나 싶었던 거요. 그런데 녀석은 나와 만나는 것조차 피하고 있었소. 마누라 치마폭에 숨어서……."

"오늘 메리만과 만나시지 않으셨습니까, 만데빌 중장님?"

"만나지 않았소. 그와 한동안 못 만났지요. 얼굴을 보기만 해도 메스꺼워지오. 변호사도 이제 두 번 다시 그와 접근하지 않는 게 좋을 거라고 충고하더군요."

"접근했습니까?"

"접근하지 않았소. 당신은 무슨 생각을 하고 있는 거요?"

"메리만은 3시간쯤 전에 맞아 죽었습니다. 화이트 오크스 거리에 있는 당신의 그 전 집에서."

중장의 얼굴이 파리해졌다.

"맞아 죽었다고요? 그것은 다른 사람이라면 무서운 일이라고 하고 싶지만, 메리만의 경우는 그렇게 말하고 싶지 않군."

"중장님, 당신께서 하셨습니까, 아니면 누구를 시키셨습니까?"

"난 그런 짓은 안 하오. 나를 의심하다니 괘씸하군. 터무니없는 일이오."

"그러나 미망인은 그렇게 말하고 있었습니다. 곧 이곳으로 경찰관이 오리라고 생각합니다. 3시간 전부터 지금까지의 행동을 확실히 설명하실 수 있습니까?"

"그런 질문은 실례가 된다고 생각하지 않소?"

"실례가 문제 아닙니다. 역시 미리 여쭈어 두지 않으면……."

"그러나 나는 대답할 필요를 느끼지 않소."

"그러시다면 좋습니다."

노인은 몸을 떨면서 일어섰다.

"그럼 당신도 돌아가 주시오. 정식 자격을 가진 당국자에게라면 나는 기꺼이 내 자신의 결백을 증명해 보이겠소."

'그게 잘 되었으면 좋으련만' 하고 나는 생각했다.

10

새크라멘토 강가의 평원처럼 넓고 탄탄한 대지 위로 달빛에 비친 고속도로가 가로놓여 있었다. 이상스러운 파란 빛 속에서, 강을 가로질러 걸려 있는 다리는 고대의 요새 도시에 이르는 통로처럼 보였다.

강 한쪽에 펼쳐져 있는 빈민굴도 이 환상을 깨뜨리지 않았다. 밤 깊은 거리를 헤매 다니는 여자들도, 문간에 어른거리는 남자들도 깊어진 시간에 흠뻑 젖어 있는 듯 보였다.

챔피언 호텔은 빈민굴 끄트머리에 있었다. 아직 빈민굴에 섞여들지는 않았으나, 녹아들기 한 발자국 직전인 듯해 보였다. 좁고 길다란 6층 건물로 석조로 된 앞쪽이 더러웠다. 금세기 첫무렵 처음 지어졌을 즈음에는 분명 가정적이고 고급스러운 호텔이었으리라. 지금은 겉치레고 체면이고 모두 벗어던진 사람들이 묵는 싸구려 호텔이라는 인상을 주었다. 하룻밤의 임시 숙소, 그리고 인생의 종착역.

이웃의 바 겸 그릴에서는 손님들이 '반딧불'을 합창하고 있었다. 적갈색의 닳아빠진 제복을 입은 짧은 턱수염이 난 노인이 스산한 챔피언 호텔 입구에 서 있었다. 노인은 점잖은 걸음걸이로 길을 가로질러서 다가왔다.

"나리, 이 곳에 차를 세워 두면 안 됩니다. 여기는 언제나 비워 두어야 합니다. 호텔에 오셨으면 저기 모퉁이의 주차장에 차를 두십시오. 묵으실 겁니까?"

"묵을지도 모르오."

"그럼, 저 모퉁이를 돌아 왼쪽으로 가십시오. 아무튼 우회전은 안 됩니다. 대여섯 해 전부터 일방 통행이 됐으니까요."

그 변화가 원망스럽다는 말투였다.

"그리고 차는 잠가 두시는 편이 좋습니다. 호텔로 들어오실 때는 옆길로 오시는 게 빠르지요. 옆문의 불을 켜 놓겠습니다. 짐을 날라 드릴까요?"

"고맙소만, 내가 옮기지요."

사실 짐이라고 할 만한 것도 없었다.

주차장은 사무실 모양의 컴컴한 건물로 사방이 둘러싸인 사각형의 빈터였다. 나는 여행 가방을 들고 옆길을 지나서 늙은 종업원이 기다리는 옆문으로 들어갔다. 유아등(誘蛾燈)의 백열전구가 노인의 얼굴에 노란 빛을 던지고 있었다. 노인은 팁 같은 건 기대하지도 않는다는 듯이 내 여행가방을 받아들었다.

텅 빈 로비의 프런트 데스크에는 바제도병에 걸린 것 같은 눈과 턱을 한 여자가 앉아 있었다. 욕실이 붙은 방은 2달러 50센트, 욕실이 없는 방은 2달러라고 했다. 나는 어느 쪽에도 묵고 싶지 않았다. 틀림없이 오랜 세월이 지나는 동안 비가 샌 흔적이나 얼룩이 많이 남아 있는 방일 것이다.

만데빌 중장이 잘못 생각한 것이 아닐까 싶었다. 어쩌면 일부러 잘못 생각한 것처럼 꾸민 것은 아닐까. 아무래도 위철리 부인이 이 챔피언 호텔에 묵었다고는 생각하기 어려웠다. 마음 내키지 않는 하룻밤을 계약하기 전에 그 점을 확인해 두자고 결심했다. 바제도 병에 걸린 눈은 이 손님의 성미가 까다로운가 아니면 돈이 없는 것일까 하고 살피듯이 나를 바라보았다.

"어떻게 하시겠어요? 욕실이 붙은 2달러 50센트로 하시겠어요,

아니면 2달러짜리로 하시겠어요? 방값은 먼저 지급하도록 되어 있습니다." 늙은 급사가 들고 있는 낡은 여행 가방으로 눈길을 옮기며 여자가 덧붙였다.

"방값 먼저 내는 거야 상관 없지만 집사람이 두 칸짜리 방을 빌리지 않았나 싶어서."

"부인이 여기 묵고 계십니까?"

"묵고 있을 거요."

"부인의, 아니, 손님의 이름은?"

"위철리."

뚱뚱한 여자와 노인은 의미를 알 수 없는 눈길을 서로 주고받았다. 사람을 내려다보는 가엾이 여기는 듯한 목소리로 여자가 말했다.

"부인은 분명 이 곳에 한동안 머물러 계셨지만, 아까 한 시간쯤 전에 나가셨습니다."

"어디로 갔소?"

"다음에 묵으실 곳은 여쭈어 보지 못했는데요."

"어디 먼 곳으로 가는 것 같던가요?"

"글쎄, 모르겠는데요. 죄송합니다만……." 정말로 미안한 듯한 목소리였다. "그래도 묵으시겠습니까? 그만두시겠습니까?"

"욕실이 붙은 방으로 하지. 한동안 목욕을 못 했으니까."

"알았습니다." 여자는 꼼짝 않고 말했다. "516호입니다. 숙박부에 서명해 주세요."

나는 H. 위철리라고 서명했다. 돈을 내는 사람은 결국 위철리니까, 반드시 거짓말이라고만 할 수도 없었을 것이다. 나는 여자에게 50달러짜리 지폐를 내고, 여자는 오래 걸려 거스름돈을 헤아렸다. 늙은 종업원은 이 거래를 재미있는 듯이 바라보고 있었다.

5층 방으로 들어가 커튼을 젖혀 창문을 열어 놓고서 이제는 팁이

나올지도 모르겠다는 미묘한 순간에 늙은 종업원이 말했다.

"부인을 잡으려고 하신다면 제가 도움이 될지도 모르겠군요."

"있는 곳을 아시오?"

"아니오, 다만 그럴지도 모르겠다는 말입니다. 나는 여러 가지를 듣고 보니까요."

노인은 짓무른 눈꼬리에 집게손가락을 대고 눈을 찡긋해 보였다.

"무엇을 보고 들었소?"

"그렇게 금방 말씀드릴 수는 없습니다. 그렇지 않아도 꽤 복작거렸었지요, 하지만 나리는 자기 부인의 일이니까 이미 모든 것을 아실 테지요."

"아니오, 이 일에만 매달려서 조사하고 있는 것은 아니니까."

"매달리는 게 좋았을 겁니다요, 하지만 매달려서 조사했더라 하더라도 그것은 몰랐을지도 모르겠군요, 그러나 이건 아시겠지요?"

"내가 알고 있든 모르고 있든 아무래도 좋소, 당신은 무엇을 알고 있소?"

"아, 아무래도 복잡해질 것 같아서 이야기하기 싫은데요?"

조금 사팔뜨기 기미가 있는 늙은 눈길은 나에게서 여행 가방을 향했다. 여행 가방은 벽 쪽의 버드나무로 엮은 받침대 위에 있었다.

"저 속에 혹시 권총이 들어 있지 않습니까? 뭔지 권총 같은 촉감의 물건이 있었습니다. 탕 하고 쏘는 일이 생기면 곤란하니까요."

"그런 짓은 하지 않소, 난 다만 아내를 찾아 내어 이야기하고 싶을 뿐이오."

나는 위철리로 행세한 것을 후회하기 시작했다. 사실을 알아 내려면 그러는 편이 손쉬울 거라고 생각했는데, 오히려 여러 가지로 귀찮은 수속이 필요해질 것 같다.

"어쨌든 권총이 나오는 것은 싫더군요." 문 쪽으로 물러서면서 노인은 말했다. "이 젤리 딩그맨은 복잡한 것을 싫어하는 사나이라서."

"잠깐, 내가 권총을 가지고 있는 건 돈을 많이 지니고 있기 때문이오."

"그렇습니까?" 노인의 움직임이 딱 멎었다.

"그러니까 젤리, 당신이 정보만 제공해 준다면 물론 사례를 하겠소."

노인은 감자처럼 부어오른 자기 발을 바라보았다.

"브록 의사에게 이 발을 치료받고 있는데, 15달러쯤 치료비가 밀렸습니다. 도무지 제대로 치를 수가 없어서……."

"그 치료비는 내가 치르도록 하지."

"정말 미안합니다." 노인은 감상에 젖은 가락을 붙여서 말했다.

"그럼, 어디 나리의 돈을 구경시켜 주십시오."

"당신에게서 정보를 알아 낸 다음에 틀림없이 돈을 낼 테니까 걱정하지 마시오. 집사람은 어디로 갔소, 젤리?"

"차에 짐을 실어드릴 때 부인이 하시던 말로 미루어 보아 하시엔다 인으로 가셨으리라 여겨집니다. 어쨌든 그 남자에게 하시엔다 인이 좋은 곳이냐고 물은 것은 틀림없습니다. 사나이는 이 호텔과 아주 다르다고 말했지요. 그야 그렇겠습지요. 변두리에 있는 호화판 호텔이니까요."

"남자와 함께 갔군."

"아, 그것은 말할 생각이 아니었는데……. 쓸데없는 것까지 지껄여서 죄송합니다."

"괜찮소, 그 남자에 대해 좀더 자세히 말해 주시오."

"자세히는 못 보았습니다. 시간도 없고 해서. 차에 타더니 그 남자는 얼굴을 돌리더군요. 내게 얼굴을 보이고 싶지 않았던 게지요. 그 전에 부인 방으로 올라갈 때도 엘리베이터를 사용하지 않았습니다. 옆문으로 들어와서 뒷계단으로 올라가는 거였어요. 아무래도 손님 같지 않다고 여겨 뒤따라가 보았습니다. 그랬더니 부인 방의 문을 두드리고, 문이 열리니까 부인 이름을 큰 소리로 부르지 않겠습니까? 아, 그렇다면 안심이구나 하고 생각했지요. 저는 그 남자가 주인양반이라고만 생각했거든요."

"그렇게 생각될 만한 말을 했소?"

"그러니까 지금 말한 대로 방에 들어갈 때 아주 기쁜 듯한 목소리로 '캐서린'이라고 불렀습니다. 그리고 문이 닫히고 아무 말도 들리지 않았어요. 20분쯤 지나자 부인이 계산을 해 달라고 왔고, 남자는 밖으로 나가 차에서 기다렸지요."

"어떤 차였지요?"

"새 자동차인 시보레 같았습니다."

"그 남자와 기뻐하며 나가는 것 같았소?"

"그야 말도 못합지요. 부인이 기뻐하는 얼굴을 한 것은 그 때가 처음이자 마지막이었습니다. 그 때까지는 줄곧 세상에 금방 종말이라도 다가오는 듯한 얼굴빛이었으니까요. 그렇게 우울한 부인은 본적이 없습니다."

"언제쯤부터 이 곳에 묵었지요?"

"2주일 조금 더 있었을까요? 이런 호텔에 묵다니, 좀 이상하다고 생각했습니다. 물론 이 곳이 이상한 호텔은 아니지만, 숙녀가 묵을 만한 곳은 못 되니까요. 부인은 옷이며 짐은 모두 고급이었거든요. 이런 말은 주인 양반께 말씀드릴 필요도 없겠지만."

"집사람은 여기서 무엇을 하고 있었지요? 당신은 어떻게 생각하오?"

"나리에게서 도망쳐 나왔겠지요." 노인은 새침하게 미소짓는 얼굴이 되었다. "기분 나쁘게 생각하지는 마십시오."

119

"그렇게 일일이 마음 쓰지 않아도 되오. 그 차에서 기다리던 남자 말인데, 대강이라도 좋으니 인상을 가르쳐 주지 않겠소?"

"글쎄요, 비교적 몸집이 큰 사람이었습니다. 나리만큼 크지는 않았 지만 나보다는 훨씬 컸지요. 옷차림이 고급이고 짙은 색깔의 코트 와 모자를 썼죠. 그 모자를 깊숙이 쓰고 얼굴을 돌리고 있어서 아까도 말한 것처럼 얼굴은 못 보았습니다."

"이런 인상이 아니었나?" 나는 호머 위철리의 인상을 말해 보았 다.

"그분인지도 모르겠군요. 확실한 말은 못하겠지만."

"나이는 몇 살 정도였지요?"

"꽤 많이 들었어요. 나리보다는 늙었던데요. 하지만 지난 주일에 부인을 만나러 온 할아버지만큼 늙지는 않았습니다. 그 할아버지라 면 인상을 똑똑히 기억하고 있지요."

"머리가 희고 깡마른 할아버지 말이오?"

"그렇습니다, 아시는군요. 내가 그 할아버지를 부인 방으로 안내했 는데, 부인은 절대로 방 안에 들여놓으려 하지 않았어요. 문을 열려 고 하지도 않았고요. 할아버지는 화가 머리 끝까지 나 있었지만, 나 한테 팁을 많이 주었습니다요." 젤리는 그리운 듯이 덧붙였다. "팁을 15달러 주겠다고 약속하셨지요?"

"지금 주겠소. 집사람한테 달리 누가 찾아오지는 않았소?"

"왔습니다. 하지만 나리, 밤새도록 여기서 기름을 팔고 있을 수는 없습니다. 잠시 로비에 얼굴을 내밀고 오지 않으면 곤란합니다. 데 스크의 실버드 부인은 매가 병아리를 노리듯이 나를 지키고 있으니 까요."

"그 밖에 찾아온 사람은 누구지요?"

"한 사람뿐입니다, 내가 기억하기로는. 그 이야기도 할 테니까, 잠간 아래로 보내 주십시오. 실버드 부인에게 얼굴을 보여 두지 않으면 정말 재미가 없거든요. 틈을 보아 곧 다시 오겠습니다. 다만 돈은 지금 받아 두었으면 하는데요."

나는 20달러짜리 지폐를 주었다. 노인의 앙상한 손이 그것을 움켜잡고 낡아빠진 윗옷 밑으로 들어가는가 했더니, 어느 새 지폐는 모습을 감추고 말았다.

"대단히 죄송합니다. 거스름돈은 나중에 가져오겠습니다."

"5달러는 그냥 더 주겠소. 그 밖에도 몇 가지 부탁이 있는데…… 집사람이 묵던 방이 어디요?"

"3층 복도에 있는 끝방입니다. 323호실이지요."

"지금 그 방에 손님이 있소?"

"아니오. 1주일 이상 묵는 손님만 들이는 방입니다. 아직 정리도 되어 있지 않을는지 모르겠습니다."

"그럼, 잠깐 볼 수 있겠지요?"

"안 됩니다, 나리. 그러다간 해고당해요. 나는 벌써 40년 가까이 이 곳에 있기 때문에 무슨 일만 있으면 모가지를 자르려 하고 있으니까요."

"괜찮소, 젤리. 비밀로 해 두면 되지 않소."

노인은 머리카락이 마구 흩어질 정도로 세게 머리를 저었다.

"안 됩니다. 어느 방이나 묵으시는 손님에게만 열어 드리니까요."

"열쇠를 잊고 갔다고 하면 되지 않소. 화장대 위에 놓고 가 주구려."

"안 됩니다. 규칙 위반입니다."

그러나 노인은 열쇠를 놓고 갔다. 40년 동안이나 종업원 노릇을 하다 보니, 인간이 텅 비어져서 팁을 받아 넣는 구멍 같은 존재로 변한 모양이다. 20년 동안이나 사립 탐정 노릇을 하다 보면 그런 일쯤은 알게 되는 것이다.

나는 비상 계단을 내려가 3층 323호실로 들어갔다. 그것은 내 방과 꼭 닮은 욕실이 딸린 방으로 똑같은 침대가 있고 화장대가 있고, 책상과 버드나무로 짠 받침에서 플로어 스탠드에 이르기까지 똑같았다. 상자 속에 갇힌 듯한, 착 가라앉아 움직이지 않는 답답한 분위기마저 꼭 닮았다.

화장대 서랍이 열린 채로 있고, 그 곳에 올이 풀린 긴 양말 한 짝이 들어 있었다. 벽에 붙어 있는 양복장에는 구부러진 철제 양복걸이가 몇 개 있고 구석구석에 많은 먼지가 쌓여 있었다. 욕실 선반에는 분을 조금 엎질렀고 아스피린이 한 알 든 작은 녹색 병이 있었다. 수건은 아직도 젖어 있었다.

침대 옆에는 휴지통이 있었다. 뭉친 신문지와 입술 연지가 묻은 분홍색 휴지로 가득 차 있었다. 휴지통 옆 바닥에는 빈 위스키 병이 다섯 개 늘어서 있고 다섯 개째 병에 위스키가 반 인치 정도 남아 있었다.

나는 휴지통에서 신문을 꺼냈다. 이번 주일의 새크라멘토 비즈였다. 날짜가 가장 최근인 것은 이틀 전의 신문으로 입항 뉴스난에 연필로 표시가 되어 있었다. 그것은 다음날 샌프란시스코 항에 프레지던트 잭슨 호가 들어온다는 공지 사항이었다. 분명히 캐서린 위철리는 남편의 동정을 살피고 있었던 것이다.

그리고 또 딸의 일을 생각하기도 한 모양이다. 내가 일어서니 창문에 빛이 닿아 유리 위의 글자가 보였다. 나는 방을 가로질러 창문 쪽으로 갔다. 창 밑은 골목길이고 바로 눈 앞은 벽돌담이었다. 먼지투성이의 유리창에 커다랗게 한 마디 '휘비'라고 써 있었다. 눈 앞에 캄캄한 벽돌담을 배경으로 해서 그것은 마치 묘비명처럼 보였다.

문 밖의 어둠 속에서 위화감이 방 안으로 들어왔다. 그것은 나의 내부에도 들어와서 내 가슴의 고동을 세차게 했다. 심장의 고동 소리가 엘리베이터 소리와 함께 뒤섞였다. 그것은 건물 혈관 속의 혈전병(血栓病)처럼 생각되었다.

나는 위철리 부인이 묵고 있었던 방문을 닫고 엘리베이터 소리와 겨루기라도 하듯이 비상 계단을 뛰어올랐다. 다행히 엘리베이터는 타고 있는 사람과 마찬가지로 오래되어서 천천히 움직였다. 나는 젤리보다 한 발짝 먼저 내 방에 와 닿았다.

노인은 맥주병을 가지고 있었다.

"어떻던가요, 로비의 정세는?"

"신통치 않은데요, 나리께서 맥주를 주문하셨다고 하여 겨우 실버드 부인에게서 도망쳐 왔습니다. 이웃 술집으로 사러 갔다 왔으니, 50센트 더 주셔야겠습니다."

이 추가 지출 때문에 거래가 모두 원점으로 돌아가지나 않을까 싶은 듯이 노인은 흘금흘금 내 얼굴을 들여다보았다.

"좋소." 나는 말했다.

노인은 후유 하고 안도의 숨을 내쉬었다. "아, 다행이군요. 그럼 맥주는 여기 놓아두겠습니다." 노인은 맥주병을 화장대 위에 놓고 슬금슬금 열쇠를 집어 들었다. "맥주를 좋아하십니까?"

"좋아하오, 당신도 한 잔 하지 않겠소?"

"그것은 안됩니다."

"왜 안되지요? 우선 앉으시오, 잔을 가지고 오겠소."

노인은 슬그머니 침대 끝에 앉아 한숨을 쉬었다. 나는 욕실에서 가지고 온 잔에 맥주를 절반 따라 주고 나머지는 모두 내가 마셔 버렸다.

노인은 수염에 묻은 맥주 거품을 핥았다.

"좀더 이야기를 해야 했었는데……그런데 무슨 이야기였지요? 잊어 버렸습니다요. ”

“시간이 걸리지 않도록 하겠소, 되도록 빨리 하시엔다 인으로 가고
싶으니까. 도개교(跳開橋)가 걷히기 전에. ”

“그 곳에는 도개교 따위는 없습니다, 위철리 씨. 강 옆이 아니라
둘레가 모두 골프 코스거든요. 전용 코스가 있고, 전용 비행장이
있고, 하나에서 열까지 모두 전용이랍니다. 이 맥주는 맛이 좋은데
요. ”

한 모금 마셨는데도 취한다는 듯이 노인은 입술을 핥았다.

“집사람을 찾아온 다른 사람들 이야기를 들려주기로 했을 텐데. ”

“사람들이 아니라 한 사람입니다. ” 노인이 말했다. “내가 아는 바
로는 한 사람입니다. 전에도 두 번쯤 온 사람이지요. ”

“전에도 두 번쯤 왔었다고? ”

“어젯밤 부인과 대판 싸움을 하기 전이었지요. 아무래도 부인을 때
리는 듯한 소리가 났습니다. 경찰을 부를까 했습니다만, 실버드 부
인이 쓸데없는 짓은 하지 말라고 해서…… ‘손님들이 싸울 때마다
경찰을 부르다간 마치 난장판 희극처럼 경찰관이 들락날락해야 될
게 아냐’ 하고 말했지요. 그 말도 일리가 있었고, 어쨌든 싸움은 곧
끝났습니다. ”

“그 남자는 누구지요? ”

“이름은 모르겠는데요. ” 노인은 숱이 적은 머리를 긁적였다. “몸
집이 크고 옷차림이 멋있는 사람이었습니다. 늘 히죽히죽 웃고 있었
지요. 그런데 그 눈이 싫더군요. ”

“눈의 어떤 점이 싫었지요? ”

“글쎄요……. 나를 마치 개나 무엇처럼, 꼭 쓰레기통을 뒤지는 똥
개나 되는 것처럼 보는 거였어요. 자기는 예수 그리스도가 부활한
듯한 얼굴을 하고서요. 늘 냄새를 맡고 다니는 것처럼 코가 하늘을

올려다보고 있었지요."

젤리는 집게손가락으로 자기 코 끝을 조금 쳐들어 보였다. 나는 메리만의 사무실에서 가지고 온 양면 괘지에 있는 메리만의 사진을 내놓았다.

"이 사람이 아니었소?"

노인은 용지를 등불에 비춰 보았다.

"네, 이 사람이었습니다. 이 웃음이었어요." 노인은 열심히 사진 곁의 글자를 읽었다. "이 제1인자 중의 최고봉이라는 게 무슨 말입니까?"

"그저 멋을 부리는 거요."

이제는 소용이 없어진 멋부림이다.

"그 녀석은 어젯밤 언제쯤 여기에 왔었소?"

"그렇지, 9시나······9시 30분쯤이었을까요. 30분쯤 있었습니다. 나올 때에도 역시 히죽이 웃고 있었지요. 그런데 부인께서는 검은 안경을 쓰고 있었지요. 틀림없이 얻어맞아서 눈 가장자리가 부었을 거라고 생각합니다."

"당신은 언제나 손님을 자세히 관찰하오?"

"아니오, 마음에 드는 분 말고는 관찰하지 않습니다. 부인에 대해서는 걱정이 돼서요. 지금도 걱정이 되는데요. 나리, 빨리 하시엔다 인으로 가셔서 부인을 만나시는 게 좋을 겁니다. 부인에게는 나리 같은 분이 필요할 테니까요."

"아내가 내 이야기를 했소?"

"아니요, 아무 이야기도 안 했습니다. 아무와도 이야기를 하지 않은걸요. 하루 종일 방에만 틀어박혀 계셨으며 밖으로 나오시지 않았습니다."

"방 안에서 무얼 했을까?"

"그저 먹고 마시는 거지요. 요 1주일 동안 굉장히 마셨답니다. 내가 술을 갖다 드렸으므로 잘 알고 있습죠."

나는 마지막으로 노란 옷을 입은 휘비의 사진을 내보였다.

"이 아가씨가 집사람을 찾아오지 않았소? 서두르지 말고 침착하게 생각해 보오."

노인은 팔 길이만큼 사진을 멀찍이 들고 바라보았다.

"이 분은 부인의 친따님이신가요?"

"그렇소. 모습을 본 적이 있소, 젤리?"

"못 본 것 같은데요. 물론 난 하루 종일 지켜보고 있던 게 아니니까 뭐라고 말할 수 없지만. 그러나 닮았어요. 나이가 20살쯤 더 들고 몸무게가 20파운드쯤 늘어난다면……. 그래, 틀림없는 부인의 따님이야. 나는 닮은 것을 가려 내는 게 취미랍니다."

반 잔의 맥주로 말미암아 노인은 수다스러워졌다. 늙은 사냥개 같은 눈이 나의 얼굴을 살폈다.

"따님도 집을 나갔습니까? 집안 사정이 꽤 복잡했던 모양이군요."

"그런 말은 하지 않아도 되오."

나는 내가 위철리가 아닌 것을 참으로 다행스럽게 여겼다. 그러나 마치 이름과 함께 그 알맹이까지도 온통 도맡아 버린 것처럼, 나는 그 슬픈 짐의 무게를 느끼기 시작했다.

"이 아가씨를 보지 못한 게 틀림없지요?"

"그렇다고 생각합니다. 부인을 찾아왔던 사람은 단 둘뿐입니다. 부인이 방 안에 넣어 주지 않은 할아버지와, 그리고 제1인자 중의 최고봉."

"그리고 오늘밤에 나타나 함께 간 남자겠지요?"

"아, 그렇군요."

노인은 머리를 저으며 일어섰다.

"하지만 어지간한 일에는 권총을 쓰지 않으시는 게 좋습니다. 그저 속았다고 생각하시고, 이 젤리 딩그맨의 말을 들으십시오."

"충고는 잘 알겠소. 맥주도 잘 마셨소."

노인이 발을 질질 끌 듯이 하며 나가 버리자, 나는 권총을 어깨걸이에서 꺼내 몸에 지녔다.

11

이 주(州)의 수도를 꿰뚫고 돈의 강이 흐른다. 하시엔다 인은 말하자면 사금(砂金)이 나는 곳이었다. 그것은 시내 북쪽의 고속도로 근처에 있는데, 골프 코스를 마치 독립된 마을처럼 꾸며 놓았다. 프촘킨(18세기 러시아의 정치가 예카테리나 2세에 빌붙어 사치스러운 생활을 한 것으로 이름 났음)의 환락의 마을인가 아니면 프랑스 왕들이 베르사유 곁에 만든 마을인가. 어쨌든 돈 많은 이들이 맑은 날 오후 한때 농사꾼 흉내를 내며 놀기 위한 곳이었다.

달도 기우는 깊은 밤인데, 하시엔다 인의 단골 농사꾼들은 아직도 잠들지 않았다. 여기저기 늘어서 있는 커다란 방갈로에서도, 스페인 농가를 흉내내어 만든 커다란 건물 안에서도 불빛과 웃음소리가 새어 나오고 있었다. 나는 그 곁의 어두운 주차장에 차를 세워두고 건물 안으로 들어갔다.

머리가 나빠 보이긴 하지만 우아한, 프런트의 젊은이가 위철리 부인이라는 사람은 묵고 있지 않다고 대답했다.

"어쩌면 처녀 시절의 이름을 썼는지도 모르지." 무슨 볼일이냐고 묻기 전에 선수를 쳐서 나는 말했다. "몸집이 크고 머리는 밝은 금발이며 검은 안경을 썼는데, 두 시간쯤 전에 여기 왔을 거요."

"그렇다면 아마 스미스 양이……."

"그렇지. 처녀 시절의 이름이 스미스였네. 실은 그분의 친정으로부터 전해 달라고 부탁받은 말을 가지고 왔는데."

"방갈로 쪽으로 연락하기에는 시간이 늦었다고 생각합니다만……." 그는 엉거주춤한 태도로 말했다.

"아니, 연락하지 않았다가 나중에 혼이 나도 나는 모르네. 급한 볼일이니까."

"손님의 성함은?"

"아처. 그녀의 친정 대리인이오."

젊은이는 전화를 걸었다. 대답이 없었다.

"아마 호텔에 계실 겁니다."

프런트 젊은이는 벽의 전기 시계를 올려다보았다. 벌써 새벽 1시 30분이 가까웠다.

"바로 가시면 만날 수 있을 겁니다. 아까 숙박부를 쓰실 때 바 있는 곳을 물으셨으니까요."

돌을 빽빽이 깐 커다란 가운데뜰이 있고 바는 그 안에 있었다. 20명 남짓한 밤 늦은 손님들이 의자에 걸터앉기도 하고, 카운터에 기대어 있기도 했다. 카운터는 조각이 들어간 마호가니로 만들었는데, 꽤 오래 되었는지 어느 고스트 타운에서 발굴해 온 것 같은, 녹청이 생기기 시작한 놋쇠 난간이 붙어 있었다. 카운터 안에는 커다란 거울이 있고, 그 앞에서 흰 윗옷을 입은 필리핀 사람이 바쁘게 움직였다.

손님의 옷차림도 갖가지였다. 흰 스테트슨 모자를 쓰고 가우어 가르치의 옷을 입은 황소 같은 사나이들이 세 명, 뇌물을 가지고 온 민간업자 같은 빨간 머리의 사나이를 가운데 끼고 양쪽에 앉은 의원(議員)인 듯한 사나이와 원외단(員外團)의 일원인 듯한 사나이, 실업가들과 그 마누라들인 듯한 한 무리가 호화판으로 떠들고 있었다. 그리고 신혼인 듯한 두 사람이 눈을 촉촉이 적시고서 마주 바라보고 있었다. 그리고 그 저쪽 카운터 쪽에 검은 안경을 쓴 금발의 여자가 혼자 있었다. 그 옆에 나무의자가 비어 있었다.

나는 그 의자에 가서 가만히 앉았다. 여자는 나를 알아차리지 못한 모양이었다. 그녀는 수정알을 보는 점쟁이처럼 움켜잡은 잔 속을 뚫어지게 보고 있었다. 그리고 천천히 잔을 빙빙 돌렸다. 무색 투명한 액체 속에서 금박이 반짝반짝 빛났다.

나는 정면의 거울에 비친 여자의 얼굴을 훔쳐보았다. 굉장히 짙은 화장을 하고 있었다. 분 바른 살이 부은 것처럼 보이는 것은 얻어맞은 때문만이 아니라, 슬픔과 치욕의 끊임없는 타격 때문인 듯싶었다. 그러나 예전에는 매력이 있는 여자였으리라는 것을 확실히 알 수 있었다.

옷도, 몸치장도 자기 자신이 이미 매력이 있는 존재가 아닌 것을 깨달은 여성처럼 차렸다. 무쇠 같은 색으로 변해버린 머리는 늘 손가락으로 휘저은 것처럼 흩어져 있었다. 그리고 짙은 보라색 드레스는 머리와 어울리지 않았다. 몸매는 마른 것도 아닌데, 요즈음 갑자기 몸무게가 줄었는지 커 보였다.

필리핀 사람인 바텐더가 나의 관찰을 중지시켰다.

"무얼 만들어 드릴까요?"

"저 부인께서 마시고 계신 것이 재미있겠구먼. 금이 들어 있나?"

"골드워터 말씀이십니까? 단맛이 나는 음료가 싫지 않으시다면 아주 좋습니다. 그렇지요, 부인?"

여자는 이것도 저것도 아닌 대답을 했다. 나는 여자에게 말했다.

"골드워터라는 것은 처음입니다. 맛이 어떻습니까?"

안경으로 무장한 눈이 이쪽을 향했다.

"아주 나빠요. 하지만 마셔 보세요. 어차피 전 무엇을 마셔도 모두 맛이 없으니까요."

조금 경쾌한 목소리였는데, 추악함과 절망의 저류(低流)가 느껴졌다.

스테트슨 모자를 쓴 남자 하나가 리노 달러로 카운터를 두드렸다.

"어떻게 하시렵니까?" 바텐더가 재촉하듯이 다시 물었다. "골드 워터로 하시겠습니까?"

나는 이 기회를 이용했다.

"그럼, 어떻게 할까?"

그리고 다시 여자에게 말을 걸었다.

"금이 목에 걸리지 않습니까?"

"아주 얇은 박(箔)이에요. 마시면서도 있는지 없는지 모를 정도예요."

"좋아, 그럼 마셔 보겠습니다." 여자가 권해서 결심한 것처럼 나는 말했다. "무슨 일이나 스릴이지요."

바텐더는 '단티거 골드와서'라는 상표가 붙은 병을 내 잔에 따랐다.

"저도 옛날에는 그렇게 생각했어요." 여자가 말했다.

"네? 뭐라고 하셨습니까?"

여자는 나에게로 몸을 내밀었다. 그것은 반은 말을 똑똑히 듣게 하기 위해서이고, 반은 긴 밤이 지난 뒤 자연히 생기는 인력 때문이었다. 안경 뒤에 눈이 언뜻 보였다. 눈 깊숙이에서 어찌할 바를 몰라 몸부림치는 영혼이 말없이 구원을 청하고 있었다.

"무엇이든지 스릴이라는 말 말이에요" 하고 여자는 말했다. "그것이 옛날 저의 인생 철학이었거든요. 그런데 결과는 전혀 예상과 어긋나 버렸어요. 한 마디로 스릴이라고 하지만, 그 가운데에는 말에게 머리를 걷어채는 스릴도 있었으니까요."

"말에게 머리를 챘습니까?"

"말하자면 그런 거지요. 다만 털 빛깔이 다른 말이지만. 다크호스지요."

빨간 입술이 음산하게 뒤틀렸다. 여자는 여기서 윗몸을 일으켰으나, 전혀 자세를 흐트러뜨리지 않았다. 전혀 취하지 않은 것일까, 아니면 아직 자기 몸을 가누지 못할 만큼 취하지는 않은 것일까? 무엇인가 알코올보다 강렬한 것이 여자의 마음에 잠겨 있는 것 같았다. 마치 현기증을 느껴 잠시 쉬고 있는 것 같았다. 그것은 소용돌이의 언저리처럼 나의 동정심을 끌어당겼다.

그런가 하면 나는 반사적으로 이 바에서, 하시엔다 인에게서, 위철리 부인에게서 도망쳐 버리고 싶은 충동을 느꼈다. 이 여자는 다른 누군가에게 옮겨붙으려고 준비하고 있는 트러블 그 자체였다. 그리고 옮겨가는 데 성공했다. 나는 잔을 치켜들고서 일부러 밝은 목소리를 말했다.

"금박을 마시는 사람을 위하여!"

여자는 자기 잔에 입을 댔다.

"어떤 운명인지는 말씀 안 하시는군요, 행운인지, 악운인지. 하지만 어차피 행운을 빌어 보았자 별수 없으니까 아무래도 좋아요. 남의 행운을 빈다는 것은 물에 빠지는 것 같은 일이지요. 그러나 이런 말버릇은 좋지 않아요, 나라는 여자는 언제나 자신을 가엾게 여길 줄밖에 모르거든요. 마치 노이로제 같아요."

분명히 상당한 노력을 해서 여자는 나에게 눈의 초점을 맞추었다.

"행운이라는 말이 나왔으니 말이지만 당신도 그다지 행운을 잡은 분처럼 안 보이는군요. 당신의 스릴 속에는 틀림없이 머리를 걷어챈 일도 포함되어 있겠지요?"

"저도 여러 가지 일을 당했습니다."

"그럴 거라고 생각했어요, 전 얼굴을, 남의 얼굴을 보면 그 사람의 일을 대강 알 수 있어요. 어렸을 때부터 그것이 특기였어요. 특별히 남자분의 얼굴은요."

"지금도 젊으시지 않습니까?" 나는 말했다.

내가 바라는 것은 위철리 부인과 개인적인 관계였다. 그녀가 질문을 받고 있는 것을 느끼지 못하고서 상대방이 스스로 알아서 무엇이든지 지껄여 주기를 바라는 것이었다.

"몇 살이십니까?"

"나이는 말하지 않기로 하고 있어요. 왜냐하면 전 100살이니까요. 바이런 경이 35살인가 36살 나이로 이탈리아의 어느 호텔에서 나이를 묻는 사람에게 100살이라고 대답했다면서요? 그 기분을 알 수 있을 듯해요. 바이런은 그 이듬해 미소롱기에서 죽었지요. 귀여운 이야기가 아니에요? 정연하게 매듭지어지고요. 어때요, 이 이야기?"

"유쾌하군요."

"그 밖에도 유쾌한 이야기는 많아요. 바다의 노파가 아들을 위해 하는 괴담 같은 것, 전 제가 바다의 노파라고 생각하고 있어요." 여자의 입술이 뒤틀렸다. "제가 도깨비 같지요?"

그럴 리가 있겠느냐고 나는 예절 바르게 대답했으나 '도깨비 같다'는 말은 이 여자를 형용하는 데 꼭 맞는 말이었다. 나는 골드워터 나머지를 마셨다. 달고, 알코올 성분이 강했다.

"마치 돈을 마시는 것 같지요?" 여자가 말했다. "맛이 어때요?"

"돈 맛도 나쁘지 않군요. 그러나 저에게는 너무 단 것 같습니다. 버번으로 바꿀까요?"

여자는 카운터 저편으로 눈길을 옮겼다. 신혼의 두 사람은 이미 사라진 뒤였다.

"그러시다면 빨리 주문하시는 게 좋아요. 이제 곧 문을 닫을 것 같으니까요. 제 몫까지 주문해 주시겠어요?" 여자는 무뚝뚝하게 덧붙였다. "계산은 제가 하겠어요."

나는 두 사람분의 술을 주문하고, 계산은 어디까지나 내가 치르겠다고 말했다.

"당신에게 술 한 잔 사 드릴 만한 돈은 아직 있습니다. 그건 그렇고, 저는 루 아처라고 합니다."

"처음 뵙겠어요, 루."

이번에는 둘이 서로 잔을 맞부딪쳤다.

"전 스미스."

"혼자십니까?"

"네, 당신은?"

"한 번 결혼을 했었는데, 헤어지는 데 그다지 시간이 걸리지 않더군요."

"알겠어요" 하고 여자는 말했다. "저도 이혼과 얼굴을 맞대고 살아 왔어요. 생활이란 이혼 바로 그거예요. 당신은 무엇으로 생활해 나가시지요?"

"시골에서 살고 있습니다."

"그것만으로는 알 수 없잖아요. 직업이 뭐냐는 말이지요. 아니, 기다려 주세요. 제가 맞춰 볼 테니. 전 남의 직업을 알아맞추는 게 자랑이거든요."

새로운 게임을 하고 싶어서 못견디는 따분한 아이 같은 말투였다.

"어서 맞춰 보십시오."

마치 결점을 찾는 것처럼 내 얼굴에서 어깨로 여자의 눈길이 움직였다. 여자의 손이 쭉 뻗쳐 와 내 팔을 만졌다. 손은 예쁜데 손가락 끝이 물어뜯은 흔적투성이였다.

"프로 선수인지도 모르겠군요. 중년 남자분으로선 몸이 단단해요."

그것은 복잡한 아첨의 말이었다.

"틀렸습니다. 다음 두 질문을 맞추셔야 합니다."

"맞추면 상이 뭐예요 ? "

"우승 액자라도 만들어 드릴까요 ? "

"어머나, 좋아요. 제 무덤에 걸어 두겠어요. "

여자의 답답한 눈길이 다시 내 몸을 더듬었다. 마치 실제로 만지는 듯한 압박감에 나는 조금 멈칫거렸다. 윗옷의 깃 끝이 열렸다. 여자는 목쉰 소리로 속삭였다.

"권총을 갖고 계시는군요, 경찰관 ? "

"또 다른 물음은 ? "

"왜 권총을 가지고 있지요 ? "

"그런 질문은 교활한데요 ?

"힌트를 주시지 않겠어요 ? 시골에서 살고 계신다고 했지요 ? 경찰에 쫓기고 계신가요 ? "

그런 역할도 나쁘지는 않을 것 같았다.

"좀더 작은 목소리로 말씀하시오" 하고 나는 말하며 흔히 악당들이 술집에서 하는 흠칫 놀라는 몸짓으로 주위를 둘러보았다.

빨간 머리의 사나이와 그 동행인 두 사람이 바에서 막 나가는 참이었다. 스테트슨 모자를 쓴 세 사나이는 거나하게 취한 목소리로 애버딘 앵거스 소의 이야기에 꽃을 피우고 있었다. 실업가들은 돌아가기 전에 다시 한 잔씩 들라고 서로 권하고 있었다. 그렇게 게걸스럽게 마시지 않아도 될 텐데 하고 그 아내들의 표정이 말하는 듯했다.

여자의 손이 어깨에 닿았다. 여자의 숨결이 귀를 간지럽혔다.

"왜 권총을 갖고 계시나요 ? "

"그 이야기는 그만둡시다. "

"하지만 전 그 이야기를 하고 싶은걸요" 하고 여자는 속삭이듯이 말했다. "흥미가 있어요, 당신은 갱 ? 아니면 총잡이 ? "

"이제 이 게임은 그만둡시다. 사실 이야기를 들어도 재미없을 겁니다."

"재미있어요. 틀림없이 재미있을 것 같아요."

여자는 비로소 활기가 있어 보였으나 그다지 호감이 가는 정도는 아니었다. 입술을 둥그렇게 하고 창백한 혀 끝을 내밀어 보이며 여자는 말했다.

"그 권총은 어디에 쓰지요?"

"여기서는 그런 이야기를 할 수가 없습니다. 내가 체포되기를 바라십니까?"

여자는 속삭였다.

"그러면 제 방에서 이야기해요. 제 방갈로에 가면 술도 있어요. 이 바는 어차피 문을 닫을 테니까요."

여자는 도룡뇽 가죽으로 만든 가방을 집어 들었다. 나는 여자와 함께 가운데뜰을 가로질러 좁은 길로 올라갔다. 샌프란시스코 만에서 불어오는 바람에 달빛이 그려내는 검은 그림자가 건들건들 흔들렸다.

여자는 손가방을 열고 열쇠를 찾아 내어 열쇠 구멍을 더듬었다. 문을 여니 방 안은 캄캄했다. 여자는 어둠 속에 서 있어 내가 똑바로 걸어가자 자연히 그 몸에 부딪쳤다. 생각한 것보다 보드랍고 따뜻한 몸이었다. 그러나 그 마음은 단단하고 차가웠다.

"당신, 지금까지 누구를 죽인 적이 있어요? 전쟁 때가 아닌 여느 생활 속에서?"

"이것이 여느 생활일까요?"

"속이지 말고 말해 주세요. 말해 주어야 할 이유가 있어요."

"나에게는 말해 주고 싶지 않은 이유가 있습니다."

"이봐요" 하고 여자는 달콤한 소리를 냈다. "엄마한테 고백해요."

여자는 몸을 밀어붙여 왔다. 우리는 둘 다 홀스터 속의 권총을 의식하고 있었다. 나는 탐나지도 않는 위험한 선물을 받은 듯한 기분이었다. 여자의 뾰족한 유방이 마치 부드러운 폭탄처럼 느껴졌다.

"당신, 흥분돼 오지요?" 하고 조금도 흥분되지 않은 목소리로 여자가 말했다.

지금까지 증인들로부터 들은 여러 가지 행동의 장본인으로서는 몹시 서투르고 순진한 수법이었다. 이 여자의 신경이, 조금 흩어진 것은 확실했다. 말하는 것, 행동하는 것 모두에 기묘한 배음(倍音)이 깔려 있어, 그것이 내 청각 범위를 넘은 드높은 소리며 낮은 신음 소리를 끊임없이 울리고 있는 것이었다.

"제가 싫은가요?"

"금방 만났으니 당신이라는 사람을 잘 모르겠소."

여자는 내 귀 밑에서 차츰 알게 될 거라는 노래 구절을 흥얼거리고 나서 내 뒤통수를 덥석 움켜잡았다. 뜨거운 뱀처럼 여자의 혀가 나의 입술을 비집고 들어오려 했다. 나는 안마사 같은 힘으로부터 피했다.

"술을 마시게 해 줄 약속이었는데요?"

"당신은 여자를 싫어하시나요?"

그 말이 이 여자의 입으로부터 나오자 묘한 정감이 깃들어 있었다. 여자는 벽에 기대듯이 내게 기대었다.

"전 이제 어차피 예쁘지 않지만…….."

"나도 역시 미남이 아니지요. 더욱이 오늘 하루의 일 때문에 지쳐 있소."

"그 권총으로 일을 하셨나요?"

"권총은 그렇게 늘 사용하는 게 아니오. 살인은 아침 식사 전에 할 뿐이지요. 아침 식사의 오트밀에 인간의 피를 조금 뿌리는 게 좋거든요."

"당신은 무서운 사람이군요. 우리는 둘 다 무서운 인간이에요."

여자는 다른 노래를 흥얼거리면서 전등 스위치로 손을 뻗었다. 그

노랫소리는 놀랄 만큼 경쾌하고 싱싱했다. 이 여자와 접촉을 피한 것이 날카로운 후회가 되어 내 가슴을 꿰뚫었다. 이런 곳, 이런 때, 이런 볼일이 아니었다면 아마도 사정은 달라졌을 것이다.

빛깔이 풍부한 색다른 방이 순식간에 눈 앞에 전개되었다. 이 여자가 이 방에 들어와서 아직 얼마 지나지 않았을 텐데, 침대 위며 마루에 옷들이 수북히 늘어 놓여 있었다. 가지고 있는 모든 옷을 뒤적여 조금이라도 더 어울리는 옷을 찾은 모양이다. 마루의 나바로 풍 깔개는 걷어채기라도 한 것처럼 구겨지고 뒤틀려 있었다.

장롱 선반에 위스키 병과 때문은 잔이 한 개 있었다. 여자는 병 옆에 가방을 놓고 잔에 위스키를 가득 따라 주었다. 그리고 자기는 마치 빨리 마시기 대회에 출전한 선수나, 아니면 상태가 진전된 알코올 중독자처럼 병나발을 불었다. 정말 유쾌한 파티가 되었다.

유쾌한 기분이 한층 더해졌다. 위스키 병을 머리가 없는 갓난아기처럼 끌어안고 여자는 옷을 입은 채 침대에 나뒹굴었다. 스커트가 무릎 위까지 올라갔다. 여자의 다리는 매우 훌륭했으나 내 기호에는 맞지 않았다. 이미 한 번 본 적이 있는 낡은 영화를 보는 것처럼 나는 여자의 얼굴을 지켜보았다.

"앉으세요." 여자는 자기 옆에 침대를 두드렸다. "앉아서 당신 이야기를 들려주세요, 루. 그렇지요, 당신 이름이 루지요?"

"그렇소."

나는 충분한 공간을 두고 여자 옆에 앉았다.

"그보다도 당신 이야기를 듣고 싶은데 당신은 혼자 삽니까?"

"옛날부터 혼자 사는 것 같았는걸요."

여자는 흘끔 안쪽 문을 보았다. 그 문 저쪽에는 방갈로의 또 다른 부분이 있는 모양이다.

"이혼했습니까?"

"현실과 이혼했어요." 여자는 얼굴을 찡그렸다. "고백 잡지의 타이틀 감이지요. 엄마는 현실과 헤어지기 위해서 리노로 갔어요."

"가족은 있습니까?"

"이제 그런 이야기는 그만둬요. 제 이야기는 그만! 이런 이야기는 재미없어요. 지옥에서 사는 여자인걸요."

멜로드라마 같은 말투였으나, 그 목소리에는 공포가 깃들어 있었다. 여자는 도깨비 같은 얼굴을 조금 쳐들었다. 검은 안경 밑의 눈은 멍들고 부어 있었으나 얼굴의 골격은 아름다웠다. 예전에는 아름다운 처녀였을 게 틀림없다. 휘비처럼 아름다운 처녀였으리라. 내 생각을 알아차렸는지 여자는 꾸민 어조로 말했다.

"어째서 불을 켜 놓는 거예요. '굉장히' 눈이 부셔요."

나는 스탠드를 켜고 천장의 전등을 껐다. 여자 곁으로 돌아오니, 마치 미쳐 버린 천문학자가 망원경을 장님의 입에 갖다대듯 여자는 또 위스키 병을 입으로 가져갔다. 위스키가 넘어갈 때마다 흰 목줄기가 꿈틀꿈틀 움직였다.

"당신도 마셔요" 하고 뚜렷하지 못한 목소리로 여자가 말했다.

"저 혼자만 마시게 하다니, 나빠요."

"나는 차를 운전해야 합니다. 당신처럼 그렇게 마신다면 의식을 잃고 말 겁니다."

"그래요?" 여자는 윗몸을 일으키고 무릎 사이에 병을 끼웠다.

"그리 쉽게 정신을 잃지는 않는답니다. 어쩌다 그렇더라도 한밤중에는 눈이 번쩍 떠지지요. 곁에 도깨비가 서 있어요. 도깨비란 참 재미있어요."

"당신에게는 재미있는 일이 많군요."

"전 옛날부터 재미있는 계집애였어요. 자, 마셔요. 쭉 들이켜고 나면 묻고 싶은 일이 있으니까."

나는 한 모금 마셨다.

"사람을 죽이는 일 말입니까?"

"또 그 이야기로 돌아갔군요. 제가 묻고 싶은 건 당신이 건달 세계에 연줄이 없나 하는 거예요."

"있더라도 그대로 당신에게 말하겠소!"

"진지한 이야기예요. 알코올은 저에게 그다지 듣지 않아요. 마약을 써 보고 싶다고 생각하던 참이에요. 탈출하는 데는 가장 좋은 방법이라더군요."

"어디서 탈출합니까?"

"지옥의 생활에서요." 여자는 태연히 말했다. "복잡한 생각에서 벗어나고 싶어요. 돈은 있으니 걱정 말아요. 남은 건 연줄뿐이에요."

"난 그런 연줄은 모르겠는데요. 위스키로 대신하시지요."

"그러나 사실 저는 마시는 게 싫어요. 정말이에요. 밤이 되면 여러 가지 생각나는 게 무서워서 마실 뿐이지요."

"무슨 생각이 납니까?"

"맞춰 보세요." 여자는 자기 몸을 내려다보고 드러난 무릎을 스커트로 가렸다. "저는 살이 찌기 시작하고부터 아주 더러워졌어요. 제가 더럽지요?"

나는 대답을 하지 않았다.

"마음이 더러우니까 그 더러움이 얼굴에 나타나더군요. 저도 당신처럼 쫓기고 있는 몸이에요. 당신 마음도 틀림없이 더러울 거예요."

"물론입니다."

"그래서 권총을 가지고 있나요?"

"내가 권총을 가지고 있는 건 자신을 지키기 위해서입니다."

"자신을 지키다니, 누구에 대해서? 누구로부터 지키는 거지요?"

여자의 입술이 말하기 어려운 듯 일그러졌다.

"당신 같은 사람으로부터지요" 하고 나는 애써 헛웃음을 지으며 말했다.

여자는 조금도 화내지 않았다. 마치 잘 알았다는 듯이 진지한 얼굴로 고개를 끄덕였다. 내 등줄기에 차가운 것이 닿았다.

"루, 당신은 정말 누구를 죽인 일이 있어요?"

"있지요" 하고 들러붙어 떨어지지 않는 기록을 잡아벗기듯이 나는 말했다. "10년 전에 파드라는 남자를 죽였습니다. 하지만 그 녀석이 나를 죽이려 했기 때문이었지요."

여자는 비밀을 털어놓으려는 자세로 내게 다가왔다. 머리를 내 어깨에 얹었다. 이윽고 머리를 들더니 유일한 지탱인 것처럼 위스키 병을 잡았다.

"실은 저도 살해당해 가고 있어요."

"살해당해 가다니요?"

"조금씩, 야금야금. 우선 제 마음을 파멸케 하고, 다음에는 제 육체를 못 쓰게 만들고, 이번에는 제 얼굴을 못쓰게 만들었어요."

침대 곁 탁자에 병을 놓고, 여자는 검은 안경을 벗었다.

"보세요. 그가 제 얼굴을 이렇게 만들어 놓았어요."

두 눈두덩이가 시퍼렇게 부어올라 있었다. 그 상처는 솜씨 없는 물화장을 해 놓은 것 같았다. 여자는 다시 안경을 썼다.

"누가 그런 짓을 했습니까?"

"이름은 때가 오면 말하겠어요."

꽁꽁 언 참새가 둥우리로 돌아가듯이 여자는 머리를 내 어깨에 올려놓았다. 여자의 손이 나의 가슴 속으로 뻗쳐 와 권총을 다시 확인했다. 손가락이 윗옷 위에서 권총의 형태를 매만졌다.

"저를 위해 그를 죽여 주었으면 해요." 여자는 꿈을 꾸듯이 말했다. "이런 생활을 언제까지나 계속할 수는 없어요. 이제 머지않아 그는 나를 절벽에서 밀어 떨어뜨릴 거예요, 틀림없이."

"누굽니까?"

"죽이겠다고 약속하면 가르쳐 주겠어요. 보수는 충분히 치르겠어요."

"돈을 보여 주십시오."

여자는 비틀거리며 일어나 장롱을 향해 방을 가로질렀다. 그러나 방 한가운데에서 멈춰 서더니, 갑자기 방향을 바꾸어 몰골 사납게 욕실로 뛰어들었다. 열어젖힌 도어 저쪽에서 토하는 소리가 들렸다.

나는 방 안쪽의 문을 밀어 보았다. 자물쇠가 채워 있었다. 장롱 선반으로 다가가 여자의 손가방을 열어 보았다. 입술 연지, 물분, 아이 새도, 휴지 등 화장 도구 말고도 수면제 병, 그리고 가짜 다이아몬드가 달린 빨간 가죽 지갑이 들어 있었다.

지갑에는 지폐가 가득 차 있었다. 지폐 말고도 작년에 발행된 위철리 부인 이름의 운전 면허증이 있었다. 주소는 메도 팜스의 루럴 루트 2번지로 되어 있었다. 그리고 많은 명함, 그 가운데에는 벤 메리만의 것도 있었다.

물건을 모두 본디대로 손가방 안에 넣고 은단추를 눌렀을 때 여자가 욕실에서 나왔다. 위 근처를 손으로 누르며 비틀비틀 다가왔다. 짙은 화장 밑의 얼굴빛이 파리했다.

"용서하세요, 추태를 보였군요." 여자는 침대에 쓰러졌다.

눈도 안 보이고 귀도 안 들리는 여자의 머리 옆에 쭈그리고 앉아 나는 물었다.

"그가 누구지요?"

"누구라니…… 누구 말이에요?"

"당신이 죽이고 싶어하는 남자."

구겨진 시트 속에서 여자는 머리를 흔들흔들했다.

"이상하군요, 이름을 기억하지 못하겠어요, 페닌슐러에서 부동산업을 하고 있어요, 그가 나를 못쓰게 만들었어요, 모든 것을 못쓰게 만들었어요, 저에게 강제로 지껄이게 만들었어요."

"벤 메리만이오?"

"그래요, 그놈이에요, 당신한테 이름을 가르쳐 주었던가요?"

"무슨 말을 강제로 하게 했습니까, 위철리 부인?"

"어째서 그런 걸 묻지요?"

여자는 눈을 감았다. 빛처럼 갑자기 의식이 사라졌다.

여자의 입은 위스키 탓으로 뜨거웠고, 거기서 나오는 숨은 거칠었다. 나는 직업상 이렇게 지옥을 헤매는 상처입은 영혼을 자주 보는데, 언제나 느끼는 연민과 치욕이 뒤섞인 감정이 이번엔 좀 강렬한 것 같았다. 말을 걸고, 흔들어도 보았지만 어느 방법으로도 이 여자를 깨우기는 불가능했다. 나는 위스키 병을 욕실로 가지고 가, 위스키를 쏟고 대신 찬물을 채웠다. 그 물을 여자의 얼굴에 뿌렸다. 여자는 놀라 눈을 뜨더니 나사로처럼 두 팔을 짚고 몸을 일으켜 어두운 눈으로 나를 올려다보았다. 턱에서 물이 뚝뚝 떨어졌다.

"왜 그러시지요?" 하고 여자는 똑똑히 말했다.

"당신은 정신을 잃었습니다. 걱정이 되어 깨운 겁니다."

"왜 깨웠어요?" 하고 여자는 불만스러운 듯이 말했다. "저는 오늘 아침부터 줄곧 졸려서 견딜 수가 없었어요, 어젯밤 내내 잠들지 못했거든요."

침대 시트 한쪽을 들어 여자는 젖은 얼굴을 닦았다. 무대 배우의 분장처럼 아이새도가 퍼졌다. 나는 욕실에서 수건을 갖다 주었다. 여자는 그것을 잡아채더니 얼굴과 목을 정성들여 닦았다. 화장이 지워지자 여자는 훨씬 젊고 예뻤다. 눈 가장자리의 부어오른 곳이 금방 눈에 띄었다. 여자는 눈을 깜박거리며 나를 올려다보았다.

"제가 무슨 말을 지껄였나요? 아까 무슨 이야기를 하다 말았지요?"

"나보고 사람을 죽여 달라는 이야기를 했습니다."

"누구를요?" 여자는 옛날 이야기를 계속해 달라고 조르는 어린아이처럼 말했다.

"기억이 안 납니까?"

"굉장히 취했기 때문에 기억이 안 나요."

찬물을 뒤집어쓰고도 아직 취기가 가시지 않는 모양이었다. 위스키의 효과는 이윽고 다시 되돌아올 것이다.

"벤 메리만?" 하고 여자가 말했다. "그 사람 말인가요?"

"그렇습니다. 왜 그 사람을 죽이고 싶습니까, 위철리 부인?"

"제 이름을 알고 계시는군요?

"조금 전부터 당신의 이름을 알고 있습니다. 어째서 벤 메리만을 죽이고 싶으시지요?"

"죽이고 싶지 않아요. 마음이 변했어요. 이제 그 일은 잊어 줘요."
그녀는 흩어진 금발을 조용히 옆으로 저었다. "모두 잊어 줘요."

"그렇게 쉽게 잊을 수는 없습니다. 메리만은 이미 죽었습니다. 오늘밤 아서톤의 당신 집에서 맞아 죽었지요."

"당신 말 같은 건 믿지 않겠어요."

그러나 공포가 발작처럼 여자의 눈길에서 스며나왔다.

"아니, 당신은 지금 그 사실을 믿고 있습니다."

여자는 또 머리를 저었다. 머리칼이 목에 감겼다.

"어째서 믿어야 하나요. 당신도 거짓말쟁이가 틀림없어요. 그런 악당의 말을 일일이 사실로 알았다가는 끝이 없어요."

"내일 아침 신문에 날 거요. 당신은 유치장에서 그 신문이나 읽으면 되겠지요."

여자는 비틀거리며 일어서더니, 공포와 분노를 담은 채 나를 뚫어지게 쳐다보았다.

"유치장 같은 데는 갇히지 않아요. 나가 줘요!"

"나는 당신이 초대해서 온 거요."

"이건 내 생애의 가장 큰 실수였어. 나가!"

여자는 두 손으로 내 가슴을 떠밀었다. 나는 여자의 손목을 잡았다.

"당신은 메리만의 살인과 어떤 관계가 있지요?"

"메리만이 죽은 줄 알지도 못했어요, 놔요."

"곧 놓겠소, 휘비가 있는 곳을 가르쳐 주시오."

"휘비?"

또 퀭하니 교활한 눈초리가 되었다.

"휘비가 어떻게 되었나요?"

"나는 당신 남편의 부탁으로 휘비를 찾고 있소. 당신 따님은 벌써 두 달이 넘도록 행방불명이오. 그것은 이미 알고 있겠지요? 어쨌든 그렇게 되었소."

"당신은 누구시지요?"

"사립 탐정. 그래서 권총을 가지고 있었소."

나는 여자의 손목을 놓았다. 여자는 털썩 침대에 쓰러져 머릿속의 생각을 붙잡으려는 듯이 머리칼에 손가락을 쑤셔 넣었다.

"왜 나를 쫓아다니는 거지요? 휘비와는 만나지 않았어요. 이혼한 뒤로 전혀 만나지 않았어요."

"거짓말! 당신은 휘비가 어떻게 되어도 괜찮은가요?"

"나 자신도 어찌 될지 모르는 형편인걸요."

"아니, 당신은 분명 따님의 일을 걱정하고 있소. 방의 창문에 따님의 이름을 쓰지 않았소?"

흐릿하게 놀라는 표정으로 여자는 얼굴을 들었다.

"방이라니?"

"챔피언 호텔의 방 말이오."

"내가 그런 짓을 했었나요? 그렇다면 아마 정신이 이상해졌던 모양이지요."

"따님이 보고 싶었겠지요. 따님이 있는 곳을 가르쳐 주시오, 위철리 부인. 설마 죽은 것은 아니겠지요?"

"몰라요, 그런 건. 이혼한 뒤 한 번도 만나지 않았다니까요!"

"아니, 만났소. 작년 11월 2일, 남편이 탄 배가 항구를 떠난 날. 당신은 휘비와 함께 배에서 내려……."

"남편이라고 하지 마세요. 그 사람은 이제, 이제 남편도 아니니까."

"그럼, 전 남편이라고 하지요. 그 날 당신은 따님과 택시로 항구에서 어디론가 갔소. 어디로 갔지요?"

대답할 때까지 긴 침묵이 이어졌다. 여자의 표정은 머릿속의 생각에 따라 여러 가지로 변했다. 입술이 말을 찾는 것처럼 움직였다.

"사실대로 이야기해 주시오" 하고 나는 말했다. "따님의 일을 한 번이라도 걱정한 적이 있으면, 지금도 걱정하고 있다면 사실대로 말해 주시오."

"역으로 갔었어요. 그리고 나는 기차를 타고 집에 돌아갔어요."

"아서톤으로?"

여자는 머리를 끄덕였다.

"휘비도 당신과 함께?"

"아니에요. 역으로 가는 도중, 센트 프랜시스 호텔 앞에서 내려 주었어요. 그 애가 아서톤의 집으로 온 적은 한 번도 없어요."

"그런데 왜 집을 팔고 새크라멘토에 숨어 버렸지요?"

145

"당신과 관계 없는 일이에요."

"벤 메리만과 관계 있는 일인가요?"

여자는 아까부터 고개를 떨어뜨리고 눈을 들려 하지 않았다.

"아니오."

찬물을 뒤집어쓴 것보다 이 공세에 대답하는 긴장감이 더 여자의 취기를 깨우는 것 같았다.

"당신이 그렇게 술을 마시는 것은 죄책감을 얼버무리려는 짓이 아니오?"

"그렇게 여기고 싶으면 마음대로 생각하세요."

"당신의 기분이 문제가 아니오. 나는 휘비를 찾아 내고 싶을 뿐이오."

"나는 모른다고 했잖아요. 그 날 헤어진 뒤로 만나지 않았어요."

그 목소리에는 제자신도 모르는 허탈감이 스며 있었다.

"휘비가 없어진 것은 알고 있었지요?"

다시 긴 침묵이 흘렀다. 이윽고 여자는 말했다.

"그 애가 어딘가로 갈 계획이었다는 것은 알고 있었어요. 볼더 비치로 돌아가고 싶지 않다고 택시 안에서 말했어요. 그리고 그 밖에도 여러 가지 이유가 있었던 모양이에요."

마지막 말이 갑자기 모호해졌다.

"무슨 이유?"

"잊었어요. 학교가 재미없었던가 봐요. 어디론지 가서 혼자 생활하며 어떻게 해서든지 자신의 힘으로 살고 싶었던 거겠지요."

마치 잠꼬대 같은 억양 없는 이야기였으나 그 내용에 진실이 느껴졌다.

"휘비가 그렇게 말했어요."

"당신은 뭐라고 대답했지요?"

"그렇게 하라고 했어요. 사람에게는 자기 마음대로 살 권리가 있으니까요." 여자는 나를 똑바로 쳐다보았다. "그러니까 당신도 돌아가 주세요. 나를 혼자 있게 해 줘요."

"곧 돌아가겠소."

"아까도 그랬잖아요. 빨리 돌아가요. 난 머리가 아파요."

"그거 안됐군요. 휘비는 어디로 간다고 말하지 않았던가요?"

"안 했어요. 자신도 어디라고 확실히 정하지 않은 것 같았어요."

"그러나 어디로 가겠다고 슬쩍 비추기는 했을 텐데."

"안 했어요. 어쨌든 멀리 가 버렸어요. 그것뿐이에요, 내가 아는 것은!"

여자는 자신이 멀리까지 와 버린 이야기를 하고 있는 것 같았다. 슬픔이 여자의 입술을 일그러뜨렸다.

"이 세상에서 아주 먼 곳으로 가 버렸다는 뜻인가요?"

여자는 몸을 부르르 떨었다.

"그런 말은 하지 마세요."

"하지 않을 수 없소. 휘비는 먼 곳으로 가 버렸고, 사람은 매일 죽어 가니까."

"정말 휘비가 죽었다고 생각하시나요?"

"죽었을지도 모르지요. 그리고 휘비를 죽인 범인을 당신은 알고 있는지도 모르오. 휘비가 살해되었다면 당신은 반드시 범인을 알고 있을 거요."

"어서 돌아가세요. 그 애는 착한 아이예요. 당신은 좀 어떻게 됐나 보군요. 생각하는 것이 온통 돌았어. 이제 그만 나가 줘요. 우주 속으로든 어디든 휘비를 찾으러 가는 게 좋을 거예요."

이 시시한 멋, 이 당돌한 기분의 변화가 내 마음을 뒤흔들고 나를 화나게 만들었다. 나는 말했다.

"당신은 기묘한 어머니요, 위철리 부인. 친딸이 살았든 죽었든 상관 없단 말이오?"

여자는 커다랗게 소리 내어 웃었다. 나는 때려 주고 싶었다. 그러나 여자의 공포심이 나에게 옮겨졌는지 나는 뒤돌아서 방을 가로질러 문으로 바삐 갔다.

젊은 소녀 같은 웃음소리가 뒤따라왔다.

문 저쪽에서 한 사나이가 나를 기다리고 있었다. 비단으로 만든 긴 양말로 얼굴을 가린 그는 번쩍번쩍 빛나는 울퉁불퉁한 소시지처럼 보였다. 사나이의 한 손이 쇠 타이어를 치켜들었다. 그것은 둥그렇게 원을 그리면서 날아와 내 손가락이 권총에 닿기도 전에 내 관자놀이를 내리쳤다. 나는 방 안의 깜깜한 어둠 속으로 벌렁 쓰러졌다.

12

벤 메리만의 머리가 황폐한 혹성처럼 캄캄한 허공에 걸려 있었다. 나는 걸어서 그 곳에서 달아나, 문득 정신을 차려 보니 문을 긁고 있었다. 방 안은 텅 비어 있었다. 내 손목시계의 바늘은 새벽 3시를 지났는데, 그 바늘이 두 겹으로 보였다. 나는 한동안 정신을 잃고 있었던 모양이다.

권총은 제자리에 있었다. 나는 관자놀이를 만져 보았다. 질퍽하니 젖었고 감각이 없었다. 손가락에는 검은 피가 묻어 있었다. 나는 일어서려고 했다. 겨우 설 수 있었다.

방은 깨끗이 치워져 있었다. 여자와, 그 보호자인지 뭔지 알 수 없는 남자는 빈 위스키 병과 내가 마시다 만 잔만 남겨 두었다. 나는 남은 위스키를 들이켰다.

그리고 욕실 세면대에서 관자놀이의 상처를 씻고 깨끗한 수건으로 우선 동여맸다. 거울에 비친 모습은 마치 인디언 수도사 같았다. 수도사의 지위에서 쫓겨나 어찌할 바를 몰라하는 듯한 그런 모습이었다.

"어떻게 된 겁니까?" 내가 하시엔다 인의 로비로 들어가자 야근하던 사무원이 물었다.

"스미스 양의 친구와 좀 싸웠소."

"그거 참!"

그의 표정에는 호텔 종업원 특유의, 골치 아픈 문제에 대한 반감과 동정심이 뒤섞여 나타났다.

"누구와 싸웠다고 하셨지요?"

"스미스 양의 친구 말이오, 두 사람은 계산을 끝내고 돌아갔겠지요?"

"스미스 양께서는 계산을 마치고 나가셨습니다." 그는 마치 귀머거리에게 이야기하듯이 지나치게 또렷이 말했다. "돌아가실 때도, 오셨을 때도 스미스 양은 혼자였습니다."

"짐은 누가 옮겼소?"

"제가 날랐습니다."

"돌아갈 때 어떻게 갔지요?"

"자동차로 돌아가셨습니다."

"어떤 자동차?"

"글쎄요, 잘 못 보았는데요."

이것은 분명히 거짓말이다.

"입막음 돈을 얼마나 받았나?"

갑자기 알레르기성 병이 나타나기라도 한 듯이 사무원은 눈까지 새빨개졌다.

"여보세요, 손님. 묘한 시비를 거는 것은 그만두십시오. 손님이라서 공손하게 대답하니까 우쭐거리기는. 썩 꺼져 버려요! 그렇지

149

않으면 보안관을 부르겠소. "

나는 마음이 약해져 있었기 때문에 고무처럼 건들거리는 발로 빨리 그 자리를 비켰다. 사무원은 내 머리에 두른 수건을 보지 못한 모양이다.

나는 자동차로 가서 겨우 핸들을 잡고 시내로 돌아왔다.

시내의 고층 건물이 새벽 하늘에 거뭇거뭇 떠올라 있었다. 어떤 불길한 귀가 본능에 이끌려 내 차는 챔피언 호텔 옆 일방 통행로로 반대 방향에서 들어갔다. 나는 그런 건 아랑곳없이 운전을 계속했다.

다음 순간 노란 안개 속으로 젤리의 얼굴이 나타났다. 우리는 유아등 밑에 있었다. 온세계의 곤충이 내 귓속에서 윙윙 소리를 질러 댔다. 그 소음을 꿰뚫고 노인의 목소리가 들려왔다.

"물을 마십시오, 위철리 씨. 기분이 좋아질 겁니다. "

노인은 내 입에 종이컵을 갖다 댔다. 그의 한쪽 손이 내 뒤통수를 받쳐 주었다. 나는 물을 조금 마시고 약간 엎질렀다. 윙윙거리는 소리가 사라지기 시작했다. 노란 안개가 줄어들어 노인의 머리를 에워싼 후광으로 변했다. 훌륭한 구세주.

"대체 어떻게 된 겁니까, 위철리 씨? "

"사고가 났소. "

"차에 치이셨습니까, 사람에게 당했습니까? "

"사람에게. "

"경찰을 부를까요? "

"아니, 괜찮소. "

나는 윗몸을 일으켰다.

"생각하는 것처럼 괜찮지 않습니다. 관자놀이에 심한 상처가 났군요. 방까지 모시고 가 눕혀 드리지요. 역시 의사를 부르는 게 좋겠습니다. 그 상처를 꿰매야지요. 밤중에도 치료하러 와 주는 의사가 있습니다. 값도 그리 비싸지 않습죠."

자지 않고 기다리고 있었다는 듯이 눈 깜짝할 사이에 브록 의사가 왔다.

의사의 숨결에서는 술 냄새가 풍겼고, 닳아 빠진 가방을 여는 손이 쉴새없이 떨렸다. 모난 안경을 쓴 그 얼굴은, 그러나 오히려 깨끗한 느낌이었다. 새크라멘토 강에는 물 대신 알코올이라도 흐르고 있는 것일까.

의사의 말씨에도 얼마쯤 중유럽 사투리가 섞였다.

"위철리 씨? 분명 위철리 부인이 이 호텔에 묵고 있었을 텐데. 지금도 묵고 있나요? 친척입니까?"

"집사람입니다……. 이혼했습니다만. 그 사람을 아십니까?"

"알고 있다고 할 수는 없지만, 이 호텔 지배인인 필모어가 지난 주일에 나를 불러 부인을 진찰케 했지요. 지배인은 부인 일이 걱정되었던 겁니다."

"집사람이 어떻게 되었습니까?"

검은 가방 위에서 손바닥을 구부리며 의사는 어깨를 움츠렸다.

"나로서는 뭐라고 말할 수 없군요. 부인은 나를 선뜻 방 안에 넣으려 하지 않았으니까요. 육체의 병이라기보다는 정신의 병일지도 모릅니다. 우울증이라고 하던가요."

"우울증이라면 일종의 신경 쇠약 아닙니까?"

"그렇지요. 부인은 신경 쇠약이었다고 생각합니다. 며칠 동안이나 침대에서 일어나려고 하지 않았지요. 청소부를 방 안에 들여놓으려고도 하지 않았다니까요. 그래서 지배인이 걱정한 거지요. 그러나 나는 결국 그 부인을 진찰했습니다. 침대 시트 위로밖에 몸을 만지지 못했지만."

의사의 떨리는 손이 허공에서 곡선을 그렸다.

"육체의 병이 아니라는 것을, 혹은 다치지 않은 것을 어떻게 아셨습니까?"

"부인은 식욕이 있었으니까요. 식욕이 매우 좋았습니다. 필모어의 말로는 무섭게 많이……두 사람 몫쯤 먹었답니다. 낮이고 밤이고 이 근처의 레스토랑에서 식사를 날라왔다는데 고기, 파이, 케이크, 아이스크림, 음료 따위를 실로 굉장히 먹었다더군요."

"술도 많이 마셨습니까?"

"어느 정도 마셨으리라고 생각합니다. 그러나 알코올 중독이라면 그렇게 많이 먹지는 않지요." 의사는 이것이 비밀 중의 비밀이라는 듯이 묘하게 웃음지으며 말했다. "아마 부인의 병은 대식증(大食症)이 아니었나 생각됩니다. 뭐, 서서히 고쳐 드리십시오."

"그렇군요" 하고 나는 말했다. "어쩌면 방 안에 누군가 또 한 사람이 묵고 있었던 게 아니었는지 모르겠소."

의사는 눈을 들었다.

"그런 것은 생각도 해 보지 않았는데……. 옳거니! 나나 다른 사람을 방에 넣지 않으려던 것도 그렇게 생각하니 그럴 듯한데요."

그 문제는 거기서 그치고 수술이 시작되었다. 알코올 중독으로 떨리는 손이 재빨리 능률적으로 움직여서 내 머리의 상처를 소독하고 꿰맸다. 모두 여섯 바늘. 바늘과 그 밖의 도구를 챙겨 넣으며 의사는 틀림없이 뇌진탕을 일으켰으리라 생각되니 2, 3일 누워 있는 것이 좋겠다고 말했다. 나는 그렇게 하겠노라고 말하고 청구된 12달러를 치른 다음, 경찰에는 보고하지 말아 달라고 했다. 의사는 보고하겠다는 말도 하지 않았지만.

그로부터 적어도 두세 시간쯤 자고 있었을까. 잔인한 새벽빛이 창으로 비쳐들어와 나는 잔인한 검은 꿈에서 깨어났다. 바로 안내실로 전화를 걸어 젤리를 찾았다.

"마침 근무 시간이 끝나는 참입니다, 위철리 씨."

"안됐지만 조금 늦추어 주구려. 옆에 레스토랑이 문을 열었을까요?"

"열렸을 겁니다."

"달걀 세 개와 햄, 핫케이크와 블랙 커피를 부탁하오. 그리고 옷 손질도 부탁하겠소."

노인은 알았다고 말했다. 나는 뜨거운 목욕물에 천천히 몸을 담갔다. 몸을 말리고 있으려니 젤리가 노크했다. 나는 허리에 수건을 감은 채 문을 열었다. 내가 먹고 있는 동안 노인은 침대에 걸터앉아 양복에 솔질을 했다.

커피를 마시고 있는 동안에 잔인한 창의 빛이 부드러운 새벽빛으로 바뀌었다. 무서운 악몽의 기억은 가시고 휘비의 이름이 쉴새없이 나오는 블루스 같은 것으로 약해졌다. 휘비의 어떤 꿈을 꾸었는지 아무래도 생각이 안 난다.

"기분이 좋아졌습니까?" 하고 식사가 끝나자 젤리가 말했다.

"굉장히 좋군요."

이것은 과장이었다.

"아침 식사는 어떻습니까?"

"맛있었소."

나는 쟁반 위에 팁을 1달러 놓았다. 그리고 다시 1달러를 더 놓았다.

"집사람이 침대에 누운 채 식사를 일일이 밖에서 날라다 먹었을 때의 이야기인데, 당신 말고 누가 식사를 날랐지요?"

"샘 토드, 낮에 근무하는 종업원입니다. 부인께서 너무 많이 잡수신다고 샘은 깜짝 놀라더군요. 저도 놀랐습지요. 어쨌든 날마다 밤중 가까이 되면 커다란 스테이크를 주문했으니까요. 이따금 2인분씩이나요."

"그걸 혼자 먹었소?"

"접시는 핥은 듯이 깨끗했지요, 프렌치 프라이를 2인분씩 먹었답니다."

"누군가 다른 사람이 방 안에 있어서 식사를 같이 한 게 아닐까요?"

"아니, 나는 아무도 보지 못했습니다. 부인은 식욕이 굉장했거나, 아니면 많이 먹어 감기라도 고치려고 했던 게 아닐까요?"

"누군가가 함께 묵고 있었다고 생각되지는 않소?"

"남자 말입니까?"

"여자라도."

노인은 생각에 잠겼다.

"있을 수 없는 일도 아니지요, 그렇게 틀어박혀 있을 때에는 절대로 나를 방에 들이지 않았으니까요, 식사는 쟁반째 문 밖에 놓아 두면 내가 가 버린 뒤에 안으로 들여가곤 했습지요, 4, 5일 동안 부인의 모습을 한 번도 못 본 적도 있었습니다. 뭐든지 전화로 안내실에 주문하셨으니까요."

나는 침대에서 윗옷을 끌어당겨 다시 한 번 휘비의 사진을 보였다.

"이 애…… 내 딸이 집사람 방에 있는 것을 정말 못 보았소?"

노인은 컬러 사진을 창 가까이로 가지고 가 자세히 들여다보고 나서 머리를 저었다.

"아니오, 방에서도 이 호텔 근처에서도 이런 아가씨는 보지 못했는데요, 이렇게 예쁜 아가씨라면 내가 잊을 리 없습니다. 부인도 옛날에는 이 아가씨처럼 예뻤겠지요, 그렇게 많이 먹게 되기 전에는." 노인은 내 얼굴을 살피며 말했다. "기분 나쁘게 생각하지는 마십시오."

"괜찮소."

"어젯밤에 부인과 만났습니까?"

"그 이야기는 그만두기로 합시다, 젤리."

"아니, 나리를 그렇게 두들겨 팬 녀석이 누구일까 해서요."

"그것은 내가 묻고 싶은 거요. 청소 담당 아주머니들은 아직 나오지 않았소?"

"지금쯤 왔을 겁니다."

내가 속시원히 이야기를 하지 않기 때문에 조금 실망한 듯한 태도로 노인은 나갔다.

나는 옷을 입고 3층으로 내려갔다. 323호실 문이 열리고 그 앞복도에 시트를 산더미처럼 쌓은 손수레가 멈춰 있었다. 방 안에서 전기 청소기 소리가 났다. 청소기를 사용하고 있던 갈색 팔의 여자는 내가 뒤에서 말을 걸자, 깜짝 놀라며 한 손을 검은색 머리에 대고 돌아보았다.

"무슨 일이세요?"

"집사람이 2주일쯤 이 방에서 묵고 있었는데, 여기를 매일 청소하는 사람은 당신인가요."

"손님이 들어와도 좋다고 하시면 날마다 청소하지요."

여자는 청소기의 스위치를 끄고 무슨 죄라도 덮어쓰는 게 아닌가 하는 눈초리로 나를 올려다보았다.

"무언가 잃으신 물건이라도?"

"아니, 그런 게 아니오. 젤리에게서 들었는데, 지난 주일에 집사람은 4, 5일 동안 아무도 방에 들이지 않았다면서요?"

여자는 고개를 끄덕였다.

"기억납니다. 저도 걱정을 했었습지요."

"왜지요?"

"부인에게 악령이 옮은 게 아니었나 생각합니다" 하고 여자는 자신 있게 말했다. "내 동생 콘셀라도 샐리어스에 있을 때 악령에게 사로잡혔었지요. 침실 문에 침대를 딱 붙여놓고 이야기도 안 하고 얼굴도 내밀지 않았답니다. 그 때 전 1주일 동안이나 부엌에서 잤지요. 어떻게 할 수가 없어서 치료사(治療師)를 찾아 내서 콘셀라에게로 데리고 갔더니 악령이 쫓겨나고 동생은 전처럼 됐습니다."

애타는 마음을 소리로 나타내지 않으려고 노력하며 나는 물었다.

"이 방에 집사람 말고 달리 누가 또 묵고 있지는 않았나요?"

"살아 있는 사람은 아무도 없었습니다." 여자는 슬쩍 성호를 그으며 대답했다.

"그게 무슨 뜻이지요?"

내 목소리가 거칠었기 때문인지 여자는 대답을 하지 않았다. 조금 부드러운 목소리로 나는 말했다.

"이 방에 누구 다른 사람이 없었소? 무슨 이상한 일은 없었습니까?"

"아니오, 아무것도. 전 들여다보거나 하지는 않으니까요."

"무슨 소리가 들리거나 하지는 않았소?"

"부인은 울고 계셨습니다. 울음소리가 들렸습니다. 전 들어가서 위로해 드리고 싶었지만 어쩐지 무서워서……."

"다른 사람의 소리는?"

"아니오, 부인 소리뿐이었습니다."

"먹을 것을 많이, 두 사람 몫이나 주문했었다면서요?"

"네, 제가 빈 접시를 가지러 오곤 했었습니다. 날마다 아침에 문밖에 내놓았거든요."

"그렇게 많은 음식을 어떻게 혼자 먹었을까요?"

"'그것들'에게 먹이고 있었겠지요" 하고 여자는 말했다. 눈썹 아래로 여자의 눈은 촛불처럼 타고 있었다. "그것들은 늘 배를 비워 두고 있으니까요."

"그것들이라니, 누구를 이야기하는 거지요? 참, 아주머니의 이름은?"

"토니아 부인입니다. 모두들 토니아라고 부른답니다. 바보스러운 여자의 말이라고 생각하시겠지만, 그러나 저는 죽은 사람의 악령을 처리했습니다. 악령들은 동생 콘셀라를 붙잡고, 일곱 날 일곱 밤을 잠을 재우지도, 먹이지도, 말을 하지도 못하게 했습니다. 치료사 말대로 전 그것들에게 먹을 것을 주었지요. 그랬더니 동생이 전의 동생으로 되었습니다."

악령이 들으면 재미없는지, 여자는 속삭이는 목소리로 이야기하며 창 쪽을 흘금흘금 보는 것이었다. 휘비의 이름은 아직도 창유리에 써 놓은 그대로였다. 밝은 아침인데도 나는 잠깐 토니아의 말을 믿고 싶은 생각이 들었다.

"그럼, 집사람이 악령에게 먹을 것을 주고 있었다고 당신은 생각하는군요?"

"네, 그게 틀림없습니다."

"어떻게 알지요, 토니아 부인?"

여자는 왼쪽 귓가의 작은 금고리를 잡아당겼다.

"저에게는 귀가 있는걸요. 부인이 죽은 사람의 말을 하며 울고 있는 소리가 들렸습니다. 전 엿듣지는 않았지만, 복도에서도 부인의 울음소리가 잘 들렸어요."

"뭐라고 하던가요?"

"죽은 사람에게 돌아와 달라고 조르고 있었어요."

"죽은 사람? 집사람이 그런 말을 하더란 말이지요?"

"네. 살인이니, 죽음이니, 피니 하고 그 밖에 저로서는 알 수 없는 말들을 하고 있었어요."

"그 밖의 일이라는 것을 생각해 낼 수 없겠소?"

"생각이 안 나요. 그다지 잘 듣지 않아서……. 어쨌든 무서웠어요. 죽은 사람은 돌아왔을 때엔 가까이 있는 누구에게나 붙거든요. 그래서 전 얼른 하녀의 방에 가서 숨었습니다."

"그게 언제 이야기지요?"

"6일인가, 7일 전입니다." 여자는 손가락을 꼽으며 세었다. "6일 전입니다. 삼현자제(三賢者祭) 전날이었으니까요. 죽은 사람을 부르기에는 좋지 않은 시기입니다만."

"죽은 사람의 이름을 말하던가요?"

"아니오, 하지만 꽤 슬픈 듯한 목소리였습니다. 댁의 누군지는 모르겠어요. 아드님이나 따님이나……."

여자는 불쌍하다는 듯한, 조금 호기심이 섞인 눈초리로 쳐다보았다.

나는 휘비의 사진을 보였다.

"이것이 집사람의 딸이오. 집사람과 나의 딸이지요."

무슨 까닭인지 이 여자에게는 거짓말을 하기가 어려웠다.

"예쁘군요." 토니아 부인은 생긋 웃었다. "제 딸도 눈이 파랗고, 이 아가씨만큼 예뻐요. 그 애의 아버지도──저의 전 남편입니다만, 역시 파란 눈이었지요."

나는 이야기를 원점으로 돌렸다.

"이 소녀를 본 적이 없소?"

여자는 천천히 사진을 들여다보았다.

"있는 것 같아요. 확실치는 않지만 어딘가에서 이 얼굴을 본 것 같아요. 어디서였더라……."

"이 방에서가 아니었소?"

"아니오" 하고 여자는 쌀쌀하게 말했다. "이 방에는 부인 혼자 계셨습니다. 시트를 보면 혼자 잤는지 아닌지 알 수 있지요. 제 눈은 틀림이 없습니다. 혼자 쓰는 방에 둘이서 자거나 하면 곧 필모어 씨에게 일러바친답니다."

"거리에서 만났소?"

"그럴지도 모르겠군요." 여자는 나에게 사진을 돌려 주었다. "죄송하지만 기억이 안 나는군요. 하지만 어딘가에서 만난 것만은 확실해요."

"최근에?"

"그렇다고 생각합니다만……."

여자는 이마를 찌푸렸다. 그러나 끝내 아무 말도 끌어 낼 수 없었다.

"미안합니다. 어디서였는지 생각이 나지 않는군요. 여러 사람을 만나니까요. 하지만 따님은 정말 예쁜데요."

나는 고맙다고 말하며 창가로 가서 수첩 한 장을 찢어 냈다. 베끼고 싶었으나 종이가 너무나 불투명했다. 그 대신 되도록 그 필체를 흉내내어 옮겨 적었다.

"어머나!" 하고 토니아 부인이 내 어깨 너머로 속삭였다.

"이름이오."

"악마의 이름인가요?"

"사람의 이름이오."

"전 읽을 줄도 모르지만……" 하고 여자는 말했다. "무서워요."

"내 딸의 이름이오, 토니아 부인. 조금도 무서워할 건 없소."

그러나 내가 방에서 나올 때, 부인은 성호를 그었다. 지배인인 필모어 씨는 프런트 데스크를 향해 앉아 있었다. 어딘지 당황하는 듯한 느낌을 주는 중년의 남자였다. 나는 호머 위철리라고 이름을 댔다. 챔피언 호텔 주위에 있는 한, 이 이름과 희비극을 함께 해야만 될 것 같았다.

위철리라는 이름은 필모어에게 효과가 있었다. 이른 아침의 얼빠진 상태에서 사나이는 제 정신으로 돌아가 나와 악수를 하고 나서 의자를 권했다.

"처음 뵙겠습니다. 무슨 볼일이십니까?"

"집사람인 캐서린이 걱정이 됩니다. 어젯밤까지 이곳 323호실에 묵고 있었던 모양인데, 그 뒤 어디로 갔는지 모르겠군요."

"그거 정말 안됐군요." 남자의 얼굴은 순간 비통한 표정을 띠었다. "이런 말씀은 드리고 싶지 않지만, 걱정하시는 것도 당연하다고 생각합니다. 부인께서는 매우 슬프신 듯했습니다, 위철리 씨. 지금까지 슬픔 속에 있는 부인들을 많이 보아 왔습니다만, 그렇게 슬퍼 보이는 부인은 처음입니다."

"집사람과 이야기해 보셨습니까?"

"네, 부인께서 처음 오셨을 때 제가 마침 프런트에 있었지요. 크리스마스 하루인가 이틀 전이었을 겁니다. 특별히 잘 기억하고 있는 것은, 솔직히 말씀드려서 부인 같은 분이 챔피언 호텔을 택하신 것이 좀 놀라웠기 때문입니다."

"그런 건 상관 없는 일 아닙니까?"

사나이는 책상 저쪽에서 몸을 내밀어 털구멍의 수를 셀 수 있을 정도로 얼굴을 가까이 다가댔다. 이상하게도 털구멍이 많은 사나이였다.

"아니, 부디 오해 마시기 바랍니다. 저는 지금의 이 호텔을 자랑으로 여기고 있습니다만, 전에는 좀더 고급 호텔에 근무한 적도 있으니까요. 그래서 상류 부인을 금방 알아볼 수 있습니다. 입고 계신 옷이라든가 말씀하시는 모습으로 금방 알 수 있었지요. 부인 같은 숙녀는 챔피언 호텔에 머무르는 일이 좀처럼 없습니다."

"집사람은 돈이 없었던 게 아닐까요?"

"그럴 리가 있겠습니까? 나리께서도 아시는 바와 같이 돈에 대해서는 부자유스러울 게 없잖습니까?"

"그걸 당신이 어떻게 알고 있지요?"

"나리로부터 받은 별거 수당의 수표를 보여 주셨습니다." 자기의 거침없는 말에 스스로도 놀랐던지 사나이는 황급히 말을 이었다. "아니, 손님의 주머니를 들여다보는 따위의 짓은 하지 않습니다만, 그것은 3천 달러짜리 보증 수표였습니다. 그것을 매달 받고 계시다고 부인께서는 말씀하셨습니다."

"집사람이 당신에게 그런 말까지 했다니, 유쾌하군요" 하고 나는 독기 어린 목소리로 말했다.

"아니, 그렇지 않습니다. 그 수표를 현금으로 바꾸었으면 좋겠다고 하시면서 부도 수표가 아니라는 것을 설명하신 겁니다. 저도 물론 부도 수표라고 생각하지는 않았습니다만……." 하고 말하고 사나이는 급히 덧붙였다. "현금으로 바꾸지 못한다고 말씀드렸습니다. 그 날은 새해 첫날이어서 은행문을 열지 않았고, 저에게도 3천 달러라는 돈이 없었으니까요. 맡아 두었다가 현금으로 바꾸어 드리겠다고 말씀드렸는데, 부인께서는 기다릴 수 없다고 하셨습니다."

"그 수표를 어떻게 했을까요?"

"은행에서 현금으로 바꾸신 모양입니다. 어쨌든 그 이튿날 계산을 치르셨습니다."

"그 수표가 어디서 온 것인지 기억하고 있습니까?"

"글쎄올시다. 고향 도시의 은행에서 온 것이라고 말씀하신 것 같습니다만……." 양파 같은 눈에 희미한 의심의 빛을 띠고 사나이는 나를 보았다. "나리께서는 알고 계시지 않습니까?"

"아니, 새해 첫날이었다는데 그것이 집사람 손에 건네졌다는 게 이상하게 생각되어서……."

"빠른 우편으로 왔습니다. 빠른 우편이 오거든 알려 달라고 부인께서 말씀하셨습니다."

사나이의 눈에 떠오른 의심의 빛이 짙어졌다.

"설마 가짜 수표는 아니겠지요?"

"아니, 틀림없는 수표요" 하고 나는 불쾌한 듯한 목소리로 말했다.

"물론 그러시겠지요, 저도 틀림없으리라고 생각했습니다."

나의 은행 예금 이미지를 생각해 냈는지, 사나이는 갑자기 감상적이 되었다.

"상류 부인은 단번에 알 수 있습니다. 이런 충고 비슷한 말씀을 드려서 기분이 상하시면 곤란합니다만 위철리 씨, 부인에게 제발 주의를 기울여 주시는 것이 좋으리라고 생각합니다. 이 거리는 현금을 가지고 계시거나 부인께서 혼자 다니시기에는 위험하니 말씀입니다. 여기에는 건달이며 깡패들이 많이 있지요."

필모어는 내 머리의 붕대를 똑바로 바라보았다.

"하지만 그런 것은 이미 알고 계시겠지요, 실버드 부인한테서 들었습니다만, 손님께서는 다치셨다구요?"

"넘어져서 돌에 머리를 부딪쳤소."

"저희들의 주차장에서 말입니까? 그러시다면 정말 뭐라고 사과의 말씀을 드려야 할지……."

"아니, 이 근방 길에서였소" 하고 나는 말했다. "아무래도 우리 가문에는 현기증의 혈통이 있는 모양이오."

"그렇습니까?"

신경질을 부리는 몸짓으로 사나이의 한 손이 머리로 뻗었다. 뒤통수의 머리가 일어선 것을 발견하고는 반사적으로 빗을 꺼내어 가는 머리털을 빗겼다. 일어선 머리가 좀처럼 가라앉지 않는다. 그는 빗을 주머니에 다시 넣었다.

"병이라니까 생각나는데" 하고 나는 말했다. "집사람을 돌봐 주셨다니, 참으로 수고를 끼쳤소."

"아니, 그렇게 하려고 했습니다만 아무리 권해도 부인께서는 의사의 진찰을 허락하시지 않았습니다." 미안한 듯이 사나이는 계속해서 말했다. "물론 브록 의사는 세계 제일 가는 명의라고는 할 수 없지만, 가까운 곳에 있고 또 언제나 부르는 의사니까요."

"그분과 어젯밤에 이야기를 했습니다. 집사람이 신경 쇠약인 것 같다고 하더군요."

"저에게도 그렇게 말씀하셨습니다. 그렇다면 제 관찰과도 일치되는군요."

"신경 쇠약의 이유를 집사람은 뭐라고 하던가요?"

"아니, 뭐 별말씀은 없었습니다. 단순한 고독감 같은 게 아니었을까요?" 자기에게도 그런 경험이 있다는 듯이 사나이의 목소리가 조금 높아졌다. "어쨌든 부인께서는 방에 틀어박혀 계시면서 나흘인가 닷새 동안 나오지 않으셨습니다."

"그것이 정확히 언제 일입니까?"

"올해 첫무렵, 그렇습니다. 첫주일의 계산을 받은 날이니까 1월 2일부터입니다. 그것이 거의 일주일 가까이 계속되었지요. 그 주일 중간 무렵에 의사를 불렀습니다. 부인께서는 좀처럼 진찰을 허락하시지 않았지요. 하지만 사정사정하여 마침내 방문을 여셨는데, 얼굴을 한 번 흘긋 보고도 무언가 꽤 괴로운 일이 있었구나 하고 생각했습니다. 어쨌든 단번에 10년이나 늙으신 것 같은 얼굴이었습니다. 위철리 씨, 틀림없이 부인은 어떤 무서운 시련을 당하신 겁니다."

"육체의 시련? 아니면 정신의 시련이오?"

"글쎄요, 육체의 시련이었는지 정신의 시련이었는지 저로서는 알수가 없군요. 사람의 마음이란 아주 신비한 것인데다, 특별히 여자의 마음을 저는 도무지 알 수가 없습니다." 사나이의 손은 다시 뒤통수의 빳빳한 머리칼을 잡고 그것을 억지로 붙이려 했다. "저도 실은 마누라와 헤어졌기 때문에 그런 점에서 위철리 씨와 이야기가 통하는지 모르겠습니다."

"집사람의 방에 혹시 누군가 함께 묵은 사람이 있다고 생각되지 않습니까?"

"누군가라니요?"

"종업원이나 청소부를 방에 들이지 않았을 때 말입니다. 누군가가 함께 묵고 있었던 게 아닐까요?"

"글쎄올시다, 그런 것은 전혀 생각할 수 없습니다. 저희들은 한 사람이 쓰는 방에 두 사람을 묵게 하지는 않습니다. 수입면에서가 아니라 도덕적인 관점에서도."

"아니, 함께 있는 사람이 남자였느냐고 말하는 게 아닙니다." 나는 휘비의 사진을 내놓았다. "이 아가씨를 호텔 안에서 본 일이 없습니까?"

"네, 본 일이 없습니다. 따님이신가요? 부인과 많이 닮았는데요."

"내 딸입니다."

거짓말도 자꾸 되풀이하다 보면 정신에 기묘한 영향을 미치는 모양이다. 이와 같이 몇 번씩 되풀이하다 보면 일시적으로 진실이 된다. 나는 휘비가 내 딸이라고 믿고 있는 자신을 깨닫고 깜짝 놀랐다.

만일 휘비가 죽었다면 위철리가 슬퍼하는 만큼 나도 슬퍼하게 될 것 같다. 아내에 대한 위철리의 감정을 나는 이미 얼마쯤 나누어 갖고 있지 않은가.

13

나는 샌프란시스코로 돌아왔다. 하늘이 높고 맑게 갠 1월의 아침이었다. 이슬도 내리지 않는 겨울날 아침, 푸른 바다에 둘러싸인 이 도시는 햇빛을 받아 찬란하게 빛나며 우뚝 솟아 있었다. 나는 스카이웨이를 떠나서 마켓 거리를 지나 파월로 향했다.

유니언 스퀘어의 지하에 차를 집어넣고 난 다음 나는 중절 모자를 사서 붕대를 가리고, 노란 모자를 쓴 배차 담당 노인에게 다시 한 번 이야기를 걸었다. 가리발디라고 불리는 운전사는 아직 나타나지 않았다고 한다. 나타나면 붙잡아 두겠다고 노인은 약속했다. 나는 5달러짜리 지폐를 주어 약속을 단단히 해 두었다.

센트 프랜시스 호텔 로비는 한산했다. 프런트의 사나이는 지난해 11월의 기록을 살펴봐 주었다. 호머 위철리는 11월 1일에 두 개 이어진 방에 들었다가 11월 2일 돌아갈 때 그 날 밤의 숙박비를 미리 내고 갔다는 것이다. 따라서 위철리의 딸은 11월 2일 밤, 그 방에 묵을 수 있었다. 그러나 실제로 묵었는지 어떤지 프런트의 사나이로서는 조사할 길이 없었다.

나는 다시 전화 부스로 가서 전화를 두 군데 걸었다. 윌리 매키는 앞으로 한 시간쯤 의뢰인과 이야기할 일이 있어 바쁘지만 이른 점심을 함께 들어주겠다고 말했다. 칼 트레버는 곧 만나자고 했다.

위철리 토지 개발 주식회사는 마켓 거리 남쪽에 있는 10층 건물 맨 꼭대기에 있었다. 스튜어디스가 되려다 단념한 듯한 소녀가 나를 고속 엘리베이터로 안내하여 수렵 풍경으로 꾸민 응접실까지 데려다 주었다. 그리고 여러 명의 비서를 거쳐 겨우 트레버의 개인 방에 이르렀다. 방 왼쪽 구석의 높은 곳에 상품 진열창 같은 것이 있고, 두 개의 건물 사이로 모습을 내민 붉은 다리[橋]를 부분으로 찍은 커다란 사진이 장식되어 있었다. 온 방 안에 갈색 가죽 소파와 의자가 있고 그 밖에 커다란 회의용 책상과 10여 개의 의자, 마치 골프코스처럼 빨갛고 작은 기를 많이 세운 센트럴 바레의 모형 지도, 앉아 있는 사람이 난쟁이처럼 보일 만큼 큰 책상이 있었다. 트레버는 그 짤막한 목에 마치 검은 새처럼 수화기를 걸치고 있었다. 그는 공채니 상호 은행이니 하는 말들을 지껄이는 사이에 나에게 앉으라고 말했다.

나는 앉아서 트레버를 찬찬히 바라보며, 나의 의뢰인과 이 인물을 어느 정도 믿으면 좋을까 하고 생각했다. 그 결과 어느 정도까지는 꽤 믿을 수 있다는 결론을 얻었다. 위철리는 분명 이 사나이를 신용하고 있었다. 이 사나이는 휘비를 위해서라면 자기 몸까지 희생할 만큼 애착을 가지고 있는 것일까? 눈 아래가 검푸르게 부은 것을 보니 어젯밤을 꼬박 새운 모양이었다.

트레버는 겨우 수화기를 놓았다.

"기다리게 해서 죄송합니다. 요사이 주식 시장의 변동이 너무 심해서……." 엄하나 밝은 시선으로 트레버는 내 얼굴을 보며 말했다.

"당신 모습을 보니 어젯밤 편치 못하셨던 모양이군요."

"당신 얼굴을 보면서 나도 그렇게 생각했습니다."

"아니, 솔직히 말해서 어젯밤에는 괴로웠습니다. 경찰이 신원 불명의 부인과 아가씨들의 사진을 너무 많이 보여 주어서요. 모두 몇 달 전에 죽은 여자들뿐이었습니다." 트레버는 얼굴을 찌푸렸다. "물론 당신의 일도 괴로웠겠지만……."

"살아 있다는 것만 알아도 보람이 있겠습니다." 나는 말했다.

트레버는 몸을 앞으로 내밀었다.

"휘비의 행방을 알았습니까?"

"수확은 이것뿐입니다." 나는 호텔의 유리창에서 그대로 옮겨 써 온 휘비의 이름을 보이고 설명했다. "완전한 복사는 아닙니다만, 될 수 있는 대로 글자의 특징을 흉내내어 옮겨왔습니다. 이것은 어떻습니까? 휘비 양의 필적입니까?"

트레버는 두 눈썹 사이를 찡그리고 글자를 들여다보았다.

"확신은 못 합니다. 휘비의 필적을 잘 모르기 때문에……."

"뭔가 그녀의 글씨체를 알 만한 것은 없습니까?"

"여기에는 없습니다. 집에 돌아가면 아마 무언가 있을 겁니다. 휘비는 호텔의 어머니 방에 함께 있었을까요?"

"그럴지도 모릅니다. 어쩌면 어머니가 이 이름을 썼는지도 모르지요, 캐서린 위철리의 필적 같지는 않습니까?"

"그것도 잘 모릅니다. 나는 그녀의 필적을 모르니까."

트레버는 나에게 이름을 쓴 종이를 돌려 주었다. 이마를 찌푸리며 눈썹 밑이 퍼렇게 들어간 눈에 어리둥절한 빛이 나타나 있었다.

"캐서린은 새크라멘토의 그런 싸구려 호텔에서 대체 뭘 했을까요?"

"줄곧 먹고 마시며 울고 있었답니다."

"캐서린은 전부터 잘 먹고 잘 마시는 여자였지요" 하고 트레버는 말했다. "적어도 요 몇 년 동안은 그랬습니다. 그러나 울고 있었다는 건 아무래도 캐서린답지 않군요, 이혼하고서도 아무렇지 않았던 성격인데."

"어젯밤의 캐서린을 보시지 않았으니까 그런 말씀을 하시는 겁니다."

트레버의 머리가 움찔 움직였다.

"그렇다면 당신은 캐서린을 만나셨습니까?"

"하시엔다 인에서 꽤 오랜 시간 이야기했지요, 이야기 종말은 좀 묘하게 끝났습니다만. 캐서린과 함께 행동하는 듯한 괴한이 쇠 타이어로 나를 때렸습니다."

나는 붕대를 만졌다.

"캐서린은 어떤 패들과 사귀고 있던가요?"

"그다지 상류층 사람들은 아닌 것 같았습니다."

"아처 씨, 사건은 점점 복잡해지는 것 같군요. 복잡하고 불결해졌어요. 어젯밤 레드우드 시의 보안관한테 갔을 때, 마침 아서톤으로부터 연락이 왔지요. 캐서린이 팔고 간 빈 집에서 시체가 발견되었다는 겁니다. 캐서린과 거래 관계가 있었던 부동산업자로, 메리만이라는 사람의 시체였습니다."

"알고 있습니다. 그 시체를 처음 발견한 건 납니다."

"'당신'이 발견했다고요?"

"이름을 밝히지 않고 경찰에 전화로 연락했지요. 경찰 심문에 대답하느라고 귀중한 시간을 허비하는 게 아까워서요. 그건 그렇고, 경찰에서는 메리만의 죽음을 어떻게 해석하고 있습니까?"

"건달에게 당했을 것으로 추정하더군요. 페닌슐러 언저리에는 빈 집에 건달패들이 자리잡고 있는 일이 많으니까요. 아니, 정말이지 아처 씨, 이런 문명사회에서는 사회의 온갖 계층이 제멋대로 미쳐 돌아가고 있습니다. 문명이라는 것이 있다면 말입니다만 실은 오르테거(1955년에 죽은 스페인의 철학자)의 '대중의 반역'과 거기에 내려진 천벌입니다."

"경찰에서 그렇게 생각하던가요? 꽤 교양이 높은 경찰이군요."

"그렇지요. 너무 시시하게 보면 안 됩니다. 물론 경찰은 건달들이라고만 생각하고 있는 건 아닙니다. 경찰도 역시 캐서린을 만나고 싶어하는 것 같더군요."

"그거 좋은 생각입니다. 캐서린과 메리만의 거래 관계는 집 매매만이 아닌 모양입니다. 그저께 밤, 메리만은 캐서린의 호텔로 찾아와 캐서린을 두들겨패기까지 했답니다. 이것은 치정 싸움으로도 해석되지만, 나는 차라리 도둑들의 파벌 싸움이라고 해석하고 싶습니다."

"그것은 무슨 뜻이지요. 캐서린이 도둑이었다는 말씀인가요?"

"적어도 도둑과, 아니, 더 질이 나쁜 패거리들과 사귀고 있었던 것 같습니다. 한 가지만 말씀해 주시겠습니까, 트레버 씨? 이야기의 형편상 휘비 양이 죽었다고 가정하고……."

"그것은 너무 심한 가정인데요."

"아니, 어떻게 가정하든 사실은 사실입니다. 휘비 양이 죽었다고 가정할 경우, 그것에 의해서 이익을 받을 사람은 누굽니까?"

"아무도 이익을 얻지 못합니다." 트레버는 화난 어조로 힘주어 말했다. "그렇게 되었다면, 정말 비극입니다. 개죽음이지요."

"그야 모를 일입니다. 위철리 씨에게는 재산이 있지 않습니까?"

그러자 트레버의 이마에 주름이 잡혔다. 이마 밑의 눈빛이 푸른 물에서 얼음으로 변했다.

"알겠습니다, 당신이 무슨 생각을 하고 있는지를. 그러나 그것은 잘못된 생각입니다. 휘비 이름 앞으로 된 재산은 한 푼도 없습니다."

"근친자에게로 돌아가는 신탁 재산 같은 것도 없습니까?"

"네, 그건 내가 잘 압니다만, 그런 것은 전혀 없습니다. 있다면 집사람과 내가 모를 리 없지요."

"휘비 양은 생명보험에 들었습니까?"

아처의 물음에 트레버는 잠시 입을 다물었다가 대답했다.

"휘비가 태어났을 때, 호머가 보험에 드는 것 같았습니다."

"어느 정도입니까?"

"10만 달러 안팎이었다고 생각되는데요."

"수취인은?"

"휘비의 부모입니다. 갓난아기에게 든 보험이니까 그게 당연하겠지요." 애가 타는 듯이 트레버는 머리를 저었다. "당신은 너무 지나친 추리를 하는군요."

169

"그것이 직업이니까요."

"아니, 이것만은 똑똑히 말해 두고 싶습니다. 보험금을 목적으로 캐서린이 자기 딸을 죽였다는 추리는 전혀 성립되지 않습니다. 제정신으로야 어떻게……."

"캐서린은 제정신이 아닙니다. 나는 그렇게 보았습니다. 의사가 아니어서 병이 어디까지 진전되었는지는 모르지만, 어젯밤의 캐서린은 마치 공중을 훨훨 날고 있는 듯한 느낌이었습니다. 찢어진 날개로 말입니다."

트레버는 유리 그릇에서 담배를 꺼내 불을 붙였다. 그는 파란 연기를 뿜으며 말했다.

"그럴 겁니다. 그녀는 얼마 전부터 신경 쇠약 직전에 있었으니까요. 그러나 그렇다고 살인을 했다고 볼 수는 없지요."

"누군가에게 살인을 시킬 수는 있겠지요."

"그것도 당신의 추리인가요?"

"사실을 보고하는 것입니다."

"설명해 주십시오. 도무지 알 수가 없군요."

"그전에 한 가지만 더 여쭈어 보겠습니다. 이건 개인적인 질문입니다만, 당신은 위철리 집안 사람들과 얼마나 친하게 지내십니까?"

"참다운 친구가 되려고 노력하고 있습니다." 트레버는 진실이 담긴 말투로 말했다. "난 호머의 신세를 많이 졌고, 호머의 아버님께도 그 이상으로 신세를 졌습니다. 더욱이 아시는 바와 같이 집사람은 위철리 집안의 딸입니다. 어째서 그런 것을 물으십니까?"

나는 잠깐 말을 멈추고 있다가 트레버를 향해 단도직입으로 뛰어들었다.

"캐서린 위철리는 어젯밤 나를 시켜 벤 메리만을 죽이려고 했습니다."

"제정신으로 말입니까?"

"캐서린은 제정신이었습니다. 나는 물론 본심이 아니었지요. 캐서린의 이야기를 듣고만 있었을 뿐입니다."

"그것은 몇 시쯤의 이야기입니까?"

"새벽 2시 전후였습니다."

"그러나 메리만은 이미 죽었지 않습니까. 경찰에서는 그가 죽은 시각이 저녁 무렵이었다고 말했습니다."

"캐서린은 그것을 모르고 있었나 보지요. 또는 잊고 있었는지도 모르고……."

"잊고 있었다니요?"

"자기가 죽였거나 누구를 시켜 죽여 놓고는 그 사실을 잊어 버렸을지도 모릅니다. 몹시 취해 있었으니까요."

"믿어지지 않는데요" 하고 트레버는 말했다. "정말 캐서린이 당신에게 접근하여 돈을 줄테니 그를 죽이라고 했단 말입니까?"

"아니, 하시엔다 인에서 내가 접근해 갔지요. 캐서린은 내 권총을 보았습니다. 어쨌든 본심이었다는 것은 틀림없습니다."

"그러고 보면 호머가 항해를 떠나던 날의 폭행도 심상치 않습니다. 그러나 살인이라면 이건 또 문제가 달라지지요. 그녀가 메리만을 죽이려고 한 동기는 무엇일까요?"

"동기는 여러 가지 있을 것 같습니다. 2, 3일 전 밤에 메리만은 캐서린을 때렸습니다. 아마 그 이상의 심한 짓을 했겠지요."

트레버의 담뱃불이 꺼져 있었다. 트레버는 담배를 입에서 떼어 내더니 얼굴을 찡그리며 그것을 내려다보았다.

"그 이상의 일이라면, 무엇입니까?"

"공갈입니다. 이것은 단순한 상상이지만, 사실에 들어맞는 점도 있습니다. 캐서린은 슬픔과 죄책감에 사로잡혀 있었습니다. 많은 액

수의 돈이 캐서린의 손을 거쳤는데, 그것이 어디로 갔는지 분명치 않습니다. 그 호텔을 보여 드리고 싶군요. 마치 무허가 여인숙 같았습니다, 챔피언 호텔이라는 곳은."

트레버는 커다란 머리를 가로저었다.

"아무래도 캐서린답지 않군. 대체 어떻게 된 일일까요?"

"나는 좀더 구체적인 의문을 품고 있습니다. 휘비 양의 몸에 무슨 일이 생겼는가, 그리고 휘비 양의 어머니와 벤 메리만 사이에는 어떤 관계가 있었는가?"

"그러나 그것도 또 당신의 가정에 의한 의문이겠지요?"

"가정에 바탕을 들 수밖에 없지 않습니까? 나는 사실을 모르니까요."

"나도 모르지만, 그러나 정신 면에서 생각할 때 당신의 가정은 틀렸다고 봅니다. 부모가 어떻게 자식을 죽일 수 있겠습니까? 그리스의 비극도 아닐 테고."

"그렇습니까? 신문을 읽어 보십시오. 하기는 여느 경우 아들이 성인이 될 때까지 부모가 기다리지 않지만."

트레버는 속이 메스꺼운 듯한 얼굴로 나를 쳐다보았다.

"당신은 그런 말을 용케도 잘하시는군요."

"할 수 있고 없고는 문제가 아닙니다. 분명히 추악한 이야기이긴 하지만, 추악하지 않은 살인이란 없습니다."

"진심으로 캐서린이 친딸을 죽였으리라고 생각하십니까?"

"그것도 조사해 봐야 할 가능성의 하나라도 생각하고 있습니다."

"그것을 왜 내게 이야기하시는 거지요?"

"도와 주실 분이 당신밖에는 없으니까요. 캐서린 위철리는 살의를 품고 이 근처를 서성이고 있습니다. 이 이상 더 무슨 일이 일어나기 전에 우리가 캐서린에게 접근해야 합니다. 그러나 나에게는 또 한가지 일이 있기 때문에 캐서린에게 온 힘을 기울일 수가 없습니다. 나는 휘비를 찾아 내기 위해 고용된 거니까요."

"그러나 당신은 휘비가 죽었다고 생각하고 있지 않습니까?"

"아니, 죽었다는 게 확실한 것은 아닙니다. 죽었다는 것이 증명될 때까지는 끝까지 노력하겠습니다."

"나는 무슨 일을 하면 됩니까?"

"호머 위철리를 설득하십시오. 누군가가 위철리 부인을 감시해야 합니다. 샌프란시스코의 사립 탐정으로서 우수한 사람이 있습니다. 다른 도시와의 연락도 하는 양심있는 탐정입니다. 지금부터 그 회사의 우두머리인 윌리 매키라는 사람과 만나기로 되어 있습니다. 그러나 위철리 씨가 승낙하지 않으면 소용이 없지요. 당신이 한 번 설득해 주십시오."

"내가 할 수 있을까요?"

"그렇게 까다로운 일은 아닙니다. 위철리 씨는 이미 매키를 알고 있으니까요. 잠깐 위철리 씨에게 전화를 걸어 주시겠습니까? 어제 볼더 비치 호텔에서 헤어졌는데, 만약 그 곳에 없다면 어디로 갔는지는 호텔에서 알 것입니다."

"왜 당신이 직접 하지 않습니까?"

"그분과 이야기가 잘 통하지 않아서요. 당신은 익숙하실 테지요."

"하긴 그렇겠군요."

트레버는 인터폰의 단추를 누르고 호머 위철리에게 장거리 전화를 걸어 달라고 비서에게 말했다. 그러고 나서 나에게 말했다.

"죄송합니다만, 잠깐 자리를 비켜 주시겠습니까?"

옆방에서 기다리고 있으려니까, 트레버가 금방 나를 불렀다.

"호머가 이야기하고 싶답니다."

그는 어깨를 움츠려 보이며 수화기를 넘겨 주었다.

"아처입니다" 하고 나는 입을 송화기에 대고 말했다.

거리와 긴장으로 가늘어진 위철리의 목소리가 전해져 왔다.

"그렇게 말했는데도 내 명령에 따르지 않았구먼! 전에 집사람을 이 사건에 관련시키지 말라고 하지 않았소? 다시 한 번 말해 두겠소, 그 여자를 가까이 하지 마시오."

나는 그 말투가 마음에 들지 않았다.

"왜 그러시지요? 캐서린 여사는 시체가 있는 곳이라도 알고 계신가요?"

"시체?" 위철리의 목소리가 흐려졌다.

"휘비가 죽었소? 그것을 나에게 숨기려고 하는 거요?"

"아무것도 숨기려고 하지 않습니다, 위철리 씨. 따님이 죽었다는 증거는 하나도 없습니다만, 여전히 행방불명인 것은 사실입니다. 부인께서도 행방불명입니다. 그리고 부인은 나에게 이야기해 준 이상의 것을 알고 있습니다. 그것도 확실합니다. 부인의 행방을 찾지 않고서 휘비 양을 찾아 내기란 어렵습니다."

"그래서 윌리엄 매키를 시켜 찾게 하겠다는 말이오? 당신은 그를 팔 셈이오?"

"그는 유능하고 아는 사람도 많아 여러 가지로 편리합니다. 이 사건은 우리들의 예상보다 훨씬 커지고 있습니다. 개인적으로나 어떤 협조 없이 나 혼자서는 해낼 수가 없습니다. 매키와 경찰과 함께 일하는 것을 인정해 주십시오."

"그건 안 되오! 나는 매키를 신용하지 않으며, 경찰에게 개인의 일을 염탐당하는 것도 싫소. 내가 처한 사정이나 형편을 모르겠소?"

"압니다. 그러나 내 입장은 어떻게 해 주시렵니까? 행방불명, 그리고 살인의 가능성, 이것이 개인의 일일까요? 어쨌든 경찰은 이미 무엇인가를 눈치채고 있습니다. 트레버 씨한테서 못 들으셨습니까, 벤 메리만이 살해당했다는 것을?"

트레버가 의자에서 일어나 나에게 고개를 세게 흔들어 보였다.

"벤 누구라구?" 위철리가 나에게 물었다.

"메리만입니다. 페닌슐러의 부동산업자로, 부인과 거래 관계가 있었던 사나이입니다. 어젯밤 아서톤의 부인 집에서 그 사나이의 시체가 발견되었습니다."

"그런 것은 나와 관계 없고, 휘비와도 관계가 없소."

"그건 아직 알 수 없습니다."

"아니오, 알 수 있소" 하는 위철리 목소리에는 불안감이 역력히 드러나 있었다.

"잠깐 이쪽으로 와 주시겠습니까? 여러 가지로 자세히 설명할 테니까요."

"그건 안 되겠소. 오후에는 대학의 학장과 만나기로 되어 있고, 저녁에는 이사들과 만나고……."

"대체 무슨 일입니까?"

"잘못을 인정하도록 하는 거요" 하고 위철리는 엄격한 목소리로 말했다. "직무 태만을 인정하도록 만들어야 하오. 휘비가 없어진 바로 뒤 나에게 전보를 치고 경찰에도 신고했다고 하지만, 나는 전보 따윈 받지도 않았으니까요. 스탠포드 대학이라면 이런 일은 결코 없었을 거요!"

"그럼, 또 복잡해지겠군요."

"그렇게 생각하오? 그럴 리가 없소. 내가 어떤 사람인가를 그들에게 깨우쳐 주려는 거요."

어떤 사람인지는 벌써 알고 있다고 나는 생각했다. 자기가 처리할 수 없는 정열을 많이 안고 있는 우둔한 사나이.

"만약 이쪽으로 못 오시겠으면" 하고 나는 말했다. "매키와 공동으로 일하는 것을 인정해 주십시오, 비용면에서 그다지 많이 들지 않을 것입니다."

"돈 문제가 아니오, 주의(主義)의 문제요, 나는 매키와는 관련을 맺고 싶지 않소, 알겠소? 그렇게 쓸데없는 짓을 해야만 딸을 찾을 수 있다면, 난 다른 사람에게 부탁하겠소!"

찰칵 소리가 나고 화난 듯한 침묵이 전선을 흘렀다. 나는 트레버에게 끊어진 전화를 넘겨 주었다.

"갑자기 끊었습니다. 위철리 집안 사람들은 모두 정신이 돈 게 아닙니까."

"호머가 흥분한 것도 당연합니다. 그는 휘비를 매우 사랑하고 있었고, 더구나 그 애정을 늘 주체 못했지요, 이것이 전화가 아니었다면 얼마나 더 심했을지 모릅니다."

"그렇겠지요, 그런데 대체 어떻게 된 겁니까, 대학 이사를 모두 모은다는 것은? ……."

"그것이 최상의 일이라고 생각하고 있는 거겠지요, 전부터 회의석에서는 빛나는 활약을 한 사람이니까." 트레버의 말투에는 어딘가 좀 비꼬는 데가 있었다. "그러나 당신도 말하는 방식이 조금 지나쳤다고 생각합니다. 시체가 있는 곳이니 어쩌니 한 건 그다지 신통치 못했소."

"나는 탐정이지" 하고 나는 말했다. "간호사가 아닙니다. 그리고 그렇게 말해 두는 편이 위철리 씨를 위하는 것도 되지요, 어떤 암시를 준 것인지 자기 자신은 아직 모를 테지만요, 미리 어느 정도 알아 두는 편이 좋습니다."

"그토록 자신이 있습니까, 아처 씨?" 트레버는 조금 비꼬는 투로 말했다.

"그저 육감으로 그렇게 느낄 뿐입니다. 나쁜 예감이라고 해도 좋겠지요."

트레버는 털썩 주저앉았다.

"캐서린과 휘비에 대하여 당신은 터무니없는 오해를 하고 계신 것 같습니다. 그리고 캐서린과 메리만에 대해서도 마찬가지지요. 내가 아는 캐서린은 그런 여자가 아닙니다. 겉으로 보기에는 좀 거칠어 보이지만, 그리 나쁜 여자가 아닙니다."

"사람은 변합니다. 짓눌림을 당하면 변하게 마련이지요. 캐서린은, 뭐랄까, 그런 몹시 억눌린 사람입니다."

"그건 그렇습니다. 아, 나까지도 짓눌리는 듯한 느낌이 드는군요."

트레버는 책상 서랍을 열고 작은 갈색 병을 꺼내어 그 속에서 캡슐을 하나 꺼냈다.

"강심제랍니다. 잠깐 실례합니다."

트레버의 입술이 잿빛으로 변했다. 그는 의자에 앉은 채 몸을 뻗쳐 책상에 머리를 얹어 놓았다. 머리는 마치 커다란 분홍빛이 나는 갈색 알처럼 보였다. 반쯤 털이 난 알이다.

트레버는 신음하며 잘 닦인 책상 위를 바라보면서 말했다.

"휘비가 가엾군."

"당신은 휘비를 사랑하시는군요."

트레버는 무거운 듯이 머리를 들고 구멍 속에 숨은 사나이처럼 아래에서 나를 올려다보았다. 입술 언저리에 슬픔 어린 주름이 잡혔다.

"그것 역시 꽤 어리석은 질문이군요. 나는 젊은 여자와 는실난실하지 않습니다."

"는실난실하지는 않더라도 사랑할 순 있겠지요."

"그렇소. 그건 그렇지요." 입술빛이 정상으로 돌아오고 주름이 사라졌다. "그런 의미에서라면 사랑하고 있습니다."

"그렇다면 매키가 일을 도울 수 있도록 허락해 주십시오."

"나를 실업자로 만들 셈이오?"

"실업자가 될 염려는 없을 겁니다. 나는 그렇게 판단하는데요."

"그렇게 판단합니까?" 트레버는 산뜻한 방 안을 둘러보았다. "호머는 마음이 잘 변하는 사람입니다. 그리고 진심으로 나를 신용한 적이 한 번도 없습니다. 처남과 매부 사이란 서로 신뢰하지 못하는 법입니다. 그는 기회만 있으면 나를 이 자리에서 몰아 내려 하고 있소. 그것은 사실입니다. 자기는 경영 능력도 없으면서 말입니다."

"다른 일을 하시면 되잖습니까? 일은 달리 얼마든지 있지만, 휘비는 하나밖에 없습니다."

트레버는 입술을 깨물었다. 그것은 마음을 결정하기 위한 몸짓이었다. 드디어 마음이 정해졌다.

"그럼, 부디 매키와 함께 일하십시오. 비용은 호머가 내지 않는다면 내가 내겠습니다. 귀찮은 일이 생기면 내가 책임지지요."

14

만날 장소는 센트 프랜시스 호텔 1층의 '영국실'이었다. 가슴이 풍만한, 살갗이 거무스름하고 머리칼과 눈이 고동색인 백인 여종업원이 널빤지로 둘러싸인 안쪽 책상에 앉아 있는 사나이를 가리켰다. 그것은 마치 사원(寺院)의 안내자가 명물인 성자상(聖者像)을 가리키는 듯한 느낌이었다.

월리는 이미 50살에 가까운, 얼굴이 두루뭉실한 사나이로 결코 놀란 적이 없는 듯한 검은 눈을 지닌 사람이었다. 수염을 가늘게 꼬아 올리고 양복에 흰 카네이션을 꽂고 있었다. 어딘지 지배인 같은 풍채로, 자기 자신이 자랑스레 늘어놓는 말을 그대로 받아들인다면 여자에게 꽤나 인기가 있는 듯 했다.

나는 이 사나이에게 호감을 가지고 있다. 윌리는 물론 청렴결백하지는 않지만 그 자신의 빛으로 비추어 보면 꽤 정직한 사나이였다. 그렇다면 그 빛은 네온일지도 모른다. 내가 다가가자 윌리는 힘자랑을 하듯이 악수를 청해 왔다.

"여, 오랜만일세, 루. 자네, 로스앤젤레스의 정글에 영원히 묻혀 버렸나 했지."

"난 이따금 시골로 놀러 오는 것을 좋아한다네."

윌리는 나를 흘겨보았다. 만일 이 땅에 낙원이 있다면 그것은 바로 샌프란시스코라고 그는 늘 생각하고 있었다. 우리는 뛰어다니는 여종업원을 불러 식사를 주문했다. 여종업원은 윌리를 다정하게 부르며, 당신의 카네이션 향기를 맡고 싶다는 눈짓을 했다. 여종업원이 간 뒤 나는 말했다.

"실은 사건 때문에 여기 왔네."

"그렇겠지."

윌리는 흰 식탁 위에 더러운 팔꿈치를 짚고 밋밋한 얼굴을 내게 가까이 댔다.

"전화로 위철리라는 무서운 이름을 말했지. 무슨 일이 있었나, 위철리 집안에?"

나는 사건의 경과를 이야기했다.

"딸이 집을 나갔다……?"

"스스로 집을 나갔든가, 아니면 누군가에게 이끌려 나간 거겠지."

"유괴인가?"

"그렇지는 않은 것 같네. 두 달 동안 아무 연락도 없는 유괴란 있을 수 없거든."

"두 달이나 되었나, 없어진 지?"

나는 고개를 끄덕였다.

"위철리 씨는 항해를 하고 있었다네. 딸은 볼더 비치의 학교에 가 있었는데, 거의 독립된 생활을 했지. 아버지를 배웅하러 샌프란시스코에 왔다가 항구에서 어머니와 함께 택시를 타고 간 뒤부터 보이지 않는다네. 어머니란 위철리의 전 부인일세."

"응, 이혼했다고 신문에서 떠들어댔었지. 지금 뭣하고 있나, 그 여자는?"

"이혼 노이로제에 걸려 죽음이니 살인이니 하고 떠들어대면서 이 언저리를 헤매고 다닌다네. 그리고 위철리 씨에게도 노이로제 기미가 있어. 조금 아까 전화로 이야기를 했는데──이런 자료들을 이어 맞추어서 좋은 결과로 이끌기란 어려운 일이 아닐까?"

"그렇게 되지나 않을까 하고 작년부터 생각했었지. 그 집안 사람들은 서로 산산이 흩어지기 직전이었어. 왜 그 스위스에서 수입되고 있는, 조금만 두드려도 금방 부서지는 초콜릿 과자 있잖아."

"문제는 누가 휘비를 두드렸느냐는 걸세."

"그래, 마지막으로 어머니와 함께 있었단 말이지? 어머니는 뭐라던가?"

"이치에 맞는 말은 한 마디도 하지를 않아. 그녀는 틀림없이 머리가 돈 것처럼 보이네. 내 진단이 틀림없어."

"자네는 의사 면허를 취소당하지 않았던가. 그래, 그 택시는 찾아봤나?"

"지금 찾고 있는 중일세. 자네가 좀 도와 줘야겠어."

윌리는 시치미를 떼는 듯한 눈초리가 되었다. 술이 나오고, 우리는 주량을 견주듯이 서로 노려보며 마셨다. 윌리는 반으로 줄어든 술잔을 내려놓았다.

"휘비 양이 죽었다고 생각하나?"

"그렇게 생각하고 싶지는 않은데, 아무래도 불길한 예감이 드는군."

"타살인가, 자살인가?"

"자살은 아닐 걸세."

"그 가능성도 생각해 보는 게 좋을 거야" 하고 윌리는 생각하며 말했다. "그 애는 엉뚱한 데가 있다고 해야 할까. 꼭 한 번 5분쯤 만났을 뿐인데, 나는 아찔했다네. 금방 나를 설득시키려 들거나 꽥 소리지르고 방에서 뛰어나갈 것 같은 느낌이었지. 초점이 잘못 맞았어. 알겠나?"

"모르겠는데, 좀더 자세히 말해 보게."

"요컨대 자기의 남아 돌아가는 섹스를 어떻게 처리해야 좋을지를 모르는 거야. 남아도는 섹스와 남아도는 트러블이지. 나의 관찰에 따르면, 그 애의 어린 시절은 불행했던 모양이야. 어머니는 그 애를 기를 자격이 없었어. 딸과 같은 부류의 여자니까. 섹스 히스테리지. 그런 여자들은 자기가 자기에게 무슨 짓을 할지 알 수 없거든."

"또는 남에게서 무슨 짓을 당할지도 알 수가 없겠지."

"자네는 살인이라고 생각하고 있군" 하고 윌리가 말했다.

"처음에는 그렇게 생각하지 않았지만, 지금은 그렇게 생각하네."

"왜 생각이 바뀌었지?"

"살인이 또 한 건 있었기 때문일세. 어제 페닌슐러에서 살인 사건이 있었다네."

"부동산업자 벤 메리만 살인 사건 말인가?"

"이미 알고 있군."

"어제 페닌슐러에서 살인 사건이 한 건 밖에 없었거든. 평화로운 하루였지." 윌리는 빙그레 웃었다. "그건 그렇고, 산 마테오의 재판소 친구에게서 들었는데, 당국은 캐서린 위철리의 거처에 관심이 있는 모양이야. 만약 자네가 안다면……. "

"몰라. 그것도 내 고민거리의 하나지. 어젯밤 새크라멘토에서 그녀와 이야기를 했었는데, 그녀의 친구에게 쇠 타이어로 얻어맞았어. 정신이 들었을 때는 둘 다 사라진 뒤였다네. "

"난 또 왜 붕대를 감았나 했지. "

"상처는 대단치 않다네. 아무튼 우리는 캐서린 위철리를 붙잡아야 해. "

"우리 ? "

"나는 이 사건에 자네의 힘을 빌려야겠어. 자네에게 광범위한 수사망이 있지만 나에겐 그게 없어. "

윌리는 슬픈 듯한 얼굴이 되었다.

"안됐는데, 루. 나는 지금 다른 사건으로 바빠. "

"작년에 자네와 위철리 사이에 무슨 일이 있었나 ? "

윌리는 어깨를 움츠리고 나서 잔을 비웠다.

"자네는 위철리를 싫어하는 게로군 ? "

"아니, 좋아. 그런 타입이 좋아. 머릿속은 온통 돈 생각으로 가득 차 있어. 더욱이 악랄한 방법을 쓰거든. 그런 제멋대로의 부자란…… 나는 골탕을 먹은 셈이지. "

윌리의 이야기에 열기가 더해졌다. 눈동자는 곧잘 검게 되고 코는 하얘졌다.

"그 녀석은 하수인을 시켜 내 증거물을 빼앗았네. 후버라는 재미도 없는 보안관을 보내서 말이야. "

"그 증거물이 뭔데 ? "

"나에게 조사를 부탁한 편지였지. 나는 직접 메도 팜스까지 가서 사나흘씩 걸려 조사했네. 조금만 더 있으면 진상을 캐내려던 참인데, 깨끗이 잘린 거야. "

"왜?"

"들어 보게나, 잠자코. 자넨 귀여움을 받고 있나?"

"잘린 이유는 자네도 짐작이 가겠지?" 내가 물었다.

"그렇고말고. 요컨대 내가 그 가정 문제에 너무 깊이 파고들었기 때문일세. 편지를 낸 장본인이 집 안에 있는 징조가 있어서였지. 아니, 징조 정도가 아냐. 확실한 증거가 있었다네. 모든 게 내가 위철리의 말을 곧이곧대로 받아들이고 동정하게 된 것이 잘못이었지. 그런 사건은 우체국에나 맡겨 두었으면 좋았을걸. 그랬다면 이번 사건은 처음부터 일어나지 않았을지도 모르지."

"무슨 이야기인지 잘 모르겠는걸."

"자넨 몰라도 되네. 결국 나는 호머 위철리나 그 집 사건에는 관여하고 싶지 않다는 이야기야."

스테이크가 나왔다. 나는 식사가 끝날 때까지 설득하는 일을 중단하기로 했다. 그러나 배불리 먹고 나서도 윌리의 의지는 강했다.

"아니, 그만두겠어. 정말 바쁘다니까. 바쁘지 않다 해도 위철리의 일을 다시 한다는 건 질색이야. 하지만 친구된 의리로 이것만은 도와 주지. 내 수사망에 일단 그 아가씨의 인상서를 돌려 두겠어. 죽었든 살았든 찾으면 보고하라고 말이야."

"그것만으로도 큰 도움이 되겠네."

"그 밖에 다른 부탁이라도 있나?"

"문제의 편지 사본인데, 그게 있으면……."

"도덕적으로 용납되지 않는 일인데." 윌리는 나를 괴롭혔다. "그러나 위철리는 도덕적이 아니니까 상관 없겠지. 그럼, 내 사무실로 가세. 서류철 속에 있을 거야."

기알리 거리의 낡은 건물 2층에 있는 네 칸인가 다섯 칸이 이어진 사무실까지 우리는 걸어서 갔다. 윌리의 거처는 페르시아 양탄자와 낡은 마호가니 가구와 한 대의 침대 의자를 갖춘 큰방이었다.

수배자의 몽타주와 사진이 스카치 테이프로 벽에 붙어 있었다. 방 한구석 유리 상자 속에 권총과 칼, 곤봉과 사슬이 늘어져 있고, 그 옆에 냉수기(冷水器)가 있고, 반대쪽에는 철제 캐비닛이 벽 전체를 차지하고 있었다.

윌리는 W라고 써 있는 서랍을 열고 그 속을 한참 뒤적거리더니, 서류를 꺼내어 알맹이를 책상 위에 펼쳤다.

"이걸세, 위철리가 처음으로 보낸 편지는."

나는 그것을 집어 들고 읽었다. '위철리 토지 개발 주식회사'라고 적힌 괘지에 정연하게 타자기로 친 편지였다. 내용은 간단하면서도 잘된 문구였다.

친애하는 매키 씨.

우리 회사의 샌프란시스코 지사에서 당신이 유능하고 신중한 사립 탐정이라는 이야기를 들었습니다. 저는 지금 그런 사립 탐정이 필요합니다. 지난 주일에 저의 집에 모르는 사람으로부터 놀라운 내용의 편지가 두 통 날아들었습니다. 그 인물은 분명히 변절자이고, 아주 위험한 인물일 것입니다. 그 인물의 정체를 밝혀 내고 싶습니다.

이 사건을 맡아 주실 시간이 있으시다면 부디 전화로 저에게 연락해 주시기 바랍니다. 이 곳까지 비행기로 와 주실 수 있도록 절차를 밟겠습니다. 이 사건은 경찰 당국이나 신문사는 물론이고 다른 어떤 제3자에게도 비밀로 해 주시기 바랍니다.

사장 호머 위철리

서명은 꼬불꼬불 굽은 뱀 모양의 글씨로 되어 있었다.

"그 곳에 갔더니 이 두 통의 편지를 주더군" 하고 윌리가 말했다. "복사해 두었지. 위철리에게는 이 사실을 말하지 말게나. 무엇이든 복사를 해 두는 것이 내 주의야."

윌리는 얄팍한 노란 종이에 복사한 두 통의 편지를 나에게 넘겨 주었다. 두 통 모두 날짜와 머리글이 없었다. 나는 윌리의 책상에 앉아 먼저 한 통을 읽었다.

명심하라. 당신들의 죄는 보답을 받을 것이다. 소돔의 고사(故事)를 상기하라. 길거리의 개들이나 하는 것과 같은 섹스가 용서되리라고 생각하는가. 상기하라. 죄는 손자나 증손 대에까지 보답을 받는 것이다. 당신들에게 자식이 있는 것을 생각하라.

이대로 모르는 척 할 생각이라면 내가 억지로라도 상기시켜 주리라. 당신들이 진흙탕 속으로 가라앉아 가는 것을 지켜보기보다는 때와 장소를 골라 당신들에게 물러가라고 할 것이다. 눈물이 흐르고 이를 가는 소리가 들리게 될 것이다. 명심하라.

? 당신들의 벗으로부터

그리고 또 한 통의 편지——

경고의 편지는 이미 보냈다. 이것이 마지막 경고다.

당신들의 집은 악으로 물들었다. 아내이고 어미인 여자는 창녀다. 남편이고 아비인 사나이는 아내를 빼앗긴 가엾은 사나이다. 당신들이 악을 씻어 버리지 않더라도 악은 씻어질 것이다. 질투와 분노의 신을 대신해서 나는 이렇게 말한다. 신과 나는 당신을 지켜보고 있다.

? 당신들의 벗으로부터

"재미있는 문장이군" 하고 나는 말했다.

"이 '아내를 빼앗긴 가엾은 사나이'라는 대목에 대해서 위철리는 뭐라고 하던가?"

"묻지 않았네. 개인적인 질문은 아예 할 수 없었거든. 다만 협박장을 쓴 사람을 밝혀 내어 편지를 더 이상 쓰지 못하게 하라는 거야. 그런데 이쪽에서 모처럼 열심히 나서니까 그만두라지 뭔가."

"어떤 점에서 열심히 나섰나?"

"어떤 점인지 벌써 잊었는데."

"거짓말 말게. 자네가 그렇게 쉽게 잊을 사람인가. 집 안에 범인이 있는 것 같았다는 말을 했지 않나."

"그런 말을 했던가?"

윌리는 책상 끝에 걸터앉아 뾰족한 발끝으로 나를 걷어찼다.

"자네를 싸움에 끌어들이고 싶지 않은 마음에서야."

"괜찮으니 가르쳐 주게."

"귀찮은 일이 생겨도 난 모르네. 그럼, 다시 한 번 그 편지를 잘 읽어보게. 위철리의 편지와 그 두 통을 말이야. 내용을 읽지 말고 물리적인 면을 비교 검토해 보게."

나는 세 통의 편지를 서로 견주어 보았다. 위철리가 매키에게 보낸 편지는 상업학교에서 가르치는 대로 정연히 공간을 비우고 가지런히 타이핑되어 있었다.

'당신들의 벗'에게서 온 편지는 초보자가 타이핑한 것처럼 보기에도 엉성한 솜씨였다. 그러나 세 통 모두 같은 타자기로 친 것처럼 보였다.

"같은 타자기로군" 하고 나는 말했다. "활자가 닳은 것이며 다른 특징에 공통되는 점이 있네. 예를 들면 e자가 행에서 어긋나 있지 않나. 타자기 감정사가 이것에 대해 뭐라고 말할는지 알아보고 싶은데."

"나도 알고 싶었다네, 루. 위철리 씨의 편지와 협박장 두 통은 틀림없이 같은 타자기로 친 것이었다네. 전쟁 전의 로열형이지."

"타자기 소유자는?"

"그걸 조사하려다가 잘렸어. 위철리 씨 가까이에 있는 어느 타자기인 것은 의심할 여지가 없었네. 자택과 회사의 모든 타자기를 조사하게 해 달라고 요청했었지. 그런데 조사하게 해 주지 않았어. 아마도 조사 받고 싶지 않은 까닭이 있었겠지만."

"위철리 씨 자신이 쓴 편지일까?"

"그렇게도 생각되네. 내게 보낸 편지에는 비서가 타이핑하고──그것은 분명 사무직에 있는 사람이 타이핑한 걸 거야──협박장은 위철리 씨 자신이 썼다고 말이야. 겉봉에 받는 사람 이름이 '위철리 집안 사람들에게'로 되어 있으며, 가족 가운데 어떤 특정 인물이 아니라는 데 유의해 주게. 자기 집에 일부러 풍파를 일으켜 부인이 견디다 못해 고백하도록 공작한 것이 아닐까? 바보 같은 이야기지만, 이보다 더 바보스러운 일을 나는 얼마든지 보고 들었으니까 말일세."

"편지에 써 있는 내용은 사실인 것 같나?"

"글쎄…… 캐서린 위철리는 그 나이의 여자로서는 썩 괜찮은 편이야. 누가 꾸민 일인지는 모르나 그 집의 짐승들을 휘저어 놓는 시도로서는 멋들어지게 성공했다고 보아야 하겠지. 어쨌든 캐서린 부인은 이혼 당하지 않았나."

나는 다시 한 번 편지를 보았다.

"자네는 이것을 정식 협박장이라고 보지 않는 모양이로구먼. 그러나 나는 협박장이라고 생각하네. 편집광과 정의감이 뒤섞인 점이 기분 나쁘지 않은가. 살인광에게 흔히 있는 특징일세."

"나도 그렇게 생각하네. 교회의 목사 같은 느낌도 역시 조금은 들고 말일세" 하고 윌리는 심술궂게 덧붙였다.

"아무튼 자네의 이야기는 내가 만나 본 위철리 씨의 인상과 맞지 않네" 하고 나는 말했다.

"나도 그렇게 생각하네. 그러나 미친 사람 시늉을 하여 쓴 게 아닐까? 누가 썼든 가짜 냄새가 조금은 풍기는 것 같아. 문장이 너무 거창하지 않은가."

"위철리 씨는 그만큼 재치 있는 인물이 못 되네."

"그건 그렇고" 하며 윌리는 시계를 들여다보았다. "쫓아내는 것 같아서 안됐지만, 루……."

나는 일어섰다.

"이 편지 사본들을 빌려 주게."

"그러게나, 내겐 어차피 필요 없으니까. 위철리 씨에 대한 거라면 뭐든지 가져가도 좋아."

나는 비둘기를 쫓으며 고갯길을 올라 유니언 스퀘어로 나섰다. 거기서 비로소 행운이라고 할 수 있는 것과 마주쳤던 것이다.

15

말가죽 재킷을 입고 챙이 달린 모자를 쓴, 키가 작고 어깨가 넓은 남자가 호텔 앞 복도에서 배차 담당 노인과 이야기하고 있었다. 남자는 나를 보더니 싱글벙글하면서 다가왔다. 턱 옆에 흉터가 있어 이중 턱처럼 보였다.

"나한테 볼일이 있다는 분이 당신입니까?"

"당신이 가리발디요?"

"초등학교 때부터 그런 별명이 붙었지요. 주제폐 가리발디가 내 이상 인물이거든요."

사나이는 소리 내어 웃으며, 씩씩한 영웅의 모습을 제스처로 공중에 그려 보였다.

"본명은 가롤리니. 닉 가롤리니입니다."

"나는 루 아처."

"처음 뵙습니다, 루." 남자는 쾌활하게 말하며 운전용 장갑을 벗더니 나와 악수했다. 코가 크고 귀도 큰 사람이었다. 검은 눈이 어떤 종류의 동물 또는 새처럼 매서우면서도 순해 보였다.

"뭐, 난처한 일이라도 있습니까?"

"아가씨가 행방불명되어서요."

"걱정되시겠군요. 차 안에서 이야기해 주십시오."

남자의 차는 줄의 맨 끝에 있었다. 우리는 함께 뒷좌석에 올라앉아서 담배에 불을 붙였다.

"나리의 따님인가요?" 그는 물었다. "아니면 친구분의 따님인가요?"

"친구의 딸이요. 2개월 전에 당신이 그 딸과 아버지를 태우고 항구까지 갔었지요. 아버지는 프레지던트 잭슨 호를 타고 떠나는 참이었소. 딸은 당신을 기다리게 하고는 잭슨 호 위로 올라갔소."

나는 휘비의 사진을 꺼내 보였다.

사나이의 목소리가 흐려졌다.

"기억하고 있습니다."

"아, 잘됐군. 그래, 그 뒤에 어떻게 됐소?"

"어떻게도 되지 않았습니다, 그 날은요. 시키는 대로, 그러니까 한 시간 가까이나 기다렸었나? 그런데 해상 경찰관과 그 부인과 함께 아가씨가 왔지요. 아가씨는 부인을 어머니라고 부르더군요."

"딸과 어머니는 사이가 좋았나요?"

"글쎄, 보통이었어요." 사나이는 자신 있는 듯이 끄덕였다. "돌아가는 도중에 조금 다투기는 했습니다만, 별다른 일은 없었습니다. 아가씨는 자기 차를 어디다 둔 모양이었는데, 어머니가 그 차를 타고 페닌슐러의 집으로 돌아가고 싶다고 하더군요. 내가 어떻게 그런 것을 기억하고 있느냐 하면, 실은 우리 집도 그 방향이었기 때문이지요. 방 세 칸짜리 집으로 그저 살 만합니다. 노스비치의 풍기가 나빠져 마누라가 차라리 이사를 하자고 해서 옮겨 왔지요."

그렇게 말하고 사나이는 자랑스러운 듯이 웃었다.

"아가씨는 뭐라고 하던가요?"

"남자친구와 데이트 약속이 있기 때문에 어머니를 배웅해 드릴 수 없다고 했습니다. 남자친구가 누구냐고 어머니는 묻더군요. 아가씨는 가르쳐 주지 않았어요. 그래서 다투었지요."

"어머니가 화를 냈겠군요?"

"네, 그 부인은 조금 취한 것 같았습니다. 자꾸만 남편한테 학대받는다고 불평하더군요. 그러니까 아가씨는 '그렇지 않아요. 나는 어머니를 사랑하고 있어요' 하고 매우 똑똑하고 듣기 좋은 목소리로 말했지요." 사나이의 목소리는 더욱 흐려지고 눈의 표정도 그에 따라 가라앉았다. "내게도 그 나이 또래인 딸이 있습니다. 그래서 노스비치에서 옮겨 왔답니다."

나는 그에게 다그쳐 물었다.

"그래, 어디까지 태우고 갔지요?"

"아가씨는 이 센트 프랜시스 호텔에 내려놓았습니다. 그리고 어머니는 사잔 퍼시픽 철도 역까지 가셨습니다."

"아가씨는 호텔로 들어갔나요?"

"그랬을 거라고 생각합니다만, 정확히는 모르겠습니다."

"데이트 하는 남자친구 이야기는 하지 않았소?"

"그렇습니다. 그 이야기만 나오면 아가씨는 말이 없어지더군요. 어머니는 그것이 또 마음에 안 드는지 한참 투덜거렸는데, 아가씨가 나중에 만나러 가겠다고 하자 겨우 조용해졌지요."

"언제 만나러 간다고 했소?"

"그 날 밤이라고 했던 것 같은데요." 가롤리니는 담배 연기를 훅 뿜어 내며 내 얼굴을 훔쳐보았다. "나는 기억력은 좋은 편이지만, 전자 두뇌가 아니니까요. 그 어머니에게 직접 물어 보는 게 어떻습니까? 그게 가장 빠르지 않겠습니까?"

"어머니라는 사람이 말을 해 주지 않소."

"자기 딸을 찾는 데 협력해 주지 않는다는 말입니까? 기가 막힌 어머니로군. 어쩐지 이야기의 상황이 심각하다고 생각했지요. 이야기의 내용을 기억하고 있는 것도 그 때문입니다."

"다른 이유는?"

가롤리니는 잠시 입을 다물었다. 담배를 비벼 끄고 재킷 가슴에 달린 주머니에 꽁초를 넣었다. 그러더니 갑자기 내 무릎을 잡았다.

"당신은 경찰이신가요?"

"예전에는 그랬소. 그러나 지금은 개인으로 일하고 있소."

"그 아가씨가 무슨 짓을 하고 도망쳤나요? 그래서 뒤쫓고 있는 겁니까?"

"그렇다면 오죽이나 좋겠소만, 아가씨의 아버지한테 고용되어 살았든지 죽었든지 아가씨를 찾아 내야만 하오. 출항 날 이후로 지금까지 행방불명이오."

"그건 좀 잘못된 것 같은데요."

무언지 나로서는 잘 알 수 없는 정감이 사나이의 말을 여성스럽게 만들었다.

"1주일인가 열흘쯤 뒤에 그 아가씨와 또 만난걸요. 열흘이 되었었나?"

나는 자세를 바로했다.

"어디서?"

"밤중의 거리에서요. 그 때는 야근을 했지요. 11시 비행기를 탈 손님을 공항까지 태워다 주고 돌아오는 길에 속력을 내어 달렸습죠. 브로드웨이의 육교를 지나치다가 얼른 보니까 그 아가씨가 서 있었어요. 마침 비가 마구 쏟아졌어요. 아가씨는 육교 난간 옆에 멍하니 서 있더군요. 차의 불빛이 그 아가씨를 비췄기 때문에 알았지, 그렇지 않았으면 그냥 지나쳐 버렸을지도 모릅니다. 어째서인지는 모르지만 육교에서 뛰어내리지나 않을까 싶은 생각이 문득 들어서 ……."

센트 프랜시스 호텔의 현관지기가 택시에 신호를 했다. 앞에 선 차의 줄이 움직이기 시작했다. 가롤리니는 밖으로 나가 앞 운전석으로 옮기려고 몸을 움직였다.

"기다려 주시오" 하고 나는 말했다. "내가 대기 요금을 치르겠소. 똑같은 아가씨였다면 중대한 이야기요."

나는 휘비의 사진을 꺼내 보였다.

"이 아가씨였소?"

사나이는 사진을 제대로 보지도 않았다.

"틀림없습니다. 차에 태워 주었고, 이야기도 했었으니까요." 그리고 오해를 받으면 난처하다는 듯이 손을 움직이며 덧붙여 말했다.

"처음부터 금방 그 아가씨인 줄 알았던 것은 아닙니다. 앗, 본 적이 있는 아가씨다 싶어 우리 애의 친구인가 하고 차를 돌려 되돌아갔지요. 아가씨는 비옷도 입지 않고 흠뻑 젖어 머리를 흐뜨린 채서 있었습니다. 그리고 아가씨가 입을 열기에 비로소 요전번의 그 아가씨라는 것을 알았지요. 나는 다른 사람의 목소리를 잘 외는 편이라서요."

사나이는 손톱이 더러워진 손으로 자기 귀를 가리켰다.

"아가씨는 뭐라고 말했지요?"

"돈이 없어서 택시를 탈 수 없다고 하더군요. 그래서 난 멀리 가지 않는다면 그냥 태워다 주겠다고 했지요. 물론 그런 것은 규칙 위반 이지만 비에 흠뻑 젖어 그런 상태가 된 아가씨를 내버려 둘 수도 없고 해서."

"그런 상태라니?"

"어쨌든 심한 상태였어요." 사나이는 감정을 담아서 말했다. "뭐랄까, 제 정신이 아니었지요. 건달들이 덮치기라도 한다면 큰일 아니겠습니까? 육교에서 뛰어내리지 않더라도 말입니다."

"제정신이 아니었다면?"

"말과 행동이 모두 말입니다. 어쨌든 차에 태웠습니다. 내가 밀어 넣듯이 해서요."

앉은 채, 한 손으로 어깨를 안는 시늉을 하며 사나이는 그 정경을 묘사했다.

"어디로 가겠느냐고 물으니까, 이 세상 밖으로 가고 싶다고 하더군요. 정말 그렇게 말했지요. 이 세상 밖으로 가고 싶다구요." 가롤리니는 화난 듯이 머리를 흔들었다. "'이 차는 제트기가 아니오'라고 나는 말했지요. 아가씨는 웃지도 않았어요. 그래서 나는 이런 빗속을 빈들거리며 다니지 말고 일찍 집으로 돌아가서 자야 한다고 말했지요. 그랬더니 이번에는 웃더군요. '집이 어디죠?' 하고는 깔깔 웃는 거예요. 기분 나쁜 웃음소리였지요. 어쨌든 여러 가지를 물어 보는 동안에 우드사이드에 친척이 있다는 걸 알았습니다. 우드사이드는 좀 멀었지만 하는 수 없었지요. 데려다 주겠다고 말했습니다. 그랬더니 아가씨는 손목시계를 내놓았지요. 작은 금시계였어요. 그것을 요금 대신 받아 두라는 거였습니다. 나는 '농담 마시오. 손목시계 같은 건 필요없소'라고 말했지요. 그랬더니 이번에는 우드사이드로 가고 싶지 않다는 거였어요. 아주머니를 만나고 싶지 않다, 잘 모르지만 미움을 받고 있느니 어쩌니 했어요."

"아가씨가 아주머니한테 미움을 받고 있다고 말했어요?"

"그렇게 말하더군요. 아주머니의 이름을 물었지만 아가씨는 이름을 대지 않았습니다. 자기 이름도 말하지 않고. 그래서 나도 난처해져 어머니는 어떻게 됐느냐고 물었지요. 그랬더니 갑자기 축 늘어지는 것처럼 되어 가지고 역시 아파트로 돌아가겠다고 하더군요. 그래서 가자는 데까지 데려다 주었지요. 2마일쯤 되는 아주 가까운 곳이었습니다." 사나이는 쓴웃음을 지었다. "뭐, 별로 아름다운 이야기는 아니지만 좋은 일을 했다고 생각합니다."

나는 위철리 대신 5달러를 주었다.

"이것이 그 요금이오."

기쁨과 어리둥절함의 두 가지 표정이 사나이 얼굴 위에 떠올랐다. 그러나 어리둥절한 표정이 더 역력했다.

"아니, 돈을 받으려고 말한 것은 아닙니다. 그런 경우 누구든지 해야 할 일을 했을 뿐이지요."

"받아 두시오. 아직 이야기가 끝난 것은 아니니까."

이것은 서투른 대사였다. 사나이 눈 속에 공포의 빛이 어렸다.

"내가 그 아가씨에게 무슨 나쁜 짓이라도 했다고 생각하십니까?"

"아니, 이야기를 계속 듣고 싶을 뿐이오. 끝까지 말이오."

아직 공포의 빛을 눈동자에 남긴 채 사나이는 말했다.

"이제 모두 이야기했습니다. 아파트 입구까지 가서 아가씨는 안으로 들어갔습니다. 차에서 내릴 때 또 시계를 주겠다는 것을 당신의 시계를 빼앗을 수는 없다고 하며 받지 않았지요."

그리고 일종의 충동적인 순수함으로 사나이는 덧붙여 말했다.

"그리고 그런 짓을 하면 대개 이튿날 경찰이나 뭐가 나타나 기름을 짜게 되니까요. 그 아가씨는 좀 위험한 느낌이 들었어요. 젊은 여자아이에게 그런 말을 하고 싶지는 않지만, 그 아가씨는 처음 만났을 때와 아주 느낌이 다르더군요. 고갯길로 곧장 떨어져 버린 느낌이었어요."

"1주일이나 열흘 사이에 말이오?"

"하룻밤 동안에 떨어지는 일도 흔히 있잖습니까?"

"그 아파트는 어떤 느낌이었지요?"

"특별히 색다른 점은 없었어요. 카미노 리알의 산 마테오 쪽으로 훨씬 더 가까운 곳에 있는 낡은 아파트였습니다."

"실제로 보여 주면 좋겠구료."

그 아파트는 2층의 회칠한 건물로, 마치 오래 된 케이크의 빨간 설탕옷처럼 지붕 끝에 장식 타일이 나란히 박혀 있었다. 새하얀 색이었던 정면은 때묻고, 2층 발코니의 철로 된 난간은 녹이 슬었다. 그 난간 때문에 건물 전체가 동물 우리처럼 썰렁한 느낌이었다.

가롤리니는 길을 사이에 두고 아파트 앞에 차를 세웠다. 나는 바로 그 뒤에 차를 세우고 가롤리니의 차창에 얼굴을 들이밀었다.

"이 건물이 틀림없소?"

사나이는 그 보잘것없는 아파트를 매료된 것처럼 바라보며 말했다.

"네, 특별히 잘 외어 두었으니까 틀림없습니다."

"왜, 또 올 작정이었소?"

"그렇지요. 요금을 받으러 와야 할 테니까요."

"현금으로, 아니면 다른 것으로?"

"그게 무슨 뜻이지요?"

사나이의 인격 전체가 갑자기 나에게서 멀어져 갔다. 얼굴만은 제자리에 남아 있었으나, 이미 아무런 표정도 없는 얼굴이었다.

"나를 귀찮은 일에 관련지으려는 겁니까? 나는 아무 일도 하지 않았어요, 그 아가씨에게. 이런 곳까지 끌고 와서 내 목에 올가미를 씌울 생각인가요?"

이것은 재미있는 질문이었다. 살인범이나 성범죄자가 흔히 이런 질문을 하는 법이다. 그런 패들의 목은 밧줄을 동경한다. 목을 밧줄의 고리에 꿰고 싶어 어쩔 줄 몰라하는 것이다. 나는 가롤리니에게 올가미를 조금 제공했다.

"아가씨의 방은 어디요?"

"이층의 맨 끝" 하고 말을 하다가 사나이는 갑자기 입을 다물었다.

"함께 방까지 갔었소?"

볼의 살이 떨릴 만큼 사나이는 크게 고개를 저었다.

"그럼, 어떻게 이층 맨 끝방이라는 것을 아오?"

사나이의 눈이 작아지고 어려운 일을 당할 때처럼 코 끝이 양쪽으로 당겨졌다.

"그래요, 함께 방에까지 갔습니다. 그 아가씨가 '와 달라고' 해서요. 혼자 방에 들어가기가 무섭다고 했습니다."

"뭐가 무섭다고?"

"뭐가 무섭다고 하지는 않았어요, 어쨌든 온몸이 흠뻑 젖어 벌벌 떨고 있었으니까요. 그대로 내버려 두고 돌아갈 수도 없잖습니까? 하는 수 없이 젖은 옷을 벗는 걸 돕고 있으려니, 정신을 잃은 것처럼 푹 쓰러져 기대더군요."

"아가씨가 술을 마셨던가요?"

"나와 함께 있는 동안에는 안 마셨어요, 수면제나 뭐 그런 것이 아니었을까요? 어쨌든 축 늘어져 버렸지요, 그래서 침대에 눕혔습니다."

"당신은 손님에게 늘 그렇게 친절하오?"

"그런 일은 전에도 있었지요. 어째서 그렇게 심술궂은 말을 듣지 않으면 안되는 겁니까? 아무 나쁜 짓도 하지 않았는데."

사나이는 엄지손가락의 손톱을 자꾸만 깨물며 주먹 위로 한심하다는 듯이 내 얼굴을 보았다.

"나도 그만한 나이의 딸이 있는 몸입니다. 어쨌든 나쁜 짓을 하고 싶어도 그럴 기회가 없었지요. 하려고 하지도 않았지만 말이오. 바로 그 때 한 사나이가 들어왔습니다."

"누구요, 그 사나이란?"

"금발의 사나이였어요. 처음엔 동거하는 상대인가 했지요. 남편인 체하기에."

"그 남자가 들어와서 어떻게 했소?"

"나더러 이 자식, 빨리 없어져 버리라고 하더군요."

"인상을 기억하고 있소?"

"네, 머리는 금발이고, 키는 나쯤 되며, 턱수염을 조금 기르고 있었고, 조금 튀어나온 듯한 파란 눈이었지요. 정말 거만하고 기분 나쁜 녀석이었지만 어쩔 수 없어서 그냥 도망쳐 나와 버렸습니다."

16

화가 잔뜩 난 가롤리니를 운전석에 남겨 두고 나는 길을 건넜다. 입구 곁 녹청색 금속판에 '콘퀴스터도(정복자라는 뜻의 스페인 어)'라는 아파트 이름이 써 있었다. 그 간판 아래에 '방 있음'이라고 쓴 너덜너덜해진 두터운 종이가 핀으로 꽂혀 있었다.

입구를 들어서니 벽에 놋쇠 우편함이 죽 늘어서 있었다. 함 하나하나마다 소유자의 이름이 써 있었는데, 아는 이름은 하나도 없었다. 1호실 우편함에는 녹색 잉크로 관리인 알렉 가스톤이라고 써 있었다. 나는 그 상자 위의 단추를 눌렀다.

조금 떨어진 곳에서 벨이 울렸다. 1호실의 문은 왼쪽 맨 끝에 있었고, 그 옆에 2층으로 올라가는 층계가 있었다. 홀의 공기는 싸늘하고 답답했다.

문 안쪽에서 여자의 목소리가 들려 왔다.

"무슨 일이지요?"

"방을 보고 싶습니다."

문이 열렸다. 머리숱이 적고 눈이 큰 부인이 어두컴컴한 방 안에서 나를 보았다.

"주인이 안 계시는데요, 나중에 다시 와 주시겠어요?"

"그거 곤란한데요, 시간이 없어서요, 지나가는 길에 방이 있다는 글장을 보고 들어왔는데."

"하지만 전 옷도 단정히 입지 않았고……."

부인은 가슴 언저리를 아무렇게나 여민 분홍빛 실내복을 내려다보았다. 실내복 위로 파리한 살갗이 아주 뚜렷이 비쳤다.

"이번 겨울에는 아무래도 몸이 좋지 않아서요."

잘 보니 과연 오래 앓고 있었던 것 같았다. 자기 육체에 배신당한 사람에게 반드시 따라다니는 지나친 의심이 그 흐릿한 눈에 나타나 있었다. 관자놀이와 움푹 팬 눈동자가 눈 내린 들판에 어리는 그림자처럼 날카로운 청색이다. 그런 나이도 아닌데 입가에는 주름이 잡히기 시작했다.

"그거 참 안됐습니다."

값싼 동정의 말이었는데, 여자는 갑자기 기운을 차렸다.

"아니, 그리 심한 병은 아니에요, 잠깐 기다려 주세요, 뭐든지 옷을 걸치고 방을 보여 드릴 테니까요, 아무튼 층계는 오를 수 있을 거예요."

"비어 있는 방은 2층입니까?"

"네, 아래층이 좋으세요? 하지만 2층이 여러모로 좋아요. 밝고 통풍도 잘 되지요. 특히 맨 끝방이니까."

"2층의 맨 끝방입니까?"

"네, 그곳에 있는 가구며 그 밖의 것도 이 아파트에서는 가장 고급품이지요. 방값은 다른 방과 마찬가지예요."

"방값은 얼마입니까?"

"1년 계약으로 한 달에 175달러예요. 전에 계시던 분도 역시 1년 계약으로, 마침 작년 연말에 계약이 끝났지요. 그 때 고급 가구들을 많이 두고 가셨으므로 나중에 드시는 분은 이득을 보게 되지요."

"어째서 가구를 두고 갔습니까? 방값이 밀렸나요?"

"아니오, 그렇지는 않아요."

"그저 농담삼아 해 본 말입니다. 사실은 전에 들어 있던 분과 아는 사이 같습니다."

요 24시간 동안에 우리 사이는 깊어졌다고 할 수 있겠지.

"스미스 부인을 아세요?"

"틀림없이 같은 아가씨라고 생각합니다. 내가 생각하고 있는 사람과 그 방에 들었던 사람은."

"'아가씨'라고 할 수는 없어요. 저만큼 나이 든 분이었습니다."

여자는 빛바랜 머리를 매만지면서 거울을 들여다보듯 기대를 담고서 내 눈을 바라보았다. 내 표정을 깨닫자 끈질기게 주장했다.

"틀림없이 제 나이 정도였어요. 화장을 짙게 하고 머리를 물들여 열심히 감추고 있었지만."

병 탓인지 여자의 반응은 자기 중심이어서 답답했다. 나는 결심하고 휘비의 사진을 내보였다. 여자는 집게손가락으로 그 사진을 받아들었다.

"이분은 스미스 부인이 아니에요. 스미스 부인의 따님이지요. 지난 해 가을에 이 아가씨가 잠시 동안 방을 쓰고 있었어요."

"나도 그 때 일을 말한 것입니다."

여자의 눈가에 당황하는 빛이 스쳤다. 그것은 곧 걱정스러운 표정으로 바뀌었다.

"그 아가씨는 건강하겠지요? 난 어쩐지 걱정이 되었어요."

"어째서입니까?"

"까닭은 모르겠어요. 젊은 아가씨인데. 몹시 슬프고 고민이 있는 듯한 모습이었어요. 정말 내가 할 수 있는 일이라면 무엇이든지 해 드리고 싶었지만, 마침 그 무렵 병이 악화돼서……."

"그것은 언제쯤입니까?"

"작년 11월 첫무렵이었어요. 그 아가씨는 이제 건강하겠지요?"

"요즈음에는 만나지 못했습니다. 이 곳을 떠난 것은 언제쯤이었습니까?"

"글쎄요, 한두 주일밖에 안 있었으니까……잘 기억이 안 나는군요."

"그 뒤의 주소를 남겨 두고 갔습니까?"

"글쎄요, 난 모르겠어요. 주인이 알고 있을지도 몰라요. 그 아가씨가 나갈 때 난 마침 입원하고 있었으니까요. 방은 그 뒤 죽 비어 있었어요."

"보여 주시겠습니까?"

"네, 보여 드리지요. 저, 뭐라도 좀 입어야겠어요." 여자는 멍하니 실내복의 가슴 언저리를 잡아당기며 물었다. "개나 아이들은 없겠지요? 개나 아이가 있으면 곤란한데요."

"아니, 혼자입니다" 하고 나는 말했다. "열쇠를 빌려 주시면 내가 혼자 올라가 보겠습니다."

"그게 좋겠군요."

여자는 슬리퍼 소리를 내며 조용히 안으로 들어갔다. 나는 열어 젖힌 문 안을 들여다보았다. 그 곳을 거실이라고 말할 수 있다면, 그 여자의 거실은 향수와 약과 초콜릿 냄새로 가득 차 있었다. 블라인드 틈으로 밖의 빛이 세게 들이비쳤다. 한구석에 놓인 흐트러진 침대 시트를 비추는 빛 속에서 먼지가 춤을 춘다. 침대 옆 책상에는 약병이 아무렇게나 있었다.

여자는 열쇠를 가지고 돌아왔다.

"14호실이에요. 왼쪽 맨 안쪽이지요."

나는 계단을 올라가 복도 맨 끝까지 걸어갔다. 열쇠를 열쇠 구멍에 찔러 넣는데 옆방에서 타자기가 수수께끼 같은 통신인 양 잠시 소리를 내더니 곧 조용해졌다. 문을 열자 어두운 방이 나타났다. 문 옆의 스위치를 눌렀으나 불이 켜지지 않았다. 나는 방을 가로질러 창문가로 가서 무거운 커튼을 끌어올렸다.

철로 된 간단한 발코니 저쪽의 택시 속에 있는 가롤리니의 모습이 보였다. 마치 저격 당하지나 않을까 두려워하듯이 차창으로 머리를 내밀고서 이쪽을 올려다보고 있었다. 나를 발견하자 그 머리는 택시의 노란 뚜껑 속으로 쏙 들어갔다. 내 뒤의 벽 저쪽에서 타자기가 다시 소리를 냈다.

방 안의 장식은 돈을 많이 쓴 듯하나 취미가 좋지 않았다. 2, 3년 전에 유행하다가 이미 뒤져 버린 짙은 색깔의 이른바 모던 스타일이었다. 커다랗고 모난 팔걸이의자와 소용돌이 무늬로 뒤덮인 긴의자가 모던한 다탁을 둘러싸고 있었다. 마치 실내 장식점의 진열장에서 흔히 볼 수 있는, 삼면이 벽으로 된 샘플 룸을 연상케 했다.

침실에는 큰 침대가 있고 드러난 매트리스는 사람이 자고 난 흔적이 뚜렷했다. 주름 장식의 분홍빛 커튼, 스탠드, 양탄자. 이 방은 여성의 냄새가 너무도 강해서 나는 자궁에 갇힌 듯한 기분마저 들었다.

블라인드를 올리자 빛이 흘러들어왔다.

침대 위의 벽에 걸린 그림이 내 눈길을 끌었다.

그것은 메도 팜스의 위철리 저택에 있던 로르샤흐 풍의 그림과 똑같았다. 나는 그 그림을 벽에서 내려 살펴보았다. 흰 나무 테 속에서 기름 물감이 이리저리 흩어지고 소용돌이치며 번개처럼 그려져, CW라는 머리글자가 서명되어 있다.

나는 발돋움을 해서 그 그림을 제자리에 걸려고 했다. 그림을 걸어 두었던 못 아래 2, 3인치 되는 곳에 작은 구멍의 흔적이 있는데, 아무렇게나 회칠로 막아 두었다. 구멍의 크기는 새끼손가락 끝 정도, 즉 45구경 권총탄의 크기만 했다.

나는 펜나이프를 꺼내어 그 회칠한 것을 파내기 시작했는데, 때마침 벽 저쪽의 타자기가 의미 있는 듯이 딱다구리처럼 소리를 냈으므로 더욱 철저하게 조사해야겠다고 결심했다.

이것은 권총이 벽을 꿰뚫은 흔적일지도 모른다. 그렇다면 벽 저쪽도 조사해 볼 필요가 있을 것 같았다. 나는 바닥으로부터 구멍의 높이를 약 6피트로 잡고, 캐서린 위철리의 그림을 제자리에 걸고 나서 복도로 나가 12호실 문을 두드렸다.

나온 사람은 뜻밖에도 젊은 여성이었다. 짙은 갈색 스웨터를 입고 구두는 신지 않았다. 윤기 있는 빨간 머리를 머리 꼭대기에서 동그랗게 뭉쳐 고무줄로 묶고, 그 동그란 곳에 연필이 한 자루 꽂혀 있었다. 눈은 조금 불순물이 섞인 산쑥의 물색이었다.

"스탠리인 줄 알았어요" 하고 여자는 중얼거렸으나, 그다지 실망한 것 같지는 않았다. 쑥빛의 시선이 내 체격을 주시했다. 여자의 몸은 역광선 속에서 효과 있는 자세를 했다.

"나는 루입니다. 이웃 방으로 이사올까 생각합니다."

"어머나, 그래요?"

"타이핑을 하고 계시더군요, 당신입니까?"

"네" 하고 여자는 속삭였다. "지금 자서전을 쓰고 있어요. 제목은 《어둠 속 깊이》인데, 어때요?"

"좋군요."

"기뻐요. 스탠리 말고는 당신만이 좋다고 말해 주셨어요. 나는 틀림없이 스탠리라고 생각했었어요. 하지만 스탠리는 6시까지 가게에 있으니까."

"스탠리란 부군이신가요?"

"그렇지도 않아요" 하고 여자는 자세를 바꾸며 말했다. "이 자서전을 완성할 때까지 함께 살기로 약속했지요."

이 여자는 아무래도 매우 자극하는 말을 언제나 속삭이듯이 말하는 모양이었다.

"자서전을 쓰기엔 아직 젊지 않으십니까?"

"전 보기보다 나이가 많아요" 하고 여자는 말했다. "24살. 파란만장한 생활이었어요. 그대로 소설을 쓰면 좋겠다고 여러 사람이 말했어요. 잭 케루악이나 알렌 긴즈버그도 젊은 때의 체험을 쓰지 않았어요? 저도 체험이 굉장히 풍부해요."

"그러시겠지요."

"내 이야기를 들어 보신 적이 없으세요? 내 이름은 제지블 드레이크."

"어디서 들은 듯하군요."

"예명(藝名)이에요. 본명은 제시지요. 흔해빠진 이름이에요. 그래서 노래 구절에서 제지블을 따고 호텔 이름에서 드레이크를 땄어요. 돈이 있을 때는 호텔에 묵거든요. 또 언젠가는 돈을 벌겠어요. 얼굴에는 자신이 있으니까요. 재능도 있고."

여자는 나에게 말한다기보다는 오히려 혼잣말을 하는 느낌이었다. 이런 부류의 젊은 여자는 몇 번 만난 적이 있다. 나날의 생활이 그대로 꿈이고, 꿈 속에서조차 자기 자신을 주인공으로 만들지 않고는 못 견디는 여자들이다. 이야기하는 동안에 여자는 내가 있는 게 생각난 모양이었다.

"무슨 볼일이세요?"

"볼일은 여러 가지 있습니다. 우선 이 건물의 구조를 잠깐 조사해 보고 싶은데요."

"'건물'이라고요?"

"건물의 구조 말입니다. 나는 밤에 일을 하고 낮에는 잠을 잡니다. 그래서 벽이 어느 정도까지 소리를 막을 수 있는지 알고 싶습니다."

"어떤 일을 하시는데요?"

"혼자 하는 일입니다."

여자는 다시 나를 머리에서 발 끝까지 천천히 바라보았다. 자서전의 자료가 되겠는지 평가해 보는 것이리라.

"과학 관계의 비밀 같은 거라도?"

"그것을 가르쳐 드리면 비밀이 아니게 됩니다. 이쪽 벽을 조사해도 상관 없겠습니까? 내 방 쪽은 벌써 조사했습니다만."

"무슨 도구를 써서 조사하나요?"

"손으로 두드려 볼 뿐입니다. 어때요, 괜찮겠습니까?"

"좋아요, 우린 어차피 이웃이 될 테니까. 옆방으로 이사오시면 기쁘겠어요."

여자의 방에는 검은 금속제 의자와 책상이 두세 개 놓여 있을 뿐이었다.

케이스에 들어 있지 않은 스테레오 장치와 녹음기, 그 밖의 기계가 책상 옆에 있다. 내가 흥미를 가진 벽 앞에는 들고 다닐 수 있는 타자기를 올려놓은 책상이 있고, 노란 종이갓을 씌운 스탠드가 켜 있었다.

나는 벽을 두드려 보는 척했다. 구멍은 없었다. 그렇다고 아까의 가설이 무너진 것은 아니다. 탄환은 회칠한 벽 속에 박혀 있는지도 모른다.

"소리 형편이 어때요?"

"괜찮은 것 같군요."

"낮잠을 주무셔도 괜찮아요. 저도 낮에 잘 자요. 하루 종일 조용하답니다. 모두 일을 나가니까요."

그 말을 보충하기라도 하듯이 여자의 허리가 흔들거렸다. 여자는 한 손으로 허리를 누르고 본디의 자세로 돌아갔다.

"스탠리 때문에 밤에는 못 자요."

어째서 그러냐고 물어 볼 용기가 나지 않았다. 그러나 묻지도 않았는데 여자는 대답해주었다.

"스탠리는 도구를 가지고 딸깍거려요. 낮일로 웬만한 소리에는 질렸을 텐데도 밤늦게까지 일을 하지요. 스탠리는 본디 디스크자키였거든요."

"비행 소년(Délinquant Juvénile) 말입니까?"

"디스크자키(Disk Jockey). 지금은 레코드 가게를 하고 있어요."

벽이 마루와 만나는 부분의 가로판에 이상이 있었다. 나는 쭈그리고 앉았다. 그것은 모양으로 보나 크기로 보나 탄흔과 똑같았지만, 탄흔은 아니였다. 분명히 구멍 뚫는 기계로 일단 구멍을 뚫고서 그곳을 나무 가루로 메웠는데 마르니까 그 곳만 다른 색깔이 되어 버린 것이다.

"이게 뭐지요?" 나는 물었다.

"흰개미 집?"

흰개미 집이라니, 재미있는 말을 하는군. 그림 뒤의 구멍, 가로판의 구멍, 녹음기, 본디 디스크자키였던 남자. 이만큼 재료가 갖추어지면 결론은 하나밖에 없다. 이웃 침실에서 나는 소리가 모두 이 방에서 녹음되고 있었던 것이다.

"그럴지도 모르겠군요. 당신은 언제부터 여기 사셨습니까, 드레이크 양?"

"올해 첫무렵에 왔어요. 크리스마스까지 일을 하고 있었는데, 가게가 망했어요. 흰개미는 무얼하지요?"

"건물의 토대를 갉아먹거나 벽을 뚫겠지요."

"이 건물이 와르르 무너질지도 모르겠군요."

어깨를 움츠리고 손을 너울너울 흔들면서 무릎을 구부려 여자는 건물이 무너지는 광경을 흉내내어 보였다.

"그럴지도 모르지요, 갑자기 그렇게 되지는 않겠지만. 어쨌든 당신 친구와 이야기를 해 보는 게 좋을 것 같습니다."

흰개미하고 말이다.

"스탠리의 근무처는 어디입니까?"

"근무하는 것과 조금 달라요. 즉 스탠리는 자기의 레코드 가게를 가지고 있어요. 산 카를로스의 이쪽에 새로 쇼핑 센터가 생겼지요. 가게는 그 곳에 있어요."

"아무래도 그 스탠리라는 사람은 나와 아는 사이인 것 같군요. 성은 무엇이지요?"

"쿼런."

"튼튼한 체격에 머리는 금발이지요?"

"그 사람이에요." 여자는 자랑스럽게 말했다. "스탠리의 가게에 가신다면 부탁이 하나 있어요. 당신을 이 방에 들여놓았다고 말하지 마세요. 스탠리는 매우 질투가 심하거든요."

그 말을 증명하듯이 또 한 번 여자의 허리가 휘청했다.

"스탠리와 사귄 지 오래 되었나요?"

"금년 첫무렵부터……. 그래서 질투하는 거예요. 그를 주운 것은, 아니, 그와 만난 것은 신년 파티 때였어요. 그의 누님 집에서였지요. 굉장히 거친 파티여서 저하고 같이 간 남자는 어디로 없어져 버렸어요. 제가 우물쭈물하고 있으니까 스탠리가 멋지게 달래 주더군요."

여자는 조금 어색한 듯이 웃었다. 그녀는 계속 말했다.

"저는 늘 이래요. 하지만 언제나 고양이처럼 사뿐히 착륙하지요."

여자는 공중으로 몇 인치 뛰어오르더니, 고양이처럼 착륙해 보였다.

"고양이 말이 나왔으니 말이지만, 그의 누님은 제가 스탠리와 함께 사는 것을 싫어해요. 결혼하고 나더니 이상하게 교만해졌어요. 하지만 샐리 퀴런 역시 옛날에는 공짜로 마실 수 있는 술이 없나 하고 번화가를 헤매던 여자였지요. 다 알고 있어요. 그리고 스탠리도 지난해 뇌물을 받고 디스크자키 자리에서 쫓겨난 사람이에요. 어머나, 너무 지껄인 것 같군요. 전 마음이 맞는 사람하고 있으면 금방 수다쟁이가 되고 말지요."

여자는 두 손으로 입을 가리고 짙은 아이 섀도 밑에서 나를 물끄러미 쳐다보았다.

"스탠리를 만나도 이런 말은 하지 마세요."

"절대로 안 하겠습니다."

"이런 말 한 것을 알면 얻어맞아요" 하고 여자는 싱긋 웃으며 말했다. "저와 이야기했다는 것도 말하지 마세요. 당신과 저만의 비밀이에요. 알았지요?"

비밀이라면 문제없다. 나가기 전에 나는 휘비의 사진을 꺼내 보였다. 여자는 이런 여자는 본 적이 없으며, 이웃 방에 있던 스미스 양, 혹은 스미스 부인에 대해서도 아무 것도 모른다고 대답했다.

"또 만나요, 이웃 양반" 하고 여자는 문 앞에 서서 말했다.

나는 계단을 내려와 관리인의 문 앞에 서서 얼굴빛을 바꾸었다. 아무래도 내 얼굴이 조금 비틀린 것같이 생각되었던 것이다. 문을 두드리니 관리인의 아내가 방 안에서 말했다.

"잠겨 있지 않아요."

부인은 쿠션에 파묻히듯이 하여 침대에 누워 있었다.

"미안해요. 일어날 수가 없어요. 아까 한 이야기로 피곤해졌나 봐요. 정말 미안합니다." 여자는 어슴푸레한 어둠을 통해서 내 얼굴을 보았다. "방은 어떻던가요?"

나는 다시 얼굴빛을 바꾸었다. 이렇게 얼굴이 두개골 앞쪽에 붙은 지껄이는 가면처럼 느껴질 때는 바닷가라도 한가로이 거닐지 않으면 안된다. 그러나 지금 나에게는 그럴 겨를이 없었다.

나는 웃는 표정을 지으며 말했다.

"아주 마음에 들었습니다."

여자는 몸을 움직여 표정을 밝게 했다.

"침실이 따로 있고 꽤 환경이 좋으니까 175달러면 싸다고 생각해요. 또 가구가 아주 고급이거든요. 어때요, 그 가구는?"

"좋더군요. 하지만 그 가구는 전에 있던 분이 두고 간 것이라고 하지 않았습니까? 그렇다면 스미스 부인의 소유물이겠군요?"

여자는 고개를 끄덕였다.

"네, 그래서 그렇게 좋은 가구지요. 스미스 부인은 아시는 바와 같이 부자니까요. 처음 이사오셨을 때 낡은 가구를 모두 떼어 내고 완전히 새 것으로 바꿨어요. 지금도 마치 새 것과 마찬가지예요. 방을 거의 사용하시지 않았으니까요. 1주일에 한 번쯤 주무실까 말까 했으니까요."

"그럼, 무엇 때문에 빌렸을까요?"

"취미로 그림을 그리시니까 조용한 장소가 좋다고 말씀하시더군요." 여자는 눈을 가늘게 뜨고 나를 보았다. "스미스 부인에게 꽤 흥미를 가지고 계시군요. 어느 정도로 아시는 분이지요?"

"그저 조금 알고 있을 뿐입니다. 그러나 그 가구 때문에 일이 생기면 기분 나쁘니까요. 돌려달라고 하지 않을까요?"

"아니오, 그런 일은 없을 거예요. 자유로이 처분해 달라고 남편에게 말씀하신 것 같던데요. 자세한 것은 알렉에게 물어 보세요."

"이 콘퀴스터도 아파트는 당신과 남편의 소유입니까?"

"아니에요. 우리들 거라면 좋겠지만, 소유자는 사우사리트에 있어요. 좀처럼 이 곳에는 오지 않습니다."

"스미스 부인이 여기서 나간 지는 얼마나 됐습니까?"

"벌써 몇 달이 넘었어요. 그 뒤로는 통 만나 뵐 수가 없군요. 따님이 잠깐 동안 방을 사용했지만 작년 11월부터 쭉 비어 있었어요. 스미스 부인이 가구를 찾아가실 생각이라면 벌써 그렇게 하셨을 거예요. 하지만 자세한 것은 알렉에게 물어 보세요. 스미스 부인과 직접 이야기한 사람은 알렉이니까요."

"남편께서는 몇 시쯤에 돌아오십니까?"

"언제나 저녁 식사 때까지는 돌아오세요. 오늘 밤에 이야기하시겠다면 그렇게 말해 두겠어요" 하고 여자는 몸을 일으켰다. "아직 이름을 여쭤 보지 못했습니다만."

나는 이름을 가르쳐 주고 저녁 식사 시간쯤에 다시 오겠다고 말했다.

17

가롤리니는 내 모습을 보더니 차에서 내려 다가왔다.

"있었습니까, 그 아가씨는?"

"11월 첫무렵부터 없는 듯하오, 당신이 만난 무렵부터요."

"아직도 내가 무슨 나쁜 짓을 했다고 생각하십니까?"

"아니오, 금발의 사나이가 누구인지 알았소, 그 사나이를 확인하는 일에 손을 빌려 주지 않겠소?"

비가 내리고 있다는 몸짓으로 운전수는 두 손바닥을 위로 했다.

"손을 빌리다니, 어떻게 하면 됩니까?"

"산 카를로스까지 가서, 그 남자의 얼굴을 확인해 주면 되오."

"난처한데요, 벌써 한 시간이나……아니, 한 시간 반이나 헛되이 보내 버린걸요."

"그만큼 돈을 내면 되지 않소."

"그렇다면 이야기가 달라지지요."

이번에는 내 차가 앞서고 가롤리니가 뒤따라왔다. 고속도로 갓길에 간판이 죽 늘어서 있었다. '비타민' '외국산 자동차' '소아과 신경과' '이삿짐 운송' '독서 요법원' '우드랜드 장의사' '회춘제(回春劑)' '부동산'. 스탠리가 경영하는 '스테레오 숍'은 진열장에 레코드며 플레이어를 늘어놓은 보잘것없는 가게였다. 새로 생긴 대중적인 상점 거리 안의 한 집이었다.

우리들은 주차장에 차를 세웠다. 내 제안에 따라 가롤리니는 나와 윗옷을 바꾸어 입고 모자를 벗었다. 나는 레코드를 살 돈을 주었다. 5, 6분 뒤에 얄팍하고 네모난 꾸러미를 들고 운전 기사는 가게에서 나왔다. 겁에 질린 눈을 하고 있었다.

"저 녀석이 눈치를 챘습니다."

"무슨 말을 하던가요?"

"아무 말도 하지 않았어요, 하지만 눈치를 챘소, 그 눈초리로 알 수 있습니다."

"당신은 알아보겠던가요?"

"저쪽이 알아차렸는데, 내가 모를 리 있겠습니까? 저 남자가 틀림 없어요. 틀림없이 저 녀석이 그 아가씨를 어딘가로 유괴한 겁니다."

"그렇다면 좋겠소, 닉."

그러나 그럴 가능성은 없었다. 제지블 드레이크라는 여자가 있으니, 그녀만으로도 대개의 남자는 만족스러울 것이 아니겠는가.

나는 운전 기사에게 돈을 치러 돌아가게 하고, 그 주차장에서 한참 기다렸다. 기다리는 동안에 지출된 비용을 수첩에 적어 넣었다. 교통비와 탐문비로 45달러. 레코드를 사는 데 5달러. 닉이 산 레코드는 카발레니아 루스티카나였다. 그것은 그에게 주었다.

한참 지난 뒤, 나는 레코드 가게로 들어갔다. 안의 시청실(試聽室) 유리 너머에서 시끄러운 음악 소리가 울리고 있었다. 스탠리는 그 음악 소리를 멈추고, 흥분한 듯한 얼굴로 나왔다. 분명 어젯밤에 메리만의 사무실에서 만났던 그 염소 수염을 기른 금발의 젊은이였다. 그는 나를 기억하지 못하는 것 같았다.

"어서 오십시오. 어떤 레코드를 찾으십니까?"

그것은 메리만 부인과 말다툼하던 목소리와 아주 달랐다.

"아가씨를 찾고 있소."

"이거 원, 저의 집에 여자 재고품은 없습니다, 하하하."

"그녀의 이름은 스미스라고 하며, 지난해 가을 콘퀴스터도에 잠깐 묵었었소. 14호실로 당신의 이웃 방이지."

"어떻게 제 거처를 아십니까?"

"여기저기 묻고 다녔으니까."

"무슨 말인지 모르겠군요."

젊은이는 태연한 척하고 있었지만 목소리가 바리톤에서 테너로 바

꾀었다. 성역 (聲域)이 달라짐에 따라 말투도 바뀌었다.

"나가 주시겠소? 난 바쁘니까."

"나도 바빠."

"당신은 경, 경찰입니까?"

"사립 탐정이오."

젊은이의 튀어나온 눈이 더욱 튀어나오고, 몸이 꿈틀꿈틀 움직였다. 나는 카운터 위로 몸을 내밀어 휘비의 사진을 들이댔다.

"이 처녀를 본 적이 있겠지요? 작년 11월, 적어도 1주일 정도는 당신의 옆방에서 살았으니까."

"본 일이 있으면 어떻다는 거요? 그게 어쨌다는 거지요? 나는 매일 여러 사람을 만납니다."

"밤에는 어떤 사람을 만나오?"

젊은이는 사자 흉내를 내는 고양이처럼 나를 노려보았다. 이탈리안 재킷 아래로 근육인지 지방인지가 뭉클뭉클 움직였다.

"그 아가씨의 방에 들어간 적이 있지, 스탠리?"

"들어가면 어떻습니까?" 그는 수염이 난 긴 턱을 내게로 내밀었다. "아까 이탈리아 놈에게 스파이를 시킨 것은 당신이었군요."

"당신의 얼굴을 확인해 달라고 했지. 똑똑히 확인해 주더군."

"그놈이 아가씨의 방에서 무슨 짓을 하고 있었는지 압니까? 아가씨를 침대에 눕히고서 옷을 벗기고 있었단 말이오. 벽 너머로 이상한 소리가 들려 왔었지요."

"당신은 청각이 발달했군."

"아, 그래요. 어쨌든 수상한 소리가 나기에 급히 들어가서 놈을 쫓아 낸 거요. 남자라면 누구나 그만한 일은 하겠지요."

"그 아가씨와는 어느 정도로 알고 지냈소?"

"그렇지 않아요. 나는 아파트의 다른 사람과는 교제가 없습니다.

그 아가씨와 복도에서 두세 번 만났을 정도지요, 그것뿐입니다."

"이웃 침실에서 일어나는 일에 어째서 그처럼 흥미를 갖고 있었소?"

"아니, 흥미를 갖고 있지는 않았습니다."

젊은이의 얼굴은 갖가지로 색이 변하더니, 결국 엷은 보랏빛이 되었다. 나는 재킷의 멱살을 움켜잡고 젊은이를 카운터 너머로 끌어당겼다.

"어째서 그 처녀의 방을 도청했지?"

"그런 짓 하지 않았소." 젊은이의 목소리는 다시 한 옥타브 올라갔다.

"그 아가씨는 어떻게 됐나, 퀴런?"

"그 아가씨에 대해서 난 아무것도 모릅니다. 난 관계 없어요, 놓아줘."

젊은이의 얼굴은 비굴했다. 나는 그를 세게 흔들었다. 젊은이의 눈은 육지로 올라온 심해어(深海魚)처럼 튀어나왔다. 체취까지 물고기를 닮은 것 같았다. 나는 젊은이를 밀어냈다. 그의 튼튼한 몸이 레코드 선반에 부딪쳤다. 선반에 기댄 채 얼룩진 안색으로 젊은이는 떨고 있다.

"폭행은 치워요, 경찰을 부르겠소!"

"불러, 아무래도 좋아! 그 침실의 벽을 모든 사람에게 보여 주겠나?"

젊은이의 얼굴에서 핏기가 가셨다. 눈이 풍선처럼 부풀었다. 약을 찾는 병자처럼 그는 카운터 아래로 손을 뻗었다. 끄집어 낸 것은 권총이었다.

"썩 나가! 개처럼 쏘아 죽이겠어."

"그런 위험한 말을 해도 좋을까?"

213

"위험한 짓을 하는 것은 당신이야. 남이 평화스럽게 장사하는 곳에 들어와서 협박하잖았어!"

젊은이는 왼손으로 금전 등록기를 열고 나에게 돈을 던졌다. 몇 장의 1달러짜리 지폐가 단풍잎처럼 내 발 밑에 흩어졌다.

"바로 나가지 않으면 쏘겠어. 나를 표창받게 만들 셈인가?"

설마 쏘지는 않으리라고 생각했으나 확실한 일은 알 수 없다. 젊은이의 인격은 고양이 눈처럼 변화하는 것이다. 엉뚱한 영감을 받기라도 하면 무슨 짓을 저지를지 모를 사나이 같았다.

녹색의 우주인이라도 나타나 방아쇠를 당기라고 하면 주저 없이 당길 것이다. 나는 물러섰다.

그러나 그리 멀리는 가지 않았다. 쇼핑 센터를 한 바퀴 돌아, 나는 상점가 남쪽 입구에 차를 세웠다. 그 곳에서는 레코드 가게의 정문과 뒷문이 모두 잘 보였다. 오래 기다릴 필요는 없었다. 젊은이는 뒷문으로 나왔다.

그는 빨간 베레모를 쓰고 있었다. 그 모자와 같은 빨간 알파 로메오를 타더니 남쪽으로 향했다. 그 스포츠 카가 빨간 미립자가 될 때까지 기다리고 있다가 나는 뒤쫓기 시작했다. 레드우드 시티를 빠져 나와 아서톤을 지나자 거리가 조금씩 줄어들었다. 젊은이는 미친 사람같이 차를 몰았다. 좌우로 비틀거리고, 갑자기 속력을 올리는가 하면 갑자기 브레이크를 걸었다.

그는 메론 파크의 파란 신호에 왼쪽으로 꺾었다. 나는 신호가 노란색으로 바뀌자마자 뒤를 쫓았다. 그로부터 1마일 이상이나 우리의 차는 동쪽으로 달렸다. 스탠포드 연구소 앞을 지나 떡갈나무 숲을 지나갔다. 빨간 차는 커브를 돌았다.

다시 보였을 때 빨간 차는 길 옆의 자갈길에 멈춰 서 퀸런이 막 차에서 내리는 참이었다. 이미 급정거하기에도, 커브를 꺾어 돌기에도 늦은 것 같았다. 그러나 그냥 지나쳐 버린 나를 퀴런은 깨닫지 못한 모양이었다.

그는 뜰의 수목과 풀로 반쯤 가려진 갈색 목조 건물 쪽으로 들어갔다. 녹슨 우편함 아래에 3인치 크기의 글자로 '메리만'이라고 써 있었다.

나는 다음 커브를 돌아서 차를 세우고 계기판 상자에서 콘택트 마이크를 꺼내 주머니에 넣었다. 그리고 갈색 목조 건물로 걸어갔다. 저녁놀이 떡갈나무 잎을 꿰뚫어 녹색으로 물들였다. 100년쯤 전에는 이 근처 일대가 떡갈나무숲이었나 보다. 페닌슐러에는 이런 곳이 여기저기에 흩어져 작은 섬처럼 남아 있었다.

메리만의 집안의 뜰에도 떡갈나무는 울창하게 자라, 덕분에 나는 들키지 않고 집까지 접근할 수가 있었다. 창틀보다 낮은 자세로 나는 벽을 따라 집 뒤로 돌아 손질이 안 된 월계수가 무성한 헛간을 빠져나갔다.

뒤꼍의 유리문은 닫혀 있고, 커튼 같은 것으로 햇빛이 차단되어 있었다. 안에서 남자와 여자의 목소리가 들려 왔다. 나는 문틈에 귀를 대고 유리 구석에 콘택트 마이크를 밀어붙였다.

퀴런은 빠른 말로 거칠게 지껄이고 있었다.

"빵(돈을 말함)이 필요해. 빨리 내놔."

"버터를 바를까, 아니면 잼?" 샐리 메리만이 말했다.

"농담하고 있을 때가 아니야."

"네가 여기 와서 돈을 내라는 건 농담이잖아. 집엔 한 푼도 없어. 그이는 빚더미 속에 묻혀 죽은걸. 장례비도 월부로 치러야 할 형편이라구. 너에게 부탁해서 깎아 달래려고 했어."

"나한테 부탁한다고——벤이 나한테 뭘 해 주었는데?"

"여러가지 해 주었잖아? 큰 거래에 한몫 끼워 네 장사 밑천을 만

들어 주었고, 작년에는 네 방값까지 치러 주었잖아. 다 알고 있어. 그런데도 고마워하는 마음은 조금도 없군. 더 이상 뭘 해 달라는 거야? 그는 이제 죽어서 시체 안치실에 있어. 죽은이의 금니라도 뽑아 오라는 거야?"

"고마워하라구!" 화난 듯한 목소리가 공전(空電)처럼 마이크에 울렸다. "자형인 벤은 고마워할 만한 걸 내게 하나도 해 주지 않았어. 날 그 아파트에 묵게 한 것이 내 파란 눈에 반해서인 줄 알아? 만데빌 저택의 거래 때도 그래. 내가 자형을 위해서 그 거래를 연구해 준 거야."

"네, 그렇습니까? 난 알고 있어. 너는 꼭두각시가 아냐!"

"꼭두각시는 바로 누님이야!" 젊은이는 소리치며 기관총처럼 퍼부었다. "누님의 마음쯤은 손바닥 보듯 환히 알고 있어. 누님은 목구멍에서 손이 나올 만큼 돈이 탐나지만 돈의 출처는 아무래도 좋은 사람이야. 나나 자형에게 악착같이 벌게 하고, 더러운 돈이 손에 들어오기만 하면 순식간에 모르는 척하려는 거지. 그러나 난 그런 얼간이가 아냐. 여행을 하는 데 돈이 필요해. 어떻게 해서든지 누님한테 빼앗아 내겠어. 거금을 가지고 있다는 걸 내가 모르고 있다고 생각했어?"

"거금을 가지고 있으면 이런 지저분한 곳에 있지 않아."

"더 더러운 곳에도 있었잖아. 그 주머니를 보여 줘, 주머니를."

"스탠리 퀴런, 누나에게 그런 말투를 써도 괜찮니?"

"가방을 보여 주시겠어요, 친절하신 누님?"

여자가 가방을 던진 모양이다. 남자의 손이 그것을 받는 소리가 나고, 이어서 가방을 여는 소리가 들렸다.

"빈털터리군." 젊은이의 목소리도 텅 비어 있었다. "돈은 어디 있어?"

"돈 같은 것은 없다니까. 넌 벌써 네 몫을 받았을 텐데. 나머지 돈이 어디로 갔는지는 잘 알잖아. 리노, 라스베이거스, 그리고 주식(株式) 중매인에게로 간 거야. 그이는 주식으로 돈을 벌었나 싶으면 금방 빈털터리가 되는 그런 일의 되풀이였어."

"옛날 이야기는 그만둬. 그건 지난해 여름의 일이잖아? 나는 지금의 이야기를 하고 있어."

"그러니까 지금 이야기를 하는 거야. 만데빌 저택의 돈이 들어온 뒤로는 전혀 수입이 없었어. 그 돈도 그이의 빚을 갚느라고 다 써 버렸지. 아무튼 대사업가 벤이시라니까." 그 여자의 목소리에 히스테리 징후가 나타났다. "우린 돈을 벌어 아서톤으로 이사할 예정이었어. 늘 금방 부자가 된다는 말만 들었지. 그러다가 그이는 죽어 버린 거야."

"아, 감동할 만한 이야기로군. 믿지는 않지만."

"믿거나 말거나 사실이니까 하는 수 없지. 벤이 죽었어도 내 고생은 아직 끝나지 않았어. 경찰이 끈덕지게 여러 가지를 물어대는데……." 여자는 울기 시작했다. 그녀는 훌쩍거리며 말했다. "이번엔 동생까지 나한테 덤벼드니, 원."

"정신차려. 그리고 힘을 내. 난 어디까지나 누님 편이니까. 벤이야 죽어도 조금도 아까울 것 없는 남자야. 더구나 거금을 남겨 주었으니 이러쿵저러쿵할 게 없잖아."

"빚만 남겨 주었을 뿐이야."

"아, 그 노래 가락에는 질려 버렸어. 다른 레코드로 바꿔 줄 수 없어?"

퀴런이 서성거리는 소리가 들렸다.

"그만 돌아가" 하고 여자가 말했다.

"내 몫을 받으면 가지. 난 꼭 돈이 필요해. 고생을 하는 건 누님

혼자가 아니란 말야. 내가 누님보다 더 괴로운지도 몰라. 그러니까 돈을 꼭 받아야 해. "

"집에는 돈 같은 것 없어. 거짓말이라고 생각하면 뒤져 봐도 좋아. "

"그럼, 어디에 있어 ? "

"뭐가 어디에 있단 말야" 하고 여자는 놀리는 듯 시치미를 떼고 말했다.

"내 몫, 내 돈 말이야. 새크라멘토에서 돌아왔을 때 자형은 돈을 듬뿍 가지고 있었거든. "

"위철리 부인의 수수료 말이니 ? 그건 없어졌어. 토지 알선 문제로 다 써 버렸고, 나머지는 월부 집으로 갔어. 차를 빼앗기게 되어 있었으니까. 어쨌든 너에게 그 수수료를 치러야 할 이유는 없어. "

"수수료가 아니야. 그 돈 전부, 그러니까 집을 판 현금 전부를 말하는 거야. 벤은 새크라멘토에 가서 그걸 받아왔겠지. 물론 벤은 나에게 그런 말을 하지는 않았지만 정보는 금방 새는 법이거든. "

"그런 정보는 엉터리야. 잘 생각해 봐. 위철리 부인이 어째서 그런 돈을 벤에게 주어야 하지 ? "

"누님은 그렇게 시치미 뗄 바보가 아니겠지. 알고 있어. "

"귀찮게 구는군" 하고 여자의 목소리가 높아졌다. "그렇게 거만한 모습은 하지 마. 죽은 아버지와 꼭 닮았어. "

"누님이야말로 죽은 어머니 그대로야. 하지만 싸움은 그만두자고. 난 지금 난처해졌어. 나에게도 그 돈을 받을 권리가 있잖아. 가엾은 동생을 죽게 내버려 두지 마. "

"그렇게 곤란하면 가게를 팔아. 차를 팔아. "

"낡은 차라서 팔면 오히려 손해를 볼 정도야. 가게는 아직 집세도 내지 않았어. 팔릴 리가 없잖아. 그리고 팔고 있을 틈도 없어. 도망쳐야 한단 말야, 오늘 바로."

"뭐 또 나쁜 짓을 했니?"

이 물음에는 퀴런 집안의 과거 역사가 담겨 있었다.

"무슨 짓을 했지, 스탠리?"

"그럼, 정말 자형한테서 아무 말도 듣지 못했군? 그것도 영리한 방법이겠지. 이대로 둔다면 누구한테 어떤 질문을 받아도 누님은 정말 모를 테니까."

"너 경찰에게 쫓기고 있니?"

"곧 쫓기게 될 거야. 오늘 오후 사립 탐정이 가게로 찾아왔으니까. 그것만으로 그칠 리가 없어."

"벤에 관한 거야?" 하고 여자는 목소리를 낮추었다.

"그것도 있어. 자형에 관한 것도 내가 도망치지 않으면 안 되는 이유 가운데 하나야." 젊은이는 이를 딱딱 마주쳤다. "내일이면 나도 같은 꼴. 노래 제목같잖아."

의자가 마루 위에서 삐걱거렸다. 숨결이 거칠어지며 여자는 일어섰다.

"네가 벤을 죽였니, 스탠리?"

"무서운 말 하지 마."

그러나 젊은이의 목소리는 오히려 기쁜 듯했다.

"똑바로 대답해 봐, 스탠리. 네가 죽였니?"

"죽였다면 지금쯤 이런 곳에 있지 않아. 오스트레일리아로 가는 배 위의 일등 선실쯤에 틀어박혀 있을걸."

"배에 타는 돈은 어떻게 마련하지? 너는 무일푼이잖아?"

"자형이 가지고 있던 돈을 써야지. 그런데 그 돈을 누군가가 가져가 벼렸단 말야."

"그런 눈으로 보지 마. 난 아무것도 모르니까."

"하늘에 맹세코 아무것도 모른단 말이지?"

어린아이 같은 말을 여자는 되풀이했다.

"하늘에 맹세코 아무것도 몰라. 벤의 지갑에는 4달러밖에 들어 있지 않았다고 경찰이 말했어."

"천만에, 자형은 5만 달러를 가지고 있었어."

"어떻게 알고 있지, 스탠리?"

"제시한테서 들었어. 이런 말을 누님한테 할 생각은 없었는데. 하긴 분명히 말해 두는 편이 누님을 위해서도 좋겠군."

"그이와 제시 사이에 무슨 일이 있었어?"

"어젯밤에 말했듯이, 자형은 그녀를 설득했어. 자형은 어제 내가 아직 가게에 있는 동안 아파트로 숨어들어갔지. 관리인인 가스톤 부인이 그 모습을 보고 나에게 가르쳐 주었어. 나머지는 제시에게서 들었지. 자형은 제시에게 함께 도망치자고 꾀었대. 돈을 꺼내어 제시에게 보여 주었다더군. 현금으로 5만 달러였는데, 앞으로도 더 들어올 거라고 하더래."

"저런! 하긴 그 여자와 나에게 양다리를 걸치고 있다는 건 전부터 알고 있었어."

"그런데 애써 설득했는데도 제시는 승낙하지 않고……."

"그게 과연 어떻게 됐을지."

"제시는 나한테 거짓말을 안 해. 어쨌든 자형과 도망치는 게 무서웠대. 어젯밤에 제시한테 철저히 물었어. 틀림없어. 두드려패면서 물었으니까. 그것은 틀림없이 이상한 돈이고, 그걸 쓰면 뒤가 켕길 것으로 생각했다는 거야, 제시는."

"가짜 돈인가?"

"아니, 진짜야. 하지만 위험한 돈이지."

"그러나 너는 위철리 부인한테 받은 돈이라고 말하지 않았어?"

"하지만 노벨 평화상의 상금과는 좀 다르니까."

"위철리 부인이 벤에게 반했니? 아니면……."

"아니야, 그렇지는 않은 것 같아."

"벤은 위철리 부인과 무슨 관계가 있었어?"

"그렇게 흥분하지 마."

"그렇게 듬뿍 돈을 가지고 있으면서 내게는 아무 말도 하지 않았었군. 아무 말도 하지 않았어."

그제서야 슬픔이 넘치는 듯한 말투가 되었다고 생각하기 무섭게 여자는 무섭게 소리질렀다.

"누가 그 돈을 가져갔지?"

"누님이라고 생각했는데."

"내가 벤을 죽이고 돈을 훔쳤다고 생각하니?"

"늘 죽이고 싶다고 말했잖아."

"하지만 죽이지 않았어. 정말 죽였으면 좋았을걸."

여자는 웃기 시작했다. 그 웃음 소리는 내 머리를 칼로 찌르는 것 같았다.

"우린 역시 누나와 동생이군, 스탠리. 남매간의 피는 속일 수가 없어. 많이 닮았어."

"그런데 누님."

그에 지지 않는 목소리로 여자가 말했다.

"누가 가져갔다고 생각하니?"

"자형을 죽인 범인이겠지."

"범인은 짐작이 안 가니?"

"누님이 아니라면, 글쎄, 누굴까?"

"바보 같은 말 하지 마. 난 처음에 만데빌 늙은이가 범인이 아닌가 했어. 그는 모든 사람이 기분 나빠하는 늙은이니까. 하지만 그것도 이상하지 뭐야. 경찰은 불량배의 소행일 거라고 말했어."

"재수 좋은 똘마니들 말이지?" 젊은이는 진심으로 그렇게 생각하는 듯이 말했다. "그렇다면 누님, 둘이서 새로 돈을 만들 궁리를 해야 되잖아. 그 녹음 테이프는 자형이 사무실의 금고에 넣어 두었겠지. 단숨에 달려가 그것을 가져다 주면……."

"네가 지금 무슨 말을 하고 있는지 난 모르겠어."

"모르면 모르는 대로 좋아. 요컨대 가져오기만 하면 돼. 살 사람이 나설 거라고 생각하니까."

"살 사람?"

"돈을 내는 사람이지. 그 테이프는 돈이 될 테니까."

"공갈이로군?"

"그렇게 말하고 싶으면 실컷 하라지."

"그런 일은 거들 수 없어" 하고 여자가 말했다.

"그런 일은 거들 수 없다고? 그런 일에 손을 빌려 주기에는 너무 고상해서인가, 친절해서인가, 순수해서인가." 젊은이의 목소리는 거칠었다. "웃기지 말아요. 누님은 요 반년 동안 어떤 돈으로 살아 왔다고 생각해? 하느님의 은혜나 뭐 그런 것으로 먹고 산 줄 알아?"

"그만 돌아가. 난 제시가 아니니까, 아무리 위협해 보아도 헛수고야."

젊은이는 고양이 같은 목소리를 내었다.

"알겠어. 이건 누님을 위해서……. 우리 두 사람을 생각해서 하는 일이야. 누님은 아무 것도 몰라도 돼. 오히려 알면 곤란하지. 누님은 그저 자형의 사무실에 가서 금고에 든 테이프를 가져오기만 하면 돼. 둥근 종이 꾸러미, 테이프의 감촉은 알고 있지? 그렇게만 해 주면 들어오는 돈을 누님에게 절반 주겠어."

"위험도 절반 주겠지, 그렇잖아?"

"위험 따위는 없어, 누님. 내게 맡겨 둬."

"맡겼잖아" 하고 여자는 말했다. "모두 맡겼어. 멋대로 해 봐."

"도와 주지 않겠어?"

"나쁜 짓은 질색이야."

"그럼, 사무실 열쇠를 빌려 줘. 금고의 번호를 가르쳐 줘."

"사무실 열쇠는 경찰이 가져갔어. 번호는 몰라."

"자형이 어디다 써 두지 않았을까?"

"써 두었을지도 모르지만, 나한테는 가르쳐 주지 않았어."

"그럼, 누님은 아무런 가치도 없는 사람 아냐?"

"너보다는 가치가 있어, 이 흐리멍덩한 녀석아."

"흐리멍덩하다고! 누님도 자형도 거물이 된다고 큰소리 탕탕 쳤잖아? 자형은 부동산 왕, 누님은 영화 프로듀서. 그게 결국은 어떻게 되었지? 이 형편 없는 두 허풍쟁이 때문에 난 일생을 망쳐 버렸으니."

"허풍쟁이라니, 까다로운 말을 하는군."

젊은이는 문을 쾅 소리 내어 닫고 나갔다. 아무래도 이 젊은이는 문을 쾅 닫고 나가는 게 특기인가 보다. 알파 로메오가 달려가는 소리가 들렸다. 이젠 쫓아가도 늦겠지.

나는 카미노 리알로 되돌아가 메리만의 사무실 맞은편 주차장에 차를 세웠다. 사무실은 폐쇄되어 빈집처럼 보였다.

저녁 식사를 할 때이다. 나는 아침부터 아무것도 먹지 않았다. 겨울 땅의 냉기가 지금 엿듣고 있는 동안 내 마음 속까지 스며든 모양이다. 나는 햄버거와 커피를 주문했고, 젊은 사람들의 이야기에 귀를 기울였다. 젊은이들은 거의 모두 판에 박힌 불량배 같은 말을 쓰고 있었다. 내 일에 참고가 될 만한 이야기는 아무도 하고 있지 않았다. 햄버거를 날라온 종업원이 나를 아저씨라고 불렀다. 그쯤이 수확이라고 할 수 있을까.

스탠리는 나타나지 않았다.

18

가게에도 스탠리는 없었다. 나는 콘퀴스터도 아파트로 가서 1호실 벨을 눌렀다. 셔츠 차림의 여윈 사나이가 문을 열었다. 불행해 보이는 긴 얼굴에 좌절감 같은 것이 먼지처럼 괴어 있었다.

"가스톤 씨입니까?"

"그렇습니다."

내놓는 거라면 이름을 대는 것도 아까운 듯 원망 어린 말투였다.

"집사람한테서 들었는데, 2층 방을 빌리겠다고 하신 분입니까?"

"방보다는 그 방에 들어 있던 사람에게 흥미가 있습니다."

"아무도 들어 있지 않았습니다. 벌써 두 달 동안이나 비어 있었는 걸요."

"두 달 동안이나 비어 있었다는 것이 또 내 흥미를 끌었지요."

나는 내 소개를 하고 신분을 밝혔다.

"방해를 받지 않고 이야기할 만한 곳이 없겠습니까?"

사나이는 수상쩍은 듯이 나를 바라보며 원망 어린 말투로 말했다.

"무슨 이야기를 하려는 겁니까? 그것에 따라서……."

"이 아가씨에 대해서입니다." 나는 휘비의 사진을 꺼냈다. "지금 행방불명이 되었지요."

여러 사람의 눈길 밑에서 그 사진은 조금씩 달라져 가는 것 같았다. 휘비는 지금 멀리 있는 낯선 처녀처럼 보이고, 비바람에 시달리는 조상(彫像)을 얼마쯤 닮은 것 같이도 보였다.

가스톤의 입이 천천히 움직였다.

"글쎄, 이 아가씨는 본 일이 없는 것 같은데요."

"그거 이상하군요, 댁의 부인께서는 아시던데요. 부인의 말씀에 따르면, 지난해 11월에 며칠 동안 이 아파트의 14호실에 묵고 있었던 아가씨라고 하던데요."

"정말 어쩔 수 없는 여자로군. 집사람은 입이 가벼워서……."

"아니, 정직한 부인이시지요. 당신도 정직한 분이지 않습니까?"

"정직하게 살려고는 하고 있지요. 엉뚱한 싸움에 말려들지 않는 한."

"이 아가씨를 본 일이 있지요?"

"그렇소."

"마지막을 본 게 언제입니까?"

"작년 11월입니다. 당신 말대로 여기서 옮겨갈 때 짐을 날라다 줬지요."

"어디로 간다고 했습니까?"

"새크라멘토로 어머니를 만나러 간다고 했습니다. 짐이 어머니의 것이어서 잠깐 물어봤던 거지요. 어쩐지 몸이 좀 아프다고 말해서 도와 주었습니다."

마치 고맙다는 인사를 받으려는 듯이 그는 내 얼굴을 보았다.

"병이 난 것 같았나요?"

"글쎄, 배탈이라도 난 게 아니었을까요! 조금 부어오른 듯한 얼굴을 하고 있었지요."

"그 날이 언제인지 정확히 가르쳐 주시겠습니까?"

"가만 있자, 집사람이 입원한 다음날이었지요. 입원한 날이 11월 11일이고, 두 주일 사흘 뒤인 11월 28일에 퇴원했습니다. 아직 병원비도 다 치르지 못했답니다."

여기서 이 사나이에게도 궁리가 떠오른 모양이다.

"그 아가씨의 집은 부자이지요?"

"굉장한 부자지요, 어떻게 아십니까?"

"아가씨가 입고 있던 옷이 마그넌 양장점의 옷이라고 집사람이 말했습니다. 그리고 어머니가 방에 들여놓은 가구를 좀 보십시오, 당신은 어머니에게 고용된 겁니까?"

"그 집안 사람에게 고용되었습니다."

"수고비는 나옵니까?"

"당연히 나오겠지요, 아가씨만 찾으면, 그렇지요, 나온다는 것은 보장합니다."

가스통의 태도가 달라졌다. 선의가 깃든 눈길로 나를 홀로 맞아들여 층계 밑 사무실로 안내했다. 그 곳에는 낡은 소파와 사무용 책상과 등받이 부분이 부서진 회전의자가 있었다.

가스통은 녹색 갓이 달린 스탠드를 켜고 나를 회전의자에 앉히려 했다. 나는 문 앞에 기대설 테니까 괜찮다고 했다. 문 앞에서는 건물 입구를 지켜볼 수가 있었다.

"그 처녀가 이사한 날 말인데……" 하고 나는 말했다. "어떤 식으로 옮겨 갔나요? 택시였습니까?"

"아니, 여느 승용차였습니다."

"녹색 폴크스바겐이었나요?"

"아니오, 낡은 형 뷔크였다고 생각됩니다. 차에는 남자가 타고 있었습니다."

"당신도 아는 사람입니까?"

가스통은 바로 대답하지 않았다. 책상 위의 서류철을 뒤적거리더니, 서류를 찾아 내어 그 위치를 바로잡았다. 녹색 스탠드에 비친 가스통의 얼굴은 고대의 조각처럼 파리했다. 나는 잠시 유적을 발굴하는 고고학자 같은 기분이 들었다.

"상금은 얼마나 나오지요?"

"금액은 모릅니다, 가스톤 씨. 당신이 협력해 주시면 그에 어울리는 실제 사례가 있을 뿐입니다."

"좋소" 하고 가스톤은 말했다. "그 사람은 내가 아는 남자입니다. 그와 가끔 간단한 거래를 하고 있었습니다. 부동산업자로 메리만이라는 남자지요. 그는 살해당했다더군요? 텔레비전에서 봤습니다."

"지난해 11월, 아가씨는 벤 메리만과 함께 차로 어딘가에 갔군요?"

"그렇습니다."

"아가씨와 메리만은 친구였나요?"

"아마 그렇겠지요. 첫째, 그 아가씨를 이 곳으로 데려온 사람이 메리만이니까요."

"그것은 언제 일입니까?"

"11월 첫무렵이었습니다. 스미스 부인의 따님이라고 소개하며 방을 써도 좋다고 어머니에게 허락받았다더군요. 그다지 수상한 점은 없었습니다."

그것은 분명히 수상한 점이 있다는 말이었다.

"본디 스미스 부인을 소개해 준 사람이 메리만입니다. 스미스 부인과 맺은 계약은 지난해 끝무렵까지였습니다."

"아가씨는 며칠 동안이나 이 곳에 있었습니까?"

"1주일이나 또는 좀더 있었을 겁니다. 그 방에서 아주 조용히 지내고 있었지요. 외출도 거의 하지 않았던 것 같습니다."

"그 1주일 동안에 메리만은 다시 왔었나요?"

"거의 날마다 들락날락했습니다."

"두 사람은 연인 사이였나요?"

"그건 나로서는 뭐라고 말할 수가 없습니다."

가스톤의 입은 낙타가 무엇을 씹는 것같이 움직이고 있었다. 말은 비꼬는 것처럼 입술 구석에서 새어나왔다.

"세든 사람이 저마다 방에서 무슨 짓을 하든지 나로서는 책임을 질 수는 없으니까요."

"당신은 두 사람이 연인 사이였다고 생각하십니까? 이것이 중요한 점입니다."

"그랬을지도 모르지요. 그는 꽤 밤늦게까지 아가씨의 방에 있었고, 식료품을 사 가지고 온 적도 있었습니다. 그리고 두 사람이 서로 손을 마주잡고 나간 것이 무엇보다도 확실한 증거가 아닐까요?"

"그러나 새크라멘토에 있는 어머니를 만나러 갔겠지요?"

"그렇게 말한 건 저쪽이니까."

"누가 그렇게 말했습니까? 메리만이었습니까?"

"메리만이었다고 생각합니다. 그렇지, 메리만이 그랬습니다."

"그 뒤로 아가씨가 어떻게 할 것인가에 대해 두 사람 가운데 누가 말하지 않았습니까?"

"아니오."

"아가씨는 어머니를 만나러 가는 것 같은 얼굴을 하고 있었습니까?"

"글쎄요, 뭐라고 말할 수 없는 얼굴이었던 것 같습니다. 마냥 슬퍼서 견딜 수 없는 듯한 표정이었지요."

"어머니에 대해서 이야기해 주지 않겠습니까? 당신은 알고 계시겠지요?"

"알고 말고요. 반년 남짓 그 방에 드나들었으니까요. 스미스 부인은 그 아가씨와 아주 느낌이 달랐어요."

"어떤 점이?"

"더 생생했습니다. 그런 그림쟁이 같은 인종은 가끔 몹시 흥청거리게 되나 보던데요."

"어머니는 그림쟁이였습니까?"

"그렇다더군요. 방을 빌리는 것도 그림을 그릴 조용한 장소가 필요하기 때문이라고 했지요. 하지만 스미스 부인이 그림을 그리는 것은 본 적이 없습니다. 대체로 모습조차 거의 볼 수가 없었지요. 계약도 벤 메리만이 맡아서 모두 처리했습니다. 한 달쯤 스미스 부인을 전혀 볼 수 없었던 것이 보통이었습니다. 이따금 생각난 듯이 자러 올 뿐이었지요. 더욱이 올 때나 갈 때나 아주 조용했습니다."

"혼자 출입했나요?"

"올 때와 돌아갈 때는 혼자였습니다."

"방문객은?"

"있었던 것 같습니다. 일일이 지켜본 것은 아니지만, 당신이 생각하는 뜻을 압니다. 남자와 밀회하기 위해서 방을 빌린 것이 아닌가 생각하시는 거지요?"

더러운 것이라도 토해 내듯 가스톤의 입이 일그러졌다.

"실제로 그랬습니까?"

"그렇다고 단언할 수도 없고 아니라고 할 수도 없습니다."

"스미스 부인이 남자와 함께 있는 것을 본 일이 있습니까?"

"그것이 글쎄, 확실히 보았다고 할 수는 없습니다. 어쨌든 이 아파트에는 낮이나 밤이나 온갖 사람이 드나들지 않습니까? 세든 사람의 동정을 하나하나 스파이처럼 정탐하는 것이 내 일은 아니니까요……."

"그 남자가 메리만이었다고 생각되지는 않습니까?"

"그렇지 않은 것도 아닙니다만."

가스톤은 방의 어두운 한구석을 보았다. 그 눈길이 내게로 돌아왔다.

"대체 벤은 어떻게 된 겁니까? 텔레비전에서는 맞아 죽었다고 하던데요."

내가 대답을 하려는데 현관문이 열렸다. 그는 스탠리가 아니었다. 검은 모자를 쓰고 작업복을 입은 젊은 여자였다. 여자는 문을 닫고 피로한 듯이 잠깐 문손잡이에 기댔다가, 나를 흘끗 보고는 이층으로 올라갔다. 재빠른 발소리가 가스톤의 사무실 천장에 울렸다.

"벤 메리만은 누가 죽인 것입니까?" 가스톤이 물었다.

"나도 같은 질문을 하려던 참입니다. 당신은 메리만과 친했잖습니까?"

"친구라고까지 할 수는 없었지요. 서로 집을 찾아간 일도 없었구요. 그 사람의 사생활에 대해서는 조금도 몰랐습니다."

"어떤 생활을 했는데요?"

"노름과 술과 여자지요. 나는 그런 것에는 낭비를 하지 않고, 그런 짓을 하는 패들과도 가까이 하지 않습니다. 그러니까 벤과는 직업 때문에 사귀었을 뿐입니다."

"벤은 직업인으로서 어땠습니까?"

"영리했지요. 너무 지나칠 정도였습니다. 잔재주가 많았어요. 그런 패들은 늘 잔재주를 부리는 법이지만. 2, 3년 전 아파트가 부족했을 무렵, 그 사람에게는 돈이 있음직한 손님에게서 특별히 알선료를 비싸게 받는 나쁜 버릇이 있었지요. 그게 통하지 않게 되자, 집을 살 것 같은 사람에게 우선 아파트를 소개해 주는 나쁜 짓을 했습니다. 손님을 일단 아파트에 들게 하고, 자기가 집을 사면 아파트 쪽 계약은 해약해주겠다고 하는 거지요."

"그것을 스미스 부인에게도 적용했다는 말인가요?"

"아니오. 스미스 부인은 해약 같은 건 하지 않았습니다. 지난해 끝 무렵에 자연히 계약이 끝나게 된 겁니다."

"가구를 남겨 두고 갔다면서요?"

"네, 내버려 두었습니다. 이제 찾으러 오지 않을 거라고 메리만이 말하더군요. 새로 산 집을 도로 팔았다면 이야기가 맞지 않습니다."

"메리만이 그런 말을 한 것은 언제입니까?"

"12월 첫무렵이었을 겝니다. 전화로 스미스 부인은 가구를 찾으러 갈 생각이 없으니 그대로 다음 사람에게 빌려 줘도 괜찮다는 것이었습니다. 스미스 부인이 다시 계약하려는 생각이 없다는 것을 나도 그 때까지는 전혀 몰랐습니다."

"아가씨가 나간 뒤 스미스 부인을 본 적이 있습니까?"

"아니요, 못 보았습니다. 하지만 내가 모르는 사이에 그 방을 썼을지도 모르지요. 아무튼 지난해 끝무렵까지 방세를 받았으므로 스미스 부인은 방을 쓸 권리가 있지요."

나는 까닭을 알 수 없었다. 위철리 부인은 산 마테오에 훌륭한 방을 가지고 있고, 아서톤의 집도 아직 사용할 수 있었던 시기에 챔피언 호텔로 옮긴 것이 된다.

"어째서 이 집에서 나갔는지 모르십니까, 가스톤 씨?"

"스미스 부인 말입니까, 어머니 쪽 말이지요?"

"네, 나가기 전에 뭐 다툼이라도 있었습니까?"

"그렇게 물으시니 말씀드리겠는데, 사실은 옆방 남자와 좀 다투었습니다. 그러나 그것은 지난해 봄 무렵의 일이지요."

"몇 월입니까?"

가스톤은 이마에 주름을 잡고, 그 주름을 손가락으로 펴고 있었다.

"3월이었던가? 3월 아니면 4월입니다. 신기하게도 스미스 부인이 나한테 이야기를 하러 왔지요. 매우 사나운 기세로 2층에서 내려와 퀴런 씨가 방을 엿보았다고 했습니다. 중년 부인들은 가끔 그런 말을 하곤 하지요. 특별히 남자에 미친 부인이 말이죠. 그녀는 퀴런 씨를 당장 쫓아내라고 했습니다. '그렇게 할 수는 없습니다' 하고 나는 말했지요. 퀴런 씨는 당신에게 아무런 흥미도 갖고 있지 않다, 벽에 앉은 파리 같은 것이라고 말해 주었습니다. 다행히 스미스 부인은 그것으로 이해한 것 같았습니다."

"어떻게 이해한 것을 알았습니까?"

"스미스 부인 자신이 그렇게 말했으니까요. 하루인가 이틀 뒤에 다시 찾아와서 자기 잘못이었다고 말했습니다. '부디 잊어 주십시오' 하니까, 벌써 잊어 버렸다고 말하더군요. 퀴런 씨가 그 부인에게 흥미를 가질 이유가 없습니다. 달리 얼마든지 여자아이들에게 인기가 있으니까요."

"퀴런 씨는 세든 이로서 어떤 사람입니까?"

"좋은 사람입니다. 한 번도 언쟁을 일으키지 않았지요. 전에 밤중에 레코드를 크게 틀어 놓은 적이 있었지만, 내가 조용히 이야기를 했더니 곧 꺼 버렸습니다. 훌륭한 젊은이입니다. 자기 장사를 하고 있구요."

알 카포네도 자기 장사를 하고 있었다.

"퀴런 씨는 지금 방에 있습니까?"

"아직 돌아오지 않은 것 같은데요."

나는 2층 퀴런의 방으로 갔다. 제시 드레이크가 문을 열고 나를 보더니 생긋 웃었다.

"빌리기로 결정했나요?"

"아직 정하지 않았습니다. 그전에 스탠리와 이야기를 하려구요."

"가게에 없던가요?"

"네, 아까 들러 보았는데요. 들어가서 기다려도 좋겠습니까?"

"스탠리와 당신이 여기서 만나는 것은 재미없어요." 여자는 스웨터 위로 어깨 근처를 긁었다. "요전에 남자분을 방에 들였을 때도 스탠리는 굉장히 화를 냈어요."

"벤 메리만 말입니까?"

"그래요."

눈을 크게 뜨고 입을 벌리며 과장하여 놀란 뒤 여자는 수상하다는 듯이 입을 다물고 눈을 가늘게 떴다.

"어떻게 아시죠? 스탠리한테서 들었나요?"

"아니, 나에게 그런 말을 하지 않을 겝니다, 스탠리는."

"당신은 경찰관이세요?"

"사립 탐정입니다. 놀라지 마십시오, 제시. 당신을 쫓고 있는 것은 아니니까. 벤 메리만이 어제 당신한테 돈을 보여 주었었지요?"

"네, 그건 위험한 돈이라고 생각되었어요" 하고 여자는 속삭였다. "그래서 손도 대지 않았지요. 그분에게도, 돈에도."

"아니 만졌든 접었든 나는 아무런 상관도 없습니다. 내가 알고 싶은 일은, 그것이 어디서 난 돈이며 어디로 갔느냐 하는 것입니다."

"나도 모르겠어요. 글쎄, 그럴 수밖에 없지요. 느닷없이 뛰어들어와서는 '멕시코로 도망치지 않겠어?' 하는 거였어요. 멕시코에 가면 임금님 같은 생활을 할 수 있다면서요. 그렇게 말하는데 가만히 있을 수도 없어서 '돈은 있어요?' 하고 물으니까, 그는 돈 보따리를 꺼냈어요. 물소라도 목구멍에 걸릴 만큼 큰 보따리였지요. 너무 크니까 손가방에 넣었더군요. 100달러 지폐가 몇백 장이나 있었어요."

여자의 눈이 유리처럼 빛났다.

"어떤 가방입니까?"

"그분의 머리글자가 든 작고 검은 가방이었어요. 방금 새크라멘토에서 오는 길이라고 하더군요. 뭐라든가 하는 여자분과 거래를 했다는 거예요. 나는 들어 본 일도 없는 이름이지만.

분명치는 않지만 그 여자에게 집을 한 채 팔고, 그 사람이 아주 마음에 들어서 현금으로 받은 것 같아요. 현금은 그가 받고, 수수료는 그 여자분이 가지고 있다고 했어요. 나는 까닭을 알 수가 없었어요. 내 경험으로는 그렇게 현금을 주는 사람은 없었으니까요. 거꾸로 현금을 빼앗기는 일은 있어도 말예요. 그래서 위험한 돈이라고 생각된 거예요. 글쎄, 멕시코로 높이뛰기해서 평생을 그곳에서 살자는 것은, 여간한 나쁜 짓을 한 때가 아니고는 못하는 일 아녜요?"

"평생 그곳에서 살자고 했습니까?"

"네, 좀 취하긴 했지만. 아무튼 나는 그의 말을 믿지 않았어요. 그를 믿은 적은 한 번도 없었어요."

"그전에도 사랑의 도피를 하자고 말한 적이 있었나요?"

"사랑의 도피가 아니에요. 사실상 사랑의 도피와 달라요. 그렇지, 설득당한 적은 있어요. 새해 파티 때에도 그분은 자기 집에서 맹렬히 설득했었어요. 옷을 벗고 춤추지 않겠느냐고요. 나는 조금도 그렇게 하고 싶지 않았지만, 그분은 거절할 수 없는 분예요."

"메리만 부부와 언제부터 알고 지냈지요?"

"샐리는 벌써 몇 년 전부터 알았어요. 벤은 세 번인가 네 번밖에 만나지 않았으니까, 거의 모르는 사람이나 마찬가지였어요. 그런데 그분은 손이 빨라요. 그 자신도 자기는 손이 빠르다고 자랑했으니까요.

　나라는 사람은 남자들의 그런 경향을 북돋워 주는가 봐요. 그럭저럭해서 샐리는 결혼한 뒤 나와 그다지 만나지 않게 됐어요."

"결혼 전에 샐리는 뭘 하고 있었습니까?"

"나와 마찬가지로 배우였어요. 올드 크사나듀 극장의 군중 테스트를 받으러 갔을 때 처음 만났어요. 나는 됐지만, 그녀는 떨어졌어요, 나이가 들어서 안 된다고 하더래요. 그 무렵 샐리는 돈에 굉장히 쪼들려 내가 빌려 준 일도 있어요. 벤 메리만 사무실에 취직했을 때 갚아 주었지만. 취직하고, 그리고 결혼했어요."

"그게 언제쯤의 일이지요?"

"정확히는 몰라요. 4, 5년 전이에요. 샐리와 꽤 오랫동안 못 만났어요. 난 1년쯤 네바다 주에 가 있었거든요. 아니, 2년이었던가?"

여자 등 뒤의 방 안에서 전화가 울렸다. 마치 경보라도 받은 듯 여자는 펄쩍 뛰더니 문 앞에 있는 나를 그대로 두고 달려들어갔다.

"여보세요, 스탠리" 하고 여자는 수화기에 대고 말했다.

그리고 꽤 오랫동안 여자는 아무 말 없이 귀를 기울이고 있었다. 나는 귀를 기울이는 여자에게 귀를 기울였다. 여자가 천천히 내 쪽으로 머리를 돌렸다. 아이새도를 짙게 바른 눈이 기름에 더러워진 기계공을 연상케 했다.

"그렇게 하겠어요" 하고 여자는 전화기에 속삭였다. "알았어요. 그럼, 네."

전화기가 부서질까봐 그러는지 살그머니 수화기를 놓았다.

"미안해요" 하고 여자가 말했다. "잠깐, 스탠리가 부탁한 볼일 때문에 실례하겠어요."

"어떤 볼일이죠?"

"당신에게 말씀드릴 필요는 없잖아요. 필요가 있어도 말 안 해요."

"스탠리는 지금 어디에 있습니까?"

"가르쳐 주지 않았어요, 정말이에요." 여자는 거짓말할 때의 목소리로 말했다.

나는 여자와 더 이상 다투지 않고 아래층으로 내려갔다. 가스톤은 사무실 입구에 서 있었다. 나 때문에 천국에 들어갈 희망을 잃기라도 한 듯 방황하는 영혼처럼 나를 응시했다.

지나쳐 가려니까 그는 내 팔을 꽉 잡더니 얼굴을 들이밀었다.

"상금은 어떻게 됐습니까?"

"당신의 정보로 아가씨가 발견된다면 반드시 사례를 해 드리지요."

"얼마입니까?"

"그건 내 의뢰인의 기분에 달렸소."

"지금 얼마라도 선금을 받을 수는 없을까요? 조금이라도 좋으니까."

개에게 뼈를 던져 주듯 나는 20달러를 주고 밖으로 나왔다. 아파트 지붕 위의 하늘은 오래 된 흉터처럼 녹색과 황색으로 줄무늬져 있었다. 하늘에는 어둠이 다가오고 있었다. 오가는 차들이 대부분 전조등을 켰다.

그 차의 흐름 속으로 나도 들어갔다. 내 차가 떠나는 것을 2층 창문에서 제시가 지켜보고 있었다. 맨 처음 네거리에서 나는 카미노 리알로부터 벗어나 곁길로 들어가서 U자형으로 돌아 교차점에서 100피트쯤 떨어진 곳에 차를 세우고, 남쪽이든 북쪽이든 추적할 수 있는 태세를 갖추었다.

주위에 이름 모를 가로수들이 그림자를 드리웠다. 황혼 빛 속에서 아이들이 놀고 있었다.

나는 교차점까지 걸어들어가, 거기서 콘퀴스터도 아파트의 입구를 감시했다. 담배 두 대를 다 피우고 났을 때 차 위의 불을 켰다껐다하면서 달려온 녹색 택시가 아파트 앞에서 경적을 울렸다.

곧 제시가 나왔다. 코트를 입고 두 손에 갈색과 흰색의 여행 가방을 두 개 들고 있었다. 운전사가 도와서 그것을 차에 실었다. 이윽고 문이 닫히고 택시는 북쪽을 향해 달려갔다.

저녁때라 붐비는 차들의 사이에서도 켰다껐다하는 불빛 덕분에 뒤쫓기가 쉬웠다. 택시는 바링게임을 지나 브로드웨이에서 오른쪽으로 꺾었다.

휘비가 빗속에서 혼자 서 있었다는 해안로의 육교를 지날 때 나는 이미 택시 바로 뒤에 다가가 있었다. 택시의 뒤 창문으로 뒷머리만 보이는 제시의 앞쪽에서 국제 공항의 불빛이 반짝이기 시작했다.

주차장 주위를 오른쪽으로 돌아 택시는 공항의 정면 입구 앞에 제시와 두 개의 여행 가방을 내려놓았다. 나도 그 근처에 겨우 차를 몰아넣고 제시를 따라 건물 안으로 들어갔다.

제시는 엘리베이터를 타고 메인 플로어로 올라가더니 거기서 한참 동안 모습을 감추었다. 10분쯤 지난 뒤 여자 화장실에서 나왔다. 그리고 나에게서 5피트쯤 떨어져 혼잡한 곳을 지나갔다.

입술을 고쳐 바른 모양이었다. 눈이 이상하게 빛났다. 나를 보지도 않았다. 누구의 모습도 보고 있지 않는 것 같았다.

제시는 혼잡 속을 빨간 머리의 유령처럼 걸어갔다. 남자들의 시선이 그녀를 쫓아갔다. 나는 적당한 거리를 두고 미행을 계속했다. 제시는 매점으로 가서 표지에 고민하는 여자의 얼굴이 있는 잡지를 샀다.

잡지를 들고 벤치에 앉아 다리를 꼬았다. 하이힐에 스타킹. 코트 아래에는 파티용인 듯한 검은 로우컷 드레스가 보인다.

나는 〈크로니클〉 지를 사서 매점 반대쪽 벤치에 앉았다. 벤 메리만의 사진——그의 메모지에 인쇄된 것과 똑같은 사진이 제3면에 나와 있었다. 기사에 내가 모르는 것은 하나도 없었다.

기사의 결론으로 산 마테오 군 보안관 사무소 라마 로열 경감의 이야기가 실려 있고, 경찰 당국은 지방 사법 기관이 총력을 기울여 이 야만스러운 살인범을 추적하고 있으므로 범인 체포는 시간 문제라고 했다.

신문지 끝으로 나는 제시의 태도를 엿보았다. 여자는 마치 10년 뒤의 자기 운명을 읽는 것처럼 열심히 실화 잡지를 보고 있었다. 창문 아래를 지나는 비행기의 굉음이며 근처를 오가는 여객들의 웅성거림에 조금도 마음을 쓰는 것 같지 않았다. 이따금 시계를 올려다볼 뿐이었다.

시간은 병이라도 걸린 듯 천천히 움직였다. 제시는 불안해 했다. 또 시계를 올려다보고 일어서서 넓은 대기실 전체를 자세히 둘러보고는 다시 앉더니 발 끝으로 바닥을 톡톡 찼다. 코트 주머니에서 담배를 꺼내 입술에 찔러 넣었다.

아까부터 사냥개처럼 제시 옆에 앉아, 그녀의 다리며 몸매를 말끄러미 바라보던 모양 좋은 코트 차림의 얼굴빛 검은 사나이가 이 때 기회를 놓치지 않고 찰칵 불을 켜서 내밀었다. 제시는 그 불꽃으로부터 담배를 뒤로 뺐다. 나는 제시의 표정을 볼 수 없었지만 사나이는 기겁을 하고 도망쳐 갔다. 제시는 담뱃불을 붙이고 나서 다시 잡지로 눈길을 옮겼다.

그러나 이번에는 잡지에 정신을 모으지 못했다. 담배를 한 대 피우는 동안 너덧 번 시계를 보았다. 짧아진 담배를 던져 버리고는 그것을 밟아 끄면서 다시 일어났다. 이번에는 매점 주위를 돌아보고 벤치에 앉아 있는 사람의 얼굴을 하나하나 들여다보며 다녔다. 나는 신문으로 얼굴을 가리고 그녀가 지나쳐 가기를 기다렸다.

다시 아까의 자리로 돌아가더니 제시는 다리를 포갰다 풀었다 하며 한동안 시간을 보냈다. 대기실 안은 따뜻한데 그녀는 추위를 느끼는 것 같았다. 코트깃을 모아 세우고 손을 주머니에 찔러 넣었다. 그리고 벤치에 머리를 기대고 그대로 꼼짝도 않고서 마치 샐러리맨처럼 시계를 지켜보고 있었다. 시간은 아주 천천히 흘러갔다.

스탠리의 전화가 있은 뒤 벌써 한 시간 반쯤이 지났다. 여자와 나는 다시 한 시간 남짓 대합실에 앉아 있었다. 나는 구인 광고에 이르기까지 신문을 구석구석 읽었다.

그랜트 거리에 사는 익명자(匿名者)가 단 한 장밖에 없는 예수 그리스도의 진짜 사진을 팔며 대출(貸出)에도 응한다는 광고가 있었다. 나는 지루한 나머지 이 사람에게 연락해볼까 하는 생각까지도 했다.

뜻을 결정하고 제시에게 다가가려고 할 때, 제시도 마침내 단념한 모양이었다. 배신자를 보는 듯한 눈으로 분연히 시계를 응시하고 나서 1층으로 내려가는 엘리베이터를 탔다. 밖의 택시 정류장에서 나는 말했다.

"쓸데없이 택시비를 쓰지 말아요, 제시. 어디건 내가 바래다 드리지."

턱 끝에 주먹을 대고 여자는 한 발자국 물러섰다.

"어머나, 이런 곳에서 뭘 하고 계시죠?"

"고도를 기다립니다."

"농담하시는 거예요?"

"희비극입니다. 어디로 가시지요?"

손가락 관절을 깨물며 여자는 그 문제에 대해서 생각했다. 이윽고 그녀는 입에서 손을 떼었다.

"역시 아파트로 돌아가겠어요. 잠깐 사람을 만날 예정이었어요. 하지만 비행기가 늦나 봐요."

"요즘은 고도도 비행기로 여행을 합니까?"

"도무지 무슨 말을 하고 있는지 모르겠군요" 하고 여자가 말했다.

"내 차는 반대편에 세워 두었습니다. 당신의 짐을 찾아다 드릴까요?"

"짐이라구요?" 그것은 조금 과장된 연기였다.

"한 시간 전에 당신이 맡긴 갈색과 흰 색의 여행 가방 말입니다.

이제는 여기에 맡겨둘 필요가 없지 않습니까?"

쌓여 있던 여자의 분노가 드디어 나에게 폭발했다. 분노로 몸을 떨며, 그래도 여전히 속삭이는 듯한 목소리로 여자는 할 수 있는 온갖 욕설과 잡설을 퍼부었다.

"나를 미행하고 있었군요."

"네, 얼마쯤 했습니다. 물표(物標)를 주시오, 찾아다 드릴 테니. 차에서 기다려요."

"놀리는 것도 정도가 있어요."

그러나 내가 팔을 내밀자 여자는 얌전하게 따라왔다. 이 여자는 어떤 남자의 팔이라도 상관없으니, 어쨌든 남자의 팔이 필요한 여성인 것이다. 나는 엔진 시동용 열쇠가 꽂혀 있지 않은 것을 확인하고 차 앞좌석에 여자를 남겨 두고는 짐을 찾으러 갔다.

짐은 아주 가벼웠다. 두 개 다 자물쇠가 잠겨 있지 않았다. 입구 옆의 벤치에서 나는 가방을 조사했다.

갈색 쪽에는 남자용 운동복 몇 벌과 닳아빠진 감청색 신사복 한 벌, 그리고 흰 바지와 검은 스웨터, 전기 면도기와 술이 든 돼지 가죽 상자가 들어 있었다. 상자에는 금빛으로 스탠리의 머리글자가 새겨져 있었다.

또 하나의 여행 가방에서는 제시의 냄새가 났다. 빈약한 의상이 몽땅 채워져 있었다. 스웨터, 바지, 머리글자를 넣은 속옷, 화려한 드레스 두 벌, 화장품 조금, 담배 한 갑, 그리고 제시의 타자 원고가 있었다. 그 시작은 이러했다. '만 12살의 생일, 엄마의 구즈베리 열매와 같은 애정에 꼭 껴안긴 뒤로부터 오늘까지 언제나 내멋대로였다.' 이 여자의 생활을 얼마쯤 엿본 나로서는 여자와 스탠리의 여행이 성립되지 않은 것에 왠지 안도감을 느꼈다. 그것은 아무튼 목적지가 없는 여행이 되었을 것이다.

나는 여행 가방의 뚜껑을 닫고 차까지 날랐다. 내가 차에 오르자 제시가 말했다.

"스탠리에게 바람을 맞았어요. 벌써 알고 계실 테지만."

"어디로 갈 예정이었습니까?"

"'멀리'라고 스탠리는 말했어요. 나도 역시 멀리 가 버리고 싶었어요. 이 부근은 이제 싫증이 났어요."

화려하게 밝은 공항 건물로 여자는 눈길을 돌렸다.

"비행기로 갈 계획이었소?"

"아녜요. 소달구지로 여행할 거예요. 그래서 비행장에서 만나기로 했지요."

"스탠리의 전화는 어디서 걸려 왔습니까?"

"가게이겠지요. 음악이 들렸으니까요."

"아직 가게에 있을지도 모르겠군."

"그렇군요." 여자의 목소리가 밝아졌다. "무슨 일로 늦어진 건지도 모르겠어요."

나는 차의 기어를 넣었다. 차는 해안 도로의 혼잡 속으로 말려 들어가더니 몇 분 뒤 산 카를로스에서 빠져나왔다.

나는 산 카를로스의 거리를 가로질러 카미노 리알의 쇼핑 센터로 향했다. 상점가 옆의 주차장에는 차가 거의 없었다. 아니, 스탠리의 빨간 스포츠카가 가게 앞에 서 있었다. 가게 안은 밝고 음악이 들려 나왔다. 제시가 두 손으로 내 어깨를 잡았다.

"당신은 들어오지 마세요. 부탁이에요. 여행 가방을 내려 주고 이제 돌아가요. 당신과 함께 있다가 들키면 또 얻어맞아요."

"얻어맞지 않을 거요."

그것은 마치 애정의 약속처럼 들렸다. 그럴 생각은 없었는데 말투가 그렇게 되어버린 것이다. 어깨를 잡고 있던 여자의 손이 어떠한 정감을 나타내 보였다. 그런가 싶더니 여자의 가슴이 내게로 다가 왔다.

"당신은 정말 친절하시군요."

"나 역시 그렇게 생각합니다."

"그리고 자만심이 강해요" 하고 여자는 모성적으로 말했다.

여자는 나에게 가볍게 키스했다. 아마도 스탠리가 아직 손 안에 있는지 어떤지 조사가 끝날 때까지 나를 지금의 위치에 묶어 두겠다는 의미이겠지.

여자가 차에서 내리고 나는 여행 가방을 건네주었다. 독일 여자처럼 두 개의 여행 가방을 두 손에 들고 그녀는 스탠리의 가게문으로 다가갔다.

문을 열자 음악이 흘러 나왔다. 그것은 행복을 강제로 사라고 떠벌리는 듯한 무턱대고 시끄러운 뮤지컬 희극의 음악이었다. 그 소리를 타고 나는 살며시 여자의 뒤를 쫓았다. 음악은 가게 안쪽 시청실에서 들려 오는 것 같았다.

스탠리는 이쪽으로 등을 보이고 시청실의 유리벽 안에 앉아 있었다. 꼼짝도 하지 않고 음악에 귀를 기울이고 있었다. 제시의 모습은 보이지 않았으나, 두 개의 여행 가방은 시청실 문 밖에 놓여 있었다. 나는 권총을 뽑아 들고 열어 젖힌 문으로 다가갔다.

제시는 문 그늘에 무릎을 꿇고 앉아 있었다. 빨간 털의 닭이 모이를 쪼듯 돈을 줍고 있었다. 마루 위 검은 가죽 가방에서 100달러짜리 지폐가 쏟아져 나오고 있었다. 제시는 정신 없이 지폐를 코트 주머니에 쑤셔 넣었다.

스탠리는 여자 쪽을 쳐다보지도 않았다. 이마에 총을 맞고 긴 의자 위에 몸을 뻗치고 앉아 꿈을 꾸는 듯한 생기 잃은 눈으로 행복한 음악에 귀를 기울이고 있었다.

경찰이 나타나기에는 아주 좋은 장면이었다. 그리고 정말로 경찰이 나타났다.

19

지긋지긋한 한 시간이 지나고, 완전히 포장된 사건을 눈 앞에 두고서 나는 레드우드 시티의 재판소 이층에서 로열 경감과 논쟁을 벌이고 있었다. 포장이라고는 하지만, 얇은 종이로 싼 것 같은 사건이었다. 나는 그 말을 몇 번이나 로열에게 했는데, 경감은 내 비판에 귀를 기울이지 않았다. 경감의 밝고 청결한 방에서 내 신분은 증인과 용의자를 겸한 것이나, 뒤쪽의 것에 더 가까운 것 같았다.

본디 간결한 로열 경감의 이론을 간단하게 서술하면 요컨대 스탠리 쿼런이 5만 달러 때문에 벤 메리만을 죽이고, 다음에 제시 드레이크가 역시 5만 달러 때문에 스탠리 쿼런을 죽였으며, 나는 이 두 사건의 범죄에 대해 무언가 알고 있다. 아마도 좋지 않은 일을 알고 있을 터라는 것이었다.

"이건 그리 단순한 사건이 아닙니다." 나는 두 번 세 번 되풀이한 이야기를 또 했다. "이를테면 쿼런이 메리만을 죽였다 해도, 난 그 점에 대해 큰 의문을 품고 있는데······. "

"크게 의문을 품고 있다는군" 하고 로열은 옆에 다른 사람이라도 있는 듯이 말했다. 그러고 나서 나를 돌아다보며 "그렇게 여기는 근거가 되는 무언가를 나에게 숨기고 있지 않소? "라고 말했다.

"아니오." 나는 거짓말을 했다. "그러나 쿼런과 메리만은 한 굴 속의 너구리였습니다. "

"도둑은 서로 사이가 갈라지게 마련이오. 둘 다 5만 달러가 탐났던 거지. 그리고 둘 다 그 드레이크라는 여자를 자기 것으로 만들고 싶어했소. 그것은 여자도 인정했소. "

"그러나 여자는 메리만이 싫었다고 말했잖소. 메리만이건 돈이건 그 여자에게는 잡을 기회가 얼마든지 있었는데도."

"그걸 그대로 믿소?"

로열은 가엾다는 눈초리로 나를 바라보며 대리석 같은 웃음을 띠었다.

"믿겠소. 어쨌든 그 여자가 퀴런을 죽였을 리 없소. 퀴런이 가게에서 아파트로 전화를 걸었을 때 나는 여자의 방에 있었소. 그 때부터 내가 죽 감시하고 있었지요."

"그것이 당신의 진술이오?" 하고 로열은 공손히 말했다.

"거짓말이라고 생각하면 조사해 보시오. 그 여자의 행동을 난 모두 완전하게 기억하고 있소. 그걸 그 여자의 진술과 맞춰 보면 될 것이오. 귀찮은 수고를 할 생각이 있다면 말이지만. 하긴 이 방에서 멋대로 추리에 잠겨 있는 편이 훨씬 수고가 적겠지요."

로열의 대리석 같은 미소는 달라지지 않았으나 눈이 돌비늘처럼 번쩍 빛났다.

"나는 참을성이 많은 사람이오. 너무 기분 좋아하지 않는 편이 좋을 거요."

"당신은 날 제시 드레이크와 함께 감방에 넣을 셈이오?"

"으음, 다른 층의 다른 감방에 말이오" 하고 경감은 태연하게 말했다. "아파트에서 전화를 건 사람이 틀림없이 퀴런이었다는 것을 어떻게 아오?"

"의심할 이유가 아무것도 없으니까."

"의심할 이유가 아무것도 없대" 하고 로열은 또 가공의 동료에게 말했다. "다른 사람이었을지도 모르지 않소. 퀴런은 그 때 이미 죽어 있었고, 당신은 저 빨간 머리 여자의 알리바이 조작에 이용되었을지도 모르오."

"있을 수 없는 일은 아니로군요" 하고 나는 동의했다.

"다른 해석이 몇 가지 있긴 하오. 그 방향의 수사도 포기하지는 않았소. 당신은 저 드레이크라는 여자와 어느 정도로 아는 사이요?"

"오늘 처음 만났소."

"처음 만나 서로 마음이 통한 것이오?"

"마음대로 해석하시오."

"아니, 정확히 해석하고 싶은데. 당신은 그 여자와 뭘 하고 있었소?"

"지금 손대고 있는 사건 일로 뭘 좀 물어 보았소."

경감은 탁자 너머로 몸을 내밀고 일부러 목소리를 죽여 말했다.

"그 사건이라는 것을 가르쳐 주지 않겠소?"

"가르쳐 주지 않는 편이 좋을 거요."

"가르쳐 주지 않는 편이 좋다니, 무슨 말이오. 당신은 사립 탐정이지 변호사가 아니니 묵비권은 쓸 수 없을 텐데. 경찰 당국, 즉 내게 협력하지 않으면 곤란하오."

"그 질문에는 법정에서 대답하기로 하지요. 제시 드레이크를 아무리 죄어도 법정에 끌어 낼 정도의 사건은 되지 않겠지만."

"그건 알 수 없지."

경감의 얼굴이 나의 바로 코 끝에 있었다. 나는 인간의 살과 똑같은 진기한 광석을 발견한 광물학자가 된 기분으로 경감의 얼굴을 자세히 관찰했다.

"그 여자에게 전과가 있다는 것을 당신은 알고 있었소?"

"내기를 해도 좋소, 어차피 대단한 전과는 아니겠지."

"마약과 매춘이오. 이런 전과를 가진 사람은 거물이 되오."

"아, 적당히 해 둬요, 경감. 제시 드레이크는 퀴런을 쏘지 않았소. 내가 그 방에 있을 때 퀴런이 전화를 걸어왔으니까요. 그 뒤로는 내가 죽 여자를 감시하고 있었소."

"아니, 당신들 두 사람의 이야기에 따르면 퀴런을 살해하기에 충분할 시간 동안 그 여자는 당신의 눈에서 벗어나 있었소."

"언제?"

"여자가 퀴런의 가게에 들어갔을 때요."

"권총 소리가 들리지도 않았는데요?"

"들리지 않아도 할 수 있소."

로열은 의자에 등을 기대었다.

"스나이더 보안관보의 이야기로는 음악 소리가 시끄러웠다더군. 스나이더는 그것을 이상하게 생각했다는 거요. 아무튼 드레이크에게 퀴런을 죽일 기회가 있었다는 것은 인정하겠지요? 동기도 틀림없이 있고 말이오. 바로 그 돈이오."

"하지만 권총이 없소."

"당신이 권총을 가지고 있소" 하고 로열은 밝은 목소리로 말했다.

"3주일 전 일요일에 사격장에 간 이래 한 번도 쏘지 않은 권총이오. 그래, 이제야 생각이 났는데 권총을 돌려주시오. 내게는 휴대 허가증이 있고, 직업상 꼭 필요하니까."

"그야 필요하겠지. 감식이 끝나면 물론 돌려주지요. 테스트 결과가 당신에게 유리하다면 말이지만."

"그 권총을 오늘 밤 사용하지 않았다는 것쯤은 당신도 알잖소."

"그럴까. 사용한 뒤에 소제하여 다시 탄환을 장전할 수도 있소."

"그럴 틈이 있었다고 생각하시오?"

"당신의 이야기로는 그럴 틈이 없었지만, 당신이 얼마 동안이나 그 가게에 있었는지 확실한 것은 모르오. 난 당신을 잘 모르니까. 당신의 이야기를 해 주지 않겠소? 당신이 손대고 있는 사건에 대해서 말이오. 100달러짜리 지폐 뭉치는 어디서 나왔소?"

"그걸 조사하고 있었던 거요." 나는 처지가 좀 난처해졌기 때문에 약간의 진실로 그것을 보충하기로 했다. "틀림없이 메리만이 어떤 거래로 얻은 돈일 거요."

"당신과 아는 인물과 거래했소?"

"아마 몇 사람이 관련된 부동산 거래였던 것 같소. 메리만의 사무실 장부며 금고 안을 조사해 보았소?" 하며 나는 직접하는 대답은 피했다.

"아니, 당신은 조사했소?"

"애석하게도 나는 수사 영장을 낼 수 있는 권한이 없어서요."

로열은 나른한 듯이 의자에서 일어났다. 경감은 나보다도 키가 크고 어깨 폭이 넓고 나이를 조금 더 먹었으며 머리가 나쁜 것 같았다.

"수사 영장이 있으면 메리만의 사무실에서 뭘 찾을 셈이오?"

"발견되는 것을 찾지요."

"농담이오?"

"그렇지도 않소. 당신은 나를 붙잡아 놓고 마치 범인 취급을 하고 있소. 그러면서도 자신은 그런 것에 조금도 개의치 않고 있소. 목적을 위해서는 수단을 가리지 않겠다는 거겠지요. 그런 놀이의 상대를 하고 있을 수는 없소."

로열은 나를 보고 실망한 듯이 머리를 저었다.

"로스앤젤레스 근방에서는 당신 같은 사람이 응석을 부리게 내버려 두는 모양이로군. 분명히 여러 가지 연고나 의리가 있겠지. 하지만 여기서는 당신에게 의리를 세울 녀석이 하나도 없소. 그런 것을 잘 생각해 보는 게 좋지 않겠소?"

"그렇겠지요. 그 결과는 지금 말씀드린 대로요. 빨리빨리 조서를 작성하든가 석방시켜 주시오."

"아니면 24시간쯤 구금을 하겠지. 그럼, 그렇게 하도록 하겠소."

경감은 책상 위의 스위치를 비틀고 재빨리 말했다.

"손인가? 또 한 사람 손님이 있어. 데리러 와 주게."

나는 생각했다. 근대식 유치장에서 하루를 보내는 것도 나쁘지는 않다. 그러나 내가 24시간 멍청히 지내는 동안에 위철리 사건이 순조롭게 진행된다면 참을 수가 없다. 나는 로열에게 말을 건넸다.

"로스앤젤레스 지방검사국의 코르튼이라는 사람을 아시오?"

"들은 적이 있소."

"그 사람에게 전화를 걸어 주겠소? 자택 전화번호는 글래나이트 37481이오. 내게 전과가 있나 없나 물어 봐 주시오."

"흥미 없는데. 그리고 군 보안관 사무실에는 개인의 일로 장거리 전화를 걸어 줄 만한 돈이 없소. 굳이 걸겠다면 당신이 걸든지. 당신한테는 그만한 권리가 있소."

보안관보 제복을 입은 체격 좋은 사나이가 문도 두드리지 않고 들어왔다. 그는 익숙한 눈초리로 나를 바라보았다.

"이 자입니까, 경감님?"

"그래, 독방에 넣어 둬. 벨트 벗기는 걸 잊지 마. 아처 씨는 신경이 약해."

"천만의 말씀" 하고 나는 말했다.

로열은 뒤를 돌아보았는데 마치 개를 보는 듯했다.

"바로 그거요, 천만의 말씀이지. 당신은 하룻밤 묵어 주어야겠소."

"전화를 걸 권리가 있다고 방금 말하지 않았소?"

"로스앤젤레스의 코르튼인가 하는 사람에게 말이오? 시간 낭비요. 코르튼이건 다른 친구건 우리들의 일에 간섭할 수는 없소. 여긴 깨끗한 군(郡)이니까. 당신 같은 폭력배에게 시체를 뿌리고 다니게 할 수는 없소."

나는 조금만 더 있으면 로열에게 덤벼들었을지도 모른다. 모호한 사태를 확실하게 하기 위해서 경감은 일부러 자극적인 말을 하는 것 같았다. 손이 우리들 사이로 끼어들어 나를 쿡쿡 찔렀다.

"데리고 갈까요, 경감님?"

"그 전에 전화를 걸어야 해" 하고 나는 말했다.

"좋아, 당신의 권리를 막지 않겠소." 로열은 익살스럽게 말했다.

"방해되는 이야기는 안 할 테니 당신의 의뢰인에게 전화를 거시오. 당신이 숨기고 있는 정보를 털어놓아도 좋은가 허락을 받는 거요. 당신에게 의뢰인이 있다면 말이지만. 그렇게 하면 아마, 아마도 당신과 나는 서로 마음을 터놓고 이야기를 할 수 있을 거요."

"지성이 없는 녀석의 배는 답답해."

경감은 내 말을 못 들은 모양이다. 아니면 못 들은 척하는 것인지도 몰랐다.

"그럼, 의뢰인에게 전화를 걸어 주지. 이름을 대시오." 경감은 책상 위의 전화로 손을 가져갔다.

"우드사이드의 칼 트레버에게 연락해 주시오."

손과 로열이 얼굴을 마주보았다. 그리고 날이 밝아 가는 듯한 표정으로 내 얼굴을 보았다. 트레버의 이름이 발음되는 순간부터 마치 온도 조절 장치가 작동하기 시작한 것처럼 방 안 공기가 점점 훈훈해졌다.

"트레버 씨는 어젯밤 여기에 왔었소. 당신은 트레버 씨의 일을 하고 있소?"

"트레버 씨 보스의 일을 하고 있습니다."

"위철리 집안의 아가씨가 행방불명된 사건 말이오?"

나는 고개를 끄덕였다.

"왜 처음부터 그렇게 말하지 않았소?"

"고문이란 별로 기분좋은 것이 아니로군요."

"당신이 잘못이오, 고집을 부리니까. 자, 내 책상을 쓰시오."

공기가 너무 따뜻하여 나는 속이 조금 메스꺼워졌다. 로열은 손 보안관보를 쫓아내고 나를 자기 책상 앞의 의자에 앉힌 다음 인터폰을 향해 칼 트레버의 자택 전화번호를 소리쳐 말했다. 번호를 알고 있었던 모양이다.

트레버와 두세 마디 정중하게 말을 나누고 나서 경감은 나에게 수화기를 건네 주었다. 트레버의 목소리는 지쳐빠진 늙은이 소리 같았다.

"아처 씨, 당신에게 연락하고 있었소. 왜 레드우드 시티에 간다는 것을 가르쳐 주지 않았소?"

"그럴 작정이 아니었거든요, 살인 사건에 부닥쳐서요."

"또 살인입니까?" 하고 트레버는 성가시다는 듯이 말했다.

"산 카를로스에서 조그만 레코드 가게를 하고 있던 퀴런이라는 남자입니다."

"범인은?"

"로열 경감의 견해로는 내가 범인이랍니다."

로열은 빙그레 웃으며 머리를 흔들었다.

"모두들 좀 이상해진 게 아니오?"

"그렇습니다" 하고 나는 로열을 바라보며 말했다. "모두들 머리가 조금 돌았습니다. 여기로 오셔서 경감의 머리를 바로잡아 주시겠습니까?"

로열은 혹 숨을 내뱉는 듯이 입술을 오므리며 두 손으로 이해하고 잘 지내자는 듯한 시늉을 해 보였다.

"전화로 이야기하시지요, 그러는 편이 빠르니까." 트레버의 목소리는 장해물에 부딪힌 것처럼 당황하는 빛을 나타냈다. "아처 씨, 나와 함께 여행하지 않겠습니까? 오늘 밤 바로 말입니다."

"어디로요?"

"메디신 스톤입니다. 분명히 말씀드렸다고 생각합니다만, 내 여름 별장이 있는 곳이지요. 그 곳의 보안관이 내가 휘비의 고모부인 것을 알고 있어서 조금 전에 전화를 걸어 왔습니다. 휘비의 차가 발견된 것 같은데요."

"별장에서 말입니까?"

"몇 마일 떨어진 바닷속에서 발견된 모양이더군요. 어부가 2, 3일 전에 발견했는데, 하면 보안관은 이럴 때 머리가 잘 돌아가는 사람이 아니라서 휘비가 행방불명되었다는 연락이 있을 때까지 태평스레 있었던 모양이오. 오늘 밤 안으로 그 차를 건져 올리도록 손을 써 놓았습니다."

"폴크스바겐입니까?"

"아마 그런 모양이오."

트레버는 자신이 바닷속에서 건져 올려진 것처럼 한숨을 쉬었다. 나는 곧 차를 가지고 마중하러 가겠다고 말했다. 로열은 아래층에까지 따라와서 권총을 돌려 주었다.

20

'녹음장'의 현관은 밝았다. 현관 계단을 올라가니, 헬렌 트레버가 문을 열었다. 그녀는 손을 뒤로 하여 가만히 문을 닫았다.

"잠깐 이야기를 들어주시겠어요, 아처 씨?"

"어서 말씀하십시오."

"제가 붙잡더라고 바깥어른에게 이야기하지는 말아 주세요. 하지만 전 칼의 일이 걱정스러워요. 칼의 건강에 몹시 마음을 쓰고 있지요. 이런 일을…… 이처럼 밤늦게 아처 씨와 같이 여행을 해서는 안 되리라고 생각해요."

"바깥어른이 가자고 하셨습니다."

"그야 그렇지만······."

부인은 한숨을 짓고, 회색 목을 손으로 문질렀다. 불빛 탓인지 부인의 눈은 매우 크고 광기가 서려 보였다.

"칼은 언제나 자기 힘에 넘치는 일을 하고 싶어해요. 겉으로는 튼튼해 보이지요. 하지만 실은 그렇지 않답니다. 2년쯤 전부터 협심증에 걸려 있어요."

"그게 심합니까?"

"살아 있는 게 이상할 정도예요. 내 기도의 힘이 칼을 살리고 있다고 난 믿어요. 의사 선생님의 말씀으로는 다시 한 번 발작이 일어나면 그 때는 마지막일지라도 모른대요. 칼이 죽으면 난 살아 갈 수 없어요. 아처 씨, 부디 칼을 데리고 가지 말아 주세요."

"글쎄요, 제가 말려도 듣지 않으실 것입니다. 걱정하실 필요는 없습니다. 운전은 제가 할 테니까요."

"아니, 운전이 걱정되는 게 아니에요. 그 곳에서 정신에 무슨 충격이라도 받지 않을까 걱정스러운 것이지요. 글쎄, 어제부터 심한 긴장의 연속이거든요. 휘비가 살아 있을지도 모른다는 희망으로 전처럼 기운 있게 움직이고 있지만, 만일 휘비가 죽었다는 것을 알기라도 한다면······."

부인의 말이 끊어졌다. 그러나 눈물은 흘리지 않는가 보다. 나에게 얼굴을 보이고 싶지 않은지 부인은 등불에서 얼굴을 돌렸다. 문에 비친 험한 옆얼굴이 만화 같았다. 자신이 못생긴 것을 아는 못생긴 부인, 아마 결혼식날 새색시의 베일을 들어올리고 남편의 키스를 받는 순간부터 그 일을 의식해 왔겠지. 그런 의식은 유부녀의 소유욕을 무서우리만큼 발달시키는 법이다.

"바깥어른께 직접 말씀드리겠습니까, 트레버 부인?"

"말했어요. 그러나 남편은 듣지 않아요. 나는 다만 그 이의 생명을 구하고 싶을 뿐인데 적대시당하고 있어요. 마치 빈정거리는 것처럼 미친사람 같은 일을 하고……이것도 병 때문일까요?"

"그렇지는 않을 겁니다. 바깥어른은 휘비 양이 소중한 것입니다."

"너무 소중하게 여겨요" 하고 부인은 불쾌한 듯이 말했다. "그 애를 나보다, 자신의 건강보다 더 중하게 여겨도 괜찮은 걸까요. 하지만 난 그분의 아이를 낳지 못했어요. 그래서 남편은 조카딸에게 모든 애정을 쏟고 있지요." 갑자기 깊은 애정을 드러내며 부인은 말을 이었다. "내가 석녀인 건 신의 뜻이에요."

부인의 손가락이 목에서 빈약한 가슴으로 움직였다. 부인의 얼굴은 깡말라 심술궂은 표정이 되어 있었다. 나는 트레버의 내부에 자리잡은 분노의 영혼을 얼마쯤 이해할 수 있을 것 같았다.

"바깥어른께 제가 왔다고 전해 주시겠습니까? 되도록 그분의 몸을 돌봐 드리겠다고 약속하겠습니다. 만의 하나라도 심장 발작이 일어나면 의사에게로 모시고 가지요. 부디 너무 지나친 걱정은 하지 마십시오, 트레버 부인."

"아니, 지나친 염려가 아니에요. 칼은 시내에서 돌아왔을 때 마치 사신(死神) 같은 얼굴을 하고 있었거든요. 낮잠도 자지 않았는데 어젯밤에는 밤새도록 잠을 이루지 못했어요."

"그럼, 차 안에서 주무시도록 하지요."

"당신은 칼의 몸에 대해서 조금도 염려하지 않는군요."

"아니, 다른 면에서 걱정하고 있습니다. 역시 남자는 자신의 할 일을 해야만 합니다."

"정말 남자분들이란!"

그것은 선전 포고였다. 부인은 갑자기 돌아서더니, 나보고 들어오라는 말도 없이 성큼성큼 집 안으로 들어갔다.

나는 벽에 기대어 기분 나쁜 그림자에 뒤덮인 잔디를 바라보았다. 어젯밤보다 조금 더 찬 달이 나무들 저편에서 떠오르고 있었다. 달은 나뭇가지들 틈을 통하여 철봉에 짓눌린 여자의 가슴처럼 빛났다.

문을 쾅 닫고 트레버가 빠른 걸음으로 나왔다. 나에게 인사를 하고는 떠오르기 시작한 달을 무슨 전조(前兆)처럼 바라보았다. 하루 사이에 트레버의 얼굴이 날카롭게 되어 있었다. 눈은 무표정하게 번뜩였다.

"괜찮겠습니까, 먼 거리를 가셔도?" 나는 물었다. "기분은 어떠십니까?"

"기분은 최고입니다. 헬렌이 무슨 소리를 하지 않습디까?"

"당신의 협심증을 걱정하더군요."

"바보 같으니. 그건 완전히 나았다오."

힘이 있다는 것을 보이려고 트레버는 두 주먹으로 기세 좋게 공기를 쳤다.

"지금 나는 운전이나 수영을 어느 정도 하고 있지요. 그런데 집사람은 나를 억지로 폐인으로 만들려고 한단 말야. 자, 출발할까요?"

나를 쫓아내듯이 하며 트레버는 차에 올라탔다. 좌석에 나란히 앉으면서 트레버가 숨차하는 것을 확실히 느낄 수 있었다. 부인이 베란다에서 불렀다.

"칼, 강심제를 가졌어요?"

트레버는 뭐라고 뚜렷하지 않은 말을 중얼거렸다. 부인의 목소리가 참새의 지저귐처럼 높아졌다.

"칼, 강심제는?"

"가져왔어" 하고 트레버는 중얼거렸다.

나는 그 대답을 되풀이했다.

"가지고 오셨답니다, 트레버 부인."

창백하고 딱딱한 표정으로 부인은 우리의 출발을 배웅했다. 트레버의 지시에 따라 나는 드라이브웨이에서 오른쪽으로 벗어나 새까만 나무들 사이로 뻗은 포장도로로 나섰다.

"나 때문에 일부러 수고를 해 달래서 미안합니다, 아처 씨. 헬렌에게는 그렇지 않은 척했지만 메디신 스톤까지 혼자 갈 기력이 없어서요."

"당신 때문에 온 것만은 아닙니다. 저도 그 차를 인양한 뒤의 결과에 대해서 굉장히 관심이 있으니까요."

"어째서지요, 당신은 휘비를 모르고 있을 텐데?"

"네, 그러나 앞으로 만날 기회가 있을는지 알 수 없지요."

"그렇다면 발견된 차가 휘비의 것이 아니라고 생각하십니까?"

"그야 곧 알게 되겠지요. 메디신 스톤까지의 거리는?"

"100마일쯤 됩니다."

언덕길을 올라감에 따라 수목의 크기가 커졌다. 길은 전조등 불빛 속에서 갑자기 터널이 되고 우리 등 뒤에서 오므라졌다. 한참 뒤 트레버가 말했다.

"아까 살인을 목격했다고 하셨지요. 그것이 휘비와 무슨 관계가 있습니까?"

"여러 점에서 관계가 있지요. 이를테면 휘비 양의 어머니와도, 다시 한 번 캐서린 위철리와 이야기할 기회를 얻고 싶은데요."

"캐서린은 다른 분에게 찾게 하지 않았습니까?"

"윌리 매키는 그 일을 거절하더군요."

"어째서요?"

"틈이 없답니다" 하고 나는 얼버무렸다. "그리고 달리 여러 가지 일이 생겼습니다. 많은 사건이 일어난 거지요. 캐서린을 찾는 문제는 우선 내일까지 미뤄 둡시다."

트레버는 엄숙하게 나에게 얼굴을 돌렸다. 그 긴장한 눈길이 강하게 내 뺨에 느껴졌다.

"캐서린이 벤 메리만을 죽였다고 생각하십니까?"

"그리고 레코드 상인 스탠리 퀴런도 말입니다."

"믿을 수가 없군. 캐서린이 무슨 동기로?"

"그 두 사람에게 속아서 돈을 착취당했으니까요. 메리만은 처남인 퀴런을 시켜 만데빌 저택을 아주 싼 값으로 샀습니다. 그리고 다음에는 아주 비싼 값으로 캐서린 위철리에게 팔았지요."

"부동산 거래에서 속은 일로 살인을 할까요?"

"부동산 거래가 아닙니다. 메리만은 그 집을 다시 다른 사람에게 팔고 그 돈을 위철리 부인에게서 빼앗았습니다."

"어떻게 그런 짓을 할 수 있지요?"

"분명히 협박했을 겁니다."

"뭘 미끼로 공갈했습니까?"

"아직은 몇 사람의 증인이 있을 뿐입니다. 오늘 산 마테오에서 어느 남자, 콘퀴스터도 아파트의 관리인과 이야기했습니다. 휘비 양은 실종된 뒤 며칠 동안 그 아파트의 어머니 방에 있었습니다. 퀴런은 그 옆방에서 살고 있더군요. 그리고 휘비 양의 방에서 나는 소리를 몰래 엿들은 겁니다. 이것만으로는 꽤 막연한 상황이지만, 좋지 않은 상황임에는 틀림이 없습니다. 관리인 가스톤의 말로는 휘비 양이 콘퀴스터도 아파트에서 나갈 때 메리만과 함께 있었다더군요."

"그 아파트에서 어디로 갔답니까?"

"새크라멘토로 어머니를 만나러 간 모양입니다. 캐서린 위철리가 사실대로 말했다면, 휘비 양은 어머니한테 나타나지 않았습니다.

나는 캐서린의 말을 의심하고 있지만."

"모두가 놀라운 일뿐이로군." 트레버는 생각에 잠기며 말했다.

"그럼, 11월 2일 뒤로 살아 있는 휘비를 본 사람이 있다는 말이군요?"

"여러 사람 있습니다."

"그 뒤에 살해당했다고 생각하십니까?"

"증거가 나타나면 알게 되겠지요."

내가 계산한 대로 트레버는 거기서 묻기를 그쳤다. 언덕 꼭대기를 넘자 긴 내리막길이었다. 수목이 점점 적어졌다. 어둠이 내렸다.

이윽고 바다가 눈 앞에 펼쳐지고 달빛이 물가를 장식하고 있었다. 차오르는 바다에 잇닿은 간선도로를 한 시간 이상이나 남쪽으로 달렸다. 드러난 들판과 인기척 없는 해안을 좌우로 보며 달려 하늘에 실루엣이 되어 떠오르는 아메리카 삼나무숲을 빠져 나가서 절벽을 따라 계속 달렸다.

달은 오른쪽에서 조용히 어둠을 몰아내고 넓은 바다의 표면을 은색으로 물들이고 있었다.

트레버는 가끔 바다를 보았다.

"휘비가 저 속에 있으리라고는 믿어지지 않소" 하고 그는 불쑥 말했다. 그는 몸을 떨고 있었다.

메디신 스톤은 아메리카 삼나무숲에 둘러싸인 고속도로에 자리잡은 쓸쓸한 마을이었다. 건물의 대부분은 껍질을 벗기지 않은 통나무로 만든 관광객용 오두막집이었다.

가장 큰 건물에는 잡화점과 주유소, 모텔, 우체국, 찻집이 어수선하게 늘어서 있었다. 찻집 정면 창에서 불빛이 새어나왔다. 유리창에는 '경양식 있음, 24시간 영업'이라고 휘갈겨 써 놓았다. 그 위에는 주위의 수목에 어울리지 않는 새빨간 네온으로 '게일리'라는 가게 이름이 달려 있었다.

트레버와 나는 그 집으로 들어갔다.

작은 찻집에는 아무도 없었으나, 안쪽 방에서 접시 씻는 소리가 들려 왔다.

나는 25센트 동전으로 카운터를 똑똑 두드렸다. 흰 앞치마에 두 손을 닦으며 한 노인이 안에서 나왔다.

"미안합니다" 하고 노인은 틀니를 보이며 말했다. "아무것도 안 됩니다. 요리는 게일리 부인이 하는데 지금 없습니다. 난 요리를 못합니다. 군(郡) 위생국에 등록되어 있지 않아서요."

노인의 입술은 한쪽으로 뒤틀려 언제나 웃고 있는 것처럼 보였다.

"다른 사람은?" 트레버가 말했다.

"바닷가에 갔습니다. 벼랑에서 떨어진 차를 끌어올리고 있습지요. 차를 타고 너무 빨리 달리면 그렇게 된다니까. 풍덩풍덩 하고 말이오."

"그게 어디쯤입니까?" 하고 트레버가 안타까운 듯이 물었다.

"당신들은 북쪽에서 왔군요?"

"그렇습니다."

"그럼, 그대로 2마일쯤 가서 두 번째 모퉁이에서 오른쪽으로 구부러지십시오. 그 다음에는 곧바로 가면 알 수 있지요. 계속 곧바로 가면 그 차와 똑같은 꼴이 되지만 말이외다."

노인은 껄껄 웃었다. 틀니가 훌렁 빠져나와서 해골이 웃고 있는 듯한 기분 나쁜 얼굴이었다.

"그 차는 페인티드 코브 근처에서 떨어졌나요?"

"그렇소. 페인티드 코브를 아십니까? 바로 저깁니다."

"저기서 테라노바로 가는 길에 내 별장이 있지요."

"아, 어쩐지 어디선가 본 듯한 분이라고 생각했습니다."

나는 노인에게 25센트짜리 동전을 주고 곧 차를 달렸다. 페인티드 코브에 이르는 길은 군데군데 자갈을 깔았으나 대부분이 진흙 길이었다. 주위는 울창하게 선 아메리카 삼나무 숲이었다. 수목은 갈색 기둥으로 받친 피라미드처럼 머리 위를 뒤덮었다. 이윽고 수목 저편에 불빛이 보였다.

길은 갑자기 일직선이 되고 대지(臺地) 모양의 토지가 절벽으로 말미암아 끊어졌다.

커다란 트럭이 벼랑 쪽으로 뒤를 대고 서 있었다.

경찰과 민간인의 차가 몇 대 그 옆에 흩어져 있고, 열서너 명의 사람들이 근처에 서 있었다. 커다란 트럭 뒤쪽에 장치된 기중기가 마치 교수대처럼 벼랑에서 바다를 향해 내밀고, 그 끝에 와이어가 늘어져 있다.

우리는 울퉁불퉁한 길을 걸어 그곳으로 갔다. 트럭 문에는 '게일리의 자동차 수리공장'이라고 씌어 있었다. 서 있는 사람 중에서 일하고 있는 것은 트럭 뒷부분에서 탐조등을 조절하고 있는 제복 차림의 보안관보 뿐이었다. 탐조등의 불빛은 벼랑의 현무암에 닿아 35피트나 40피트 아래의 흔들리는 바닷물을 비추고 있었다. 바다표범 같은 검은 머리가 하나 해변으로 쑥 나타났다. 잠수부의 모자가 보였다.

잠수부는 다시 바닷속으로 숨어 버렸다.

트레버는 팔을 뻗어 보안관보의 다리를 만졌다.

"차는 끌어올렸나요?"

사나이는 퉁명스럽게 돌아다보았다.

"보면 알잖소, 위험하오, 벼랑가에 서면."

트레버는 중심을 잃은 것처럼 한 발자국 물러섰다. 나는 트레버의 팔을 잡았다. 팔의 근육이 비뚤어진 재목 같았다. 크게 떨리는 것을 손가락을 통해 알 수 있었다. 나는 트레버를 데리고 가려 했다. 트레버는 움직이지 않았다. 바다 표면까지 늘어뜨린 와이어를 바라보며 거무스름한 물 속을 꿰뚫어보고 있는 것 같았다.

어깨 폭이 넓은 노인이 우리들에게 다가왔다. 챙이 큰 모자 아래 얼굴이 아메리카 삼나무의 혹 같아 보였다.

"트레버 씨!"

노인은 트레버에게 악수를 청했다. 잠시 어리둥절해하다가 트레버는 노인의 손을 마주 잡았다.

"아, 안녕하시오, 보안관?"

"건강하십니까? 이런 볼일로 멀리까지 오시게 해서 죄송합니다."

"아니, 천만에요. 차는 아직 끌어올리지 못했습니까?"

"네, 두 바위틈에 낀 데다 모래가 차 안에 가득 차서요. 아무래도 더 강력한 기계를 가져와야 할 것 같습니다."

"차 안에는 누가 있습니까?"

"있었습니다."

"있었다니요?"

"두 시간쯤 전에 사람만 끌어올렸습니다." 보안관은 타오르는 눈길로 바다를 노려보며 말했다. "시체는 건져 올렸습니다."

"조카딸의 시체입니까?"

"아마 그런 모양입니다, 트레버 씨. 조카딸의 차 안에 있던 시체니까요. 난 휘비 양을 잘 모릅니다만."

트레버는 야윈 얼굴을 보안관에게로 가까이 했다.

"지금 어디 있습니까?"

"저깁니다."

어두컴컴한 땅 위에 가로누운 흰 것을 보안관은 엄숙하게 가리켰다. 가까이 가보니 그것은 담요로 덮인 들것이었다. 보안관은 트레버에게 말했다.

"결단을 내려 주시면 크게 도움이 되겠습니다. 아직 결정적으로 확인되지 않아서요."

"물론 보아야지요."

"심한 상태입니다. 하긴 두 달 동안이나 바닷속에 있었던 시체이니까요."

"그렇게 마음쓰지 않아도 됩니다. 빨리 보여 주십시오."

보안관은 담요를 들쳐 얼굴 부분을 손전등으로 비추었다. 잔혹한 바다의 시련을 겪은 시체의 얼굴은 무섭게 늙어 있었다. 부어오른 상처투성이의 얼굴이었다. 눈물과 분노가 솟구쳐올라 눈이 흐려졌다. 가까이 다가온 사람들은 아무말도 하지 못했다.

"휘비입니다" 하고 트레버가 말했다.

트레버의 얼굴은 뼈처럼 희고 단단해 보였다. 이 벼랑 전체를 무너뜨릴 정도의 지진을 미리 짐작하기라도 한 것처럼 트레버는 이리저리 주위를 둘러보았다.

그의 몸에 경련이 일었다. 그러더니 트레버는 시체 옆에 무릎을 꿇었다. 기도를 하는 것일까? 그러나 트레버의 몸은 힘없이 무너지며 머리가 땅에 닿았다.

그리고 몸이 빙글 돌더니 벌렁 누웠다. 파리한 얼굴에 새하얀 이가 빛났다. 나는 트레버 옆에서 무릎을 꿇고 앉아 넥타이를 늦추고 옷깃의 단추를 벗겨 주었다. 사나이의 입술에서 말이 새어나왔다.

"강심제, 윗옷 오른쪽 주머니."

나는 작은 병에서 캡슐 한 개를 꺼내어 주고 병을 먼저대로 주머니에 넣었다. 트레버는 이를 드러낸 채 말했다.

"고맙소. 오늘은 심하군."

나는 트레버의 왼쪽 가슴을 만졌다. 심장은 변덕스러운 운명의 타격인 양 둔하게 고동쳤다. 보안관이 볼을 축 늘어뜨리면서 쭈그리고 앉았다.

"심장병입니까?"

"그렇습니다" 하고 나는 말했다. "여기로 데리고 온 게 잘못이었소."

"어서 테라노바의 병원으로 데리고 갑시다. 이 인양 작업도 오늘 밤에는 그만두는 게 좋을 듯 싶습니다."

보안관은 자기 차를 트레버 옆까지 몰고 왔다. 나는 보안관과 함께 트레버를 차로 옮겨갔다. 고통의 폭풍우가 지나가고 트레버의 몸은 무서울 만큼 이완되었다.

"조심하십시오" 하고 나는 말했다.

트레버는 고개를 끄덕이며 웃어 보이려고 했다. 보안관의 차는 달려갔다.

21

나는 절벽으로 돌아왔다. 트럭 위의 보안관보는 탐조등을 켰다껐다 하고 있었다. 아래에서는 검은 바다표범 같은 잠수부의 머리가 물 위로 쓱 떠올라, 탐조등 불빛 속에서 위를 올려다보았다. 보안관보는 올라오라고 손짓을 했다.

빨간 셔츠에 가운을 걸친 남자가 트럭의 운전대로 올라가 시동을 걸었다. 윈치가 천천히 와이어를 감아올리기 시작했다. 검은 옷의 잠수부가 물에서 올라왔다. 와이어 끝의 고리를 두 손으로 잡고 바위에 발을 걸치며 절벽을 기어올라오는 모습은 마치 무중력 상태의 우주인 비슷했다. 잠수부가 절벽 꼭대기에 다리를 걸쳤을 때, 구경꾼들 가운데 몇 사람이 박수를 쳤다.

잠수 모자를 벗는 걸 보니 18, 9세쯤 되어 보이는 소년이었다. 나는 보비 돈가스터를 머리에 떠올렸다. 이 소년도 나이에 비해 몸집이

크고, 넓은 어깨가 고무 잠수복으로 과장되어 한층 더 넓어 보였다. 수중 호흡기를 등에 짊어지고 있었다. 허리띠에는 즈크(베실 또는 무명실을 굵게 꼬아 짠 직물 천막, 신을 만듦)로 만든 주머니와 칼집에 든 큰 칼과 조그만 쇠막대기가 매달려 있었다.

가운을 걸친 사나이가 트럭에서 내려 소년이 수중 호흡기를 벗는 것을 거들었다. 그리고 감탄스러운 듯이 말했다.

"너, 물을 먹지 않았니?"

"아니오, 아버지."

소년의 호흡은 조금도 혼란되지 않았다. 추운 듯한 빛도 없다. 발의 물갈퀴를 벗더니 소년은 맨발로 그 언저리를 걸어다녔다. 보안관보가 그 산책을 방해했다.

"샘, 차의 트렁크를 열어 보았니?"

"네, 도구 말고는 아무것도 들어 있지 않았어요. 일부러 가져올 필요는 없을 것 같더군요."

"번호판은?"

"흔적도 없던데요. 하지만 그게 당연할지도 몰라요. 그 곳은 물의 흐름이 굉장히 빠르거든요."

내가 말했다.

"녹색 폴크스바겐이던가?"

"그런 것 같아요. 지금 말한 대로 절벽 아래는 파도가 굉장히 심해요. 차의 칠 같은 건 벌써 다 벗겨져 버렸답니다."

"시체를 자네가 끌어올렸나?"

소년의 얼굴이 진지해졌다.

"네, 그렇습니다."

"시체는 앞자리에 있었나? 아니면 뒤?"

"뒷자리입니다. 앞자리의 등과 뒷자리의 시트 사이에 끼어 있었지요, 모래 속에서 파냈습니다. 차에는 모래가 가득 들어차 있었거든요."

"시체는 어떤 옷을 입고 있었지?"

"옷을 전혀 입고 있지 않았습니다." 보안관보가 말했다. "담요에 싸여 있었지요. 당신은 친척되십니까?"

"아니, 나는 그 아가씨를 찾고 있던 사립 탐정입니다. 칼 트레버 씨와 함께 왔습니다."

나는 소년 쪽으로 돌아섰다.

"좀더 묻고 싶은 게 있는데, 대답해 주겠나, 샘?"

샘은 고개를 끄덕였다. 하지만 그의 아버지가 끼어들었다.

"그 전에 마른 옷으로 갈아입어야지."

고무 잠수복을 벗으니 밑에는 긴 털 속옷이었다. 그의 아버지는 트럭에서 바지와 스웨터를 가지고 왔다. 샘의 활약도 이제 끝났다. 구경꾼들은 저마다 자기 차로 돌아갔다. 나는 보안관보의 차로 다가갔다.

"이 사고의 목격자가 있습니까?"

"직접 목격한 사람은 없습니다." 보안관은 까다로운 얼굴을 하고 덧붙였다. "그리고 이건 사고가 아닙니다."

"네, 알고 있습니다. 그럼, 간접 목격자는 있습니까?"

"잭 게일리와 잭의 아들이 같은 날 밤에 폴크스바겐을 본 모양입니다. 물론 녹색 폴크스바겐은 많이 지나갑니다만."

"어디서 보았습니까?"

"메디신 스톤의 잭네 가게 앞에서 이쪽을 향해 지나갔답니다. 두 달 전의 한밤중이었는데 마침 주유소를 닫으려 할 때 그 사나이가 폴크스바겐으로 달려갔답니다. 더욱이 잭 부자는 그 사나이를 알고 있었다더군요. 적어도 그렇게 보이더랍니다. 샘은 그 차에다 대고 소리를 질렀지만 남자는 차를 세우지 않았답니다. 뒷좌석에 시체가 있었다면 차를 세우지 않은 것이 당연하겠지요."

"누굽니까, 그 사나이가?"

"이름과 주소는 모릅니다. 작년 여름 메디신 스톤 가까운 별장에 있던 사나이인 모양입니다. 샘은 바닷가에서 두 번쯤 만났다고 하고, 잭은 그 사나이가 찻집에 온 것을 한두 번 보았다고 합니다."

"인상이나 특징은 아십니까?"

"네, 하면 보안관이 이미 인상서를 돌렸습니다. 빨간 머리의 젊은 남자로, 키는 6피트에 잘 생기고 체격이 좋답니다." 보안관보는 쯧쯧 혀를 찼다. "요즈음은 좋은 젊은이들이 태연하게 살인을 한단 말입니다. 틀림없이 이 여자아이와 어쩔 수 없는 사이가 되어 없애 버린 거겠지요?"

"네."

나는 건성으로 대답했다. 인상이 보비 돈가스터와 들어맞는다. 그 젊은이는 지난해 8월 메디신 스톤에 왔었다고 하지 않았는가. 그럼 휘비와 이 곳에서 만나고 이 곳에서 헤어졌다는 말인가 하고 나는 생각했다.

보안관보는 내 얼굴을 들여다보았다.

"뭐, 짚이는 거라도 있습니까?"

짚이기는 고사하고 내 마음 속에는 불길한 조종(弔鐘) 소리가 땡 땡 울리는 참인데, 나는 "아니오, 별로" 하고 대답했다.

트럭이 움직이기 전에 나는 게일리 부자를 붙잡았다. 빨간 머리의 젊은이가 녹색 폴크스바겐을 타고 한밤중에 메디신 스톤 마을을 지나갔다는 이야기를 두 사람은 확인해 주었다. 소년이 말했다.

"지옥에서 뛰쳐나온 박쥐처럼 맹렬한 속력이었어요."

"그런 말투를 쓰면 안돼, 샘" 하고 아버지가 말참견을 했다.

"지옥쯤은 괜찮잖아요?"

"아냐, 안 돼. 잠수를 잘 한다고 해서 우쭐대면 신통할 게 없어."

소년은 히죽 웃었다. 나는 두 사람에게 말했다.

"잘못 본 건 아니겠지요?"

"틀림없어요" 하고 소년이 말했다. 아버지도 고개를 끄덕이고, 소년은 이야기를 계속했다. "아직 가게 불을 끄지 않았기 때문에 그의 얼굴이 확실히 보였습니다. 내가 소리를 질렀는데도 그 녀석은 차를 세우지 않았어요. 이쪽을 보지도 않았어요."

"그런데 자네와 아는 사람이 틀림없나?"

"아는 사람은 아니에요. 작년 여름, 바닷가에서 두세 번 봤을 뿐이지요."

"작년 여름 언제쯤?"

"8월이었다고 생각해요." 소년이 대답했다.

잭 게일리도 말했다.

"그렇습니다, 8월이었어요. 노동조합기념일(9월 첫째 월요일) 한 달쯤 전이었지. 그 녀석이 찻집에 왔던 걸 기억하고 있습니다."

"기억력이 좋군요."

"이런 사건이 일어나면 기억력도 좋아지게 마련이오."

"그 젊은이가 여자와 함께 있는 것을 보지 못했습니까?" 하고 나는 두 사람에게 물었다.

소년이 대답했다.

"바닷가에서 한 번 봤어요. 그 여자에게 파도타기를 가르치고 있었지요. 여자는 별로 잘 타지 못했지만."

"그건 어느 바닷가이지?"

"1마일쯤 저쪽입니다." 소년은 북쪽을 가리켰다. "산호초가 있어서 파도타기에 알맞은 곳이 있어요. 그 근처에서 캠프를 하고 있었던 모양이에요."

"그런데 이름이나 주소는 모른단 말이지요?"

부자는 똑같이 고개를 끄덕였다.

"가게 앞을 차로 지나간 날이 몇 월 며칠이었는지, 정확히 가르쳐 주시겠습니까?"

잭 게일리는 트럭 옆에 기대어 달빛이 비치는 바다를 바라보았다.

"카스티어즈 보안관보도 그렇게 물었습니다만, 아무래도 잘 생각이 안 납니다. 아마 두 달 전이라고 생각되지만 1주일 정도의 차이가 있을지도 모릅니다. 너는 기억 못하겠니, 샘?"

"두 달 전인데……."

"그 때 당신들은 뭘 하고 있었지요? 그걸 생각해 보면 알 수 있을 게 아닙니까?"

"가게문을 닫고 있었습니다. 그 날 밤에 바쁜 일로 늦어졌지요. 캐나다에서 온 차가 테라노바 가도에서 고장이 나, 그 타이어를 바꾸러 밤 11시쯤까지 나가 있었지요. 정말 잭(자동차의 타이어를 바꿀 때 쓰는 작은 기중기 같은 용구)도 없는 형편 없는 차였어요."

"그게 무슨 말씀이세요" 하고 샘이 말했다. "새 타이어를 팔아먹었으니, 할 말은 없잖아요."

"타이어 판매 사실을 장부에 기록합니까, 게일리 씨?"

"물론 모두 기록합니다."

"날짜도?"

"네, 물론이지요."

"그럼, 가게로 가서 그 타이어를 판 날이 언제인지 알아봐 주시겠습니까?"

잭은 고개를 끄덕였다.

"과연 그렇군. 아마 날짜를 알 수 있을 겁니다. 가만 있자, 그건 보통 튜브 식으로 된 블랙 월이었지."

나는 트럭 뒤를 따라 메디신 스톤으로 돌아가, 게일리 부자가 장부를 뒤적거려서 날짜를 알아가지고 오는 동안에 커피 두 잔을 마셨다. 날짜는 밝혀졌다. 11월 2일.

"그러면 이야기가 맞습니까?"

"네, 어떻게 맞는지는 아직 모르겠지만."

누군가가 거짓말을 하고 있다고밖에 생각되지 않았다. 나의 몇 사람의 증인들인 택시 운전사 닉 가롤리니, 아파트 관리인 알렉 가스톤, 그리고 죽은 스탠리 퀴런의 증언에 따르면 휘비는 11월 2일 이후 적어도 1주일 동안은 산 마테오에서 살고 있었다. 게일리 부자가 거짓말을 한다고는 아무래도 생각되지 않았다.

테라노바를 지나 돌아오는 길에 나는 병원에 들러 보았다. 그것은 시의 남쪽 끄트머리에 있는 초라한 단층집이었다. 현관문은 잠겨 있지 않았지만, 어두컴컴하고 조그만 로비와 접수구 책상 뒤에는 사람의 모습이 보이지 않았다. 내가 조명이 흐린 복도를 걸어가자 홀연히 간호원이 한 사람 나타났다.

몸집이 큰 여자였다. 그 큰 몸집으로 내 앞을 가로막아 섰다.

"어디 가십니까?"

"나는 칼 트레버 씨의 친구입니다. 오늘 밤, 협심증 발작을 일으켜 이 병원으로 왔다고 들었는데요."

"면회는 안 됩니다. 아무도 면회할 수 없습니다."

"아니, 면회는 못 해도 좋지만, 상태가 어떻습니까?"

"아주 순조롭습니다. 편안히 주무시고 계시지요."

"의사 선생님을 뵙게 해 주시겠습니까?"

"그랜들 박사님은 댁으로 돌아가셨어요. 만일 용태에 변화가 생기면 곧 와 주시게 되어 있으니까 걱정하지 마세요."

"그랜들 박사는 심장 전문입니까?"

간호원은 무서운 목소리로 대답했다.

"선생님의 자격에 대해 이러쿵저러쿵 말하는 것은 허락되지 않습니다."

"만날 수 있다든가 없다든가 대답해 주십시오."

"만날 수 없습니다." 간호원은 애가 타는 듯한 표정을 지었다. "나는 여기에 서서 이야기할 틈이 없습니다. 지금 근무 하는 간호원은 저 혼자니까요."

큰 삼각돛을 단 배처럼 간호원은 유유히 사라졌다. 나는 로비에 전화 부스가 있는 것을 보고 주머니에서 10센트짜리 동전을 꺼내 전화에 넣고 우드사이드의 트레버 집으로, 요금은 그쪽에서 부담하는 방식으로 전화를 걸었다. 벨이 울리자마자 트레버 부인의 목소리가 들려 왔다.

"기다리고 있었어요." 갈라질 것 같은 목소리였다. "어떻게 되었어요, 아처 씨? 무슨 일이 생겼나요?"

"부인께서 걱정하시던 일이 일어났습니다. 휘비의 시체가 발견된 겁니다. 주인 어른께서 그 시체를 확인하시고, 그 때 자극……."

부인의 목소리가 내 말을 가로막았다.

"발작이 일어났지요? 칼은 죽었나요?"

"그런 게 아닙니다. 지금 테라노바의 병원에 입원하고 계신데, 경과는 좋은 듯합니다. 그러나 전문 의사를 부르는 게 좋을 것 같습니다."

"네, 월레스 박사님에게 곧 전화를 걸겠어요."

수화기에서 침묵이 흘렀다. 침묵을 깨려고 나는 말했다.

"매우 죄송합니다, 트레버 부인."

"괜찮다고는 말씀드리고 싶지 않군요, 아처 씨."

갑자기 전화가 끊어졌다.

22

참담한 밤은 좀처럼 온화한 얼굴을 보여 줄 것 같지 않았다. 오후 3시쯤, 내 차는 볼더 비치로 들어섰다. 시내 북쪽에서는 몇 개의 모텔 네온사인이 어둠 속에서 차가운 매력을 풍기고 있었다. 나는 고속도로에서 벗어나 칼리지 방향으로 향했다. 바다에서 솟아오른 영기(靈氣) 어린 안개에 뒤덮여 칼리지는 죽은 사람의 거리처럼 보였다. 달에는 달무리가 어려 있었다.

오세아노 팜스의 아파트 2층에 있는, 전에 휘비 위철리가 도리 랭그와 함께 살던 방의 커튼에서 불빛이 새어나오고 있었다. 지금은 아직 도리를 만나고 싶지 않았다. 나는 돈가스터 부인의 방 문을 두드렸다.

마치 내가 두드리기를 기다리고 있었던 듯이 놀랄 만큼 빠르게 대답이 있었다. 거울을 통해 그 목소리는 가냘프게 들려왔다.

"보비? 보비냐?"

이번에는 조금 조용하게 다시 문을 두드렸다. 문에 달린 쇠사슬만큼 문이 조금 열렸다. 쇠사슬 위로 돈가스터 부인의 눈이 내다보았다.

"문 좀 열어 주십시오. 알려 드릴 일이 있습니다."

"보비에 대한 일인가요?"

"그렇습니다. 아드님의 일입니다."

그녀는 쇠사슬을 벗기고 한 걸음 뒤로 물러서 어둠 속으로 사라졌다.

"곧 불을 켜겠습니다. 아까부터 어둠 속에 앉아 있었지요."

그녀는 플로어 스탠드를 켰다. 닳아 빠진 아마포 가운을 걸치고 축 늘어진 가슴으로 머리를 내려뜨린 그녀는 굉장히 늙고 의지할 곳이 없어 보였다. 그녀는 믿지 않으면 안 될 일마저도 부정하려는 듯한 마력 어린 목소리로 말했다.

"보비가 사고를 당했나요?"

"사고라고도 할 수 있지요. 부디 앉아 주십시오, 돈가스터 부인. 말씀드릴 일이 여러 가지 있습니다."

내 눈길의 힘에 눌려 그녀는 등 뒤의 의자에 앉았다. 앉으면서 한숨을 내쉬고 말했다.

"보비가 살해된 거로군요."

"살해된 건 보비가 아닙니다."

"무슨 일이 있었는지 이야기해 주세요. 내게는 알 권리가 있다고 생각해요."

나는 피아노 의자에 걸터앉았다.

"무슨 일이 있었는지 나보다 당신이 더 잘 알지 않습니까? 휘비 위철리의 시체가 메디신 스톤 가까이 있는 바다에서 발견되었습니다. 오늘밤 시체가 확인되었지요. 휘비의 시체가 든 차는 40피트 높이의 절벽에서 떨어졌거나 또는 밀려 떨어졌던 겁니다."

돈가스터 부인은 남편의 사진을 올려다보았다. 검은 테 속의 콧수염을 기른 남자는 스탠드의 둥그런 불빛 끄트머리에서 싱긋 웃고 있었다. 불빛 한가운데에서는 그 미망인이 내게 한 대 얻어맞기라도 한 듯이 눈을 껌벅이고 있었다.

"그것이 내 아들과 무슨 관계가 있지요?"

"댁의 아드님이 11월 2일 밤, 자동차를 타고 메디신 스톤을 지나가는 것을 본 사람이 있습니다. 그 주말에는 집에 죽 있었다고 당신이 말씀하셨었지요."

"하지만 정말 누워 있었는걸요."

"그것이 거짓말이라는 게 확실해진 셈입니다."

부인은 침을 꿀꺽 삼켰다.

"내 착각인지도 모르겠어요. 그 애가 유행성 감기에 걸린 것은 그보다 한 주일 뒤였는지도 몰라요."

"증언을 바로잡아 주시는 거로군요."

부인은 나른한 듯 고개를 끄덕였다. 가슴 위에서 머리칼이 죽기 직전의 회색 뱀처럼 뒤틀렸다. 한쪽 머리묶음을 만지작거리며 부인은 말했다.

"그 주말에 그 애는 혼자서 어디에 갔습니다. 어디 갔었는지는 절대로 말하지 않았어요. 아침에 버스 정류장에서 전화를 걸어서는 마중을 나와 달라고 하더군요. 나는 마중을 나갔지요. 그 애는 가엾게도 하느님의……" 부인은 검은 테의 성상(聖像)을 흘끔 올려다보았다. "하느님의 진노를 산 듯한 모습이었습니다."

"얼마 동안이나 집을 비웠습니까?"

"하룻밤입니다."

"어디서 잤느냐고 묻지 않았습니까?"

"물론 물었습니다. 그 처녀, 휘비와 함께 있지 않았느냐고 몇 번이나 물었었지요. 그럴 때마다 그 애는 아니라고 대답했습니다."

겨우 사태의 중대함을 깨달았는지 부인은 잠깐 입을 다물었다. 그리고 두 손바닥을 맞대고 비통한 목소리로 말했다.

"나는 할 수 있는 한의 일을 했습니다. 아버지가 없는 그 애에게 할 수 있는 데까지 다해 주었다고 생각합니다. 아들이 거짓말을 했을 때 부모는 대체 어떻게 해야 할까요?"

"당신은 결코 거짓말을 해서는 안 됩니다."

"그 애는 내게 단 하나밖에 없는 자식입니다. 나는 그 애를 지켜주고 싶은 마음뿐이었어요. 그리고 보비가 그 아가씨가 죽은 일과 관계가 있는지 없는지는 아직 아무런 증거도 없잖아요? 있을 턱이 없지요. 그 애는 휘비를 죽이지 않았을 것이 틀림없어요. 휘비를 아주 좋아하고 있었는걸요. 정신이 이상할 정도로 좋아하고 있었지요."

부인의 목소리가 중얼거림으로 변했다. 초로의 얼굴에 절망의 빛을 담고, 부인은 등을 둥글게 하고 꼼짝도 하지 않았다. 그 눈은 온 방 안을 두리번거리고 있었다.

"오늘 밤 보비는 어디에 갔습니까, 돈가스터 부인?"

"몰라요. 알고 있어도 가르쳐 주고 싶지 않아요."

"그런 태도를 하시겠습니까? 세상에 대해 조금도 부끄러울 것이 없는 부인이라고 생각했었는데."

부인은 몰골 사나운 자기 몸을 내려다보았다.

"그 애뿐이에요, 지금 내게 남아 있는 것은."

그게 아마 문제의 시작일 것이다. 부인은 천천히 머리를 들었다.

"너무나도 괴로운 나날이었지요. 나는 온 힘을 다해 어미로서, 그리고 아버지로서도 그 애를 위해 노력했습니다. 하지만 그 애는 나를 원망하고 있어요. 옛날부터 원망하고 있었어요. 여자는 남자아이를 기를 수가 없는 모양이지요. 하지만 나와 그 애만큼은 어떻게 사이좋게 해 나갈 수 있으리라고 생각했었는데."

눈가에 눈물이 빛났다. 부인은 눈 근처를 손가락으로 눌렀다.

"난 어떻게 해야 하지요?"

"사실대로 말씀해 주십시오. 아드님은 지금 어디 있습니까?"

"몰라요, 맹세코 모릅니다."

부인은 고개를 저었다. 움푹한 볼에 눈물이 수은처럼 흘러내렸다.

"아드님을 만나서 이야기가 잘 되면 이 사건도 어떻게 잘 마무리 될 것 같은데요."

부인은 그 말에 있는 힘을 다해 매달렸다.

"당신도 그 애가 했다고 생각하시지는 않지요?"

"네, 그러나 자꾸 도망치기만 하면 어쩔 수가 없습니다."

"보비는 도망쳐 다니지 않아요. 저녁 식사 무렵에 잠깐 외출했을 뿐이지요. 아주 중요한 일이라고 하더군요."

"어디 갔는데요?"

"그걸 말하지 않았다니까요. 보비답지 않게. 나에게 숨긴 일은 한 번도 없었는데. 내가 끈덕지게 물으니까 방에서 홱 나가 돌아보지도 않고 차를 타고서 가 버렸습니다."

"차의 형은?"

"언제나 타고 다니는 낡은 차지요. 포드 A형이라고 하던가요."

"아드님은 무엇인가 겁내고 있던가요?"

"겁낸다기보다 흥분하고 있었어요. 난 걱정이 됐어요."

"어째서요, 돈가스터 부인?"

"난 아마 걱정하는 게 천성인가 봐요. 하지만 요 한두 달 동안 그 아이는 도무지 침착하지 않았어요. 그리고 그 전화가 걸려 오니까 마치 뜨거운 난로 위의 고양이처럼 펄쩍 뛰어나가 버렸어요. 자신을 억누르지 못하는 것 같고 건강하지도 못한 느낌이에요. 저녁 식사도 하는 둥 마는 둥 나가 버리다니."

"어디서 걸려 온 전화냐고 묻지 않으셨나요?"

"내가 말씀드리지 않았나요? 잊어 버렸군요. 어쨌든 그 전화로 그 애는 완전히 흥분해 버렸어요."

"전화를 건 사람은 누구지요?"

"그걸 말하지 않는 거예요. 어떤 전화인지도 전혀 말하지 않았어요."

"이 근방에서 걸려 온 전화였나요, 아니면 장거리 전화였습니까?"

"글쎄요, 난 모르겠어요. 다른 번호로 걸어 온걸요. 아니면 처음부터 내가 못 듣게 하려고 일부러 그렇게 했는지도 몰라요. 어쨌든 도리 랭그에게로 걸려 와 우리 애가 그 방으로 불려 나갔어요."

"도리 랭그가 아드님에게 전화를 바꾸어 준 것이로군요."

"네, 나중에 난 누가 전화를 걸었더냐고 열심히 물었어요. 그 말괄량이 계집애는 모른다고 시치미를 떼더군요."

부인의 눈이 적의로 빛났다. 눈물은 벌써 말라 버렸다. 약점을 드러내는 발작이 가라앉은 다음, 상처에 생기는 부스럼딱지처럼 부인의 마음은 단단히 닫혀 가고 있었다.

"당신에게라면 가르쳐 줄지도 몰라요. 당신은 남자니까요."

나는 건물 바깥쪽에 있는 층계를 올라갔다. 바로 옆벽에서 달빛으로 생긴 내 그림자가 함께 올라가고, 내 마음은 그 그림자와 똑같이 회색으로 희끄무레했다.

도리의 방 불빛은 아직 꺼지지 않았다. 내 발소리가 들렸는지 방문을 두드리지도 않았는데 도리가 문을 열고는 참새처럼 목을 늘이고 진지한 표정으로 바깥을 살폈다.

내 모습을 보더니 진지한 표정이 금방 사라졌다.

"아, 아저씨였어요?"

"누구를 기다리고 있었지요?"

애써 가벼운 말투로 그녀는 대답했다.

"별로, 아무도. 제겐 이렇게 늦게 손님을 접대하는 습관이 없어요."

어제 만났을 때와 같은 스웨터에 바지 차림이다. 기름이 뜬 듯한 얼굴이 조금 더럽고 창백해 보였다. 어제부터 세수도, 머리를 빗지도 않은 모양이다.

"이런 시간을 내가 일부러 택한 것은 아니오" 하고 나는 말했다.

"시간이 나를 내쫓은 겁니다. 꽤 늦게까지 자지 않는군요, 도리."

"이번 학기엔 잠자기를 포기했어요. 아직도 이번 학기 끝까지는 상당히 남았지만, 당분간 자지 못할 것 같은 예감이 들어요."

그것은 신경이 곤두선 말이었다. 아가씨의 눈은 10센트짜리 동전처럼 표정이 없었다. 방 안에서 졸린 듯한 젊은 여자의 목소리가 "시끄러워!"라고 말하는 것 같았다.

도리는 방 밖으로 나와 가만히 문을 닫았다.

"함께 방을 쓰고 있는 아이가 자고 있어요. 절대로 자기 습관을 바꾸지 않는 아이예요. 아저씨는 뭘 생각하고 있어요?"

그것은 약한 말투였다. 도리는 어제보다 조금 나이 들어 보이고, 얼마쯤 적극적이며 동시에 얼마쯤 불안한 것 같았다.

"당신은 뭘 생각하고 있지요, 도리?"

"아무것도 아녜요. 날씨 이야기나 할까요?"

장난감 참새처럼 되바라진 몸짓으로 도리는 주위를 둘러보았다. 바다로 통하는 언덕길에서 안개가 뭉클뭉클 솟아올랐다. 우리의 발 밑에서도, 머리 위에서도, 주위에서도 밤의 실체(實體)가 움직이며 분해하고 있는 것 같았다.

"안개가 끼는군요" 하고 도리는 말했다.

"안개를 조금 쫓아낼 궁리를 합시다."

"좋아요, 전 안개가 싫어요. 흠뻑 젖은 얇은 옷을 연상시키잖아요?"

그녀의 몸이 가볍게 떨리고 있었다.

"마음 쓰지 마세요. 전 커피에 취해 있어요. 모든 것이 학기말 시험 탓이에요."

"어디로 가서 이야기할 수 없을까요?"

"다른 데로 가서 이야기하는 것은 싫어요" 하고 어린아이 같은 말투로 도리는 말했다. "할 이야기가 있으면 여기서 하는 게 좋겠어요."

"그러지요. 당신은 저녁때 보비에게 전화를 연결해 주었지요?"

"그랬나요?"

"말장난은 그만둡시다. 그 전화는 생사에 관련된 큰 문제입니다. 보비의 생사에 관계되는……."

도리의 불안한 듯한 얼굴이 내 어깨 바로 옆에서 기울어졌다.

"보비도 그랬어요. 그 전화에 대한 것은 누구에게도 말하지 않기로 약속했지요."

"그 약속을 어겼으면 합니다."

"어째서 그렇게 중요하지요? 휘비와 관계가 있나요?"

"왜 그렇게 생각하지요?"

"보비의 태도 때문이에요. 수화기를 귀에 대는 순간 얼굴이 활짝 밝아져……." 그녀는 섬뜩해서 숨을 삼켰다. "누구에게도 말하지 않겠다고 약속한걸요. 보비의 어머니한테도 이야기하지 않았어요. 어머니는 화를 냈지만."

"나는 보비의 어머니가 아니오."

"누가 아저씨보고 보비의 어머니라고 했나요? 하지만 아저씨는 탐정이잖아요. 보비가 복잡한 일에 말려들면 불쌍해요."

"이미 말려들고 있소. 나는 경찰보다 빨리 보비에게 연락을 하고 싶을 뿐입니다."

"경찰……보비는 경찰에 쫓기고 있나요?"

"내일이면 쫓길 겁니다."

"무슨 짓을 했나요, 보비가?"

"안됐지만 그건 대답할 수가 없소. 당신의 기분을 상하게 할 테니까. 만약 진심으로 보비를 불쌍하게 생각한다면, 그리고 나한테 협

277

력해 줄 생각이라면 그 전화 이야기를 자세히 해 주시오."

"자세히는 몰라요. 보비가 전화를 받는 동안 밖에 나가 있으라고 했으니까요."

"보비는 누구와 이야기를 했나요?"

"그걸 모른다니까요."

"그러나 처음 전화를 받은 사람은 당신이 아닙니까?"

"네, 하지만 처음엔 교환원이 나왔을 뿐이에요. '보비 돈가스터 씨에게 전화입니다' 하기에 전 바로 부르러 갔어요."

"그게 몇 시쯤이지요?"

도리는 망설이는 듯했다.

"6시 15분 전이었던 것 같아요."

"어디서 온 전화라고 교환원은 말하지 않았나요?"

"파로 아르트. 스탠포드 대학이 있는 곳이에요. 휘비는 본디 스탠포드에 다니고 있었지요. 전 문득 휘비가 전화를 건 것일까 하고 생각했어요. 지금도 그런 생각이 들어서 휘비의 일만 생각나 잠이 오지 않았어요. 어쩌면 휘비는 기억을 상실하고, 보비의 이름과 내 전화번호밖에 생각나지 않아……."

그녀에게라기보다 오히려 나 자신에게 나는 거친 말을 했다.

"천만의 말씀, 도리. 그건 휘비가 아니오."

"그래요, 정말. 보비도 휘비가 아니라고 했어요. 그 일로 저에게 거짓말을 할 리도 없구요."

"대체 누구의 전화였는지 알아차릴 만한 말을 하지 않던가요?"

"네, 다만 개인 용건이라고만 했어요."

"그것뿐입니까?"

"그리고 숨기는 것처럼 '고마웠어' 하고는 그만이었어요. 5분쯤 뒤에 차를 몰고 간선도로 쪽으로 달려가더군요. 맹렬한 기세로."

"조금 기쁘거나 흥분한 듯한 느낌이었나요?"

"굉장히 흥분하고 있었어요."

"좋은 의미에서? 아니면 그저 감정이 흥분된 것 같았소?"

도리는 생각에 잠겼다.

"글쎄, 잘 모르겠어요. 보비는 이번 겨울 내내 기운이 없었기 때문에 어느 정도 원기가 생겨야 보통 상태인지 잊어 버렸어요. 어쨌든 오늘 밤엔 꽤 긴장하고 있었지만 행복해 보였어요. 어쩐지 속세를 떠난 것 같은 느낌이었어요. 성배(聖杯)를 찾으러 가는 원탁의 기사 같은……."

도리는 달을 올려다보았다. 달은 어느새 어둡고 몽롱한 빛으로 변해 있었다. 도리는 몸을 떨며 어깨를 감싸 안았다.

"추워요, 아처 씨. 이 이야기는 대체 어떻게 된 거예요? 전 까닭을 모르겠어요."

"나도 모릅니다, 도리. 하지만 앞으로 1, 2분 시간을 주겠소?"

"좋아요, 제가 도움이 된다면."

"당신 덕분에 많은 도움을 받았습니다. 그런데……. 당신은 사회학을 하고 있었지요? 보비는 노이로제나 감정의 착란 같은 징후를 나타낸 적이 있었나요?"

"물론이에요, 그는 노이로제 같았어요. 현대에는 누구나 그렇지 않을까요? 그의 '마더 콤플렉스'에 관해 휘비와 가끔 이야기를 했어요. 꽤 심한 것 같았지만 보비는 그것과 싸우고 있었어요."

"싸우다니, 어떤 식으로?"

"요컨대 어른이 되려고 했어요. 어머니의 손에서 벗어나 독립된 생활을 하려고 했어요. 올해 들어서도 어머니와 굉장히 싸웠어요. 2층에서도 확실히 알 정도로요."

"맞잡고 싸웠나요?"

"그렇지 않았어요. 그냥 입싸움이었지요."

"어머니를 협박하던가요?"

"그렇지도 않아요. 다만 학교를 그만두고 일해서 생활하겠다느니, 그런 이야기 같았어요."

"보비가 오늘 밤 그 행동에 착수한 것일까요?"

"그럴지도 모르죠."

"보비는 누군가에게 육체의 위해를 가하려 한 적은 없었나요? 가령 당신이나 휘비에게."

도리는 별로 즐겁지 않은 것처럼 웃었다.

"물론 그런 일은 없어요. 보비는 본디 옛날 이야기에 나오는 왕자님같이 얌전하고 나약한걸요. 휘비가 싫어한 것 가운데 하나도 그런 점이었어요. 보비를 가리켜 '옥에 갇힌 크리스천'이라고 했어요. 왜 그 '옛날 나는 바빌로니아의 왕자, 당신은 옥에 갇힌 크리스천'이라는 노래가 있었잖아요."

"그러나 그런 그가 폭력을 휘두를 가능성이 있다고 생각하지는 않습니까?"

"폭력을, 휘비에게?" 처녀는 두 손으로 자기의 가슴을 눌렀다.

"그런 뜻의 질문이에요?"

"그렇습니다."

도리는 꽤 빠른 속도로 고개를 가로저었다.

"그가 휘비에게 폭력을 휘두른다던가 하는 일은 절대로 없었을 거예요. 내기를 해도 좋아요. 보비와 같은 식으로 여자아이에게 반해버린 남자는 좀처럼 없을 테니까요. 정말이에요."

하지만 처녀는 불안한 듯이 내 팔을 잡았다.

"휘비가 어떻게 됐나요?"

"그런 것 같습니다, 도리."

"죽었나요?"

"아마 그런 것 같소."

불에 데기라도 한 것처럼 도리는 손을 움츠렸다. 그와 동시에 도리는 나에게로 쓰러졌다. 나는 도리의 몸을 받치고 흩어진 머리를 쓰다듬어 주었다. 이것은 완전히 순수한 행동이다.

"너무했어요" 하고 그녀는 매우 어린 목소리로 말했다. "전 어렸을 때부터 기도를 한 일이 없어요. 하지만 작년 11월부터는 기도를 했어요. 두 달 동안 하룻밤도 거르지 않고 기도를 했지요. 그런데도 휘비는 죽었군요. 하느님 따위가 있을 게 뭐람."

그것은 그럴지도 모르고 그렇지 않을지도 모른다고 나는 생각했다. 하느님이 있다고 해도, 하느님이 하시는 일은 매우 신비하다. 결국은 인간과 마찬가지다.

도리는 그런 흔해빠진 말은 듣기도 싫다는 듯이 나에게서 떨어져 문에 기대었다. 한 손이 문손잡이에 닿아 있었다. 그 손잡이를 돌릴 의지도 힘도 없어진 것 같이 보였다.

"내 입으로 말해야만 했던 게 애석합니다" 하고 나는 말했다. "그러나 신문에서 읽는 것보다는 좀 낫겠지요."

"그렇군요. 고마워요. 휘비는 어떻게 죽었지요?"

"아직 모릅니다. 그러나 두 달 전에 죽은 건 확실합니다."

나는 도리의 어깨를 잡았다.

"또 한 가지 부탁이 있는데요."

"뭐지요? 전 지금 기분이 좋지 않아요."

"당신의 전화를 빌려 주십시오."

"하지만 함께 있는 아이가 자고 있어요. 깨우면 굉장히 화를 내요."

"낮은 소리로 이야기하겠소."

"그럼, 좋아요."

도리는 나를 방으로 들어가게 했다. 여자아이가 머리칼을 헝클어뜨린 채로 담요를 덮고 침대 위에 둥그렇게 누워 있었다.

전화는 책상 위, 낡은 형의 커다란 타자기 옆에 있었다. 타자기에는 여전히 치다 만 타자 용지가 끼워 있었다. 나는 그 앞에 앉아 도리의 미완성 문장을 다시 한 번 읽었다.

"대부분의 학자는 반사회 행동의 원인으로서 사회·경제 요인이 월등하게 우세하다고는 하나, 일부의 설로는 사랑의 부족이……."

e가 행에서 빗나가 있었다. e가 빗나간 낡은 로열형 타자기. 나는 윌리 매키한테서 얻은 편지를 꺼내어 급히 비교 검토했다. 그것은 모두 똑같았다.

호머 위철리가 최초에 매키에게 보낸 편지, 두 통의 협박장, 그리고 도리의 논문, 이 세 가지는 어느 것이나 같은 타자기로 친 것이었다. 이 타자기로 친 것이다.

"뭘 하세요?" 하고 내 귓가에서 도리가 속삭였다.

"방금 발견한 것이 있습니다. 이 타자기는 어디서 구입하셨지요?"

"휘비가 빌려주었어요. 그녀가 돌아오지 않아서 그대로 쓰고 있어요. 상관없겠지요?"

"지금까지는 그렇지요. 안됐지만 내가 잠깐 빌려 가겠소."

"왜요?"

"증거물로요." 하고 나는 말했다. "휘비가 이 타자기를 어디서 손에 넣었는지 아십니까?"

"모르는데요. 하지만 어차피 고물이겠지요. 20년쯤이나 된 물건이에요. 어디서 고물을 산 게 아닐까요? 그런데 그것도 휘비답지 않은데요. 새 것밖에 사지 않는 아이니까."

침대에서 처녀가 몸을 뒤척이며 졸린 소리를 냈다.

"뭘 하고 있어, 도리. 이제 그만 자요."

"괜찮으니 어서 자고 있어."

처녀는 깨끗이 벽을 향해 명령에 따랐다.

"증거물이라니, 무슨 말이지요?" 하고 도리가 말했다.

"추리는 나중의 일입니다."

나는 도리의 긴장된 작은 얼굴을 올려다보았다. 마치 겁먹은 토끼 같았다.

"친구의 말대로 하는 게 어떻소? 얌전하게, 따뜻한 우유라도 마시시오. 난 곧 돌아갈 테니까. 당신에게는 잠이 필요하오."

"그럴지도 모르겠군요" 하고 도리는 자신 없는 목소리로 말하고 부엌으로 가서 딸그락 딸그락 냄비 소리를 냈다.

나는 다이얼을 돌려 장거리 전화 교환수를 불러 냈다.

"여보세요, 나는 보비 돈가스터입니다. 어젯 저녁 6시 조금 지나서 파로 아르트에서 전화가 걸려 왔는데 그쪽이 파로 아르트의 몇 번이었는지 가르쳐 주시겠습니까?"

"죄송합니다만 그건 적어 놓지 않았습니다. 장거리 전화가 올 경우 이쪽 번호밖에는 적어 두지 않으니까요."

"저쪽 전화번호를 알 방법이 없을까요?"

"글쎄요, 조금 기다려 주십시오. 책임자를 바꿔 드릴 테니까요."

찰칵 소리가 나고 잠시 사이가 있었다. 나이 먹은 메마른 소리가 들려왔다.

"저는 장거리 전화 책임자입니다. 무슨 일입니까?"

"나는 보비 돈가스터라는 사람인데, 어젯밤 6시쯤 파로 아르트에서 전화가 걸려 왔습니다. 그 전화를 걸어 온 상대방의 번호를 알고 싶은데요."

"그것은 다이얼 직통이었습니까? 그렇다면 조금 알기 어려운데

요."

"아니, 먼저 교환원이 나왔습니다" 하고 나는 말했다.

"그렇다면 파로 아르트에 메모가 있으리라고 생각됩니다."

"그것을 알아봐 주시겠습니까?"

"글쎄요, 여간 중요한 일이 아니면 거절하게 되어 있습니다만."

"매우 중요한 용건입니다."

상대는 내 말을 정직하게 받아들였다.

"그럼, 알아봐 드리겠습니다. 실례지만 이름을 다시 한번 부탁합니다."

"보비 돈가스터."

"당신의 번호는?"

나는 다이얼 한가운데에 써 있는 번호를 읽었다.

"일단 끊으시겠습니까, 그대로 기다리시겠습니까?"

"기다리지요, 부탁합니다."

겨우 알아들을 수 있는 아슬아슬한 목소리로 나누는 대화의 단편에 나는 가만히 귀를 기울였다. 폴랜드니 솔트레이크 시니 하는 여러 곳의 지명이 들려왔다. 밤이라는 거대하고 공허한 마음에 떠오르는 사상(思想)의 조각. 이윽고 메마른 목소리가 되돌아왔다.

"여보세요, 번호를 알았습니다, 돈가스터 씨. 파로 아르트의 더븐 포트 93489입니다."

"그 번호의 소유자는?"

"글쎄요, 거기까지는 조사해 보지 않았습니다. 직접 파로 아르트 국으로 전화해 주시겠습니까? 그쪽 사람이 가르쳐 줄 테니까요. 아니면 직접 그 번호로 걸어 보시는 것이 어떨까요?"

"좋습니다. 그럼 곧 걸어 봐 주십시오."

이른 아침에는 회선이 비어 있는 듯 그 번호는 바로 이어졌다. 모르는 그곳의 전화 벨은 계속 울렸다. 16번.

"안됐습니다만 저쪽이 나오지 않습니다. 나중에 다시 이어 드릴까요?"

"아니, 이쪽에서 걸겠습니다. 여러 가지로 고맙습니다."

나는 전화번호를 수첩에 적고 나서 일어났다. 도리가 부엌문 앞에 나타났다. 김이 나는 찻잔을 한 손에 들고 윗입술에 흰 우유를 묻히고 있었다.

"잘 자요, 이상한 꿈을 꾸지 않도록. 하지만 기도는 계속하는 것이 좋을 거요" 하고 나는 말했다.

도리는 털썩 의자에 앉아 지능이 낮은 아이가 학대를 받았을 때와 같은 표정을 지었다.

"기도 같은 건 소용없어요."

"회선이 비어 있는 것만도 다행입니다. 이제 곧 저쪽에서 전화에 나와 줄지도 모르고요."

23

나는 로열형 타자기를 차에 싣고 시내를 가로질러 볼더 비치의 관광 호텔로 갔다. 오전 5시 10분 전의 호텔은 땅 속 무덤처럼 보였다. 야간 근무중인 접수 담당 사무원은 그들이 늘 그렇듯이 내게 흘긋 눈길을 던졌다. 손님에게 폐가 되지 않을까 하는 걱정과 내 자신이 손님일지도 모른다는 조심성이 뒤섞인 복잡한 눈초리다.

"무슨 볼일이십니까?"

"호머 위철리 씨는 아직 이곳에 계십니까?"

사무원은 그 물음에 직접 대답하지 않았다.

"위철리 씨는 이런 시간에 면회하기를 좋아하시지 않을 거라고 생각합니다. 무언가 전할 말씀이 있으면……."

"나는 위철리 씨의 대리인입니다. 아침 몇 시에 깨워달라고 말씀하셨던가요?"

사무원은 예정표로 눈길을 던졌다.

"여덟 시입니다."

"그럼, 나도 그 시각에 좀 깨워 주시오, 여기서 묵을 테니까. 방값은 얼마요?"

사무원은 값을 말했다.

"방을 사자는 게 아니오, 그냥 묵을 뿐이지."

사무원은 미묘한 웃음을 짓더니 내게 펜을 내주었다. 나는 숙박부를 썼다. 흑인 종업원이 컴컴한 곳에서 나타나 나를 건물 뒤쪽에 있는 방으로 안내했다. 나는 옷을 벗고 깨끗한 시트 안으로 들어간 순식간에 빛처럼 의식이 사라졌다.

한 시간에 5달러로 산 세 시간의 잠이었다. 그러나 머릿속의 조명장치는 의연히 활동을 멈추지 않았다. 비쳐져 나온 것은 어딘가의 물속 장면으로, 나는 피로에 지친 수영선수처럼 소용돌이 속으로 자꾸만 빠져 들어갔다. 몇 겹으로 겹친 물의 층은 밑으로 내려감에 따라 점점 차가워지고, 머리를 길게 늘어뜨린 죽은 사람들이 마치 무슨 추억처럼 물의 움직임에 따라 흔들리고 있었다. 한 여자의 모습이 특별히 명확하게 보였다. 갈기갈기 찢어진 살 밑으로 두개골이 비쳐 보이고, 작은 물고기가 눈구멍 속을 들락날락하고 있었다. 나는 잠에서 깨어났다. 바싹 마른 입 속에 휘비의 이름이 있고, 머리의 내부인지 혹은 내부 가까운 곳에서 벨이 울리고 있었다. 나는 눈을 떴다.

주위는 해맑은 아침 햇살로 가득 차 있었다. 침대 옆의 전화가 다시 울렸다. 나는 무거운 아령같은 수화기를 들어올렸다.

"8시에 깨워 달라고 하셨습니다" 하고 여자아이가 말했다.

"머리가 돌았나 보군, 나는."

"네?"

"잠깐 기다려, 호머 위철리 씨는 일어났나?"

"네, 방금 깨워 드렸습니다."

"전화를 이어 줘."

"알겠습니다."

나는 베개에 손을 짚고 윗몸을 일으키려 했다. 그런데 기묘한 일이 시작되었다. 공간 속에서 방향 감각을 잃어 버린 것이다.

정면의 벽이 나를 향해 넘어져 오고, 몸 아래의 침대는 자꾸만 기울어져 갔다. 나는 있는 힘을 다해 다리를 버티고 그것에 저항하려고 했으나 내 의지와 상관 없이 공간은 마치 의자처럼 쓰러져 버리는 것이었다.

"누구십니까?" 하고 철아령이 위철리의 목소리를 전해 주었다.

"아처입니다."

공간이 조금 흔들렸다. 기울기가 본디 위치로 돌아가기 시작했다. 나는 몸을 앞으로 쓰러뜨리고 그 공간의 회복을 도우려고 했지만 중력보다 강한 힘에 끌려 도무지 움직일 수가 없었다. 나는 휘비의 죽음을 바라지 않았다. 휘비의 죽음을 그녀 아버지에게 알리고 싶지 않았다.

"아처? 지금 어디요?"

"당신과 같은 호텔에 있습니다. 알려 드리고 싶은 일이 있는데요."

"무슨 일이지요? 휘비를 찾아 냈소?"

"아니오. 그럼, 아직 듣지 못하셨습니까?"

"뭘 말이오?"

"뵙고 말씀드리지요. 15분 뒤에 그쪽으로 찾아뵈어도 괜찮겠습니까?"

"좋소."

나는 수화기를 놓았다. 방의 벽이 수직으로 되어 있었다. 위도, 아래도, 측면도, 공간은 본디대로 되돌아가 있었다. 이 기회를 놓치지 않고 나는 침대에서 기어나와 샤워를 하고 수염을 깎았다. 목욕실의 거울에 비친 내 눈은 지옥의 장님 눈과 똑같았다.

위철리의 방갈로로 가는 도중 나는 차의 트렁크에서 타자기를 꺼냈다.

문을 열자마자 위철리는 "대체 뭐요, 그건?" 하고 말했다.

"로열형 타자기입니다. 1937년에 만들어진 거지요. 본 기억이 없으십니까?"

"가지고 들어오시오. 좀더 자세히 볼 테니."

나는 위철리를 따라 거실로 들어가 창 옆의 커피 테이블에 무거운 타자기를 올려놓았다. 그것을 바라보는 위철리의 눈은 썩은 양파 같았다.

"캐서린의 헌 타자기 같은데. 적어도 이와 똑같은 것을 캐서린이 가지고 있었소. 당신은 이걸 어디서 주워 왔소?"

"따님과 함께 하숙하던 여학생이 쓰고 있더군요. 휘비 양은 모습을 감추기 전에 이것을 그 애에게 주었답니다."

위철리는 고개를 끄덕였다.

"이제 생각이 나는군. 캐서린이 이걸 남겨 놓고 간 거요. 그것을 휘비가 작년 가을에 칼리지로 가지고 갔을 거요."

"지난해 부활제 전후에는 어디에 있었습니까?"

"메도 팜스의 집에 있었지요. 캐서린은 언제나 자기 거실에 놓아두었소. 좀더 쓰기 좋은 사무용 타자기를 탐내고 있었지요."

"캐서린 씨는 타이프를 잘 치셨습니까?"

"옛날에는 그랬소. 내가 결혼하기 전에 비서 노릇을 했었거든요. 이 타자기는 그 때부터 가지고 있었던 거요."

"그렇게 옛날 말고, 비교적 최근에 캐서린 씨가 당신 대신 타자기를 쓴 일이 있었습니까? 이를테면 지난해 봄 무렵에는 어땠습니까?"

"그렇소, 가끔 도와 주었소."

축적된 악의가 위철리의 목소리에 나타났다.

"기분이 좋고 시간이 있을 때는 말이오."

"당신은 그 협박장 사건으로 작년 봄에 윌리 매키에게 편지를 보내신 일이 있지요? 그것을 타이핑한 사람은 위철리 부인이었습니까?"

"그런 것 같소, 그렇소, 틀림없이 캐서린에게 치라고 했소, 다른 사람에게는 알리고 싶지 않았지요, 탐정을 고용한다는 것을."

"당신은 타자기를 쓸 줄 모르십니까?"

"한 번도 배운 일이 없소."

"한 손가락으로도?"

"그렇소, 이런 기계를 만진 일은 한 번도 없었소." 위철리는 신경질을 부리며 머리를 다듬었다. "대체 어떻게 된 거요, 이 타자기에 대한 문답은?"

"어제 매키와 이야기를 했습니다. 내가 억지로 부탁을 해서 '당신들의 벗'에게서 온 편지 사건을 자세히 들었습니다. 내 추리로는, 협박장은 이 타자기로 친 겁니다."

"당신은 지금 무슨 말을 하고 있는 거요?"

위철리는 소파에 털썩 주저앉아 한 손을 볼에 댔다. 손을 대고 있지 않으면 무너져 버릴 것 같은 느낌이었다.

"설마 캐서린 자신이 쓴 편지라는 말은 아니겠지요?"

"사실은 그 점을 말하고 싶습니다."

"그러나 당신은 편지 내용을 모르지 않소, 그런 일은 있을 수 없소.”

"이 사건에서 있을 수 없는 일은 하나도 없습니다. 달리 타자기에 가까이 할 수 있었던 사람은 누구누구였습니까?"

"누구나 가까이 할 수 있었소. 가족이나 외부에서 온 손님도 모두 말이오. 고용인이든 손님이든 누구든지 의심할 수 있소. 캐서린의 방은 잘 꾸며 놓았고, 캐서린은 그다지 사용하지 않았소. 더욱이 자물쇠를 잠그지 않았지요. 알겠소? 나는 캐서린을 변호할 생각은 조금도 없지만, 캐서린이 그 두 통의 편지를 썼다고는 도저히 생각되지 않소. 왜냐하면 편지 내용은 캐서린을 모략한 것이니까요."

"자기를 모략하는 편지를 쓰는 것쯤은 문제될 게 없습니다."

"그러나 무슨 목적으로 그런 짓을?"

"싸움을 일으켜 결혼 생활을 파괴하려는 목적입니다. 캐서린에게는 목적과 이치에 맞는 동기 같은 것이 필요없겠지요."

"캐서린은 인습에 매이지 않는 여자가 아니었다는 말이오?"

"현재형으로 말씀해 주시오. 실은 그저께 밤에 캐서린 부인을 만났습니다, 위철리 씨. 아홉 달 전의 정신상태는 모르겠지만, 적어도 현재 캐서린 부인의 정신 상태는 위험합니다."

위철리는 두 손을 높이 쳐들어 휘젓는 시늉을 했다. 원령(怨靈)을 털어내 버리려고 했는지도 모른다.

"당신이 알려 주고 싶다는 건 겨우 그거요? 난 또 휘비 일로 뭔가 좋은 소식이 있는가 했지." 그는 두 손을 몸 옆으로 축 늘어뜨렸다. 손가락으로 소파의 단추를 당겼다. "저주받은 과거를 캐내서 무슨 이익이 있단 말이오. 캐서린이 무슨 짓을 저지를지 모르는 여자라는 것은 나도 충분히 알고 있소. 협박장을 쓴 사람이 캐서린일지도 모른다는 생각은 나도 해봤었소."

"그래서 매키를 그만두게 하신 거로군요?"

위철리는 고개를 끄덕였다. 끄덕인 머리가 무거워서 견딜 수 없다는 듯이 그는 머리를 숙이고 있었다.

"협박장에 써 있던 이야기는 사실이었습니까? 작년 봄쯤, 부인은 누군가 다른 남자와 관계가 있었습니까?"

"있었다고 나는 의심을 했소. 증거는 아무것도 없고, 증거를 찾아 낼 마음도 없었소. 역시 나는 아내를 사랑하고 있었던 거요. 그것은 믿어 주시오."

나는 잘 알 수 없었지만 사랑하고 있다는 말만은 믿을 수가 있었다.

"지난해 첫무렵" 하고 위철리는 이야기를 계속했다. "집사람은 외박하는 일이 잦았소. 어디에 갔었는지, 어디서 잤는지 내게 아예 말하려 들지 않았소. 어딘가에 아틀리에를 빌려 가지고 그림을 그리러 간다는 말은 했지만."

"산 마테오에 방을 빌려 가지고 있었습니다" 하고 나는 말했다.

"그곳에서 한 사람 또는 여러 남자와 잔 흔적이 있습니다. 그것이 사실이라고 가정했을 경우, 그 남자 또는 다른 남자들이 누구였는지 짐작이 안 되십니까?"

"안 되오."

"그 점에 대해서 캐서린 씨를 힐책하신 일은 없습니까?"

"직접 나무란 일은 없소. 솔직히 말해서 나는 무서웠던 거요. 그 사람은 때론 굉장히 거칠게 굴었거든요."

"누군가를 죽여 버리겠다고 떠들거나 하지는 않았습니까?"

"그런 말을 한 적이 한두 번이 아니었소."

"누굴 죽인다고 했습니까?"

"나를……" 하고 위철리는 어두운 얼굴로 말했다.

"불쾌한 질문을 하겠는데, 용서하십시오. '당신들의 벗'이 보낸 편지는 당신 자신이 부인에 대한 의문점을 확인해 보기 위해 쓴 것은 아니었습니까?"

거칠게 구는 것은 위철리 부인 한 사람만이 아니었다. 위철리는 얼굴이 붉으락푸르락 해 가지고 일어나더니 성난 어린아이처럼 나에게 두 주먹을 들이댔다.

"이 자식, 이 자식! 쓰레기 장사 같은 짓을 하고 있군!"

그리고 욕설이 이어졌다. 나는 위철리의 마음이 가라앉기를 기다렸다. 히스테리는 오래 계속되지 않았다. 찾아드는 불꽃처럼 위철리는 불퉁불퉁 작은 목소리로 말했다.

"그런 짓을 하다니, 미치광이요. 당신도 미쳤소."

"그러시다면 제정신을 차려 주십시오!"

"나는 그 추악한 편지와 아무런 관계도 없소. 그건 나에게 무서운 충격이었소."

"휘비 양은 어떤 반응을 나타냈습니까?"

"그 애는 겉으로 나타내지는 않았지만 꽤 동요하는 것 같았소. 언제나 떠들지는 않지만 마음 깊이 상처를 입는 아이지요."

"부인은?"

"캐서린은 아주 냉정했소. 그 일도 있고 해서 매키한테 보내는 편지를 타이핑하게 했소. 캐서린의 반응을 보려고 말이오."

"반응이 어땠지요?"

"실로 냉정하고 침착하며……평소의 캐서린 같지가 않았소. 그 일을 조사하는 동안 내내 캐서린은 그런 태도를 보였지요. 그 뒤 부활제에서 1주일쯤 지나 캐서린은 리노로 가서 변호사를 통해 이혼해 달라고 말해 왔소."

"그 때 당신은 놀라셨나요?"

"아니, 난 이미" 하고 위철리는 말했다. "무슨 일에도 놀라지 않는 심경에 이르러 있었소. 이 세상의 무슨 일에도……."

"휘비 양은 이혼에 대해 어떻게 느끼고 있었을까요?"

"심한 상처를 입고 충격을 받았던 같소."

"부모가 이혼할 때 자식은 어느 한쪽 편을 드는 법입니다. 따님은 어느 편이었지요?"

"물론 내 편이었지요. 그건 처음에 모두 말했잖소. 아무래도 제자리걸음을 하고 있는 것 같구먼."

일부러 다른 이야기를 꺼내는 건 삼가고 있었다. 갑자기 휘비의 죽음을 들이대면 위철리는 이제 질문에 응해 주지 않을지도 모른다. 나는 아직도 묻고 싶은 것이 몇 가지 더 있었다.

"출항 날을 생각해 보십시오. 위철리 부인이 배에 왔었지요?"

"나를 배웅하러 왔었지요" 하고 위철리는 지긋지긋하다는 듯이 말했다. "그걸 잊을 수가 있겠소."

"휘비 양이 어머니와 함께 돌아간 것도 아셨습니까?"

"선실에서 나갈 때에는 함께였소. 휘비가 어머니를 쫓아나갔지요. 두 사람이 함께 돌아갔는지는 전혀 몰랐소."

"같은 택시로 돌아갔습니다. 그 때는 아주 사이가 좋은 것처럼 보였답니다. 휘비 양은 그 날 밤 아서톤의 어머니 집을 방문하겠다고 약속하더랍니다."

"어떻게 그런 걸 알고 있소?"

"그런 것을 조사해 내는 것이 내 직업입니다. 그 날 밤 당신이 배에서 내린 적이 있는지 없는지를 묻는 것도 또한 내 직업입니다."

"천만에, 당신은 나를 의심하오?"

"의심하는 것도 역시 내 직업의 일부라서요, 위철리 씨. 당신은 출항이 11월 3일까지 연기된 것을 말씀해 주시지 않았습니다. 예정대로 출항했다고 하셨지요."

"아, 출항이 조금 늦어졌던 것을 잊고 있었소. 그저 깜박 잊었을 뿐이오."

"깜박 잊는 것은 누구에게나 있습니다. 그러나 그 날 밤 배에서 내렸는지 아닌지는 기억하시겠지요?"

"내리지 않았소. 그 질문은 불쾌하오. 당신의 질문은 모두 불쾌해. 실로 사람을 모욕하는 투로구면. 이제 그런 방법에는 협력하지 않겠소."

위철리는 억지로 무서운 눈을 하고 나를 노려보았다. 그러나 그 태도는 오래 지속되지 못했다. 마치 넋두리를 하는 것같이 위철리는 말했다.

"당신은 대체 뭘 노리고 있소?"

"하나의 죽음을 불러일으킨 상황을 정확히 포착하고 싶습니다. 자세히 말하면 세 사람이 죽고 한 사람이 죽어 가고 있습니다. 당신의 심장 상태는 어떻습니까, 위철리 씨?"

"아무렇지도 않소, 적어도 여행가기 조금 전에 진찰했을 때는. 왜 그러오?"

"어젯밤에 칼 트레버 씨가 협심증 발작을 일으켰습니다."

"칼이? 그거 안됐군" 하고 위철리는 묘하게 가벼운 투로 말했다. 이상한 표정이 위철리의 눈에 어렸다. 여우와도 같은 호기심이었다.

"용태는?"

"모릅니다. 두 번째 발작이라니까 꽤 심하겠지요. 테라노바의 병원에 입원했습니다."

"테라노바? 그런 시골에서 대체 뭘 하고 있었소?"

"지금쯤은 요양을 하고 계시겠지요. 바닷속으로 떨어진 차가 발견되었기 때문에 트레버 씨와 나는 메디신 스톤까지 조사하러 갔었습니다. 그것은 당신 따님의 차로서, 그 안에 시체가 있었습니다. 여자의 시체입니다. 트레버 씨가 그 시체를 확인했지요. 그 때 정신을 잃었던 겁니다."

"휘비였단 말이오?"

"그런 것 같습니다, 위철리 씨."

위철리는 창가로 다가가 한참 동안 공허하게 아침의 창 밖을 내다보고 있었다. 그 몸에 까닭모를 변화가 일어나고 있었다. 슬픈 소식이 몸 안으로 파고들어가는 것을 보고 있는 나로서는 확실히 알 수가 있었다. 이윽고 돌아섰을 때 위철리의 눈과 입에서는 여우 같은 표정이 사라져 있었다. 처음으로 듣는 슬픔에 가득 찬 목소리로 위철리는 말했다.

"그게 소식이었군. 딸은 죽었단 말이지요?"

"아무래도 그런 것 같습니다. 다만 의심스러운 점은, 내가 모은 사실 가운데 한 가지 모순되는 점이 있습니다. 그 사실들로 볼 때 휘비 양은 11월 2일 밤 바다에 떨어졌습니다. 차가 한밤중에 메디신 스톤을 지나는 걸 본 사람이 있습니다."

"휘비가 운전하고 있던 차가?"

"누가 운전했는지는 아직 보고드릴 시기가 아닌 듯합니다. 아무튼 모순되는 건 바로 그 점입니다. 다른 사실들로 미루어 보면 휘비 양은 11월 2일 이후 1주일쯤 어머니가 산 마테오에 빌려 둔 방에서 살고 있었던 겁니다. 정확히 말하면, 휘비 양과 인상 특징이 서로 들어맞는 스미스라는 이름의 젊은 아가씨가 그곳에 살고 있었습니다."

위철리의 눈에 희망이 불타올랐다.

"스미스란 집사람의 처녀 때 이름이오. 휘비라면 그 이름을 썼을 테지요. 그럼, 아직 살아 있다는 말이군요?"

"안타깝지만 그렇지는 않습니다, 위철리 씨. 시체에 대해서는 트레버 씨가 분명히 확인하고 있습니다. 협심증 발작이 일어났을 정도니 틀림없겠지요."

"당신의 말뜻은 알겠소. 칼은 그 아이를 좋아하고 있었소."

현실이라는 우리에 갇힌 살찐 곰처럼 위철리는 방 안을 왔다갔다했다.

"물론 나만큼 사랑하고 있지는 않았지만" 하고 위철리는 허무한 어조로 말을 덧붙이며 내 쪽으로 돌아섰다. 아침 햇살에 드러난 얼굴이 축 늘어져 있었다. "지금 휘비는 어디에 있소?"

"테라노바의 시체 안치실입니다. 오늘 가 보시는 게 좋을지도 모릅니다. 그러나 부디 너무 희망을 걸지는 마십시오. 이미 보기에도 무참한 상태가 되어 있고, 그것이 따님이라는 건 의심할 여지가 없는 일로 보입니다."

"그러나 이미 죽었다고 했을 때 산 마테오에서 살아있는 것을 누가 보았다고 말하지 않았소. 바다에 떨어진 건 다른 아가씨가 아닐까?"

"아닙니다, 산 마테오에 있었던 쪽이 다른 아가씨겠지요. 아무래도 그런 생각이 듭니다."

24

나는 차를 타고 다시 페닌슐러로 갔다. 15달러를 내고 잤지만 몸은 완전히 지쳐 있었다. 그래도 인간과 장소와 의미가 뒤섞인 일종의 감각에 이끌려 나는 활동을 계속했다. 그것은 수학자가 원을 사각으로 만들려고 시도할 때에 느끼는 어딘지 추상의 기쁨과 비슷했다. 수학자는 온 마음으로 생각한다.

파로 아르트 전화국의 부지배인은 한참 지껄이고 난 다음에야 보비 돈가스터에게 걸려 왔던 장거리 전화는 해안길과 시더 레인 모퉁이의 주유소에 있는 공중전화에서 걸려 온 것이라고 조사해 주었다.

시더 레인에는 시더(서양 삼나무)의 그림자도 없고, 그 밖에도 수목다운 나무는 한 그루도 없었다. 아스팔트 길 양쪽은 이미 빈민굴에 가까운 주택가로서, 그 끄트머리는 시끄러운 고속도로와 연결되어 있었다. 해리의 주유소는 그 모퉁이에 있었다. 해리의 가게 입구에 전화 부스가 마치 파수병의 오두막처럼 서 있었다.

나는 가솔린 펌프 옆에 차를 세웠다. 머리가 희끗희끗한 남자가 사무실에서 바쁘게 나왔다. 장사에 매우 열심이고 조금 땅딸막한 그 남자는 은퇴한 웰터급 권투 선수나 정년 퇴직한 해군 기술 하사관처럼 보였다. 그 흰 작업복의 가슴에 해리라는 이름을 수놓았다.

"어서 오십시오" 하고 남자는 말했다.

"넣어 주시오, 10갤런 들어갈 겁니다."

가솔린을 넣는 동안 나는 차에서 내려 전화 부스의 번호를 읽었다. 더븐포트 93489번. 나는 차로 되돌아갔다. 해리는 청소 노이로제에 걸린 것처럼 열심히 차창의 유리를 닦고 있었다.

"전화를 거시렵니까? 잔돈을 바꾸어 드릴까요?"

"아니, 고맙소. 나는 살인 사건을 수사하고 있는 탐정이오."

"정말입니까?"

비꼬는 것인지 순진하게 말하는 것인지 분간할 수가 없었다.

"피의자가 어젯 저녁 이 공중전화를 사용한 모양이오. 시각은 6시 조금 전. 당신은 그 때 있었습니까?"

"네, 그 전화를 건 사람이라면 보았지요. 그 여자를 찾으러 온 사람은 당신이 두 번째입니다."

"여자?"

"그렇습니다."

해리는 두 손으로 모래 시계의 모양을 공중에 그렸다. 손에 들고 있던 걸레가 펄럭거렸다.

　"보라색 드레스를 입은 금발의 글래머였습니다. 내가 잔돈을 바꾸어 주었으니까 틀림없습니다."

　"잔돈을?"

　"장거리 전화를 걸려는 것이었지요. 그리고는 팁을 50달러나 주었답니다."

　"그 여자는 어느 쪽에서 왔소?"

　"저쪽에서 걸어왔습니다."

　해리는 시더 레인의 건너편인 파로 아르트 시의 중심부를 손가락으로 가리켰다.

　"어찌 된 일인지 다리가 아픈 것처럼 절뚝거리고 있었지요."

　"걸어서 왔다고요?"

　"그렇습니다. 이상하게 여겨졌지요, 상류 여자분 같았으니까요."

　"그 여자의 인상은?"

　해리는 설명했다. 틀림없이 위철리 집안의 여자였다.

　"전화를 건 사람이 그 여자임에 틀림없겠지요?"

　"틀림없어요. 전화 도중에 그 여자는 나를 불렀어요. 가장 가까운 모텔의 이름을 가르쳐 달라고 했지요. 가장 가까운 모텔이라면 세스터뿐인데 그 곳은 당신이 묵을 데가 못 된다고 내가 말해 주었답니다. 그래도 그 곳에 묵겠다고 하는 것 같았습니다."

　"정말 묵었을까요?"

　"글쎄요, 아무튼 전화를 끊자 그쪽 방향으로 천천히 걸어갔는데……."

　"어느 방향?"

　"산 호세 쪽입니다. 4분의 1마일만 가면 간판이 보이지요. 그 여자에게도 말했지만, 지저분한 여관이랍니다. 그러나 그 여자는 알았다고 하며 다시 전화로 뭐라고 이야기를 했습니다."

"무슨 이야기를 하는지 듣지 못했소?"

"그다지 들을 생각이 없어서요."

"거동은 어땠습니까?"

"거동?"

"여자가 취해 있었는지 아닌지, 자기가 하는 일을 알고 있는 것 같 았는지 어땠는지 말이오."

"아, 아까 왔던 분도 그걸 물어 보았는데."

해리는 검게 때묻은 손톱으로 머리를 긁었다.

"그렇죠, 그 여자는 걷는 것도 말하는 것도 아주 단정했어요. 다만 꽤 흥분한 것 같았지요. 이것도 아까 그분에게 이야기했습니다만."

"빨간 머리의 키가 큰 도련님이었소?"

"아니, 빨간 머리가 아니었어요. 도련님도 아니구요. 의사가 아닌 가 생각했습니다. 차에 문장(紋章)이 그려져 있었습니다."

"차의 종류는?"

"59년형 라이트 블루의 임페리얼로, 투 도어……."

"그 사람은 이름을 말하던가요?"

"말했을지도 모르는데 기억나지 않는군요. 마침 그 때 아주 바빠서 요."

"그 때라면?"

"두 시간쯤 전이었지요. 지금 당신께 말한 것과 똑같은 이야기를 들려 주었더니, 그분은 곧 세스터 쪽으로 가더군요."

"그 사람의 인상을 기억하고 있소?"

"네, 눈초리가 의사 같았습니다. 왜 의사들은 누구나 다 환자같이 흘긋 쳐다보잖습니까? 그리고 도수 높은 안경을 쓰고, 옷도 고급 이던데요. 아주 비싸 보이는 트위드의 톱코트를 입고 있었습니다."

"나이는?"

"44살이나 45살……. 아니, 쉰쯤 되었을까. 콧수염이 조금 하얗게 났더군요. 나보다도 더 나이 들었을 거요. 나보다 몸무게도 더 나갈 것 같더군요."

오리건 주의 번호판을 달고 먼지에 뒤덮인 스테이션 왜건이 고속도로를 달려와 가솔린 펌프 저쪽에 섰다. 세 명의 아이들이 여행에 취한 듯한 눈길로 여기가 디즈니랜드라도 되는 듯 뒤창으로 얼굴을 내밀었다.

제트기가 머리 위를 날았다. 스테이션 왜건을 운전하고 온 사나이는 아내의 머리 너머로 바니 올드필드 같은 눈초리로 해리를 바라보았다. 슬슬 물러갈 때가 된 모양이다.

해리가 나에게 말했다.

"5달러 9센트입니다. 영수증은?"

나는 돈을 치렀다.

"영수증은 필요없소. 거스름돈도 필요 없고, 여러 가지로 고마웠소."

"감사합니다."

해리는 급히 펌프 저쪽으로 달려갔다.

세스터 모텔은 트럭 운전사의 대기실로 쓰는 식당 가까이에 있었다. 주위의 지면에는 석탄재를 깔아 놓았다. 간판에는 '근대의 센스 넘치는 방'이라고 써 있었다. 움막의 회칠은 마치 사나운 거인의 손으로 만진 것처럼 틈새가 있었다.

전체로 보아 챔피언 호텔보다도 몇 단계 낮은 여관이었다. 주유소 주인인 해리의 말대로 과연 상류 부인에게는 어울리지 않는 곳이었다.

나는 사무실이라고 쓴 오두막 옆에 차를 세우고 석탄재를 밟으며 차에서 내렸다. 낡은 포드 A형이 안의 오두막 앞에 서 있었다. 나는 운전석에 머리를 밀어 넣었다. 등록증에 보비 돈가스터의 이름과 볼더 비치의 주소가 써 있었다.

나는 오두막의 문을 열려고 했다. 자물쇠가 채워지고 문 옆의 창에는 녹색 블라인드가 내려져 있었다.

어딘지 내 등 뒤에서 문이 열렸다. 꽃무늬 드레스 위에 남자용 스웨터를 걸친 뚱뚱한 여자가 사무실에서 나와 천천히 나에게 다가왔다. 빛깔과 모양이 커튼의 놋쇠 고리를 꼭 닮은 귀걸이가 여자의 귀에 달려 있다. 머리칼은 숯검정처럼 검은데, 한 줄기 흰 것이 번개 모양으로 달리고 있었다.

"잠자코 손들어" 하고 여자가 위협하는 목소리로 말했다. "이것을 사용하는 법을 알고 있으니까."

여자는 반짝반짝 빛나는 권총을 꺼냈다. 움푹 팬 여자의 큰 손이 쥐고 있는 권총이 마치 장난감같이 작게 보였다. 여자는 거칠게 숨을 내쉬고 있었다.

"난 도둑이 아닙니다, 부인."

"그럼 뭐야, 썩 나가 버려!"

"탐정입니다, 권총을 집어 넣으시오."

나는 언젠가 그다지 좋지도 않은 일을 했을 때 로스앤젤레스의 보안관한테서 얻은 특별 보안관보의 낡은 배지를 서서히 꺼내 보였다.

여자는 감탄한 것 같은 표정이 되어, 권총을 다시 드레스 밑 가슴 속에 밀어넣었다.

"무슨 볼일이지요? 여기는 엄연한 모텔이에요. 작년에 여러 가지 트러블이 있던 때는 다른 경영자가 있었습니다."

나는 오두막의 문에서 눈을 떼지 않았다.

"저기에 빨간 머리의 청년이 묵고 있습니까?"

"만나려고요?"

"만나러 온 건 나 한 사람만이 아니겠지요?"

여자는 슬픈 얼굴이 되었다.

"우리로서는 묵고 있는 손님에게 일일이 책임을……."

"아니, 그런 것이 아닙니다. 그 젊은이는 지금 있습니까?"

"없을 거예요, 아직 돌아오지 않은 것 같습니다."

나는 오두막 문을 향해 말했다.

"나와, 보비. 아니면 이쪽에서 들어갈까?"

안에서는 응답이 없었다. 나는 얄팍한 문에 어깨를 밀어 댔다.

"어떻게 할 셈이지요?" 여자가 소리쳤다. "문을 부수지는 마세요, 열 테니까요, 잠깐 기다려 주세요."

여자는 사무실로 돌아가 열쇠 다발을 짤그락거리며 들고 왔다. 문에 열쇠를 찔러 넣고 있는 동안에 나는 권총을 꺼냈다. 권총이 매우 범람하는 날이다. 어두컴컴한 방 안으로 나는 들어섰다. 방에는 사람 냄새가 가득 차 있었다. 어둠 속의 녹색 가구는 깊은 바다 밑에 가라앉은 난파선처럼 파편을 연상케 했다.

뚱뚱한 여자가 사슬을 당기자 천장의 전등이 켜졌다. 파리똥으로 더러워진 흰 유리공을 통해서 그 빛은 칠이 벗겨지기 시작한 베니어 화장대며 진흙 빛깔의 깔개며 사람이 잔 흔적이 생생한 더블 베드를 비추었다. 침대의 시트는 탈주를 기도한 두 사람의 죄수가 온 밤 내내 있는 힘을 다해 꼬려고 한 것처럼 배배 꼬여 있었다. 침대 옆의 마루에는 스크 주머니가 뒹굴고 있었다. RD라는 머리글자가 있고 속에는 갈아입을 속옷, 두세 장의 셔츠, 손수건, 칫솔, 치약, 면도기, 그리고 한 권의 수표장이 있었다. 잔액을 보니 볼더 비치 은행에 아직 200달러 남짓 남아 있었다.

나는 작은 주방을 들여다보았다. 싱크대 위의 종이 접시에 분홍색 알맹이를 드러낸 먹다 남은 햄버거가 있었다. 햄버거 그늘에서 바퀴벌레가 나를 바라보고 있다. 햄버거를 절반이나 먹었나 싶을 만큼 큰 바퀴벌레였다.

나는 그것을 권총으로 쏘지는 않았다.

방에 돌아오자 뚱뚱한 여자는 침대에 앉는 중이었다. 그 몸뚱이 아래에서 스프링이 신음소리를 냈다. 여자의 목소리는 스프링 소리의 연속 같았다.

"그분이 돌아올 것인지 아닌지는 나도 잘 모르겠어요. 하지만 아마도 꼭 돌아올 겁니다. 주머니를 놓아 두었고, 차도 있고, 그리고 첫째 어느 쪽에서도 돈을 받지 않았으니까요."

"두 사람이 묵었습니까?"

"여자분과 함께였습니다." 여자는 묘한 눈짓으로 말했다. "숙박부에는 부부라고 적혀 있지요. 어쩐지 이상한 부부라고 생각했지만. 하지만 모텔 영업에서는 그런 걸 일일이 신경을 쓸 수가 없어요. 아베크 족이 올 때마다 결혼 허가증과 바서만 반응 결과를 보이라고는 할수가 없으니까요." 여자의 웃는 얼굴은 그 농담과 마찬가지로 거칠고 막되었다. "대체 어떤 사람이에요, 그 손님은?"

"살인 피의자입니다."

"무섭군요" 하고 조금도 무섭지 않은 목소리로 여자는 말했다.

"겉보기로는 얌전한 것 같은 도련님이던데요. 하지만 그 여자와 함께 있으면 엉뚱한 짓을 저지를 것 같은 생각도 들어요. 그런데 대체 무슨 짓을 했지요? 그 여자의 영감님을 죽이기라도 했나요?"

"그저 그런 정도입니다. 이 곳에 몇 시쯤 왔습니까?"

"어젯 저녁 6시쯤이었어요. 먼저 여자가 와서 남편은 나중에 온다고 하더군요. 남자는 11시쯤에 왔지요."

"여자는 숙박부에 뭐라고 썼습니까?"

"스미스입니다. 스미스 부부라구요."

"지금 어디로 갔습니까?"

"또 한 사람, 나이 든 남자분이 두 사람을 아니, 여자를 데리러 왔었습니다. 그분의 차로 갔지요. 신형의 파란 시보레였어요."

"그 사람은 어떻게 생겼던가요?"

"콧수염을 기른 나이 든 사람입니다." 여자는 자기 윗입술을 가리켰다. "채플린 같은 것이 아니고 아돌프 만쥬 같은 수염이에요. 커다란 안경을 쓰고 있었는데, 꽤 잘생겼더군요. 자기 얼굴에 흙칠을 당했는데도 여자에게 친절했어요."

"얼굴에 흙칠을 당하다니요?"

여자는 꼬인 시트며 찌그러진 베개를 내려다보았다. 그리고 베개를 집어 들어 모양을 가다듬었다.

"그 사람은 틀림없이 그 여자의 남편이겠지요?"

"아닙니다. 그 사람이 누군지 지금 조사하는 참입니다."

"그럼, 살해당한 사람은 누구예요?"

"그 여자의 딸입니다."

여자의 입술이 가엾다는 듯이 뒤틀렸다.

"아, 그래서 그렇게 슬퍼 보였군요. 마음을 잘 알겠어요. 나도 전쟁으로 남편을 잃었지요. 그 뒤로 괴로움이 끊일 날이 없어요. 스팔링과 결혼하고 나서도 그 마음에는 변함이 없답니다."

여자는 한 손을 가슴에 댔다. 그 손가락은 아침 식사의 소시지처럼 창백하고 얼룩이 져 있었다. 이 여자의 육체는 기름덩이 같았다. 손가락으로 찌르면 구멍이 그대로 남을 게 틀림없다.

"그 콧수염의 남자 이야기로 돌아가겠는데 스팔링 부인, 뭐라고 하며 이 곳으로 여자를 데리러 왔던가요?"

"그저 이런 여자가 있습니까 하며 몸집이 크고 금발이며 보랏빛 드레스를 입었을 거라고 말하더군요. 나는 그런 분이라면 있다고 말했지요. 그 남자분이 오두막의 문을 두드리자 문이 열리고, 그분이 안으로 들어가더니, 그 다음부터 굉장했어요. 입씨름이 15분이나 20분쯤 계속되었을까요?"

"뭐라고 하며 싸우던가요?"

"글쎄요, 이야기의 내용은 모릅니다. 단지 소리만 들렸지요. 하지만 무시무시한 싸움이었어요. 틀림없이 여자가 그분과 함께 가지 않겠다고 말하는 것 같았어요. 그 빨간 머리의 도련님하고 같이 있고 싶었던 거지요. 차로 데리고 가는데도 억세게 반항하더군요."

"도망치려고 하던가요?"

"아니, 난투극을 벌인 것은 아니지만 입으로는 굉장히 싸웠습니다. 차가 움직이기 시작했는데도 세 사람은 저마다 뭐라고 떠들어 대더군요. 그런데 이상해요. 빨간 머리의 도련님은 그 여자와 싸우고 있는 것 같았어요."

"그럼, 그 남자가 두 사람을 안전한 곳으로 데려가는 것같이 보였습니까?"

"그렇게 보이지도 않았어요. 당신은 그렇게 하실 셈이지요?"

"네, 그 젊은이는 어차피 차를 가지러 돌아오겠지요. 여기서 잠깐 기다리게 해주시겠습니까?"

"통탕거리는 건 싫어요."

"그런 짓은 안 합니다."

여자가 일어서자 침대는 안도의 숨을 쉬듯 신음했다.

여자의 둔한 마음 속에서 두 가지 생각이 겨우 하나로 정리된 모양이다. 얼굴의 근육이 흔들렸다.

"그럼, 그 젊은이가 금발 여자의 딸을 죽였습니까?"

"그것을 직접 물어보려는 겁니다, 스팔링 부인."

"그런데도 그 여자는 젊은이와 함께 잤단 말인가요? 대체 어떻게 된 여자지요?"

"그것도 직접 물어 보려고 합니다."

나는 부인을 내보낸 다음 문을 닫고 불을 껐다. 한참 지나자 내 눈은 녹색의 어둠에 익숙해지고 바퀴벌레들이 작은 게릴라 부대처럼 나오는 것을 보았다.

보비가 들어오자 바퀴벌레들은 정찰병처럼 재빨리 그늘로 숨었다. 발소리가 들림과 동시에 나는 문으로 가까이 다가갔다. 보비는 문으로 들어서서 내 권총을 보더니 갑자기 얌전해졌다. 하룻밤에 청춘을 모두 소비한 것처럼 그의 눈 아래에는 짙은 기미가 끼어 있었다.

"앉게, 보비. 할 이야기가 있어."

보비의 발이 달려나갈 것 같은 기색을 보였다. 그러나 어디로 달려가면 좋을지 모르는 모양이었다.

"들어와서 앉게나. 자, 빨리."

"네" 하고 보비는 권총을 쳐다보며 말했다.

나는 불을 켜고 보비의 몸을 수색했다. 나한테서 무슨 균이라도 옮는 듯 그는 몸을 부르르 떨었다. 그리고 거의 반사적으로 권총을 무시하고 나의 턱을 향해 오른쪽으로 한 대 먹였다.

나는 그 주먹을 왼손으로 잡아 보비를 밀어젖혔다. 보비는 두 발자국쯤 꼬이는 발로 물러서더니 비스듬히 침대에 쓰러졌다. 다쳤을 리가 없는데 그대로 일어나려고 하지 않았다. 나는 말했다.

"어머니가 진술을 바꾸었어, 보비. 자네에겐 알리바이가 없어. 그날 휘비와 함께 샌프란시스코에 갔었지?"

보비는 뒤틀린 시트에 얼굴을 반쯤 묻고 잠자코 있었다. 이윽고 젊은이는 한쪽 눈을 크게 뜨고 나를 지켜보았다.

"그것을 부정하진 않겠지?"

"네, 하지만 휘비와 함께 간 것을 어머니는 몰랐을 겁니다. 난 좀 일찍 학교에 갔고 휘비는 학교 가까이에서 나를 차에 태웠으니까 요."

"그래, 자네들은 무슨 짓을 할 셈이었나?"

"그런 건 당신과 아무런 관계도 없습니다."

"아니, 여러 사람에게 관계가 있는 일이야, 지금에 와서는" 하고 내가 말했다.

"그럼 말하겠습니다." 보비의 목소리가 반항하듯이 높아졌다. "우리는 결혼할 예정이었습니다. 휘비가 아버지를 배웅하고 나서 우리는 리노에 가서 결혼할 예정이었습니다. 우린 이제 성년이 되었으니까, 이것은 범죄도 아무것도 아니지 않습니까?"

"결혼은 범죄가 아니야. 그러나 자네들은 결혼을 하지 않았잖나?"

"내가 나쁜 게 아닙니다. 나는 결혼하고 싶었습니다. 마음이 변한 것은 휘비입니다. 휘비의 집안은 무슨 복잡한 일이 있었답니다. 복잡한 일이 무엇이냐고 묻지는 말아 주십시오, 아처 씨. 나는 모르니까. 아무튼 나는 체념하고 버스를 타고 집으로 돌아갔습니다."

"샌프란시스코에서?"

"네."

"거짓말 말아. 그 날 밤, 또는 한밤중에 자네가 휘비의 차를 운전하여 메디신 스톤을 지나간 것을 목격한 사람이 있었어. 장소는 자네가 잘 알겠지. 차는 어제 자네가 버린 그 벼랑 아래에서 발견됐어. 휘비의 시체가 차에 들어 있더군. 알았나, 자네는 매우 난처한 처지에 있어. 그걸 잘 생각해 보게."

젊은이는 꼼짝도 하지 않고 입도 열지 않았다. 내 고발에 짓눌린 것처럼 바보 같은 표정으로 앉아 있었다.

"왜 휘비를 죽여야만 했지? 자네는 휘비를 사랑하지 않았나?"

젊은이는 두 손을 짚고 윗몸을 일으켜서 내 쪽으로 얼굴을 돌리며 말했다.

"당신은 아무것도 모르십니다."

"그럼, 가르쳐 주지 않겠나?"

"다 큰 남자가 자기 자신에게 죄를 씌우거나 하겠습니까?"

"자네가 다 큰 남자인가?"

젊은이는 천장의 불을 올려다보며 분홍색 엷은 콧수염을 만졌다.

"어른이 되려고 노력하고 있습니다."

"여자아이를 죽였다고 어른이 되진 않아."

보비는 눈길을 내려 나를 지켜보았다. 그 눈은 21살의 나이치고는 너무 구슬프고 회의적이었다.

"나는 휘비를 죽이지 않았습니다. 아무도 죽이지 않았습니다. 하지만 자신이 한 일의 결과에 대해서는 책임을 질 생각입니다."

"무슨 뜻이지?"

"지금 말씀대로 나는 메디신 스톤에 갔었습니다. 그리고 차를 벼랑에 떨어뜨리고 고속도로까지 걸어 돌아와 버스를 탔습니다."

"왜 그런 짓을 했지?"

보비는 방 여기저기를 무심히 둘러보았다.

"모릅니다."

"사실대로 말해 주게."

"사실대로 말해 봐야 아무 소용이 없습니다. 어차피 내 말 같은 것은 아무도 믿어 주지 않을 겁니다."

"자넨 처음부터 이야기하려 하지 않잖는가?"

"내가 휘비를 죽이지 않은 것은 사실입니다."

"자네가 아니면 누가 죽였어? 캐서린 위철리인가?"

젊은이는 코에 걸린 웃음 소리를 냈다. 그것은 큰 웃음 소리도 아니었고, 길게 계속되지도 않았지만 내 신경을 매우 자극했다.

"자네와 캐서린 위철리는 어떤 관계인가? 자네의 마더 콤플렉스의 소치인가, 아니면 보통의 거래 관계인가?"

"아처 씨께서는 모릅니다" 하고 보비는 말했다. "아무래도 아처 씨께서는 결코 이해해 주지 못할 겁니다."

"작년 11월 2일의 이야기를 해 주게."

"사형을 받는 편이 차라리 낫습니다."

젊은이의 목소리가 높아졌다. 이 곳이 그 최후의 방으로서 벌써 시안화물(Cyan化物)의 냄새가 나기라도 하는 듯 젊은이는 오두막 안을 둘러보았다. 문 밖에서 끄는 듯한 발소리가 들렸다. 주춤주춤 문을 두드리는 소리가 났다.

"여보세요, 괜찮습니까?"

"괜찮습니다, 스팔링 부인."

모든 것이 참으로 잘 들어맞고 있었다.

"이제 곧 돌아가겠습니다."

"그래요? 되도록 빨리 끝내 주세요."

부인은 사라졌다. 나는 비참하게 된 젊은이에게 말했다.

"앞으로 1분 동안 시간을 주겠네. 자네가 좀더 잘 알아듣지 못한다면 하는 수 없지. 이 문제를 재판소로 옮기겠어. 문제를 일단 그쪽으로 옮기고 자네에게 불리한 증거가 준비되면 재판에 회부될 게 틀림없네. 협박하는 게 아니야. 이게 바로 현실이라는 걸세. 자네가 현실에 어두운 것 같아 알려 주는 거야."

젊은이 마음에서 일어나는 동요가 눈에 나타났다.

"하지만 아처 씨께서는 아무것도 모릅니다. 나는 휘비를 죽이지 않았습니다. 휘비는 죽지 않았어요."

"그런 말 하지 마. 시체까지 발견되었는데."

"휘비가 살아 있다는 것을 증명할 수 있습니다. 나는 지금 휘비가 있는 곳을 압니다."

보비는 자기도 모르게 그 말을 해 버리고 나서 황급히 자기 입을 손으로 막았다.

"거처를 알고 있다면 그 곳으로 데려다 주게."

"싫습니다. 아처 씨께서는 휘비에게 여러 가지로 묻겠지요? 휘비는 그 고통을 견디지 못할 겁니다. 지금까지 겪은 괴로움만으로도 충분합니다. 내가 도와 주지 않으면 살아 있을 수조차 없습니다."

"도와 주어 봤자 소용없어" 하고 나는 말했다. "그 차에 시체가 들어 있었어. 그게 휘비가 아니라고 자넨 말했는데, 그럼 누구란 말인가?"

"휘비의 어머니입니다. 작년 11월에 휘비는 어머니를 죽였어요. 난 휘비의 부탁으로 그 시체를 처리했지요. 나와 휘비는 공범입니다."

젊은이는 몸을 펴고 후유 한숨을 쉬었다. 지탱할 수 없는 무거운 짐을 겨우 내려놓은 듯한 느낌이었다. 그 무거운 짐이 이번에는 내 어깨를 눌렀다.

"휘비가 있는 곳을 말하게, 보비."

"싫습니다. 무슨 짓을 해서든지 나를 괴롭히십시오. 휘비에게는 손가락 하나 다치지 못합니다."

보비의 눈에는 기사도 정신이, 갤러하드(아서왕 이야기에 나오는 원탁의 기사 가운데 한 사람)의 분위기가 깃들어 있었다. 이상주의와 히스테리와 승화된 섹스가 온통 뒤섞인 것이다. 아니, 그렇게까지는 승화되지 않았는지도 모른다. 나는 권총을 집어 넣고 앉아서 좋은 말을 찾았다.

"내 말을 듣게, 보비. 휘비가 살아 있다는 자네의 말만으로는 아무 소용이 없어. 실제로 휘비를 만나 이야기를 해 봐야지."

"아처 씨께서는 잔혹한 갈고리 같은 손으로 휘비를 붙잡고 싶어할 뿐입니다."

"갈고리 따윈 없어." 나는 두 손을 내 보였다. "휘비가 무슨 짓을 하거나 나는 휘비 편이네. 나는 휘비의 아버지에게 고용된 몸이야. 그래서 이처럼 고생을 해 가며 휘비를 찾으려는 게 아닌가. 그걸 자네가 방해할 수는 없지 않나?"

"휘비는 안전한 곳에 있습니다" 하고 보비는 완강히 말했다. "휘비를 지금 그대로 내버려 두고 싶습니다."

"의사 선생님의 이름이 뭔가?"

이 질문에 보비는 흠칫했다.

"절대로 가르쳐 주지 않겠습니다."

"자네한테서 듣지 않아도 돼. 이만큼 알면 경찰이 저녁때까지는 휘비의 거처를 밝혀낼 테니까. 하지만 이런 때 경찰은 빼놓는 편이 좋지 않을까?"

보비는 고개를 숙이고 있었다. 이 젊고 정열적인 머릿속에서 대체 어떤 생각이 오가고 있는지 나는 알 수가 없었다. 보비의 생각은 띄엄띄엄한 말로 되어 나왔다.

"너무합니다. 휘비에게 벌을 주어서는 안 됩니다. 휘비에게는 책임이 없으니까요. 계획해서 한 일이 아닙니다."

"자네는 그 현장에 있었지?"

젊은이의 머리가 꿈틀 하고 쳐들렸다. 그 얼굴은 송아지 고기를 삶은 빛이 되었다.

"어느 의미로는 현장에 있었습니다. 밖에서, 휘비의 차 안에서 기다리고 있었던 거지요. 휘비가 함께 들어가는 것은 싫다고 했습니다. 어머니와 단둘이 이야기하고 싶다고 했습니다."

"그곳은 아서톤의 집이었나?"

"네. 그 날 밤 내가 차를 운전하여 샌프란시스코에서 휘비의 어머니 집까지 갔습니다. 휘비는 운전하고 싶지 않다고 했습니다. 몹시 초조해하더군요."

"그것이 몇 시쯤이었지?"

"밤 8시쯤입니다. 그 날 오후 배에서 어머니와 만나 집에 간다고 약속했었지요. 꽤 오랜만에 만난 모양이었습니다. 휘비는 나와 결혼하기 전에 기어이 어머니와 화해하고 싶다고 했습니다. 그런데 그것이 잘 되지 않았습니다. 모든 일이 안 된 겁니다."

보비의 말이 끊어졌다. 나는 기다렸다.

"휘비가 집에 들어간 지 20분쯤 지났습니다. 아마 잘 되어 가는 모양이라고 나는 생각했습니다. 그런데 휘비가 나왔는데, 손에 부젓가락이 들려 있고, 그 막대기에서 피가 흐르고 있었습니다. 그리고 '도와 줘요' 하지 않겠습니까? 난 어떻게 된 거냐고 물었습니다. 휘비는 나를 끌고 집 안으로 데리고 들어갔습니다. 휘비의 어머니는 머리가 피투성이가 된 채 난로 앞에 쓰러져 있었습니다. 이 시체를 처리하고 사건을 비밀로 해 두자고 휘비가 말했습니다."

보비의 눈에 고뇌의 빛이 가득 찼다. 그 눈을 딱 감고 아무것도 보이지 않는 눈으로 젊은이는 말했다.

"나는 다만 휘비를 구하고 싶은 마음일 뿐입니다. 휘비에게 벌을 내리지는 말아 주십시오. 휘비는 제 정신이 아니었습니다."

"아니, 나는 벌을 내릴 권한이 없어. 휘비를 구하기 위해서 할 수 있는 일은 뭐든지 다하겠네. 그것은 약속해도 좋아."

"그럼 경찰에 휘비의 거처를 알려 주거나 하지는 않겠습니까?"

"그러겠네. 하지만 아버지에게는 말하지 않을 수 없어. 얼마 뒤 경찰에도 말하지 않을 수 없겠지."

"어째서요?"

"범죄가 얽혀 있으니까."

"휘비를 교도소로 보낼까요?"

"그것은 휘비의 상태와 범죄의 성질에 따라 결정되는 일이지. 사람이 살해되어도 살인, 과실치사, 정당방위 같이 여러 가지가 있으니까. 그리고 정신으로 보아 휘비는 법정에 설 수 없을는지도 몰라."

"그렇습니다" 하고 젊은이는 말했다. "휘비의 정신이 얼마나 착란되어 있는지를 어젯밤에 잘 알았습니다. 이야기가 이상했어요. 웃었다 울었다 하면서요."

"의사는 뭐라던가?"

"나한테는 상태를 이야기해 주지 않습니다. 휘비가 요양원에서 도망쳐 나온 것이 내가 부추겼기 때문이라고 생각하는 모양입니다. 하지만 그런 일은 없었습니다. 휘비가 도망쳐 나와서 나한테 전화를 걸어 이 모텔에서 만나자고 했지요."

자기 앞날의 이미지라도 보는 듯 젊은이는 좁고 어두컴컴하며 평판이 좋지 않은 이 방을 둘러보았다.

"나는 이 곳에 와서 곧 밖으로 나가자고 했습니다. 하지만 휘비는 밖에 나가는 것이 무섭다고 했습니다. 어젯밤에는 한밤중까지 요양원으로 돌아가야 한다, 안 간다 하는 일로 싸웠습니다. 오늘 마침내 의사 선생님이 이 곳을 찾아 내어 나와 함께 겨우 요양원으로 데리고 돌아갔습니다."

"어느 요양원으로? 그걸 아직 듣지 못했군."

"역시 말하고 싶지 않은데요."

젊은이는 완고하고 의심스러운 눈초리로 나를 보았다. 우수한 청년을 포함한 다른 많은 젊은이와 마찬가지로 보비 역시 어른들 세계에서 소외된 젊은이로서 행동하고 있었다.

"자, 어서 말하게, 보비. 귀중한 시간을 낭비하지 말고."

"어째서 시간이 그렇게 귀중합니까? 나는 수면제를 먹고 잠들어 10년 뒤에나 깨어나고 싶은 심정입니다."

"나는 다시 옛날로 거슬러 올라가는 수면제를 먹고 10년 전에 눈을 뜨고 싶은 심정이야. 그러나 결과는 마찬가지겠지. 다시 똑같은 잘못을 되풀이할 뿐일지도 몰라."

왠지 모르지만 이 말은 효과가 있었다. 보비는 곧 반응을 보였다.

"나도 무서운 잘못을 저지르고 말았어요."

"21살이면 아직 괜찮아. 하지만 언제까지나 우물쭈물하고 있을 수는 없어."

"하지만 우리는 앞으로 어떻게 될까요?"

"침착하게 천천히 생각해 보세. 지금은 모든 것이 자네 태도에 달렸어. 휘비가 있는 곳으로 데려다 주겠나, 보비?"

"가십시다" 하고 다시 한 번 주위를 둘러보고 보비는 말했다. "이곳에서 나갑시다."

나는 내 차를 잠그고 보비의 차에 탔다. 시동을 걸면서 요양원은 여기서 멀지 않다고 보비는 말했다. 파로 아르트에 사는 셰릴이라는 정신과 의사가 경영하는 병원이라고 했다. 스탠포드 대학 시절에 휘비가 진찰을 받은 적이 있는 의사였다.

"그 의사에게 다시 진찰을 받으러 갔었나?"

"네, 휘비에게는 의지할 사람이 아무도 없으니까요."

"새크라멘토에서 어떻게 여기까지 왔을까?"

"휘비가 새크라멘토에 있었다는 걸 몰랐습니다. 지난 두 달 동안의 일은 아무래도 말하려 하지 않더군요."

"휘비가 페닌슐러에 돌아온 것은 언제이지?"

"어제 아침입니다. 아침 8시쯤 병원에 나타났다고 셰릴 의사가 말하더군요."

"그 곳에서 도망쳐 나온 것은?"

"어제 오후가 아니었을까요? 이제 그런 것은 아무래도 좋습니다. 지금의 휘비는 안전하니까요."

빨간 신호로 말미암아 멈추었다가 해안길에서 오른쪽으로 꺾었다. 나는 스탠리 퀴런의 일을 생각했다. 이 곳에서 그다지 멀지 않은 레코드 가게 안 시청실에서 즐거운 음악에 귀를 기울이고 있던 스탠리.

"휘비는 권총을 가지고 있었나?"

"물론 가지고 있지 않았습니다. 휘비는 권총 같은 건 갖고 다니지 않습니다."

"확실히 안 가졌단 말이지?"

"그 밖에도 소지품이라고는 하나도 없었습니다. 입은 옷도 휘비의 것이 아닙니다."

"어떻게 알지?"

"휘비의 몸에 맞지 않았습니다. 요 두 달 동안 꽤 살이 쪘는데도 옷이 컸지요. 빛깔도 디자인도 어울리지 않았습니다. 휘비에게는 너무나 수수한 옷이었습니다. 마치 어머니와 꼭 닮아 보였습니다."

핸들을 잡은 그의 손에 힘이 더해져 차가 흔들렸다. 그 곳은 시인 쿠퍼(영국의 시인. 1800년 사망)의 이름을 붙인 조용한 가로수 길이었다. 보비는 길가에 차를 대고 급하게 브레이크를 밟았다. 나는 앞의 유리창에 손을 짚었다.

"휘비 어머니의 시체는" 하고 보비는 낮은 목소리로 말했다. "옷을 입지 않았습니다. 알몸뚱이였지요. 그것을 담요로 싸서 휘비가 차 뒷좌석에 넣었어요. 억지로 발을 구부려 겨우 들어갔습니다."

이마가 핸들에 닿을 때까지 보비는 고개를 숙였다. 두 손은 핸들을 잡고 있었다. 손가락의 관절이 흴 정도로 세게.

"무서운 짓을 저질러 버렸습니다."

"왜 그런 짓을 했나?"

"그 밖에는 방법이 없다고 둘이……. 휘비가 말했습니다. 어쨌든 시체를 처리하는 것이 가장 급한 문제였지요. 휘비 혼자서 처리할 수는 없지 않겠습니까?"

"휘비 혼자가 아니었겠지?"

볼을 손가락 관절에 밀어붙이고 보비는 돌아다보았다.

"나와 함께였습니다. 그런 뜻입니까?"

"그 밖에는?"

"아무도 없었습니다. 그 집 안에는 우리 두 사람뿐이었습니다."

"자넨 지금 '둘이……'라고 말하려다 말았어. 죽은 여자가 자기를 바다에다 던져 넣으라고 말하지는 못하겠지."

"내가 말을 잘못한 겁니다."

"잘못 말하는 일은 누구에게나 있어. 보비, 자네는 다른 누군가를 숨기려 하고 있군."

"그런 남자를 누가 숨겨 주겠습니까?"

"하하하, 남자로군. 이름을 말해 주게."

보비의 얼굴에 또다시 완고한 그림자가 뒤덮였다.

"내가 대신 이름을 말해 줄까?" 하고 나는 말했다. "그 큰 소동의 한가운데로 뛰어든 사람은 벤 메리만이었지?"

"이름은 못 들었습니다."

나는 안주머니에서 메리만의 사진이 붙은 양면 괘지를 꺼냈다. 몇 번이나 꺼냈다 넣었다 해서 귀퉁이가 꺾여 있었다.

"이 남자인가?"

"그렇습니다."

"왜 좀더 일찍 말해 주지 않았나?"

"어젯밤 휘비가 절대로 말해서는 안 된다고 했습니다."

"휘비는 그 이유를 이야기하던가?"

"아니오."

"이유도 듣지 않고 정신 착란인 여자아이의 말대로 행동한단 말인가, 자네는?"

"그럴 까닭이 있습니다, 아처 씨. 어제 신문에 난 것을 보았습니다. 벤 메리만은 같은 집에서 살해되지 않았습니까? 휘비가 그 죄까지 덮어쓰게 된다면 어떻게 되겠습니까?"

25

요양원은 커다란 목조 건물로서 새로 지은 아파트가 늘어선 언저리에 있었다. 굉장히 큰 목장 집 같은 느낌이 드는 묵직한 단층집으로, 사이프러스 생나무 울타리에 둘러싸인 철조망 저편의 큰길에서 쑥 들어간 곳에 서 있었다. 구불구불 이어진 자동차 길 양쪽은 넓은 잔디밭으로, 긴의자며 멋들어진 빛깔의 비치 파라솔 따위가 여기저기 보였다. 눈이 부실 듯 산뜻한 초록빛 풀밭 속에서 한 백발의 노부인이 의자에 앉아 있었다. 그녀는 지금 하늘이 금방 막 만들어지기라도 한 것처럼 바라보았다.

바퀴의자가 드나들기 위한 콘크리트 오솔길이 자동차 길에서 현관까지 느릿하게 비탈지며 이어져 있었다. 현관문에는 안을 들여다보는 창이 있었다. 문 옆 드러난 벽에 벨이 달려 있었다. 나는 차에서 내렸다. 보비는 꼼짝도 하지 않았다.

"기분이 나쁜가?"

"아니요, 그렇지는 않습니다. 하지만 나는 여기서 기다리고 있겠습니다. 셰릴 박사가 싫어하니까요."

"아니, 함께 가 주어야겠네."

보비는 마지못해 차에서 내려 콘크리트 언덕길을 올라왔다. 나는 벨을 누르고 기다렸다. 현관문에 달린 작은 창문이 탕하고 열렸다. 모자를 쓴 간호사의 얼굴이 나타났다.

"무슨 일입니까?"

"셰릴 박사를 뵙고 싶은데요."

"환자 때문인가요?"

"네, 휘비 위철리라는 환자입니다. 나는 휘비 양 아버지의 대리인 이지요. 아처라고 합니다."

그러고 나서 나는 기묘한 저항감을 느끼며 다시 덧붙여 말했다.

"이분은 휘비의 약혼자인 돈가스터 씨입니다."

수수한 녹색 복도에 우리를 기다리게 해 놓고 간호사는 가 버렸다. 복도는 건물의 길이 만큼 뻗어 있었다. 열 너덧 개의 문이 양쪽에 늘어서 있었다. 복도 저쪽 끝에서 실내복을 입은 젊은 남자가 다리에 추를 단 잠수부처럼 이쪽으로 느릿느릿 걸어왔다. 나는 5, 6분 동안이나 그곳에 서 있었는데도 그 남자와 거리는 도무지 좁혀지지 않았다.

흰 가운을 입은 남자가 어느 문을 열고 말했다.

"두 분 다 이리로 들어오십시오."

우리가 그 방에 들어갈 때 남자는 예의바르게 문가에 서 있었다. 셰릴의 첫인상은 그다지 좋지 않았다. 작은 콧수염에서는 허영심이 느껴졌다. 도수가 높은 듯한 안경으로 확대된 짙은 갈색 눈동자는 이상하게도 여성스러웠다.

그 곳은 작고 수수한 사무실이었다. 떡갈나무로 짠 책상과 회전의자와 가죽을 입힌 팔걸이 의자와 침대 의자만으로도 방 안이 거의 꽉 찼다.

책장에서 책이 넘쳐흘러 나머지는 바닥에 쌓아올렸다. 그레이의 '해부학'에서부터 〈매드〉 잡지에 이르기까지 온갖 책이 다 있었다.

보비는 침대의자에 앉으려다가 겁이 나는지 몸을 빼어 팔걸이 의자에 가만히 기대었다. 나는 침대 의자에 앉았다. 그리고 그대로 드러눕고 싶은 충동과 싸웠다. 셰릴은 책상 맞은편에서 거울 같은 눈으로 우리를 지켜보고 있었다.

"그래, 볼일은 뭐지요?"

보비가 한쪽 무릎에 두 손을 대고 윗몸을 받친 채 목을 내밀었다.

"휘비의 상태는 어떻습니까?"

"당신이 두 시간 전에 보신 그대로입니다. 적어도 2주일, 또는 더 오래 안정해야 한다고 휘비 양에게 말했습니다. 이제 오늘은 면회를 못합니다, 돈가스터 씨."

셰릴의 말투는 조용했으나 그 말 뒤에 힘이 숨겨져 있었다.

"내가 억지로 데리고 왔습니다" 하고 나는 말했다. "돈가스터에게서 뭐랄까요, 법률적으로 지장이 있는 이야기를 들어서, 그 일부분은 선생님도 아시겠지요?"

"당신은 변호사입니까?"

"사립 탐정입니다. 아가씨의 아버지 호머 위철리 씨로부터 2, 3일 전에 휘비의 행방을 찾아달라고 의뢰받은 사람입니다. 오늘 오후 보비에게서 이야기를 듣기 전까지는 휘비가 죽은 줄로만 알고 있었습니다. 정확히 말씀드린다면 살해당했다고 생각했습니다. 휘비는 법의 추궁을 피하는 몸이었지요."

"법이라……" 하고 의사는 낮은 목소리로 되풀이했다. "당신은 법의 입장에 서는 분입니까, 아처 씨?"

"아니오."

그러나 어느 의미에서는 나는 법의 입장에 서 있었다. 어느 의미라는 것을 간단히 설명하기는 어렵지만.

"나는 다만 당신이 상황을 이해해 주시기 바랄 뿐입니다."

"이해시켜 주시겠다니, 당신은 상황을 매우 확실히 포착하고 계시는 게로군요?"

"그렇지는 않습니다. 상황을 포착하려면 지금부터 시간을 들여 알아봐야 합니다."

"안됐지만 나는 그다지 시간이 없습니다. 지금 곧 봐야 될 환자가 있어서요. 뭣하시면 오늘 밤이라도 서로 이야기를 나눌 수 있게 해 주시겠습니까?"

"기다릴 수 없습니다" 하고 나는 딱 잘라 말했다. "휘비와 한가로이 이야기할 기회는 있었습니까?"

"아직 없었습니다. 오늘 밤, 저녁 식사가 끝난 뒤 이야기하려고 마음먹고 있었습니다. 좀 바빠서 말입니다. 어젯밤에 휘비 양을 위해 한 시간을 비워 두었는데, 휘비 양이 도망쳐 나가서 소용없게 되어 버렸지요. 다행히 휘비 양은 오늘 돌아와 주었습니다. 많든 적든 자기의 자유 의사로 말입니다."

"마지막으로 휘비가 이곳에 온 것은 자기의 자유 의사라는 말씀인가요?"

"그렇습니다. 휘비 양과는 지난해에 두 번쯤 만났는데, 이번에 또 찾아와 준 것은 매우 현명한 처사였습니다. 이번에는 지난해보다 정신이 훨씬 지쳐 있는 듯합니다. 그러나 자기 의사로 찾아와 주었다는 것이 굉장한 징후입니다. 누군가의 도움이 필요하다는 것을 스스로 인식하고 있는 사실이 기특합니다."

"어떤 경로를 거쳐서 이 곳에 왔습니까?"

"어제 아침 일찍 새크라멘토에서 비행기로 와서, 공항에서는 택시로 왔습니다."

"어제 오후에 도망쳐 나간 것은 무슨 까닭이지요?"

"그 질문에는 좀 대답하기 곤란한데요. 분명히 휘비 양은 내가 생각했던 것보다 훨씬 혼란되어 있어 명확한 보호를 필요로 했던 것입니다. 이 곳에 와서 갑자기 자유가 생기자, 휘비 양은 겁이 났던 게 아닐까요. 나는 좀더 다른 방법을 썼어야 했습니다. "

"도망친 건 몇 시쯤이었지요 ? "

"어제 이맘때였습니다. 시간이라니까 생각이 나는데, 지금 곧 진찰을 해 주지 않으면 맹렬히 설치는 환자가 있어서요. " 의사는 일어나서 시계를 보았다. "5시 10분이 지났습니다. 8시에 다시 와 주시면 그 동안 휘비 양과 만나겠으니, 이 문제에 대해 더 깊은 이야기를 나눌 수 있을 것 같습니다. "

"지금 휘비는 어디 있습니까 ? "

"병실입니다. 특별히 간호사를 한 사람 딸려 두었지요. 어제의 소란이 있은 뒤로 휘비 양의 자유는 용서 없이 제한되었습니다. " 그리고 보비를 보며 의사는 말을 덧붙였다.

"어젯밤에는 오랜 시간을 들여서 휘비 양을 찾았소. 그럴 만한 가치가 있는 아가씨입니다. "

트레버도 조카에 대해서 같은 말을 했었다.

"병은 어느 정도로 악화되었습니까 ? "

의사는 어깨를 움츠렸다.

"뭐라고 대답할 수 없는 질문을 하시는군요. 대답할 수 없는 시기에. 지금으로서는 휘비 양은 병이라기보다 정신이 혼란을 일으키고 있다고 말씀드릴 수밖에 없습니다. 벌써 임신 4개월의 몸이라서, 그것만으로도 미혼의 젊은 부인이, 뭐랄까요, 엉뚱한 행동을 저지를 수 있는 충분한 이유가 되지 않을까요 ? 요컨대 휘비 양은 실연(實演)을 한 겁니다. "

"실연이라니요 ? "

"자기의 환상이나 공포감에 견딜 수가 없게 되어 스스로 그것을 구체화하는 겁니다."

셰릴의 인내력은 차츰 한계에 이른 모양이다.

"하지만 이런 때에 정신 병리학 강의를 하고 있을 수는 없습니다."

내 인내력도 본디 대단한 것이 못 된다.

"휘비를 만날 때 특히 물어 봐 주실 건——."

"내 일을 오해하고 계신 모양이로군요. 나는 환자에게 무엇을 묻거나 하지 않습니다. 자연스럽게 대답이 나오기를 기다릴 뿐이지요. 그럼, 이제 시간이 없어서……."

셰릴은 문 손잡이를 잡았다. 그 등에다 대고 나는 말했다.

"어제 오후 스탠리 퀴런을 사살한 것은 당신이냐고 물어 봐 주십시오. 2, 3일 전 밤에 벤 메리만을 때려죽인 것도 당신이냐고 물어봐 주시구요."

셰릴은 돌아다보았다. 그 눈이 숯처럼 검고 불투명했다.

"그것이 진실입니까?"

"그렇습니다. 지난해 11월, 휘비는 부젓가락으로 어머니를 죽였습니다. 돈가스터가 목격자입니다."

의사의 검은 눈길이 보비에게로 옮아갔다. 젊은이는 고개를 끄덕거렸다.

"지금 말씀하신 다른 두 사람은 누굽니까?" 셰릴은 나에게 물었다.

"공갈을 한 악당들입니다."

"그 두 사람을 휘비 양이 죽였단 말입니까?"

"죽였는지 죽이지 않았는지, 휘비에게 직접 물어 봐 주십시오. 당신이 물을 수 없다면 내가 질문하게 해 주십시오. 어떻게 해서든지 대답을 듣고 싶은 것이 몇 가지 있고, 아직 해결되지 않은 문제가 이 밖에도 두세 가지 더 있습니다."

"잘 알았습니다" 하고 셰릴은 말했다. "휘비 양에게 이야기해 보겠습니다. 여기서 기다려 주시오."

가운 자락을 펄럭이며 의사는 나갔다. 보비는 팔걸이 의자에 주저앉았다. 나를 바라보는 눈초리는, 나라는 존재며 세계와 그 곳에 사는 인간들에게 모두 질렸다는 듯한 표정이었다.

태어난 지 겨우 21년밖에 되지 않았으니 이만한 고생에 견딜 만큼 단련되어 있지 않은 것이겠지. 현대에는 젊었을 때부터 그 준비를 하지 않으면 안된다.

"휘비가 임신한 사실을 말해 주지 않았었군."

"그래서 난 결혼하려고 했던 것입니다."

"아이의 아버지도 자네인가?"

"네, 작년 여름 메디신 스톤에서 그렇게 돼 버렸습니다."

"메디신 스톤에서는 여러 가지 일이 있었구먼. 자네 덕분에 그곳이 이제 명소가 되겠군 그래."

젊은이는 고개를 숙였다. 나는 창가로 가서 블라인드 틈으로 밖을 내다보았다. 창 밖은 꽤 넓은 가운데뜰로 디딤돌이 많이 있고, 주위는 높이 10피트나 되는 철조망 울타리였다.

울타리 한구석에 화사한 드레스를 입은 여자가 하나 파라솔을 받쳐 쓰고 마네킹처럼 서 있었다. 여자의 얼굴은 마치 밀가루 통 속에서 빠져나온 듯이 분으로 짙게 뒤덮였다. 깊이 고개를 숙인 중년 남자가 디딤돌을 하나씩 뛰어 왔다갔다하고 있었다.

"정말로 휘비가 메리만을 죽였다고 생각합니까?" 보비가 가냘픈 목소리로 말했다.

"자네가 아까 그런 말을 하지 않았나?"

"난 다만……." 보비는 그만 무슨 말을 해야 할지 모르게 된 모양이었다.

"요컨대 자네라는 도련님은 어처구니없게도 웅덩이에 빠져 버린 거야."

"나는 도련님이 아닙니다."

보비는 의자의 팔걸이를 쥐고 힘껏 위엄을 부리려 했다.

"도련님이나 사나이나 엄밀한 점에선 차이가 없어."

"상관 없습니다. 만약 휘비가⋯⋯. 이제 끝장이라면 나야 어찌 되든 상관 없습니다. 어차피 내 일생 같은 건 대수롭지 않으니까요."

나는 침대의자에 앉은 채 보비 쪽으로 몸을 기울였다.

"그러나 역시 인생은 계속해 나가야지."

"내 인생은 계속되지 않아도 좋습니다."

"아니, 계속돼. 싸우면 될 게 아닌가. 자네도 역시 인생의 패배자가 되고 싶지는 않겠지. 살아 갈 자격은 자네에게도 훌륭히 갖추어져 있어. 예를 들면 행운의 징조야. 그리고 성실이라는 것도 있지."

"그런 것은 흔해빠진 추상의 말입니다. 아무런 의미도 없어요. 난 의미론(意味論)을 공부했으니까요."

"아니, 의미는 있어. 인생을 공부하면 그걸 알게 돼. 인생이란 언제까지나 계속되는 공부야. 졸업도 할 수 없고, 학위도 받지 못해. 그러니까 열심히 노력해서 퇴학은 당하지 말아야지."

"벌써 퇴학당한 거나 마찬가지입니다" 하고 보비는 말했다. "나는 이제 칼리지에 다닐 수도 없게 될 거예요. 한평생 어느 교도소에 처박히게 되겠지요."

"그렇지 않아. 자네에게 무슨 전과가 있나?"

"경찰에 붙잡힌 일 말입니까? 없습니다, 한 번도 없습니다."

"휘비 위철리와 어떤 까닭으로 관련을 갖게 되었나?"

"관련된 것이 아닙니다. 나는 휘비를 사랑했습니다."

"다만 그것뿐인가?"

"네, 처음 바닷가에서 만났을 때부터, 이 사람이야말로 바로 내 연인이라고 생각했습니다."

"그 때까지는 연애 경험이 없었나?"

"네, 앞으로도 없을 것입니다. 오직 이것뿐입니다. 휘비가 무슨 짓을 하든, 이것만이 나의 연애입니다."

내 생각대로 이 젊은이에게는 용기가 있었다. 아니면 극한 상황까지 고조된 완고함이라고나 할까. 그것 역시 대체로 용기와 같은 것이다.

"아무튼 아직 확실한 것은 아무것도 모르고 있어" 하고 나는 말했다. "메리만에 대해서 이야기해 주겠나? 현장에 놈이 어떻게 나타났지?"

보비는 윗입술을 핥았다.

"그저 불쑥 나타났습니다. 위철리 부인과 약속이라도 한 게 아닐까요? 그리고 현관문은 활짝 열려 있었습니다. 집으로 들어와 거실에 있는 우리의 목소리가 들렸으리라고 생각됩니다. 휘비는 울고 있었고, 나는 열심히 휘비를 달래고 있었지요. 그런데 메리만이 불쑥 나타났습니다. 그리고 경찰에 알리겠다고 했습니다. 휘비가 그런 짓은 하지 말아 달라고 하니까, 메리만은 수그러져 우리가 그를 도와 준다면 메리만도 휘비를…… 우리를 도와 주겠다는 뜻의 말을 했습니다."

"그것은 구체적으로 어떤 것이었나?"

"그 집을 파는 일이 아니었을까요? 위철리 부인은 메리만을 통해 그 집을 팔기로 되어 있었고, 메리만은 그 일 때문에 왔던 모양입니다. 위철리 부인이 죽었기 때문에 거래가 안 되게 되었나 싶어 처음엔 화를 냈던 것입니다."

"시체를 숨기자고 제의한 사람은 그인가?"

"네. 처음엔 뒤뜰에 묻을까 했는데, 그렇게 되면 곧 발견될 것이라고 말하더군요. 바다에 가라앉힐 것을 생각해 낸 사람은 나입니다. 메리만은 휘비의 차로 시체를 옮겨싣는 일을 거들어 주었습니다."

"부인은 알몸이었다고 했지?"

"네, 그래서 담요로 쌌습니다." 그 때의 이미지가 젊은이의 눈동자에 스쳤다.

"위철리 부인의 옷은 어디로 갔을까?"

"긴의자 위에 있었습니다."

"휘비가 벗긴 것일까?"

"아니, 그렇지 않을 겁니다. 잘 모르겠어요, 아처 씨. 아무튼 나는 차로 곧 떠났습니다."

"휘비를 메리만과 단둘이 있게 하고?"

"어쩔 수 없었습니다."

젊은이의 이마는 땀에 젖어 있었다. 그것을 손등으로 닦고, 그대로 주먹을 관자놀이에 댔다.

"메리만은 나에게 빨리 가라면서 두 번 다시 이곳에 오지 말라고 했습니다. 나는 메리만의 말대로 하지 않을 수 없었습니다. 내가 그 때 생각하고 있었던 것은 휘비를 교도소에 보내고 싶지 않다는 마음뿐이었습니다. 그런데 교도소보다도 더 나쁜 곳이 있다는 것을 지금 겨우 알았습니다."

보비는 한숨을 쉬었다. 두 달 동안의 도덕적 냉동 상태에서 깨어나 겨우 인간 세계로 돌아온 듯한 느낌이었다. 그 얼굴은 보기에도 안타까웠다. 나는 다시 창가로 갔다.

파라솔을 받쳐 쓴 여자는 아까의 자세에서 조금도 움직이지 않았다. 1928년 무렵부터 복장이며 자세를 바꾸지 않은 것처럼 보였다.

개똥지빠귀 한떼가 초록색과 노란 색이 줄무늬처럼 들어간 황혼녘의 하늘을 재빨리 가로질러 갔다. 깊이 고개를 푹 숙이고 있던 사나이가 얼굴을 들고 새들에게 주먹질을 했다. 낮의 빛이 사라져 가고 있었다. 새를 미워하는 사나이는 누군가의 부름을 받고 건물 안으로 들어갔다. 아주 부드러운 걸음걸이였다.

헌 옷 위에 카디건을 걸친 간호사가 파라솔을 쓴 여자에게로 다가갔다. 간호사와 여자는 천천히 건물 쪽으로 걸어갔다.

황혼이 방 안으로 스며들어 조금씩 온 방 안에 퍼져 갔다. 우리들은 불을 켜려고 하지도 않았다. 보비의 파리한 얼굴과 의자를 붙잡고 있는 두 손이 어둠 속에서 떠올랐다.

"왜 그런 짓을 했는지 나 자신도 모릅니다. 달리 방법이 없다고 생각되었습니다. 해치우고 난 다음에는 가만히 기다릴 수밖에 다른 도리가 없었습니다. 휘비로부터의 연락을 기다리고, 무엇인가 가능성이 생기기만을 바랄 수밖에 없었습니다. 하지만 사실은 가능성 따위가 생겨날 리 없다는 것을 잘 알고 있었습니다." 보비의 목소리에는 절망이 가득했다. "이런 일을 알면 어머니는 돌아가실 겁니다."

"돌아가시지 않아. 어젯밤에 어머니와 이야기를 했어."

"어젯밤에 어머니는 아직 몰랐을 테지요."

"어머니는 처음부터 어렴풋이 느끼고 계셨어. 자네가 무언가 걷잡을 수 없는 일을 저질렀다고."

"어머니께서 그렇게 생각하고 계시던가요?"

"그래, 어머니는 자네가 살인한 것을 감싸 주실 생각으로 계셨어."

"그래요……. 이상한데?" 하고 보비는 말했다. "나도 스스로 살인을 한 것 같은 생각이 들었어요. 버스를 타고 집으로 돌아갈 때에도 여자를 죽이는 꿈을 꾸었습니다."

여자라면 휘비를 말하는가, 휘비의 어머니를 말하는가, 아니면 자기의 어머니를 말하는가? 그러나 나는 묻지 않았다. 그런 것은 이 슬로모션으로 돌아가는 이 물밑 세계에서는 도무지 짐작조차 할 수 없는 일일뿐이다.

별안간 셰릴 의사가 방으로 들어왔다. 추적자에게 마치 가운 자락이라도 곧 붙잡힐 것 같이 재빨리 문을 닫았다. 그리고 스탠드의 스위치를 비틀었다.

"아처 씨, 휘비 양의 아버님께는 어떻게 하면 연락이 됩니까? 어제는 아버님께 알리지 않겠다고 약속했는데, 사정이 달라졌습니다."

의사의 표정도 달라졌다. 아래에서 비치는 스탠드의 불빛 속에서 그 얼굴은 매우 심각해 보였다.

"호머 위철리 씨는 테라노바에 있을 겁니다. 그 쪽 보안관을 통해서 곧 연락할 수 있겠지요. 그러나 그 전에 휘비가 뭐라고 했는지 가르쳐 주십시오."

"휘비 양이 한 말은 비밀입니다."

의사의 말 뒤에 숨은 힘은 아까보다도 강해졌다. 그 힘 탓인지 목소리가 떨렸다.

"나한테 말씀하셔도 비밀은 지켜 드립니다."

"안됐습니다만 말씀드릴 수가 없습니다. 나에게는 의사로서 환자에 대해 침묵을 지킬 권리가 있습니다. 법 아래에서는 그런 특권이 없겠지요."

"벌써 재판 때의 일을 생각하고 계십니까?"

"그다지." 셰릴은 보비에게로 의심스러운 듯한 눈길을 던졌다.

"이 이야기는 두 사람만이 하고 싶은데요, 아처 씨."

"저를 믿어 주십시오" 하고 보비가 말했다. "휘비에게 불리할 것 같은 말은 절대로 아무에게도 하지 않겠습니다. 요 두 달 동안 내가 참아 온 것을 생각해 주십시오."

"이것은 개인 문제가 아니오. 제발 기다려 주십시오, 돈가스터 씨. 밖에서 기다려 주셨으면 합니다, 죄송합니다만."

보비는 일어나서 성난 표정을 밖으로 나갔다. 셰릴이 방문을 닫자 나는 말했다.

"아가씨가 살인을 고백했습니까? 예스나 노만으로라도 대답해 주십시오."

셰릴의 입술은 굳게 닫혀 있었다. 그 입술이 쓴 것이라도 뱉어 내듯이 "예스" 하고 발음했다.

"동기가 무엇이었는지 말했습니까?"

"사건의 윤곽을 대강 이야기해 주었습니다. 동기도 물론 그 속에 포함되었습니다. 그 이야기는 하지 않는 편이 좋겠지요."

"아니, 해야 합니다."

"환자의 신뢰를 배신할 수는 없습니다."

의사는 매우 격식을 갖춘 동작으로 책상 맞은편 의자에 앉았다.

"이야기해 주지 않아도 알 것은 다 알고 있습니다. 보비 돈가스터에게서 사건에 대해 대강 들었습니다. 메리만이 아서톤의 위철리 부인 집으로 찾아와 두 사람과 부인의 시체와 마주친 것, 그 사건을 이용해서 메리만이 공갈을 계획한 일. 메리만과 그의 처남인 퀴런은 휘비를 미끼로 삼기 전부터 캐서린 위철리를 협박했었습니다. 희생자의 역할을 어머니에게서 딸에게로 옮겼을 뿐이지요. 두 악당은 휘비를 한동안 산 마테오의 캐서린이 빌려둔 아파트에 숨기고, 그리고 새크라멘토로 휘비를 쫓아 어머니 대신 역할을 하게 했소. 살을 찌게 하고, 어머니의 옷을 입혀서 어머니와 똑같게 만들었습니다. 목적은 캐서린의 별거 수당 수표를 가로채는 일, 그리고 메리만이 죽은 부인과 거래하던 집 매매 건으로 가로 채려고 했던 돈을 뜯어내는 일이었습니다. 수표가 현금으로 바뀌고, 그 돈이 메리만에게 건너갈 때까지 휘비는 어머니의 역할을 해야 했던 겁니다."

"과연 사정을 잘 아시는 것 같습니다" 하고 세릴은 말했다. "실로 무서운 범죄입니다. 실로 잔혹한 죄악입니다. 이 사건에서 가장 무서운 것은, 이 범죄가 휘비 양이 자신의 죄를 보상하겠다는 생각과 제대로 들어맞았다는 점입니다. 어머니에게 미안한 일을 했다는 생각과 동시에 휘비 양에게는──이것은 지난해 봄에 이미 인정된 징후인데, 어머니와 일체가 되고 싶다는 의식의 욕망이 매우 강합니다. 억지로 음식물을 먹어 살찐다는 것도 휘비 양의 의식의 충동과 일치되었고, 물론 임신한 사실과도 제대로 들어맞는 것입니다."

"좀더 쉽게 설명해 주십시오."

"즉 휘비 양이 하고 있었던 것처럼 일부러 뚱뚱해지려고 하는 일은 불안과 자기 증오의 표현입니다. 자신이 스스로를 무겁고 추악한 것으로 느끼면 무겁고 추악한 육체를 동시에 필요로 하게 됩니다. 물론 이것은 꽤 도식화(圖式化)된 말인데, 이런 경우는 이미 문헌에도 가끔 나타나 있습니다. 예를 들면 빈스방가(1881년에 태어난 스위스의 정신과 의사)가 앨런 웨이스트의 생활을 기록한 것이 아주 유명합니다. 혹은 린드너(19세기 오스트리아의 교육학자)의 '50분의 한 시간'에 나오는 병적 대식증(病的大食症)의 연구가 이 경우에 더 가까울지도 모르겠습니다. 왜냐하면 앨런 웨이스트는 미친 사람이었으나, 휘비 양은 정신이상자가 아닌 게 거의 확실하니까요."

"휘비의 병명은 뭡니까, 선생님? 이 질문은 법의 입장에서 보아 중대한 것입니다. 아시겠지요?"

"진단은 내릴 수 없습니다. 아직 못 내립니다. 휘비 양은 어디로 가야 할 것인지, 현실을 향해선지 또는 병을 향해선지, 자기로서도 결정을 못하고 있다고 생각하고 있습니다. 휘비 양은 지금도 본질적으로는 지난해 내가 진찰했을 때와 변함이 없는 신경질부리는 여느 처녀인데, 다만 지금은 무서운 정신의 압박에 괴로워하고 있지요. 자기는 지옥에서 살고 있다고 계속 말하고 있습니다."

셰릴의 얼굴에 연민의 표정이 떠올랐다.

"지난해에 당신의 진찰을 받은 것은 어떤 동기에서였습니까?"

"그것은 끝내 포착할 수가 없었습니다. 휘비 양은 두 번 왔을 뿐, 그 뒤로는 발을 끊었으니까요. 진찰 때에도 상당히 저항감이 있었습니다. 좀처럼 자신의 이야기를 해 주지 않았지요. 겉으로는 집안 일로 고민이 있다고 했는데, 마침 그 무렵 어머니가 이혼 소송을 제기하고 있었던 겁니다. 부모의 불화에 대해 휘비 양은 자기에게 책임이 있다고 말했습니다."

"그 이유를 말하던가요?"

"확실치는 않으나 질이 나쁜 편지가 날아들었다고 했습니다. 그 편지가 부모 사이를 갈라 놓은 직접적인 이유가 된 모양입니다. 나도 사정을 자세히는 모릅니다."

"휘비가 그 편지를 썼습니까?"

"그런 일도 있을 수 있지요. 그 편지에 대해서 몹시 말하기 어려워하는 것 같았으니까요. 단 대부분의 노이로제 환자가 그렇듯이 휘비 양에게도 자기에게 죄를 씌우려는 경향이 있습니다. 무슨 일이 일어나거나 모두 자기 책임이라고 생각해 버립니다. 공갈의 희생자로서는 안성맞춤의 인물이지요. 메리만이라는 자는 운이 좋았습니다."

"운이 좋았다고는 할 수 없습니다. 결국에는 자기도 희생자가 되었으니까요."

셰릴은 무슨 말을 하고 싶은 듯 나를 지켜보았다. 그러나 아무 말도 하지 않고 가죽 주머니에서 파이프를 꺼내어 담배를 채우고 성냥으로 불을 붙였다. 성냥 불꽃이 의사의 안경에 비쳤다. 토해 낸 엷은 파란 연기가 스탠드의 불빛 속에서 몇 겹으로 층을 이루었다.

의사는 연기에서 영원불변의 형이며 의미를 찾아 내기라도 하려는 듯 눈을 가늘게 떴다.

"우리는 모두 희생자입니다, 아처 씨. 서로를 희생시키는 일을 그만두지 않는 한은 말입니다. 메리만이라는 이를 동정하는 건 아닙니다. 누군가가 살해당해야 한다면 그런 자가 살해당하는 것이 당연합니다."

"살해당하지 않더라도 우리는 머지않아 죽게 되지요, 다만 억울한 것은 병에 걸린 여자아이가 메리만에게 벌을 내리게 되었다는 겁니다."

"실제로 손을 쓴 것은 휘비 양이 아닙니다." 의사는 말했다. "적어도 휘비 양은 그렇게 말하고 있습니다. 이것을 가르쳐 드릴 생각은 아니었지만, 당신은 뭐든지 잘 아시니까 숨겨 봐야 아무 소용이 없겠지요. 휘비 양은 살인 청부업자를 고용해서 일을 시켰습니다. 메리만의 경우도 또 한 사람의——그 사람의 이름은 뭐였더라?"

"쿼런입니다. 스탠리 쿼런. 그 살인자의 이름을 스탠리가 말했습니까?"

"이름은 모른답니다. 휘비 양의 말에 따르면——나는 그 이야기의 신빙성을 의심하지만——그 살인자는 새크라멘토 변두리에 있는 하시엔다 인의 바에서 만났다고 합니다. 휘비 양은 그 때 술을 마시고 있어서 암담한 기분이었다더군요. 그리고 그 남자와 우연히 이야기를 시작하여, 이야기하는 동안에 남자가 권총을 가지고 있는 것을 알았답니다. 그래서 휘비 양은 그 남자를 자기 방으로 유인하여 한참 이야기하다가 그 남자에게 돈을 치르고 자기를 괴롭히는 남자를 죽여달라고 부탁했답니다. 이것이 휘비 양의 이야기입니다."

"그러나 신빙성을 의심하고 계시겠지요?"

"그와 가까운 일은 있었을 거라고 생각합니다. 이야기에 꽤 구체성이 있으니까요. 그러나 그런 일이 휘비 양의 말대로 간단하게 일어났다고는 여기지 않습니다. 바에 들어갔더니 살인자가 있어서 선뜻 살인을 떠맡았다니, 황당무계하지 않습니까?"

"아니, 때로는 있을 수도 있는 일입니다. 그런데 그 살인자의 인상을 휘비 양이 말하던가요?"

"네, 꽤 자세히요. 그러므로 꿈도 환상도 아닌 것 같습니다. 그런 남자가 있었던 건 사실이겠지요. 나이는 40살이 넘었고, 조금 천해 보이지만 꽤 잘생겼으며, 머리는 검고 눈은 푸른 빛이 도는 잿빛이었답니다. 키는 6피트 1인치나 2인치, 몸은 건강하고 근육이 단단하며 마치 운동 선수 같은 데가 있어, 휘비 양은 처음에 직업 운동 선수인가 하고 생각했답니다."

셰릴은 담배 연기를 내뿜으며 그 연기 너머로 지그시 나를 바라보았다.

"마치 당신을 말하는 것 같군요."

"실은 그렇습니다."

의사는 입에서 파이프를 떼었다.

"알 수가 없군요. 설마 휘비 양이 당신을 고용하여 그 두 남자를 죽이게 한 건 아니겠지요."

"나를 고용해서 메리만을 죽이려고 했습니다. 그저께 밤의 일입니다. 그 때 메리만은 이미 살해당해 있었지만 말입니다. 나는 휘비를 캐서린 위철리로 잘못 알고 있었기 때문에 그 기묘한 연극을 계속했습니다. 메리만의 죽음에 대해 캐서린이 얼마만큼 알고 있는지 조사하고 싶었던 거지요. 그 때 휘비는 아무것도 알지 못하는 것 같았습니다. 만일 그렇지 않았다면, 휘비는 꽤 노련한 거짓말쟁이입니다. 그러나 사실은 다만 메리만의 죽음을 바라고 있을 뿐입니다. 이미 죽은 뒤에 말입니다."

"그럼, 내게 거짓말을 했군."

셰릴의 눈이 상처입은 표정을 떠올리며 빛났다. 그러더니 문득 밝은 빛으로 바뀌었다.

"그러나 그런 일들을 종합해 보면, 휘비 양의 고백 전체가 잘 짜여진 거짓말덩어리로는 보이지 않습니다. 주위에서 감도는 죄를 모두자기 한몸에 짊어지려고 생각하고 있는 건지도 모릅니다."

"또는 진실한 고백을 피하기 위해 거짓 고백을 했다고도……." 나는 일어섰다. "둘이서 휘비에게 물어 보지 않겠습니까?"

"둘이서?"

"상관없겠지요. 난 살아 있는 증거입니다. 이 문제는 반드시 결판을 내야 합니다."

"그러나 휘비 양은 매우 위험한 상태에 있어서……."

"온 세계가 위험한 상태에 있는 겁니다" 하고 나는 말했다. "메리만과 퀴런에게 시달리면서도 살아 온 아가씨라면 여기서 내가 조금쯤 못살게 굴어도 무슨 일이 생기진 않겠지요. 게다가 아까 말씀하셨지요. 현실로 향하느냐, 병으로 향하느냐 하는 문제로 휘비는 태도를 정하지 못하고 있다고요. 그렇다면 한 번 현실 쪽으로 휘비를 쫓아내주는 것이 좋지 않겠습니까?"

26

그녀에게는 흰 옷을 입은 간호사가 딸려 있었다. 그곳은 불빛이 어두운 방이었다. 마치 수녀의 방처럼 소박한 가구들이 있었다. 침대,

옷장, 두 개의 의자. 그 의자 하나에 휘비가 앉아 있었다. 휘비는 얼굴을 벽 쪽으로 돌리고 우리들이 들어가도 자세를 바꾸지 않았는데, 목의 근육이 조금 움직이는 것처럼 보였다. 순수한 환자 옷을 입은 그 커다란 몸집은 먹이를 기다리며 숨어 있는 짐승처럼 조용했다.

의사가 말했다.

"다시 한 번 자리를 비켜 주지 않겠습니까, 와트킨스? 부르면 들리는 곳에 있어 주시오."

간호사는 일어서서 나갔다. 그 뒷 모습이 불만을 드러내고 있었다.

"이번에는 뭐지요?" 휘비는 세릴을 보지도 않고 말했다. "나를 데리러 왔나요?"

"오늘 밤 여기서 묵으시오, 아까도 말했잖습니까. 완전히 좋아질 때까지는 죽 여기 있어도 상관 없습니다."

"이젠 완전히 좋아졌어요, 완전히 좋아진 기분이 들어요."

"그거 참 잘됐군요, 한 가지 부탁할 일이 있습니다. 이 남자를 보고 무슨 기억나는 일이 없는지 말씀해 주시오."

의사는 문을 닫고 머리 위의 불을 켰다. 나는 불 아래로 나아갔다. 천천히 목의 힘을 거역하듯이 휘비의 머리가 내 쪽을 향했다. 휘비의 머리는 산뜻하고 깨끗하며 파리한 빛을 띠고 있었다. 눈과 입술의 짙은 화장으로 꾸며 보였던 나이는 씻겨져 버리고 없었다. 그러나 21살의 나이로서는 늙고 슬퍼 보였다. 검푸른 점이 있는 얼굴은 두툼한 가면 같았고 그 뒤쪽에서 눈이 주춤거리며 나를 바라보았다.

물론 우리들은 서로 낯익었다. 나는 애써 밝게 웃음 띤 얼굴을 지으며 말했다.

"안녕하십니까, 휘비?"

휘비는 대답하지 않았다. 한 손으로 주먹을 쥐고 그 손가락의 관절 언저리를 벌린 입에 갖다 대고 있다. 그렇게 해서 말을 못하도록 막으려는 것일까.

"이 사람을 압니까?" 하고 셰릴이 물었다. "이 사람의 이름은 아처 씨. 당신 아버님이 의뢰하신 사립 탐정입니다."

"난 이분을 만난 일이 없어요."

"이 분은 만난 일이 있다고 말하고 있습니다. 그저께 밤 새크라멘토의 하시엔다 인에서."

"이분은 거짓말을 하고 있는 거예요."

"누가 거짓말을 하는 겁니까?" 하고 나는 말했다. "거짓말쟁이는 내가 아니오. 당신은 내게 돈을 줄 테니 메리만을 죽여 달라고 말했소. 그 때 메리만은 이미 죽어 있었소. 죽은 사실을 당신은 알고 있었습니까?"

휘비는 주먹 위로 나를 보았다. 그 눈에 분노와 공포와 의혹과 추량(推量)과 당혹이 차례차례로 떠오르고 눈빛도 여러 가지로 바뀌었다. 이토록 바쁘게 변하는 눈은 아직 본 적이 없었다.

"내가 메리만을 죽였어요." 그녀는 의사 쪽을 돌아보았다. "내가 누구와 누구를 죽였는지 그분께 가르쳐 드리세요."

의사는 천천히 머리를 저었다. 나는 말했다.

"어떻게 죽였는지 가르쳐 주시오. 내 손을 빌려 죽이지 않은 건 확실하니까."

"네, 그건 그냥 해본 연극이었어요. 물론 메리만이 이미 죽은 것을 알고 있었어요. 내가 이 손으로 죽인걸요."

휘비의 목소리는 조용하고 거의 억양이 없었다. 셰릴은 내 눈길을 향해 두 손을 앞으로 내밀어 손바닥을 마주 댔다. 짤막하게 끝내 달라는 신호인 것이리라. 하지만 나는 그녀가 거짓말을 하고 있는 것이 틀림없다고 확신했다. 휘비는 다른 사람의 범죄를 즉흥으로 자백하는 묘하게 비뚤어진 종족의 한 사람이다. 나도 이에 대항해서 즉흥으로 대했다.

"메리만의 위에서 독소가 검출됐소. 말이라도 죽일 수 있을 만큼 많은 비소가 말이오. 당신은 먼저 독살을 해 놓고 나서 때려 죽인 것처럼 꾸민 거지요. 비소는 어디서 손에 넣었습니까?"

휘비의 머리가 꿈틀하고 움직이더니 대답이 부드럽게 나왔다. 너무도 부드러웠다.

"새크라멘토의 약방에서 샀어요."

"스탠리 쿼런의 머리를 꿰뚫은 엽총은 어디서 났지요?"

"전당포에서 샀어요."

"어느 전당포?"

"기억나지 않아요."

"기억하지 못하는 게 당연하지. 그런 일은 없었으니까. 쿼런은 작은 권총에 맞았소. 그리고 메리만의 위에서도 비소 따위는 검출되지 않았소. 당신은 있지도 않은 범죄를 자백하고 있는 거요."

무슨 귀중품이라도 강탈당한 때와 같은 표정으로 휘비는 나를 보았다. 손이 이마에 내려온 염색한 머리칼을 쓸어올렸다. 복화술사(腹話術師) 같은 목소리로, 아이가 어디 먼 방에서 책을 소리내어 읽는 듯한 말투로 그녀는 말했다.

"하지만 내가 죽였어요. 자세한 것은 잊었어요. 벌써 오래 된 일 같아요. 하지만 정말로 죽였어요. 내 말을 믿어 줘요."

"어째서 당신 말을 믿어야 되지요? 당신은 누군가를 감싸려 하고 있소."

"아무도 감싸지 않아요. 모든 것이 나 혼자서 한 일이에요. 난 벌을 받아야 해요. 어머니까지 모두 세 사람이나 죽인걸요."

휘비는 지금 바로 벌을 받고 있었다. 이마는 눈을 내리누르는 흰 고통의 헬멧이었다. 그 눈을 두 손으로 가렸다.

셰릴은 내 팔꿈치를 잡고 나를 방 한구석으로 끌고 갔다.

"이런 일을 계속할 수는 없습니다" 하고 의사는 속삭였다. "유도 심문하여 답을 끌어내는 데도 한계가 있잖소."

"그러나 휘비는 거짓말을 하고 있습니다. 사람을 죽였다니, 나는 믿을 수가 없습니다."

"나도 역시 그런 것을 믿지 않습니다. 그러나 나는 휘비의 의사이니까, 그 거짓말 자체의 질(質)을 문제삼고 싶습니다. 그런 거짓말은 휘비 양에게는 필요 불가결한 것입니다. 지금 당장 모든 조각을 산산이 흩뜨려 버리면 어떤 무서운 결과가 생길 거라고 생각합니다. 휘비 양은 거짓과 진실이 뒤얽힌 세계에서 몇 주일이나 살아 왔습니다. 단번에 그 곳에서 끌어 낸다는 것은 위험하기 짝이 없습니다."

"어째서 그렇습니까?"

"그것은 휘비 양이 직시하기에는 감당키 어려운 현실의 범죄를 숨기기 위한 거짓말인지도 모릅니다."

"또는 휘비 양이 끝까지 감싸 주고 싶은 현실의 누군가를 위해 한 거짓말입니다."

"그럴지도 모릅니다. 나도 하나에서 열까지 다 알고 있는 것은 아닙니다. 당신과 마찬가지로 손으로 더듬고 있는 형편입니다."

휘비는 손가락 틈으로 우리들을 지켜보고 있었다. 내가 똑바로 그녀의 얼굴을 바라보자 손가락 틈이 가위처럼 오므라들었다. 나는 다시 셰릴에게 말했다.

"휘비가 정말로 어떤 범죄를 저질렀다고 생각하십니까?"

"본인은 그렇게 생각하고 있습니다." 의사의 창백한 얼굴에서 땀이 스며 나왔다. "나로서는 객관적인 사실보다도 휘비 양이 어떻게 생각하고 있느냐가 문제입니다. 객관적인 사실은 일단 환자의 마음에서 굴절하여 나에게 와 닿습니다. 그렇지 않다면 내가 환자의 마음을 잡는 것이 불가능하게 되겠지요."

"그러나 객관적인 사실을 추리할 수는 있겠지요."

"그렇습니다. 아마 휘비 양의 고민은 언젠가의 협박장 사건과 결부되었을 것입니다. 그 일이 몹시 마음에 걸리는 듯했으니까요."

"이야기가 들리는데요" 하고 휘비가 방 저쪽에서 말했다. "정말 실례를 하시는군요. 내가 있는 곳에서 내 비판을 하다니."

의사가 말했다.

"실례했습니다."

"하지만 아무래도 좋아요. 편지 이야기를 하려면 큰 소리로 하세요."

"좋아요. 당신이 그 두 통의 편지를 썼나요, 휘비?"

"아니에요, 그것만은 내 죄가 아녜요. 하지만 그것은 나 때문에 일어난 일이에요."

셰릴은 침대에 앉아 갑자기 질문에 열중하기 시작했다.

"당신 때문에 무슨 일이 일어났습니까?"

"그 큰 소동이지요. 난 헬렌 고모에게 그분들의 일을 일러 바쳤어요." 그녀는 멜로드라마 식으로 목소리를 죽였다. "도화선에 불을 당긴 사람은 저예요. 그것으로 모든 것이 날아가 버렸어요."

"헬렌 고모라면?"

"아버지의 누이동생, 헬렌 트레버. 지난해 부활절 때 메도 팜스까지 헬렌 고모가 자동차로 데려다 주었어요. 그 때 일러 바쳤어요. 난 그런 말을 하면 어떻게 되는지도 모르고……." 그녀는 세차게 고개를 흔들었다. "난 또 거짓말을 하고 있어. 난 어떻게 될지 알고 있었어요. 난 질투를 하고 있었어요."

"누구에게?"

"어머니와 칼 고모부를요. 어느 날 밤늦게 남자친구와 시내에서 돌아오다가 난 두 사람을 목격했어요. 산 마테오의 빨간 신호에 차가 멈췄는데 바로 옆에 택시가 와 섰어요. 그 택시 안에서 어머니와 칼 고모부가 서로 끌어안고 있었어요. 굉장히 열을 올리고 있어서 나를 알아보지는 못했지요. 난 그로부터 한두 주일 생각하고 또 생각했어요. 그리고 헬렌 고모에게 일러 바쳤어요. 고모는 아무 말도 하지 않았어요. 메도 팜스까지 오는 동안 아무 말도 하지 않았지요. 하지만 다음날 그 협박장이 왔을 때, 누가 썼는지 나는 바로 알 수 있었어요. 아침 식사 때 고모의 얼굴을 보고 바로 알았지요."

"그러나 당신은 그런 말을 아무에게도 하지 않았군요?"

"무서웠어요. 난 옛날부터 헬렌 고모가 무서웠어요. 고모는 자신감이 넘치고 순수하며 착실했어요. 그리고 그것은 내 탓인걸요. 일러 바치면 어떻게 되는지 잘 알면서도 그랬단 말이에요." 다른 사람처럼 거친 목소리로 그녀는 말했다. "이혼과 파멸과 죽음."

"어머니를 죽인 사람은 헬렌 고모였습니까?" 하고 셰릴이 물었다.

"아니에요. 반은 고모 탓이긴 하지만. 그러나 거의 모든 게 내 탓이에요."

"그러나 당신이 죽인 건 아니잖습니까?"

휘비는 금발 머리를 가로저었다. 그녀의 눈초리가 또다시 달라져 있었다. 마치 비밀을 지껄이고 싶어서 견딜 수 없어하는 표정이었다.

"내가 들어갔을 때 어머니는 벌써 마지막 숨을 헐떡이고 있었어요. 문이 열려 있고 신음 소리가 들렸어요." 휘비는 신음했다. "그 이야기는 하고 싶지 않아요."

하지만 마음의 울타리가 걷힌 듯 그녀는 말을 계속했다.

"어머니는 거실에서 피투성이가 되어 쓰러져 있었어요. 안아서 일으켰더니 나를 알아보는 것 같았어요. 벌써 눈은 보이지 않게 됐지만, 목소리로 나인 줄 알아차렸는가 봐요. 숨을 거둘 때 내 이름을 불렀으니까요."

"그 밖에는 무슨 말을 하지 않았습니까?"

"'누가 이런 짓을 했지요?' 하고 물으니까 아버지라고 했어요. 그러고 나서 숨을 거뒀어요. 나는 어머니의 머리를 무릎에 올려놓은 채 멍청히 마루에 앉아 있었어요. 무서워서 몸을 움직일 수가 없었어요. 옛날에 할아버지가 돌아가신 뒤로 죽은 사람을 보는 건 처음이었어요. 하지만 한참 그렇게 앉아 있으려니까 무서운 생각이 없어졌어요. 어머니가 불쌍해졌을 뿐이에요. 어머니도 아버지도 불쌍해요."

휘비는 얼굴을 들었다. 그 얼굴이 순진하게 빛났다.

"두 사람의 생활은 푹 썩어 있었는걸요. 그러니까 그런 무서운 최후를 맞은 것도 어쩔 수 없는 일이었다고 생각해요."

내가 말했다.

"어머니를 죽여 버리겠다고 아버지가 말한 적이 있었습니까?"

"몇 번이나 있었어요."

"배가 떠나는 날에도?"

"네."

휘비는 코를 불룩하게 하고 숨을 들이마셨다.

"'나를 무일푼의 상태로 만들어 놓고 여행을 떠날 셈이에요?'라고 어머니가 말했어요. 아버지는 '당신은 돈을 낭비하고 있어. 이제는 한 푼도 더 안 주겠어'라고 말했어요. 그러자 어머니는 '돈을 안 주면 온 캘리포니아에 당신 욕을 하고 다니겠어요'라고 말했지요. 그때였어요. 아버지가 죽여 버리겠다고 소리친 것은. 그리고 나서 해상 경찰이 와서 어머니를 데리고 나갔지요.

저는 어머니가 가엾어서 택시를 타고 함께 돌아가 조금 위로해 드리려고 했어요. 어머니는 '아서톤의 집으로 놀러 가지 않을래?' 하고 물었어요. 하지만 보비가 호텔에서 기다리고 있었으므로 그럴 수 없었어요. 그래서 그 날 밤에 놀러 가겠다고 약속했지요. 그런데 아버지가 선수를 친 거예요."

"아서톤의 집에서 아버지의 모습을 보았소?" 하고 내가 물었다.

"못 봤어요. 증거는 어머니의 말뿐이었어요. 어머니의 말을 틀림없이 외고 있어요. 외고 있다고 생각해요. '네 아버지가 이런 짓을 했다.' 이렇게 말하고서 어머니는 숨을 거두었어요. 보비에게 내가 죽였다고 한 것은 그렇게 말해야 도와 줄 거라고 생각했기 때문이에요. 보비에게는 거짓말을 해서 미안하게 되었지만 아버지가 그보다 더 소중하지 않겠어요? 아버지를 지켜 드리지 않으면 안되겠다고 생각한 거예요. 메리만이 불쑥 들어오기에 난 내가 죽였다고 또 말했지요. 메리만은 정말인 줄 안 모양이었어요."

두 무릎에 팔꿈치를 짚고 휘비는 몸을 앞으로 굽혔다. 머릿속에서 고통을 짜내려는 듯 관자놀이를 두 손으로 눌렀다. 셰릴과 나는 서로 마주 보았다.

휘비는 말했다.

"하지만 모르겠어요. 아버지가 어떻게 그 집에 올 수 있었는지를요. 배는 벌써 바다 위로 나갔을 게 아니에요? 헬리콥터나 아니면 다른 무엇을 사용했을까요?"

"아니, 그런 것을 사용할 필요는 없었소. 엔진 고장으로 배의 출발이 늦어졌으니까."

"그럼, 아버지는 어떻게 되지요? 사형받게 되나요?"

"그런 위험은 없을 거요" 하고 나는 말했다. 재벌이 가스실에 들어갔다는 이야기는 들어 본 적이 없다.

"하지만 교도소에 들어가겠지요? 아버지는 몹시 신경이 약해요. 교도소 생활을 못 견딜 거예요."

"그렇게까지 신경이 약하지는 않은 것 같소. 살인 방법은 세 번 다 아주 잔학했소."

"그 두 사람을 죽인 사람은 아버지가 아니에요. 그 일만은 결코 믿어지지 않아요."

"그러나 당신은 지금까지 그렇게 믿고 행동해 왔소" 하고 나는 말했다. "그래서 세 가지 사건의 죄를 모두 혼자 짊어질 생각을 한 거겠지요?"

내 물음에 휘비는 다른 질문을 했다.

"하지만 아버지가 그런 짓을 할 이유가 없잖아요? 아버지는 그 두 사람을 몰라요. 그런 종류의 사람들과 아버지는 사귀지 않았어요."

"아니, 요 2, 3일 동안에 갑자기 사귀게 되었는지도 모르지요. 틀림없이 그 두 사람이 아버지에게 접근하여 공갈하려고 했을 겁니다. 마치 당신이나 당신 어머니를 협박한 것처럼."

"그럴지도 모르겠군요. 그럼, 그것도 내가 나쁜 거예요."

"왜 당신이 나쁩니까? 설명해 주시오, 휘비 양" 하고 셰릴이 말했다.

"아니에요. 도저히 말 못할 일이에요."

"도저히 말 못할 일이란 세상에 하나도 없습니다."

휘비는 비스듬히 의사의 얼굴을 바라보았다.

"내가 어떤 일을 했는지 모르시지요. 내가 한 짓을?"

"그걸 이야기해 주십시오. 당신이 생각하는 것처럼 무서운 일은 아니리라고 여깁니다."

"그럴까요?"

휘비는 다시 죄의식으로 가득 차 있었다. 아무래도 죄의식의 감정이 깊이 뿌리박혀 있는 모양이었다.

내가 말했다.

"당신은 비밀을 감출 수 없게 되자, 아버지가 어머니를 죽였다는 것을 메리만에게 털어놓았지요?"

휘비는 조용히 고개를 끄덕였다.

"그게 언제의 일입니까?"

"마지막으로 메리만을 보았을 때예요. 사흘 전이었을 거예요. 아무튼 나는 아버지를 배신했어요. 모든 게 헛일로 돌아가 버렸어요. 무서운 두 달이 모두 헛일로 돌아갔어요. 어머니가 숨을 거둘 때 하던 말을 그에게 말해 버렸단 말이에요. 내 혀를 잘라 내버렸어야 했어요."

"메리만이 거친 짓으로 당신에게 말하도록 만든 게 아니오?"

"아니에요, 그런 변명은 할 수 없어요. 그가 나를 때린 것은 말을 하고 난 뒤였어요. 추잡한 짓을 하려고 하기에 응하지 않았더니 화를 낸 거예요. 그에겐 절대로 응하지 않았어요."

"그럼, 어째서 아버지가 한 일을 메리만에게 말했지요?"

"나는 정신적인 겁쟁이예요. 아무래도 잠자코 있을 수가 없었어요. 말하지 않아도 좋을 것까지 모조리 지껄여 버렸어요. 나는 늘 있었던 일을 모조리 말해 버리지 않으면 직성이 풀리지 않아요. 그 결과는 죽음과 파멸로……그건 모두 내 탓이에요."

휘비는 신경질내는 목소리로 말했다. 셰릴은 그녀에게로 다가가 그 괴로운 듯한 얼굴에 손을 댔다.

"자신을 탓해서는 안됩니다, 휘비 양. 온 세상의 죄를 한 몸에 짊어진다는 건 불가능합니다. 휘비 양은 이미 두 달 동안이나 무서운 일을 겪었어요. 그것만으로도 이미 아무도 당신을 탓할 수는 없으리라고 생각합니다."

"그래요" 하고 휘비는 말했다. "하지만 난 무서웠어요. 몇 번이나 자살하려고 했었지요. 하지만 뱃속의 아기를 생각하면 그럴 수가 없었어요. 하는 수 없이 술을 마셨어요. 마시고, 먹고, 그 지독한 상태로부터 기분을 바꾸기 위해 무엇이든지 하지 않고는 견딜 수가 없었어요. 지독한 고통에서." 그녀는 얼굴을 찡그렸다. "참을 수 없었던 것은 그 고통이었어요. 어머니가 빌려 쓰고 있던 그 지긋지긋한 아파트, 더욱이 메리만과 그 처남에게 아침부터 밤까지 감시를 당했어요. 나는 죄수처럼 갇혀서 어머니의 서명을 그대로 흉내내는 연습을 했어요. 그리고 새크라멘토에서 머리 빛깔을 바꾸고, 어머니의 옷을 입게 됐어요."

"어머니 앞으로 오는 수표를 현금으로 바꾸기 위해서였소?" 하고 내가 말했다.

"수표 문제도 있었고, 내가 어머니로 꾸미고 있으면 어머니가 살해 당했다는 것을 아무도 모를 거라고 메리만이 말했어요. 우리들이 거액의 수표를 손에 넣을 때까지는 그러는 편이 좋을 거라고 했지요. 집을 판 돈 말이에요. 하지만 우리들이 손에 넣는 게 아니었어요. 그가 가지려는 거였지요"라고 휘비는 지긋지긋하다는 듯이 덧붙여 말했다. "내가 그를 도와 수표에 서명하면 어디로 가서 무사히 아기를 낳을 만한 돈은 주겠다고 그는 약속했어요. 하지만 약속을 지키지 않았지요. 호텔 비용과 식사비로 몇 달러를 주고는 그만이었어요. 살인자에게는 돈을 줄 필요가 없다는 거였어요. 나는 견딜 수가 없어서, 난 살인자가 아니라고 말해 버린 거예요."

타락한 성인(聖人)의 괴로움에 가득 찬 순수함으로 그녀는 우리 두 사람의 얼굴을 보았다.

"그만큼 고생을 했으니까, 그 고생의 의미를 얻고 싶었는데. 하지만 끝내 얻지 못했어요."

"지금 얻고 있습니다" 하고 의사가 말했다. "지금부터 조금씩 얻어가면 됩니다."

"하지만 나는 아버지에게 너무 심한 일을 해 버렸어요."

"휘비 양, 그것은 아버지의 자업자득이라는 겁니다. 당신은 이제부터 오랜 시간 동안 그것을 견뎌 내는 일을 배워야 합니다. 아버지나, 부모 가운데 누구와도 관련을 갖지 말고 살아 나가야 합니다. 이것은 본디 휘비 양의 비극이 아니니까요. 휘비 양은 그 비극에 참여하려고 했지만, 휘비 양의 역할은 끝내 그 둘레에서 그쳤습니다."

의사는 몸무게를 다리에 주며 일어서려 했다.

"오늘 밤엔 이것으로 충분히 이야기했다고 생각되지 않습니까?"

"최후까지 말하게 하는 편이 좋습니다" 하고 나는 말했다. "내일은, 이제 나는 오지 않습니다."

"네, 끝까지 말하게 해 줘요."

휘비는 애원하듯이 한 손을 내밀었다. 그것은 내가 처음으로 보는 휘비의 적극적인 몸짓이었다. 셰릴은 다시 침대 끝에 걸터앉아 고개를 끄덕였다. 휘비의 목소리는 머릿속의 메트로놈을 좇듯이 요란한 음악을 연주하기 시작했다.

"메리만이 나간 뒤 나는 밤새도록 한잠도 못 잤어요. 아버지의 배가 그 날 돌아오는 것을 알고 있었으니까요. 새크라멘토의 신문에 그렇게 나 있었어요. 곧 아버지를 만나러 가서 이야기를 하는 편이 좋겠다고 생각했지만, 아무래도 그럴 용기가 나지 않았어요. 아버지와 얼굴을 마주 대하는 것이 무서웠어요. 나는 잠을 이루지 못한 채 여러 가지 무서운 일을 생각했어요. 나는 서너 살 때 한밤중에 잠이 깨어 아버지와 어머니가 싸우는 소리를 들은 적이 있었는데,

그런 일들이 생각나서 그 방 창가에 앉아 있었어요. 오전 3시쯤이 었을까요. 시간 같은 건 아무래도 좋아요. 스카트 피츠제럴드가 말했지요. '영혼의 어둠 속에서는 언제나 오전 3시다'라고요. 아무튼 창가에 앉아 있으니까 아버지와 어머니가 싸우는 소리가 정말로 벽 저쪽에서, 창 저쪽에서 들려왔어요. 돌아가신 가엾은 어머니와, 살아 계신 가엾은 아버지의 목소리가.

그 싸움이 그친 적은 한 번도 없었어요. 어머니가 죽은 그 날에도 싸움은 여전히 계속되고 있었어요. 때묻은 유리창에 내 그림자에 겹쳐 아버지와 어머니의 모습이 보였어요. 나의 망상일까? 정말로 아버지와 어머니가 창 밖에 있는 것일까? 아니면 다만 유리창에 비치는 내 그림자일까? 뭐가 뭔지 도무지 알 수 없었어요. 다만 그 빠른 말로 지껄이던 욕설만이 거기에 있었어요.

창부, 미치광이, 죽여 버리겠다.

난 내 이름을 큰 소리로 외쳤어요. '휘비!' 하고 몇 번이나 몇 번이나 외쳤어요. 휘비는 그리스 신화에서 달의 여신 다이애나에 해당하는 이름이 아녜요? 그래서 내 이름을 불렀더니 목소리가 사라졌어요."

"그 때 유리창에 당신의 이름을 쓴 거로군요" 하고 나는 말했다.

"네, 그 소리를 쫓아 버리기 위해서였어요."

쓸쓸한 웃음을 보이며 휘비는 정색을 하고 셰릴에게 말했다.

"이것은 마술의 사고방식이지요. 난 정말 미치광이인가 봐요, 그렇지요?"

"아니, 우리 인간은 누구나 가끔 그런 일을 합니다."

"정말 미칠 듯이 무서웠어요."

셰릴은 미소지었다.

"그러나 당신은 미치치 않았소."

"하지만 무서운 짓을 많이 해 버렸어요" 하고 그녀는 내게 말했다.

"가장 무서운 것은 당신에게 메리만을 죽여 달라고 한 일이에요."

"메리만은 이미 죽어 있었소. 죽이라고 말만 하는 것은 아무 문제가 없지요."

"난 어떻게 됐던가 봐요. 마음이 어쩐지 캄캄해져서 그만……."

휘비는 손가락 끝으로 관자놀이를 만졌다. 암흑의 기억이 구름처럼 그녀의 눈 안쪽에 감돌고 있었다.

"점점 밝아질 겁니다" 하고 셰릴이 말했다. "그 증거로 당신은 이 곳에 왔소. 더욱이 자기 의사로 말이오."

그녀는 조금 붉어진 얼굴을 돌렸다.

"자백하겠어요. 그리고 털어놓겠어요. 새크라멘토에서 이 곳에 온 건 내 뜻이 아니었어요. 나는 오고 싶지 않았어요. 난 어딘가 아무도 모르는 곳으로 갈 셈이었어요. 하지만 칼 고모부가 나를 보고 그야말로 미치광이 같다고 하더군요. 그리고 고모부에게 끌려서 이 곳까지 온 거에요. 어제 아침에 자동차로 여기까지 데려다 주었어요."

"어떤 경로를 더듬어 왔는지는 문제가 아닙니다. 중요한 것은 당신이 이 곳에 왔다는 겁니다."

"아니, 경로가 문제입니다, 선생님." 나는 휘비에게로 돌아섰다.

"칼 트레버는 당신에게 어떻게 연락을 했지요?"

"아무한테도 말하지 않겠다고 약속했지만, 이제 그런 약속은 의미가 없어요. 고모부는 전날 밤 챔피언 호텔로 왔어요."

"전날이라면?"

"그저께 밤이었다고 생각해요. 웬일인지 시간 관념이 없어져 버렸지만, 그저께 밤이었을 거에요. 글쎄, 그에게 이끌려 하시엔다 인으로 갔었으니까요. 챔피언 호텔 같은 곳에 있어선 안된다고 고모

부는 말했어요. 하지만 새크라멘토에 있는 동안 그보다 더 못한 곳
에 묵은 일도 있는걸요."

"당신이 챔피언 호텔에 있는 것을 고모부는 어떻게 알았지요?"

"그것은 고모부는 나를 어머니로 잘못 알고 있었던 거예요. 들어오
자마자 나를 끌어안고 키스하며 어머니의 이름을 불렀어요." 휘비는
더욱 얼굴을 붉혔다. "어머니가 아닌 것을 알자, 고모부는 쓰러져서
우시더군요." 휘비는 말하기 어려운 듯이 덧붙였다. "정말로 어머니
를 사랑했던가 봐요."

"당신은 어머니가 돌아가신 이야기를 했소?"

"네."

"죽인 사람이 아버지라는 것도?"

"네, 고모부는 결코 아무에게도 말하지 말라고 하더군요." 고통의
주름이 칼에 맞은 흉터처럼 그녀의 이마에 떠올랐다. "하지만 나는
말해 버렸어요."

"당신은 옳은 일을 한 거요."

"아니에요. 결코 옳은 일을 했다고 할 수 없어요. 내 선택은 모두
잘못되었어요. 정말은 다만 어딘가로 가서 아기를 낳고 싶었을 뿐
이에요."

"아기를 낳으시오" 하고 셰릴은 말했다. "편안한 마음으로."

주린 듯한 눈과 입술로 휘비는 그 말에 매달렸다.

"낳아도 상관없을까요, 유전이며 그 밖의 문제는?"

"낳지 않는 편이 훨씬 나쁩니다."

"보비는? 보비를 만나게 해 주시겠어요?"

"내일 만나시오. 지금은 시간이 늦었소. 당신은 충분히 쉬어야 하
오."

"그렇군요. 굉장히 피곤해요."

27

나는 새로운 정보의 일부를 보비 돈가스터에게 알렸다. 휘비가 어머니의 죽음과 관계 없다는 것이 젊은이는 쉽사리 믿어지지 않는 모양이었다. 기쁨으로 얼떨떨해진 보비를 세스터 모텔에 남겨 두고 나는 떠났다.

휘비의 이야기로는 아직 만족스럽지 못한 부분이 있다. 해결되지 못한 의문이 나를 몹시 애타게 했다. 의문의 한가지. 호머 위철리가 범행하던 날 밤 어디에 있었는가 하는 것은 선실의 전속 종업원인 새미 그린에게 물어 보면 알 수 있겠지.

증거물이나 내용으로나 사건의 모양이 거의 정해져 가고 있었다. 동부 파로 아르트에 있는 그린의 집은 모텔에서 자동차로 겨우 5분 거리였다. 부인이 나와서 그린은 지금 집에 있다고 말했다.

부엌에서 거실로 그린이 들어왔다. 동작이 팔팔한 젊은 흑인으로, '요리사 우두머리'라고 쓴 앞치마를 두르고 있었다. 무언가 수상쩍은 의식(儀式)의 현장을 들킨 것처럼 그 웃음은 어쩐지 떳떳치 못한 것 같았다.

"잠깐 스테이크를 만들고 있었지요. 생각했던 것보다 아무래도 시간이 오래 걸릴 것 같군요. 무슨 볼일이십니까, 성함이……?"

"아처입니다" 하고 나는 대답했다. "난처한 시간에 와 버렸군요. 자, 곧 내용을 말하지요. 나는 사립 탐정인데, 당신 배의 해상 경찰에게서 듣고 찾아왔습니다. 당신은 요전번 항해 때, 호머 위철리 씨의 선실 담당이었다던데요."

"네, 그렇습니다." 남자의 웃음이 사라지고 불안한 듯한 표정만이 남았다. "무슨 사건이 있었습니까?"

"아니, 조금 알고 싶은 일이 있습니다. 그린 씨, 위철리 씨는 11월 2일 오후에 배를 탔지요. 배는 오후 4시에 출항할 예정이었으나,

실제로는 이튿날 아침까지 떠나지 못했습니다. 어떻소, 틀림없습니까？"

"네, 틀림없습니다. 배는 이튿날 아침 일찍 출항했습니다."

"위철리 씨는 11월 2일 밤 배에서 내렸습니까？"

"글쎄요, 내가 아는 바로는 내리지 않으셨습니다. 아마 내리시지 않았을 겁니다. 물론 나는 위철리 씨를 밤새도록 지켜본 것은 아닙니다. 일이 산더미처럼 있어서……."

"그 날 밤 위철리 씨의 모습을 보셨습니까？"

"네, 보았습니다. 나는 선실에 몇 번이나 드나들었으니까요. 위철리 씨는 여러 가지로 시키는 일이 많았습니다. 이것은 결코 불평으로 말씀드리는 게 아닙니다만."

그런은 직업적인 미소를 지었다.

"지난번에 두툼한 팁을 받았지요. 100달러면 스테이크를 산처럼 살 수 있답니다."

"몇 번이나 선실에 드나들었지요？"

"거의 한 시간마다 드나들었습니다. 더 사이가 짧았는지도 모릅니다. 여러 가지 것을 주문하셔서 그 때마다 갖다 드렸지요."

"어떤 것을？"

"마실 것이며 드실 것 등. 음식 이야기를 하시니 생각납니다만, 스테이크가 타겠습니다."

"벌써 불에서 내려놓았어요" 하고 아내가 부엌문 앞에서 말했다.

"아이에게 먼저 먹이겠어요. 우리 것은 식지 않게 오븐에 넣어 둘게요."

부인은 안으로 들어갔다.

"방해를 해서 정말 미안합니다."

"천만에요" 하고 남자는 형식적으로 말했다. "달리 뭐 물어 보실

게 있습니까?"

"또 한 가지 가르쳐 주십시오. 위철리 씨는 그 날 밤 배에서 내려 아서톤까지 갔다가 돌아올 수 있었을까요?"

"글쎄요, 그건 어렵지 않았을까요? 아서톤까지 갔다 오려면 아무리 빨리 잡아도 한 시간 반은 걸릴 겁니다. 그나마 아주 형편이 좋아야만 그렇지요."

나는 인사를 하고 미해결점을 그대로 지닌 채 차를 달렸다. 문제를 가지고 간 곳은 시내 반대쪽에 있는 메리만의 집이었다. 자동차의 전조등 불빛에 비쳐 죽은 사람의 이름이 사방 3인치 글자로 쓴 표찰이 보였다.

수목 저쪽 창문에 불이 켜 있다. 나는 어두운 길을 걸어가 문을 두드렸다. 샐리 메리만이 대답했다.

"누구세요?"

순간, 나는 열심히 전에 댄 이름을 기억해 내려고 했다. 머리를 쥐어짜서 겨우 기억해냈다.

"빌 호일링입니다. 전번에 집 문제로 찾아왔던 사람입니다."

샐리는 지친 목소리로 말했다.

"잠깐만 기다리세요."

발소리가 멀어지더니, 이윽고 구두 소리가 다가왔다. 현관의 불이 켜지고 문이 열렸다. 샐리 부인은 꼭 맞는 검은 팬티 위에 새빨간 실내복을 걸치고 있었다.

"어서 오세요, 호일링 씨."

나는 곧장 부인의 거실로 들어갔다. 텔레비전 위에 값싼 견직 갓을 씌운 스탠드가 있고, 그 빛이 방 안을 흐릿하게 비추었다. 낡은 녹음기가 다탁 위에 있었다. 긴의자와 여느 의자에서 마루로 신문이 마구 흩어져 있었다.

방 안쪽의 유리문이 거울이 되어 방 전체가 또 하나 안으로 되풀이 되는 느낌이 들었다. 나와 부인의 모습이 그 유리에 비쳤다. 광고도 없이 언제까지나 계속되는 텔레비전 드라마의 배우 같은 기분이었다.

샐리 부인은 의자에서 한아름 신문을 들고 서 있었다.

"어지럽혀 죄송합니다. 아시겠지만, 바깥 어른이 돌아가셨어요. 그 뒤로 죽 치우지를 않았어요."

"네, 정말 큰일을 당하셨습니다."

"네, 그래요."

고생을 겪은 흔적이 샐리 부인의 얼굴에 역력했다. 그러나 불행과 술과 그리고 계속해서 일어나는 돈 문제가 있었어도 부인에게는 아직도 아름다움이 남아 있었다. 여기서 다시 직업 이야기를 해야 한다고 생각하니 부인에게 미안한 마음이 들었다.

샐리 부인은 가라앉은 기분을 바꾸려고 애쓰며 솜씨 좋게 얼굴에 미소를 떠올리면서 말했다.

"여기에는 부동산 목록을 놓아두지 않았지만 저는 기억하고 있어요. 여러 가지 싼 것이 있답니다."

말과 입술의 움직임이 조금 엇갈렸다. 마치 싼 물건은 바로 자기라는 듯이 샐리 부인은 파란 눈꺼풀을 껌벅거렸다. 금발의 30대 여인, 가격 면담, 예전의 소유주에게 버림받았으며 얼마쯤의 수리가 필요함. 내가 예상한 것보다도 수리의 필요성이 절박한 모양이었다.

나는 문에 등을 돌리고 선 채 안의 유리에 비치는 모습을 바라보고 있었다. 어떤 시간에든 어떤 문에서든 어떤 엉터리 같은 이야기도 태연히 지껄이는 사나이.

"실은 사과드리지 않으면 안 되겠습니다, 샐리 메리만 부인."

부인의 몸이 굳어졌다.

"나는 집을 사러 온 게 아닙니다. 부인의 힘을 좀 빌리고 싶은 일이 있어서 찾아왔습니다. ”

“힘을 빌리다니요 ? ” 부인의 빨간 입술이 일그러졌다. “힘을 빌리고 싶은 쪽은 나예요. 내가 누구에게 힘을 빌려 주다니. ”

“물론 서로 도울 수도 있겠지요. 나는 댁의 바깥 어른이 돌아가신 일이며, 그 밖의 사건에 대해 조사하고 있는 탐정입니다. ”

딱딱한 빛이 샐리 부인의 얼굴에 떠올랐다.

“돌아가서 경찰 여러분께 말씀해 주세요. 이제 이야기할 건 아무 것도 없다고요. 내가 이야기해 봐야 아무런 도움도 되지 않아요. 벤을 죽인 건 동생 스탠리가 아니라고 몇 번이나 말해야 되는 거지요 ? 죽은 사람은 말을 못한다는 걸 미끼로 멋대로들 말하다니……. ”

“정말 그렇습니다. ”

눈꺼풀에 파란 화장을 했기 때문에 놀라움을 과장해서 나타내었다.

“그럼, 경찰도 고쳐 생각해 주셨나요 ? ”

“나는 경찰관이 아닙니다. ”

나는 샐리에게 내 진짜 이름과 직업을 가르쳐 주었다. 그러나 그것을 가르쳐 준 뒤에도 우리의 관계는 조금도 부드러워지지 않았다.

“그럼, 당신은 불쾌한 사립 탐정이군요. ”

“우수한 사립 탐정입니다” 하고 나는 말했다. “나는 겨우 수수께끼를 풀었습니다. 바깥 어른을 죽인 범인이 누구인가 하는 문제의 답은 바깥 어른의 사무실 금고 속에 들어 있습니다. ”

샐리의 입술이 열리고 “왜 그것을……? ” 하고 말하려다 말고 샐리는 황급히 입을 다물었다. 참으로 서투른 배우이다.

“지난해 봄에 동생은 바깥 어른을 위해 테이프에 녹음을 했지요. 그 테이프가 답을 가르쳐 줄 것이라고 생각합니다. 동생은 어제 그 것을 부인한테서 빼앗으려고 했었소. ”

"당신은 제시 드레이크에게 고용되어 나를 협박하러 왔나요?"

"아닙니다. 제시를 부당한 혐의로부터 구출해 내려고 합니다."

"내가 그런 일을 거들 거라고 생각하세요? 그 여자를 위해서라면 길을 가로지르기도 싫어요."

"바깥 어른을 죽인 범인이 누구인지 알고 싶지 않습니까?"

"물론 알고 싶어요."

"그렇다면 사무실로 가서 금고 속을 좀 보여 주십시오."

"번호를 몰라요."

"당신이 모르다니 믿을 수가 없소. 바깥 어른의 일을 자주 돕지 않았습니까?"

"합법적인 일은 그랬지요. 하지만 다른 일은 알지 못해요."

샐리 부인은 눈을 가늘게 뜨고 나를 바라보며 애써 빈틈없는 표정을 지으려고 했다.

"그 테이프가 어떻게 됐나요? 돈이 되나요?"

"네, 내가 당신이라면 그 테이프를 돈으로 바꾸려 하지 않을 테지만. 바깥 어른과 동생은 그걸 바꿨소. 그 결과가 이 모양이오."

샐리 부인은 눈을 크게 뜨고 몸을 떨었다.

"두 사람 다 그 테이프 때문에 살해됐나요?"

"그렇습니다. 다른 이유도 있었지만."

"당신은 그걸 어떻게 아시지요?"

"아까 말한 대로 나는 우수한 사립 탐정이니까요."

부인은 웃지 않았다.

"나를 너무 난처하게 만들지는 말아 주세요."

"괴로움을 해결해 드리려는 겁니다."

"괴로움은 이제 됐어요. 지긋지긋해요."

샐리의 표정이 얼마쯤 누그러졌다.

"벤을 죽인 건 그 테이프에 나오는 어느 쪽인가의 사람이로군요?"

"테이프를 들으셨군요, 샐리 메리만 부인?"

샐리는 눈이 흐려진 채 꼼짝도 하지 않았다.

그러더니 이윽고 말했다.

"네, 들었어요. 하지만 잘못 생각하지는 말아 주세요. 난 벤이나 스탠리의 일과는 아무런 관계도 없으니까요. 벤의 장사에는 정말 전혀 손대지 않았어요. 다만 돈이 들어오고 나가는 걸 보고 있었을 뿐이에요. 내 손에는 아무것도 들어오지 않았어요. 벤은 노름에는 몇만이라는 돈을 내버리면서도 내게는 만족할 만한 집 한 채 사 주지 않았어요. 모처럼 스탠리의 가게에서 발견된 돈은 경찰이 그 여자에게서 빼앗아 버리고, 그것은 당연히 나한테로 와야 할 것인데 말이에요."

"그 돈은 단념하십시오. 그 돈과 함께 재난을 당하고 싶습니까?"

"그것도 누구한테 공갈해서 빼앗은 돈인가요?"

"그런 것 같습니다. 테이프에는 어떤 이야기가 들어 있지요?"

"잘 모르겠어요. 남자와 여자가 지껄이고 있는데, 어쩐지 침대에서 말다툼하는 것 같았어요."

"당신은 그걸 언제 들었습니까?"

"어젯밤에. 어젯밤 사무실에 가서 꺼내왔어요. 당신 말대로, 동생이 돈이 될 것 같다고 말하길래. 그래서 기계를 빌려다 걸어 보았는데, 누가 지껄이는 것인지 모르겠어요. 돈이 된다면 누가 돈을 치러 주지요?"

"내가요."

"얼마나?"

"먼저 들어보아야 합니다. 이 집에 있습니까?"

샐리는 잠시 움직이지 않았다.

"네, 여기 있어요. 부엌에 감추어 두었어요."

"보여 주십시오."

샐리는 부엌으로 갔다. 냄비를 움직이는 소리가 났다. 마치 백금 (白金)이라도 다루듯 소중히 테이프를 들고 돌아왔다.

테이프를 녹음기에 걸고 돌리기 시작했다. 나는 다탁 옆 쿠션에 앉았다. 한참 동안 침묵이 흐르더니 기계에서 트레버의 목소리가 흘러 나왔다.

"그건 휘비였어, 그 차에 타고 있었던 것은."

"난 못 보았어요." 여자의 목소리가 말했다.

"난 보았어. 그 애도 우리를 보고 있었어."

"그게 어쨌다는 거예요? 휘비는 이제 어린아이가 아니니까, 슬슬 인생의 미묘한 사정을 알아도 되잖아요. 아, 하느님. 생각해 보면 그 애가 뱃속에 생겼을 때 나는 지금의 그 애보다 두 살이나 어렸 어요. 당신도 아시는 바와 같이 말예요."

"아, 하느님이라고 말하는 게 아니야."

"어머나, 갑자기 믿음이 깊어지셨군요. 헬렌의 교육으로 당신도 착 실한 크리스천이 되었나요?"

"헬렌 이야기는 하지 말아 줘. 난 다만 여자가 아, 하느님 어쩌고 하는 말이 듣기 싫을 뿐이야, 특별히 침대 속에서는."

"침대 속에서 여자는 다른 짓을 하면 안 된다는 말이군요."

"여자가 아니야. 당신이야. 어쨌든 이제부터는 좀더 조심하지 않으 면 안 돼. 만약 휘비가 오늘 있었던 일을 호머에게 말한다면……."

"말하지 않아요. 그 앤 그런 바보가 아니에요."

"그러나 만일 한다면?"

"그래도 상관 없어요."

"나는 매우 상관이 있는데. 당치도 않아, 나는 잃는 것이 너무 많아."

"내가 있잖아요."

여자의 목소리에는 괴로움이 어린 비꼬는 투가 있었다.

"당신만 남을 뿐이야. 헬렌은 모든 것을 빼앗아 버릴 테지. 나는 물론 일자리를 잃고, 이 나이에 이런 건강 상태로는, 지금 같은 수준의 직위에 두 번 다시 오르지 못할걸."

"어떻게 되겠지요. 내가 호머에게 돈을 뜯어 내겠어요."

"우리 두 사람이 살기 위한 돈 말인가? 바보 같은 소리하지 마. 비록 그가 매달 돈을 댄다고 해도 나는 호머의 돈으로 살고 싶지 않아."

"지금도 호머의 돈으로 살고 있으면서."

"나는 내가 일해서 돈을 벌고 있어." 트레버는 날카롭게 말했다.

"돈, 돈, 돈. 당신이 나를 사랑한다면 돈 같은 건 필요 없잖아요. 멕시코나 타히티에 가면 돈을 조금 가지고도 살 수 있어요."

"그래, 그리고 아름다운 풍경 속에서 썩어 가겠지. 그런 로맨틱한 꿈은 이제 진절머리가 나. 나도 당신도 고갱이 아냐."

"그럼, 이런 것이 당신의 로맨틱한 꿈인가요?"

"어쩔 수 없잖아."

"하지만 당신은 나와 살고 싶지 않으세요?"

"이미 너무 늦었어."

"그래요, 당신은 언제나 너무 늦었다는 말밖에 안 해요. 당신은 나를 죽도록 사랑하고 있지도 않아요. 문제는 거기에 있어요. 이따금 당신이 나를 전혀 사랑하지 않는 것 같은 생각이 들어요. 다만 성욕을 채우기 위해 나를 이용하는 게 아닌가요?"

"서로 사랑하는 두 사람은 언제나 서로를 이용하는 거야."

"그런 법이 어디 있어요?"

"그렇다니까" 하고 트레버는 강하게 말했다. "나는 당신을 무엇보다도, 누구보다도 사랑하고 있어."

"다만 당신의 보잘것없는 사업이며 수입이며 집이며 말, 그리고 저 불감증인 여자만은 별도지요? 당신은 그 여자와 오랫동안 한집에서 살았으니까요."

"그것은 내 문제야."

여자는 무서운 소리로 웃었다.

"문제 좋아하시는군요, 캐리다워요. 겁쟁이 캐리 도련님은 과자를 먹고 싶기도 하고, 어디다 간직해 두고 싶기도 하여 어느 쪽으로 할까 망설이고 있군요?"

"얼마든지 비꼬아. 난 ´어차피 본디 가난뱅이였으니까. 지금 있는 것을 바탕으로 해서 쌓아올릴 줄밖에 몰라."

"나를 잃게 돼도요?"

"당신을 잃게 되진 않아. 부탁이니 이제 싸움은 그만둡시다. 잘 생각해 보겠어."

"이런 때, 이런 곳에서 어떻게 생각할 수 있겠어요?"

"달리 시간도 장소도 없잖아?"

"만들면 돼요."

잠시 있다가 다시 여자가 말했다.

"그 두 사람이 함께 비행기를 타고, 그 비행기가 추락하면 되는 거예요."

"호머와 헬렌은 그럴 사람이 아니야. 두 사람 다 우리보다 오래 살 거야."

"그렇군요. 차라리 당신이 나와 만나 주지 않으면 돼요, 캐리. 떨어져 있으면 당신 생각만 해요. 그런데도 막상 만나면 돈이니, 문제니 그런 이야기를 하게 되는군요."

"내가 문제를 만든 게 아니야."

"당신이 아니면 누가 만들었어요?"

"알았어, 알았어. 우리가 만든 문제야. 그러나 두 사람이 서로 책임을 미루려 해야 소용없어. 당장 닥친 문제는 변명할 여지가 없는 장면을 오늘 밤 휘비에게 들켰다는 거야."

"손해를 보는 쪽은 나예요. 어차피 그렇게 되는 거예요."

"당신은 상황을 제대로 보지 못하는군" 하고 트레버는 화난 듯이 말했다. "모든 것이 엉망진창이 되느냐 안 되느냐 그 갈림길에 있어."

"엉망진창으로 만들어요."

"그럴 수는 없어" 하고 트레버는 잘라 말했다. "사태를 지금대로 해 두지 않으면 안 돼."

"왜 지금대로 해 두어야 하지요?"

"모두들을 위해서야. 당신과 나뿐이 아니라 휘비를 위해서도."

"좋아요. 그럼, 난 그 애에게 이야기하겠어요."

"뭐라고 이야기할 셈이지?"

"사실대로 말하는 거예요. 그 애 아버지가 당신이라고 확실히 말해 주면 그 애 생각도 꽤 달라지겠지요."

"휘비에게 너는 사생아라고 말할 수 있겠어?"

"사생아 같은 건 흔한 말이에요. 나는 그 애를 사랑의 결정으로 생각하고 있어요. 그것을 알 수 있는 나이가 되면 이야기해 주어야겠다고 생각하고 있었어요. 지금이 그 기회가 아닐까요?"

"그런 짓을 하면 곤란해" 하고 트레버는 말했다. "휘비에게나 다른 누군가에게나 그런 말을 했다 하면 모든 게 드러난다는 걸 모르나?"

"드러나면 어때요?"

"드러나서는 안 돼. 나는 20년 동안이나 자신의 참된 감정을 억누르며 분열된 생활을 계속해 왔어. 그 20년을 지금에 와서 의미 없는 것으로 만들어 버리고 싶지 않아."

"요컨대 휘비에게 호머의 재산을 상속시키고 싶은 거로군요?" 여자가 낮은 목소리로 말했다.

"자기 딸이 행복하기를 바라서는 안 되나?"

"또 돈이로군요. 돈이란 의미 없는 걸 아직도 모르세요?"

"당신은 돈이 있으니까 그렇게 말할 수 있어."

"나도 옛날에는 가난했어요. 당신한테 뒤떨어지지 않을 정도로. 아무튼 내가 사실을 이야기하거나 안 하거나 휘비가 재산을 상속받게 되지 않을까요?"

"그렇지 않아, 당신은 휘비의 기질을 몰라."

"알고 있어요, 내 딸인걸요."

"내 딸이기도 해, 그 애는" 하고 트레버는 말했다. "어느 의미에서는 당신보다도 내가 휘비를 더 잘 알고 있어. 진상을 이야기한다면 휘비는 어차피 자신을 속이는 일에 견디지 못하고."

"그럼, 우리들이 그 애 대신 자신을 속여야 하나요?"

"어쨌든 당신은 절대로 그 애의 출생 비밀을 이야기해선 안 돼. 진상을 말하면 당신은 해방된다고 생각할지 모르지만 그렇지 않아. 사람은 진실을 적게 알수록 행복한 거야."

메마르고 추상적인 고뇌를 담아 트레버는 말했다.

"알았어요, 캐리. 그런 무서운 얼굴 짓지 말아요. 휘비에게 말하지 않겠어요. 귀찮은 문제는 내버려둬요. 잠재워 두기로 해요."

여자는 그 말이 지닌 이중의 뜻을 즐기는 것 같았다.

"자, 기분을 바로잡고 더 즐거운 일을 생각하는 거예요, 네?"

여자는 기다렸다.

"나를 생각해 줘요."

"당신을 생각하지 않는 날이 없어."

"기뻐요. 그럼, 정말로 나를 사랑하시는군요?"

"정열적으로 사랑하고 있어." 그다지 정열적이지 못한 말투로 트레버는 말했다.

"그 증거를 보여 주세요, 캐리."

침대가 삐걱거리는 소리. 샐리 메리만은 쭈그리고 앉아 녹음기의 스위치를 껐다. 샐리의 눈과 입술이 빛났다.

"이것뿐이에요. 누구일까요, 이 두 사람은?"

"중년의 파오로와 프란체스카(북 이탈리아의 광포한 성주 마라테스타와 결혼한 프란체스카는 시동생 파오로와 연애에 빠져 살해된다. 단테가《신곡》지옥편에서 다룬 실제의 사건)."

"파오로와 프란체스카? 하지만 외국인 같지는 않은데요. 우리들과 똑같은 말을 쓰고 있지 않았어요? 그리고 여자가 남자를 캐리라고 부르고 있었어요."

나는 대답을 피했다.

"이 캐리가 벤을 죽였을까요?"

"글쎄요."

"테이프를 들으면 범인을 알 수 있다고 하셨잖아요?"

"그런 말을 했었소?"

"나를 속일 셈이군요. 이 두 사람이 누구인지 알고 있지요?"

"알 것 같기도 하지만 당신에게 가르쳐 줄 필요는 없겠지요. 두 사람 가운데 하나는 죽었습니다. 그리고 또 한 사람도 죽어 가고 있소."

"누가 죽었지요?"

"여자 쪽입니다."

샐리의 눈이 어두워졌다.

"그렇게 힘찬 목소리였는데……."

"지금은 엄연히 죽은 여자입니다."

샐리는 남의 일 같지 않다는 듯이 말했다.

"모두들 죽어 가는군요."

나는 눈을 들어 안의 유리에 비친 우리 모습을 보았다. 우리는 어둠에 싸인 작은 불빛 동그라미 속에서 몸을 서로 가까이 했다.

"언젠가는 그렇게 되겠지요" 하고 나는 말했다.

"그 여자는 몇 살이었지요?"

"39살이나 40살쯤 됐지요."

"목숨을 빼앗아 간 병은?"

"인생입니다" 하고 나는 말했다.

"농담하시는군요."

"내겐 농담을 할 힘조차 없소."

여자는 잠시 입을 다물고 있더니 이윽고 일어나 커다랗게 기지개를 켜고는 풍만한 유방을 내게 드러내 보였다.

"사실대로 말하면 나도 기운이 빠져 버렸어요. 한잔하시겠어요? 부엌에 진이 남아 있을 거예요."

테이프의 목소리가 아마 이 여자를 흥분시켜 버린 모양이다. 여자의 감정이야 어떻든 여자의 아름다움이 갑자기 돋보이고 있었다. 그녀의 눈은 별을 아로새긴 보랏빛 어둠으로 통하는 구멍 같았다. 확실히 매력 있는 여자라고 나는 생각했다.

"고맙습니다. 그러나 이만 실례하겠습니다."

"하지만 돈 이야기가 아직 남아 있잖아요. 술이라도 마시면서 천천히 이야기하는 게 어때요?"

"돈?"

"그 테이프 값 말이에요. 당신이 지불해 줄 돈."

"아, 그거 말이오."

나는 일어나서 지갑을 꺼내어 돈 계산을 했다. 298달러가 있었다. 나는 50달러짜리 5장을 뽑아 여자에게 내밀었다.

"250달러요. 이젠 로스앤젤레스로 돌아갈 여비 48달러가 남았을 뿐이오."

샐리는 지폐를 구겨 쥐었다.

"이게 대체 무슨 짓이에요. 겨우 250달러라니! 그 테이프를 100배나 비싸게 누군가에게 팔 작정이면서."

"아무에게도 팔지 않소."

"그럼, 어떻게 할 거지요?"

"누군가의 목을 매게 하는 자료입니다."

"설마 내 목을 매려는 건 아니겠지요?" 지폐를 움켜쥐지 않은 쪽 손이 그다지 고전적이지 못한 목을 눌렀다. "나를 좋아해 주지 않을까 생각했었는데……."

"좋아합니다. 그러니까 이것을 드리는 겁니다. 당신의 목을 매달려면 지금 곧 경찰을 부르겠지요. 그렇지 않으면 그 테이프를 가지고 깨끗이 나가 버리는 겁니다. 그런데 그러지 않고 있는 대로 돈을 다 털어 내어 당신에게 드리지 않았습니까?"

샐리가 멍청히 바라보고 있는 동안에 나는 테이프를 도로 감은 다음 녹음기에서 빼내어 윗옷 주머니에 넣었다.

"250달러 가지고는 아무것도 못 해요." 구겨진 지폐를 가슴에 대고서 샐리는 말했다.

"두 사람 장례식 비용은 될 겁니다. 그렇지 않으면 기차표라도 사서 여기를 떠나시오."

"어디로 가면 좋지요?"

"나는 여행 안내소가 아니오." 나는 문 쪽으로 걸으면서 말했다.

샐리가 따라왔다.

"당신은 잔혹한 사람이군요. 하지만 난 당신이 좋아요. 정말이에요. 당신 부인은?"

"없소."

"난 이제 어디로 가야 할지 모르겠어요. 어디로 가면 좋을지 모르겠어요."

샐리는 어찌할 바 모르겠다는 표정으로 해결을 기다리는 듯이 몸을 바싹 다가댔다.

"난 어디로 가면 좋지요?"

샐리의 육체는 내 손을 유혹하고 있었다. 그러나 내 눈앞에서는 그 익사체가 어른거렸다. 이 여자와 똑같은 육체들이 내 신경에 남긴 상흔은 아직 완전히 아물지 않았다.

에페소(소아시아의 옛 도읍. 다이애나 신전이 있던 곳)에라도 가는 게 좋겠지. 나는 불쾌했지만, 입 밖으로 내어 말하지는 않았다.

28

트레버 앞에 나타났을 때는 아침이었다. 블라인드를 내린 방의 침대 위에 트레버는 앉아 있었다. 두 손을 담요 위로 축 늘어뜨리고 있었다.

그는 한쪽 손을 들어 가냘프게 인사했다.

"아처 씨입니까? 어서 들어오십시오."

"상태는 어떻습니까, 트레버 씨?"

"겨우 살아가고 있습니다. 그저께 밤에는 길가에서 추태를 보여 드렸습니다. 그리고 시체를 잘못 확인한 일도 죄송하고요. 그런 상황에서는 어쩔 수 없었던 일인지도 모르지요. 호머조차도 그것이 자기 아내인 줄 확인하는 데 꽤 시간이 걸린 모양이니까요. "

밤새도록 포커를 하고 난 뒤처럼 윤기 없는 눈에 경계심을 품고 트
레버는 나를 지켜보았다. 나도 침대 옆에 서서 마주 바라보았다. 높
은 병원 침대여서 우리들의 눈길은 거의 똑같은 높이에 있었다.

"일부러 우리들을 혼란에 빠뜨리려고 그렇게 확인하신 거였지요?
그 까닭도 알고 있습니다. "

트레버는 두 개의 무거운 짐처럼 두 손을 들어올려 담요로 덮은 무
릎 위에 툭 떨어뜨렸다.

"아, 그렇습니까? 꽤 깊은 데까지 사건을 파고 드셨군요. "

"당신의 무덤을 파고 있었던 거지요. 당신의 실패에 대해 이야기해
주시겠습니까? "

"그건 참으로 괴로운 일이오. "

"그럼, 내가 말하지요. 의사는 면회 시간을 조금밖에 주지 않는
데, 할 이야기는 많이 있습니다. 지난해 11월 2일 밤, 당신은 아서
톤의 캐서린 위철리네 집에서 부젓가락을 집어들어 캐서린에게 치
명상을 입혔습니다. 아마도 캐서린이 자포자기가 되어 모든 것을
말해 버리겠다고 해서, 그녀를 침묵시키려 했던 거겠지요. 그러나
캐서린은 금방 죽지 않고 마침 찾아온 휘비에게 범인은 네 아버지
라고 말하고서 숨을 거두었습니다. 휘비는 물론 아버지를 호머로
생각했지요. 호머를 사랑하는 마음과 그 사건의 충격으로 휘비는
자기가 그 죄를 뒤집어쓰려고 마음먹었습니다. 휘비가 그렇게 마음
먹은 동기는 분명 아버지를 지키기 위해서였습니다. 셰릴 박사라면
조금 더 복잡한 설명을 할 수 있겠지만 말입니다. "

"셰릴과 이야기했습니까? "

"네, 그리고 휘비와 이야기했습니다. 그리고 휘비가 당신의 딸이라
는 사실에 대해, 당신과 캐서린이 서로 다투고 있는 대화를 녹음한

테이프도 있습니다. 그 테이프는 휘비가 산 마테오의 거리에서 택시를 타고 있던 당신과 어머니를 본 날 밤에 녹음된 겁니다. 그날 밤의 일을 아마 기억하고 계시겠지요?"

"물론입니다. 그것이 이번 사건의 시작이었는걸요. 그것은 자손을 위해 녹음해 둘 가치가 있습니다."

불투명한 얼음 같은 눈으로 트레버는 나를 바라보았다.

"내가 아버지라는 사실을 휘비도 알고 있습니까?"

"아니오. 내가 손을 쓰면 앞으로도 알지 못할 겁니다. 휘비는 지금 겨우 행복해질 기회를, 적어도 아주 조그만 평화를 얻었습니다. 그것을 방해해서는 안 됩니다. 휘비는 당신과 캐서린이 만들어 낸 지옥에서 살아 왔습니다. 두 달 동안이나 악당들에게 붙잡혀 당신의 괴로움을 대신 짊어졌지요. 그러나 2, 3일 전에 드디어 참을 수 없게 되어 어머니가 숨을 거두면서 한 말, 곧 범인은 아버지라는 사실을 벤 메리만에게 이야기했습니다.

그것을 메리만은 휘비와 다른 의미로 받아들였습니다. 메리만은 녹음 테이프를 가지고 있었으므로 휘비의 아버지가 누구인지 알고 있었습니다. 그래서 새크라멘토에서 돌아오자 당신 사무실에 전화를 걸어 면회를 강요했지요. 이미 휘비에게서 빼앗은 돈을 많이 가지고 있었지만, 그 이상의 돈에 메리만은 눈이 어두워진 것입니다. 적어도 당신이 살아 있을 동안은 고정 수입이 들어올 길이 열렸으니까요. 메리만은 전화로 당신이 캐서린을 죽인 집에서 만나자고 했습니다. 틀림없이 당신 마음에 압력을 가할 것이 분명했지요.

그런데 압력이 지나쳐서 당신은 범죄를 거듭하게 되었습니다. 당신은 샌프란시스코에서 늘 타는 통근 열차로 아서톤 역에 내려, 그 집까지 걸어가 메리만과 약속을 이행하고 아서톤 역까지 돌아가 다음 열차를 타고 얼마 뒤 파로 아르트 역에서 부인의 마중을 받았습니다. 자동차를 타고 저택에 도착했을 때 얼굴빛이 나빴던 것도 무리가 아니지요. 지금은 더 심하게 나쁘지만."

트레버는 베개에 머리를 묻고 두 손으로 얼굴을 가렸다. 그러나 감정에 굴복하는 것 같지는 않았다. 다만 노출된 표정을 내게 보이고 싶지 않을 뿐인 것이다.

"다음은 스탠리 퀴런. 스탠리는 메리만만큼 악당은 아니었고 머리도 좋지 않았습니다. 그러나 당신 이름과 녹음 테이프의 내용을 알고 있었던 게 틀림없어요. 그래서 달아나는 데 돈이 필요하게 되자, 당신에게 전화를 걸었습니다. 당신은 스탠리의 머리에 권총을 쏘았지요. 당신이 사용한 것은 메리만의 권총이었습니까?"

트레버는 얼굴을 가린 채 움직이지 않았다. 숨마저도 쉬지 않는 것 같았다.

"이것이 바로 진상이겠지요, 트레버 씨?"

트레버는 얼굴에서 두 손을 떼었다. 그리고 크게 숨을 내쉬었다.

"대체로 그렇습니다. 그러나 제삼자로부터 들으니까 묘한 느낌이 드는군요. 당신은 몹시 잔혹하고 의미 없게 이야기해 버렸소."

"친절하고 의미 있게 해야 할 이야기일까요?"

"그렇지는 않겠지요. 그러나 한 가지 물어 볼 것이 있습니다. 그 두 공갈 전문가때문에 근본적으로 생활이 흔들린다면, 탈출구가 전혀 발견되지 않을 경우 당신이라면 어떻게 하시겠습니까?"

"아마 똑같은 짓을 했겠지요" 하고 나는 말했다. "그리고 죄의 보상을 받을 겁니다. 손을 씻고 모르는 척하지는 않았을 거요."

"당신은 알지 못하오."

그것은 여러 곳에서 듣는 대사였다.

"한 남자의 생애가 어떤 식으로 썩어 갔는지 당신은 모릅니다. 처음에는 대수롭지 않았던 바람기가 결국에는 살인이 되어 버린 겁니다.”

“대수롭지 않은 바람기가 20년이 넘도록 계속되다니, 너무 길었군요.”

“아무리 변명해봐야 소용없겠지요.”

그러나 트레버는 그 변명을 계속했다.

“나는 대체로 바람둥이와는 거리가 먼 존재입니다. 키티('캐서린'의 애칭)는 내 생애에서 오직 하나뿐인 여자였습니다. 그녀가 처음으로 우리 집에 나타났을 때는 아무런 야심도 없었습니다. 키티는 정말 귀여웠어요. 젊고 신선하며, 그 때 겨우 18살이었지요. 나는 키티에게 손 한번 대지 않았습니다.”

“손 한 번 안 댄 사람이 그 사람을 죽이게 되다니.”

트레버에게는 내 야유가 들리지 않는 모양이었다.

“그 키티가 나를 가엾게 여긴 겁니다. 내 아내는 섹스를 더러운 것처럼 생각하는 여자입니다. 결혼한 해 아내가 유산한 뒤로 나는 아내의 방에서 잔 일이 없지요. 키티가 집에 왔을 때 난 아직 젊었습니다. 키티는 내 욕구를 깨닫고 나를 가엾게 여겼습니다. 그래서 어느 날 밤, 내 방으로 몰래 숨어 들어와서 몸을 바쳤지요.

그러나 그것은 자비스러운 마음에서가 아니었습니다. 몇 주일 뒤 호머와 결혼할 예정이었던 키티는 그 때 처녀였습니다. 즉 처녀를 바칠 상대로서 나를 택한 것입니다. 이렇게 말하면 로맨틱하게 들릴지 모르겠지만, 우리는 서로 불타올랐습니다. 여자의 육체를 사랑한다는 게 어떤 것인지를 나는 태어나서 처음으로 알았습니다. 한두 주일은 마치 에덴 동산에 돌아간 듯한 기분이었습니다.

이윽고 키티에게 생리가 없게 되자 어쩔 줄 몰랐습니다. 나는 그녀를 내 것으로 할 수가 없었습니다. 하고 싶었던 마음이야 두말할 나위 없었습니다. 그러나 나에게는 생활이 있고, 아내가 있었습니다. 사정을 털어놓으면 헬렌은 나를 빈털터리로 만들었을 것이고, 호머도 때가 왔다고 나를 파면했을 것입니다.

나는 메도 팜스의 은행에서 주급 20달러를 받던 시절부터 성실하고 참을성 있게 일해 온 사람입니다. 32살에 출발점으로 되돌아간다는 것은 도저히 생각조차 할 수 없었습니다. 그래서 사태를 수습할 방법을 생각했습니다. 즉 키티는 결혼식 전에 호머에게 몸을 맡기고, 아이가 태어날 때는 조산이라고 생각하게끔 만들었던 것이지요.

그로부터 몇 년 동안 나는 괴로웠습니다. 가치 있는 것을 잃었다는 것, 그것은 마치 병처럼 내 마음 속에 파고들었습니다. 이 공허한 세계 속에서 아기자기한 따스함과 우정을 나는 일단 붙잡았으면서도…… 뭐라고 말하면 좋을까요, 내 한 몸의 안전을 위해 그것을 버린 것입니다. 안전 보장, 그것이 아메리카에서는 보통 사랑의 대용품이 되어 있으니까요."

"그러나 당신은 캐서린과 계속 만나고 있었습니다."

"아니, 그렇지 않습니다. 물론 이따금 우연히 만나는 일은 있었지요. 결혼 생활에 열중해 보고 싶다고 키티는 말했습니다. 그러나 사실은 내가 헬렌과 헤어지고 키티와 결혼하지 않은 것을 깊이 원망하고 있었던 겁니다. 그걸 안 건 몇 년 뒤였습니다. 키티 역시 나한테 반했던 모양입니다." 슬픈 자존심을 드러내며 트레버는 말했다. "물론 그녀의 결혼 생활은 잘 되어 나가지 못했습니다. 내가 존재하지 않았더라도 원만했을지 어떨지는 모르지만, 그녀와 호머는 서로 원수 같은 생활을 계속하며 아이의 일로 끊임없이 싸웠습니다. 내 자식의 일로 말입니다. 베이컨이 자식에 대해 멋들어진 말을 하지 않았습니까? '자식이란 운명의 신에게 바친 인질이다'. 그걸 느끼고 있으면서도 어쩔 수 없었던 내 괴로움을 생각해 봐 주십시오. 그들 두 사람이 자기들의 생활과 휘비의 생활을 망쳐 가는 것을 나는 눈을 뻔히 뜨고서 바라보고 있어야만 했습니다.

그것이 20년 가까이 계속되었습니다. 지금부터 2년 전쯤, 내 심장이 약해지기 시작했습니다. 한 번이라도 죽음 가까이까지 가게 되면 사람은 생각이 달라지게 마련입니다. 병의 발작이 가라앉았을 때, 나는 좀더 무언가 의미 있는 일을 해야겠다고 마음먹었습니다. 판에 박은 듯이 날마다 출근하여 거래처에 아부하고, 다음 발작은 언제 일어날까 겁을 잔뜩 먹고 있으려니 인생에 아무런 의미가 없었습니다.

나는 키티와의 관계를 되찾았습니다. 키티는 적극 나를 맞았습니다. 방금도 말한 것처럼 키티의 결혼 생활은 실패였던 겁니다. 키티도 나와 마찬가지로 인생의 마지막 부분을 떨쳐 버린 것 같은 생각이 들던 참이었습니다.

그러나 키티는 이미 지난날의 소녀가 아니었습니다. 늙고 거칠고 아름다움도 사라져 있었으며 친절함도 거의 잃고 있었습니다. 다른 남자와 정사도 있었던 것 같습니다. 그러나 아직도 우리들 사이에는 무엇인가, 전혀 없는 것보다는 나은 그 무엇이 있었던 겁니다. 함께 있을 때만은 적어도 고독을 느끼지 않았습니다.

키티는 우리들이 한 달에 두세 번 몰래 만나기 위한 방을 얻었습니다. 불행하게도 그 때의 알선업자가 메리만이었습니다. 메리만은 그가 지껄여대는 말로 미루어 보아 키티의 정사 상대 가운데 한 사람이었던 모양입니다. 처음부터 어쩐지 키티를 내려다보는 듯한……."

"메리만이 지껄인 건 언제입니까?"

"내가 그를 죽인 날 밤입니다. 그는 키티를 창부처럼 취급했습니다. 그것이 죽인 이유의 하나입니다. 네, 모순이라는 것은 잘 압니다. 나는 내가 두 달 전에 죽인 여자를 헐뜯는다는 이유로 그를 죽인 겁니다."

"아직 캐서린을 죽인 이유는 말하지 않는군요."

"그것이 솔직히 말해서 모릅니다. 단순히 그 여자와 관계가 귀찮아졌다는 이유만으로 죽였는지도 모릅니다. 키티가 메리만과 퀴런에게 강탈당하기 시작할 무렵부터 나는 헤어져야겠다고 마음먹고 있었습니다. 다음엔 내가 강탈당할 것이 고작이고 어차피 열매를 맺을 가망도 없는 연애입니다. 이혼한 다음 키티는 마음의 평정을 잃고 있었습니다. 그리고 내가 구해 주기를 기대하고 있었던 모양입니다. 나는 나날의 생활만으로도 힘겨운 병든 몸이었으므로 도저히 키티까지 떠맡을 수는 없었습니다."

"이미 떠맡고 있었던 것이 아니었나요?"

"아니, 완전히 떠맡는다는 뜻입니다. 이혼, 재혼, 그에 뒤따르는 온갖 혼란스러운 일. 그런 것들을 나는 도저히 견뎌낼 수 없다고 키티에게도 분명히 말했습니다. 키티는 점점 자포자기가 되어 협박하며 나왔습니다. 그리고 결혼해 주지 않으면 우리 사이의 소문을 퍼뜨리겠다고까지 했습니다. 그것이 그 날 절정에 이르렀던 거지요. 호머는 완전한 자유의 몸으로, 돈을 많이 가지고서 유람 여행을 떠나려 하고 있었습니다. 그런데 키티는 가진 돈이 점점 줄어가기만 하고, 앞날의 불안함을 달랠 길이 없었습니다. 이런 일 저런 일로 호머의 선실에서도 큰 소동이 일어나고, 그 때도 키티는 모든 것을 털어놓기 직전이었습니다. 그 날 밤 나는 키티를 만나러 가서 그녀의 행동이 어떤 결과를 가져오게 되는지, 그 두려움을 이해시키려고 했습니다. 키티는 내 말을 들으려 하지 않았습니다. 휘비가 곧 올 테니 진상을 모두 털어놓겠다고 흥분해 있었습니다. 그런 짓을 해 봐야 이미 늦었다는 것을 알게 하려고 나는 애썼습니다. 그러나 아무리 이야기해도 알아주지 않았으므로 부젓가락을 집어 들어 당신 말대로 캐서린의 입을 다물게 했습니다. 그것은 실로 추악한 종말이었습니다."

그것은 연극을 비판하고 있는 듯한 말투였다.

"언제, 무엇 때문에 캐서린의 옷을 벗기셨습니까?"

"그것은 자기가 벗은 겁니다. 옛날에는 그 수법으로 나오면, 나는 늘 키티가 시키는 대로 했거든요. 그러나 그 날 밤은 이미 키티에게 욕망을 느끼지 않았소. 얼마 전부터 나의 진실한 욕망은 죽은 겁니다. 암흑과 정적……."

트레버는 한숨을 지었다.

"그로부터 두 달 동안은 정말 조용했습니다. 키티의 시체가 어떻게 되었는지 나는 몰랐습니다. 휘비가 행방불명된 것도 몰랐을 정도입니다. 여느 때라면 휘비에게 이따금 연락을 했었을 텐데, 그것도 두려웠습니다. 사태가 달라지는 일은 아무것도 하고 싶지 않았습니다. 그러고 나서 요전 날 오후에 메리만이 사무실로 전화를 걸어 왔더군요. 키티의 빈 집에서 기어코 만나자고 했습니다. 그 결과는 아시는 바와 같습니다. 녹음 테이프를 가져오지 않았을까 해서 나는 메리만의 옷이며 차를 샅샅이 뒤졌습니다. 테이프는 없었으나 권총과 돈이 있었습니다. 그 돈을 가지고 있을 생각은 없었습니다. 또 한 녀석, 퀴런이 공갈을 계속한다면 조금씩 주리라고 생각했습니다. 그 정도의 심술궂은 짓을 할 생각이 나에게 아직 남아 있었던 거지요."

트레버는 그래도 위신을 유지하기 위해 있는 힘을 다해 노력하고 있었다.

"그럴 생각이 있었다면 왜 그렇게 하지 않았습니까?"

"해 보기는 했습니다. 퀴런의 가게로 가서 돈을 주려고 했지요. 그런데 그는 그 돈의 출처를 눈치채고 나에게 심하게 캐고 들었습니다. 그래서 짐작하신 대로 메리만의 권총을 썼습니다. 그것은 분명히 의미없는 범죄였습니다. 새크라멘토에서 휘비와 이야기한 다음, 나는 정말로 사태를 처리할 생각이 없어졌습니다. 그 돈을 가지고 외국으로 도망칠 수도 있었습니다. 그러나 나는 그렇게까지 심장이 강하지는 못했습니다. "

그 말이 지닌 이중의 뜻을 알아차리고 양심에 가책을 느끼기라도 하는 것처럼 트레버는 가만히 자기의 늑골을 만졌다.

"휘비가 있는 곳은 어떻게 알았습니까? "

"메리만의 주머니 속에 챔피언 호텔의 영수증이 들어 있었습니다. 그것은 키티 이름으로 서명되어 있었습니다. 어쩌면 키티가 아직 살아 있는 것이 아닐까, 메리만의 협박은 성립되지 않는 것이 아닐까, 그런 미치광이 같은 생각에 사로잡힌 나는 그 날 밤 로열 경감과 이야기를 하고 난 다음 비행기로 새크라멘토로 달려가 공항에서 차를 타고 챔피언 호텔로 갔습니다. 휘비가 문간에 나타났을 때 나는 키티인 줄로만 알았습니다. 어두컴컴한데다가 나는 그런 선입감을 가지고 있었으니까요, '기적이 일어난 것이다, 키티는 살아 있다, 나도 살았다.' 그렇게 생각하고 끌어안았습니다. 그러자 여자는 자기가 누구이며 그 곳에서 무엇을 하고 있었는지를 이야기했습니다. "

"당신은 휘비에게 뭐라고 했습니까? "

"아무 말도 안했습니다. 아무것도 할 말이 없었습니다. 그러나 휘비를 위해 할 수 있는 모든 일을 했습니다. 돈을 주어 그 엉망진창인 방에서 데리고 나와 조금 나은 여관으로 옮겼습니다. 하시엔다 인이 임시 거처였던 것은 물론입니다. 이야기하는 사이에 휘비를 의사에게 보여야 한다고 깨달았으니까요, 내게도 의사가 필요했습니다. 그 때는 기진맥진해서 그 방갈로의 다른 방에 누워 있었습니다. 너무 심한 긴장과 과로로 말입니다."

"쇠 타이어로 남의 머리를 내리쳤으니 지치게도 되었지요."

"그건 정말 미안했습니다, 아처 씨. 아처 씨와 휘비가 이야기하는 것을 듣고 어떻게든지 이야기를 중단시키려고 했습니다. 휘비가 자기 자신을 살인죄로 몰아넣는 것이 무서웠지요."

"또는 트레버 씨를 몰아넣는 것이 말이지요?"

"그 가능성도 물론 있었습니다."

"과거형은 틀리는데요, 더욱이 가능성 정도의 이야기가 아닙니다."

내 말은 허공에 떴다.

"경찰에 알렸습니까?"

"아직 알리지 않았습니다."

"물론 지금부터 알릴 셈이겠지요?"

"지금까지 경찰을 따돌릴 셈으로 알리지 않으려 했었습니다. 그러나 이제는 그럴 생각이 없습니다."

"내가 살인범으로 판결을 받아도 휘비는 조금도 행복해지지 못합니다. 그 애에게는 이제 더 이상의 재난이 있어서는 안 됩니다. 당신 말씀대로 그 애는 행복해질 기회를 잡아야 합니다. 그 애에게 너는 살인자의 사생아라고 말씀하시지는 않겠지요?"

"당신이 아버지라는 것을 휘비는 모릅니다. 억지로 가르쳐 줄 필요도 없겠지요."

"그러나 재판이 되면 아무래도 밝혀지고 맙니다."

"누가 밝힙니까? 아는 것은 당신과 나뿐입니다."

"그러나 캐서린이 숨을 거둘 때 했던 말은 어떻게 합니까?"

"잘못 들은 거라고 휘비를 이해시키면 됩니다."

"그렇군요. 어느 의미에서는 정말로 잘못 들은 말이니까요."

트레버는 나를 지켜보고 있었다. 삶과 죽음 사이를 헤매는 듯 가끔씩 눈을 매우 천천히 떴다 감았다 했다.

"나의 관심은 휘비뿐입니다" 하고 트레버는 말했다. "나 자신의 일은 이제 아무래도 좋습니다. 지금은 휘비의 일만을 생각하고 있습니다."

"캐서린을 죽일 때 이미 따님의 일을 생각했어야 했는데요."

"생각했었습니다. 나는 휘비를 추악한 현실로부터 지켜 주고 싶었지요. 지금은 현실이 더 추악하게 됐습니다만, 그래도 지켜 주고 싶습니다. 셰릴 의사한테 데리고 간 것은 조금이나마 내 공이라고 할 수 없을까요? 그것은 올바른 조치였다고 생각합니다."

"네, 그건 분명히 큰 공적이었습니다."

"나를 위해서, 그리고 휘비를 위해서 한 가지 부탁을 들어주시겠습니까? 내 옷은 저기 양복장 속에 있습니다." 트레버는 방 안에 있는 문을 하나 가리켰다. "윗옷 주머니에 치사량의 강심제가 들어 있습니다. 당신이 오시기 전에 갖다 놓으려 했지만 도무지 걸어갈 힘이 없어서 침대로 다시 끌려오고 말았습니다." 콧구멍을 훅 떨며 트레버는 숨을 들이쉬었다. "아처 씨, 그 윗옷을 갖다 주시지 않겠습니까?"

나는 여전히 서서 트레버와 마주 보고 있었다. 트레버의 눈이 이상한 변화를 나타냈다. 현실의 파란 빛의 틈처럼 그 눈은 날카롭게 번득였다.

나는 한참 생각하고 나서 말했다.

"그 대신 자백서를 써 주십시오. 짤막해도 좋습니다. 종이는 있습니까?"

"침대 옆의 상자 속에 있을 것입니다. 그러나 뭐라고 쓰지요?"

"내가 말하는 대로 써 주십시오."

나는 상자 속에서 편지지를 꺼내고 내 만년필을 건네주었다. 트레버는 무릎 위에 편지지를 놓고 내 말을 받아 썼다.

　나는 작년 11월 2일, 캐서린 위철리를 살해한 것을 자백합니다. 캐서린은 나의 구애(求愛)를 물리쳤습니다.

트레버는 얼굴을 들고서 "이건 조금 평범하군요" 하고 말했다.
"그럼, 뭐라고 씁니까?"
"이유는 필요 없지 않을까요?"
"아니, 반드시 필요합니다" 하고 나는 계속해서 말했다. "'캐서린은 나의 구애를 물리쳤습니다. 그리고 나는 캐서린 살해를 미끼로 나에게 공갈을 하던 스탠리 퀴런과 벤 메리만도 살해했습니다.' 그것에 서명해 주십시오."
고통스러운 듯 천천히 얼굴을 찡그리며 트레버는 덧붙여 썼다.
"내 영혼에 하느님의 자비가 깃들기를."
내 영혼에도 하고 나는 생각했다. 그러고 나서 그 편지지를 찢어내어 트레버의 손이 닿지 않는 선반 위에 얹었다. 옷장문 저편에는 여러 가지 그림자가 잠든 개처럼 드러누워 있었다. 어둠과 고요, 우리는 이제 아무 말도 하지 않았다.

냉철한 관찰자 루 아처

추리소설에서 '하드보일드(hard-boild)파'란 무엇인가.

사전은 하드보일드라는 말을 '비정(非情 ; without sentiment)' '강인(强忍 ; tough)' '비열(卑劣 ; mean)' '냉소(冷笑 ; cynical)'로 풀이한다. 그러한 비정하고 강인하고 냉소하는 문체의 주인공으로 이루어진 소설이 '하드보일드 파' 소설이고, 더실 해미트와 레이몬드 챈들러의 여러 작품을 그 예로 드는 것이 통설이다.

그러나 더실 해미트며 레이몬드 챈들러의 연장선상에 있는 작가로 일컫는 로스 맥도널드는 추리소설계에서 자기 입장과 기법을 서술한 에세이 속에서, 셜록 홈즈는 영국 특권 사회의 산물이라는 뜻의 말을 하고 다음과 같이 계속 쓰고 있다.

"……특권 사회에 대한 향수가 영국의 전통 추리소설과 미국에서 그와 비슷한 많은 작품에 주요한 매력 가운데 하나로 되어 있다. 그러한 작품들에서는 전쟁도, 정부나 사회의 도괴(倒壞)도 문제가 아니다. 미국의 하드보일드 파 추리소설 전문 분야는 현대 사회이다. 하드보일드 파를 만들어 낸 더실 해미트와 레이몬드 챈들러와

〈블랙 마스크〉지에 글을 쓰는 그 밖의 작가들은, 이를테면 S.S. 반다인의 작품에서 볼 수 있는 듯한 현대 생활과 언어의 연결을 잃은 앵글로색슨 파에 의식하여 대항했던 것이다⋯⋯.ꞌ"

이 글에는 '하드보일드 파'가 발생하게 된 필연성이 아주 적절하게 이야기되고 있다. 사건과 범죄자의 한계를 뛰어넘어 군림하며 '과학적'인 방식과 추론에 의하여 늘 요술쟁이처럼 사건을 해결하는 명탐정과 게임이 된 '수수께끼'의 프로세스는 1920년대의 해미트와 챈들러에게는 벌써 인연이 먼 것이 되었다. 빅토리아 여왕 시대의 대영제국에서 태어났던 의협의 '미스터리소설'은 적어도 창조적인 작가에게는 이미 존재의식을 잃기 시작하고 있었다.

해미트며 챈들러가 살아 있던 사회는 '특권적'이고 전통적인 영국 사회가 아니라, 금주법(禁酒法)이 있고 마피아가 암약하며 노동쟁의가 번번이 일어나는 '민주주의'인 미국이었으니까. 셜록 홈즈 같은 영국 신사의 모습은 어디에서도 보이지 않고 눈에 띄는 거라고는 오직 (汚職)을 일상 다반사로 하는 돈 많은 정치가, 이윤 추구에 광분하는 사람들, 이윤과 부패의 세계에 억눌려 짓이겨진 듯한 사람들의 모습뿐이었다. 해미트들의 문학의 질이 그 문체까지도 포함하여 의협의 미스터리소설과 완전히 다르게 된 것은 당연한 결과라고 볼 수 있으리라.

이 '하드보일드 파'에서도 특히 레이먼드 챈들러의 후계자로 일컫는 로스 맥도널드는 1915년에 태어나 1938년에 대학을 나온 뒤 해군 예비사관으로서 1941년부터 1944년까지 전쟁을 겪고서 장편 제1작인 《어두운 터널》을 1944년에 내놓았다. 그러므로, 이 작가의 성장 과정을 논하는 경우 1930년대의 아메리카 사회와 제2차 세계대전을 배제할 수는 없다.

'대공황'으로 막을 연 30년대에는 단순하게 말하면 '광란'의 20년대가 더욱 숨김없이 드러내놓고 되풀이되어 이미 광란이라는 말을 쓸 필요가 없을 만큼 사회의 여러 모순이 누구의 눈에나 뚜렷이 드러났다. 이런 여러 모순이 낳은 결과는 물론 제2차 세계대전으로서, 연합국측은 이 전쟁에 반(反)파시즘이라는 대의명분을 주었으나, 전쟁 전의 사회 불안과 갈등은 전쟁 경기 속에서 한편 보류되면서도 어쩐지 기분 나쁜 저류(底流) 같은 것이 되어 끊임없이 이어졌던 것이다.

로스 맥도널드의 첫 장편 《어두운 터널》과 제2작 《트러블은 내 그림자》는 둘 다 독일과 일본 스파이가 등장하는 스파이 소설로서 이 작가가 쓰기 시작했던 무렵의 반파시즘이라는 사회 통념을 축(軸)으로 하고 있는데, 흥미 깊은 것은 두 작품 다 1943년 디트로이트에서 일어났던 흑인 폭동을 이야기의 배경으로 삼고 있다는 점이다. 이 폭동 사건은 기분 나쁜 저류가 표면으로 뿜어져 나온 하나의 현실이며, 이런 시대의 연속성을 빠뜨리지 않는 눈은 당연히 전쟁 뒤의 세계가 어떤 의미에서는 전쟁 전과 완전히 동질(同質)의 구조를 가졌다는 것도 빠뜨릴 수 없는 것이다. 이 작가의 제3작 《푸른 정글》은 바로 해미트와 챈들러의 세계가 다시 펼쳐진 것으로서 전쟁에서 돌아온 주인공 젊은이는 고향 도시의 부패한 현실 상황에 감연히 맞서 지저분하게 맺어져 있던 시 당국과 경찰을 거의 혼자 힘으로 끝까지 추궁한다. 이곳도 또한 반파시즘적 정열의 산물이었다고 말할 수 있을지도 모른다.

제4작 《세 개의 길(1948)》에 이르러 이 작가의 작풍은 두드러진 변화를 보인다. 먼젓번 작품과 마찬가지로 주인공은 전쟁에서 돌아온 젊은이인데, 《푸른 전쟁》의 주인공이 고향 도시며 예전의 자기 집 세부를 상세하게 기억하고 있었던 것과 반대로 이 소설의 주인공은 기억 상실자이다. 기억을 되살리기 위해 망명자인 정신 분석 의사가 등장하고 프로이트의 이론이 채용된다. 얼마쯤 기억을 되찾은 주인공은 자기 아내를 죽인 범인을 뒤쫓기 시작하지만, 죽은 아내의 이미지는 걸핏하면 어린날의 어머니 이미지와 겹쳐져 버린다⋯⋯후기(後期) 걸작 《위철리 집안의 여자》와 《오한(惡寒)》이 금방 연상되는 이 《세 개의 길》은 로스 맥도널드가 처음으로 특유한 테마를 의식한 작품으로서 중요시되어야 할 것이다.

이것은 전쟁의 대의명분에서 열이 식어버린 미국사회의 지적 부분이 프로이트의 정신세계에 열중하던 한 시기와 정확하게 일치하던 작품인데 중요한 것은 전쟁에서 돌아온 사람이 자신의 내면에서 전쟁 전후의 연속성을 발견한다는 점이다.

전쟁중에 일단 보류되어 있었던 사회의 모순과 갈등은 전쟁이 끝난 뒤 바로 '냉전'이며 국지전의 긴장이라는 교묘한 속임수에 의하여 다시 보류되어 바로 그 '빨갱이 사냥 선풍'으로 말미암아 더실 해미트의 저작까지도 금서 목록에 넣는 음울한 전후 시대를 맞게 된다.

로스 맥도널드의 제5작 《움직이는 표적》 이후 주인공 루 아처는 이 전후의 우울 그 자체에서 생겨난 모습을 우리들에게 보여 준다. 아처는 해미트의 주인공처럼 적극적인 행동파가 아니고, 챈들러의 주인공처럼 허무주의자도 아니다. 지은이 자신이 '질문자'로 정의 내린 이 사립 탐정은 범죄자와 그 둘레의 인물들에게 마치 정신 분석 의사 같은 세심한 질문을 집요하게 계속해 그 사람들의 내부에 깃든 범죄의 인자(因子)를 파헤쳐 간다.

'현대의 생활과 언어의 연결'을 중요시하고 현대 사회를 전문 분야로 하는 작가라고 해서 반드시 오직 이윤 추구의 추악함과 직접 폭력만을 테마로 할 필요는 없었다. 개인의 평범한 생활의 조그마한 한구석에도 역사의 모순과 폭력은 응축된 형태로 웅크리고 있다. 그 언저리에 빛을 던지려면 과거에서 현재와 미래로 이어지는 흐름 속에 살아 있는 구체적이고 일회적(一回的)인 인간의 모습을 잘 보여주는 수밖에 없는 것이다.

해미트 이래로 범죄 조사소설의 흐름을 겨우 이은 내면적이고 섬세하기조차 한 이 작품은 추리소설을 포함한 미국 문학의 일반적인 숙명——영원의 현재 또는 현실 밀착이라고도 할 만한 체질을 드러내고 있는 듯하다.